莎士比亚
诗歌全集

[英] 威廉·莎士比亚 著
苏福忠 译

中国友谊出版公司

图书在版编目（CIP）数据

莎士比亚诗歌全集 /（英）莎士比亚著 ；苏福忠译
. -- 北京 ：中国友谊出版公司，2015.12（2018.8重印）
ISBN 978-7-5057-3646-7

Ⅰ. ①莎… Ⅱ. ①莎… ②苏… Ⅲ. ①诗集－英国－中世纪 Ⅳ. ①I561.23

中国版本图书馆CIP数据核字(2015)第296598号

书名 莎士比亚诗歌全集
著者 [英] 威廉 · 莎士比亚
译者 苏福忠
出版 中国友谊出版公司
发行 中国友谊出版公司
经销 新华书店
印刷 北京中科印刷有限公司
规格 710×1000毫米 16开
36印张 518千字
版次 2016年4月第1版
印次 2018年8月第3次印刷
书号 ISBN 978-7-5057-3646-7
定价 128.00元
地址 北京市朝阳区西坝河南里17号楼
邮编 100028
电话 （010）64668676

目 录

莎士比亚诗歌翻译谈
——代前言

一

莎士比亚诗歌的翻译可以从一九七八年谈起，因为那一年人民文学出版社出版了十一卷本的《莎士比亚全集》，其中第十一卷就是莎士比亚的全部诗歌。当然，不包括二十世纪后期被认定是莎翁诗作的《悼亡》和《我该死吗》。还有，在此前十年，台湾出版了著名作家、翻译家和词典编纂者梁实秋的《莎士比亚全集》，其中收入了莎士比亚的全部诗歌。

莎士比亚的诗歌和戏剧都是用抑扬格五音步写成的，那就是很有节奏的 di–dum–di–dum–di–dum–di–dum–di–dum。诗歌里必须有韵脚，而在戏剧里则无须韵脚，也叫素体诗，这是莎翁戏剧和诗歌的最大的区别。中国诗歌讲究押韵，英语诗歌也讲韵脚，这很容易理解。但是，戏剧里的句子没有韵脚，还怎么说是诗句呢？我以为，这和英语的朗读有关系。英语的读法，总的说来，是一句话开始时音调最高，然后渐渐地低下来，这非常符合呼出一口长气由强到弱的自然规律；但是朗读不是出气，为了语调不至于太平淡，一些单词如动词、名词、形容词，必须重读，这又和句子要传达的内容有关系；一些单词如介词、助动词、代词和冠词，一般不需重读，这却是与英语句子的构成有关系。只需按照这样的规则念英语，语言语调便基本上有了抑扬顿挫的特点。显然，这对朗读来说就很重要了。朗读，就近似于演员在舞台上说台词了。莎士比亚在英语朗读的基础上创造出更有抑扬节奏的五音步，是为舞台服务的。英国著名作家乔治·奥威尔用更简明通俗的话说：

> 至少在英语世界里，莎士比亚是真的很受欢迎，单是他把一个音节放在另一个音节之旁的技巧就能使说英语的人民世世代代得到高度的快感。

人民大众都能从讲英语中得到快感，那么，演员在舞台上对着观众宣讲台词，自然同样是具有快感的。这样一来，这样形式的台词能产生多么大的舞台效果呢？能和观众发生多么强烈的互动呢？因此可以说，莎士比亚对英语的贡献，其实来自他为演员的台词的苦心经营，而这一切努力，又都是按照英语这个新生的语言的构成和规律开拓和发展而来的。一句话，他抓住了英语的特点，只是按照抑扬格五音步写作，不管有没有尾韵，都形成了英语这门语言中最有特色的诗句了。

相比之下，汉语诗歌的明显特征首先是字数。《诗经》的四言，乐府诗的五言，直到平仄十分严格的七绝、七律，中国诗歌以字数为主要特点的形式达到了高峰。始终伴随汉语诗歌字数发展的，是尾韵。即使《百家姓》这样只交代事实的文字，也是有尾韵的。毫无疑问，这些特征的形成，过程相当漫长，中国文人投入的智力相当可观，不仅是一场马拉松长跑，而且是马拉松比赛过后再从山底向顶峰攀爬，最终登上珠穆朗玛峰的活动。允许这样一场耐力加冲击力的文字运动发生、发展并凯旋的条件，只有漫长的缓慢的封建社会。中国的诗歌经历了这样一场运动，而且持续不断，其成就是世界任何一种语言的诗歌都无法望其项背的。就诗歌这种题材而言，汉语诗歌的成就最大，其他语种的诗歌，只有称臣纳贡的份儿。英语诗歌也不例外。

英语和汉语的诗歌都需要韵脚，都讲究韵脚，这是共同的特点。因为特点是共同的，所以在翻译过程中，相对而言，汉语译者们为译文寻找韵脚，是比较容易的，尽管因此伤害原意和语义的问题亦不可低估。然而，为了与汉译诗歌的字数相符，译者伤害原意和语义不仅是家常便饭，那简直到了不可思议的程度了。这好比魔力诡异的紧箍咒套在了孙悟空的头上，就算你是大圣，只要紧箍咒的魔力发作，那种伤害也是无法估量的。

以下就具体诗篇的译文情况做具体分析和评论，看看译诗的得失。

二

《维纳斯与阿多尼》[1]是莎士比亚的第一部长诗，每节诗六行，韵脚为 ababcc；每行诗句基本上都是五音步十个音节，因为多数单词不止一个音节，所以一句诗能用十个单词写成的很少，多数诗行都由七八个单词组成，少则六个，如一百四十节的两句：

How love makes young men thrall and old men dote;
How love is wise in folly, foolish-witty:

人民文学出版社的版本是张谷若先生翻译的，可以作为比较版本的是梁实秋先生翻译的。下面把两种译文分别列出：

张译：唱“爱”怎样使青年变奴隶，老人变呆痴，
“爱”怎样是愚中有智、智中有愚的东西。

梁译：爱情如何使青年着魅，使老年倾倒，
爱情在荒唐时精明，在精明时愚拙：

第一句恰好十个单词，十个单词都是单音节，就和莎诗句子的十个音节合辙了，而第二个句子就由七个单词组成，第七个单词还是用连词符号连接起来的，算一个单词，其中就占了四个音节。再仔细读来，我们会发现一个句子里有重复词 men，两个句子都用 how love 开头，上下句子里重复，而…in folly, foolish-witty 这半个句子中，folly 与 witty 是反义词对比使用，而 foolish 与 folly 是同义，只是一个是形容词，另一个是名词。这样的句子念起来像绕口令一样，诙谐中有强调，极富表达力。

翻译成汉语，张译两句话都是十五个汉字，各用了一个引号，一个逗号和顿号。原文里重复使用单词的特点有所反映，但增加标点的做法，以我的阅读感受看，是译者阅读水准不够高，因而低估了读者的理解能力造成的，尤其引号。这种译文一般说来不够精当，毫无通透感。梁译每句用了十四个汉字，各用了一个逗号。两种译文的内容，前一句基本是一样的，而第二句两种译文表面看起来好像没有什么差别，其实用语法来衡量，差别还是很大的。两种译文都不够精练，而梁译的第二句，基本是写出来的而非译出来的，因此张译应该说要比梁译更靠谱一些，如果不加“的东西”三个字的话；增加这三个字，恐怕很大程度上仅仅是为了凑够字数和押韵，诗句的味道就被冲淡了很多。

类似的句子很多，又如：

My love to love is love but to disgrace it;
张译：我对于“爱”也爱，但只爱暴露它的龌龊。
梁译：对于爱，我只爱当面侮辱它；

这个句子也是十个单词，但是音节却多了一个，想必有一个单词读起来很弱，不熟悉英语句子的特点几乎不会朗读，听起来也不知轻读在什么地方，而对英语国家的读者，因为重读和轻读运用自如，几乎感觉不到这个句子多出了一个音节。两种译文最大区别是张译比梁译多了四个字，却依然没有把意思表达清楚，而且张译的“暴露它的龌龊”相对 disgrace it，译者的权力过大导致译文出入过大，很不严谨。梁译的译文前半句不应该丢掉 my love, 而后半句又应该省掉“当面”二字，这种想加就加、想减就减的译法，如果不能增加译文的质量，是应该尽力杜绝的。

在莎士比亚的诗歌中，十个音节五音步诗句，一行诗句最少也不会低于六个单词，五个单词组成的诗句就比较少见了。六个单词的如：

The sun ariseth in his majesty,

张译：太阳初升，威仪严严，步履安详，气度雍容。

梁译：太阳带着灿烂的威仪而冉冉上升。

这是一个很正常的句子，但细心检查，按正常发音算音节，应该是九个，一个很隐蔽的音节是作者巧妙地利用了 ariseth 这个单词，因为 s 后面与一些辅音连在一起时会使用不同常规的发音，添加 i 这个元音。

五个单词的如：

Another and another answer him.

张译：于是一个接一个，都一齐开始狂叫；

梁译：一只又一只的响应他的呼喊。

这个句子构造很特别，两个代词 another 一模一样，字母一样音节也一样；更有趣的现象是，全句五个单词就有四个单词的第一个音节是 an…，而前三个都是弱读，最后一个是强读，说不清作者是出于好玩、强调，还是为了遣词造句的才气，但有一点是肯定的，那就是不管十个单词组成一个诗句，还是五个单词组成一个诗句，它们所表达的内容是第一位的，单词多寡虽然与十个音节的发音有关系，但都是服务于内容的，这是毋庸置疑的。

第一句张译的译文是十六个汉字，多出三个标点；第二句是十四个汉字，多出一个标点。梁译的第一句翻译成了十四个字，而第二句用了十二个字。认真对照的话，英文和译文几乎全都是牛头对马嘴，译文字数或增或减极其随意，译文传达的意思都令人迷惑，其实它们的意思只是“太阳浩浩荡荡升起来”和“回声一下又一下回应他”。

为了更系统地看看两种文字的转换会发生什么情况，不同译者的译文又会是什么样子，还是列举一整节诗（39 节）为好。先照录原文：

'Fondling,' she saith, 'since I have hemm'd thee here
Within the circuit of this ivory pale,
I'll be a park, and thou shalt be my deer;
Feed where thou wilt, on mountain or in dale;
  Graze on my lips; and if those hills be dry,
  Stray lower, where the pleasant fountains lie.'

张译：“心肝，”她说，“我既筑起这道象牙围篱，
把你这样在里面团团围定，紧紧圈起，
那我就是你的苑圃，你就是我的幼麑。
那里有山有溪，可供你随意食宿游息。
先到双唇咀嚼吮吸，如果那儿水枯山瘠，
再往下面游去，那儿有清泉涓涓草萋萋。”

梁译：“傻孩子，”她说，“我既把你搂住，
把你圈在象牙栅栏里边，
我就是苑圃，你就是我的鹿；
随便你去觅食，山上或是谷间：
  到我唇上来吃草，如果山上嫌太干，
  顺步往下去，那里有美妙的泉源。”

十六世纪中期的意大利著名画家提香，有一幅画作名叫《维纳斯与阿多尼》。画中维纳斯玉体赤裸，肌肤丰腴地背对着观众，一条腿蹬着地面，一条腿搭在简陋的床上，两条胳膊紧紧地搂抱着阿

多尼，侧面的脸眼巴巴地转向阿多尼；而阿多尼两臂张开，倾身向前，大步迈开，一脸天真地看着维纳斯，身上有简单装束，但裸露多于遮盖。这幅画被认为逼真而动感地表现性欲火爆的维纳斯和不谙风情的阿多尼在一起翻滚的情形。不知道莎士比亚是否看过这幅画作，他笔下的这节诗被认为是他隐喻性爱最形象生动的神来之笔。她用赤裸的臂膊把阿多尼死死搂抱住，把自己的玉体比作园林，让阿多尼做鹿儿，在林子里好吃好喝，先品尝嘴唇，再往下探，直达甘泉——乳房和生殖器。写得很到位却很干净。

张译用了一百〇七个汉字（即使用散文形式也一般用不到九十几个汉字），诗句最长十六个字，最少十四个字，一个韵到底。为了这个韵脚，译者还用了一个很生僻的词——麑，可谓煞费苦心，但还是欠妥，因为麑在古汉语里就指小鹿，那么“幼”字就是多余的。诗的形式看上去比较整齐，像一块切工稍欠火候的豆腐块。仔细对照原文，“筑起”“围篱”“紧紧圈起”“宿游息”“吮吸”“水枯”“草萋萋”等，都是原文里根本没有的，凭空多出十八个字，翻译态度不严谨，不可取。字数多了，却依然没有彻底把原诗的意思反映出来，而且有些很模糊，如“象牙围篱”和“团团围定”，都没有反映出是在比喻两条胳膊搂抱的动作。

梁译一共八十七个汉字，比张译正好少了二十个汉字。最长的诗句是十四个字，最少十个字，遵循了原诗的韵脚，ababcc，有点长短句的意思，却没有中国长短句——词——那种韵律感，这难免有出力不讨好的嫌疑。“傻孩子”显然译得太随意，维纳斯在性爱的场合里不会这样理智地称呼情人。“象牙栅栏”也还是囫囵吞枣，应该译得更明白些，让读者知道作者在这里的所指是什么。总的说来，这节诗梁翻译得比张译严谨，和原诗内容更接近。脚韵严格遵循了原诗的 ababcc，还没有因为押韵而损害诗的真实内容。可惜译文翻译成了不够通达的叙述体，不仅没有诗味，散文的灵动也没有了。

原文写得非常有性爱的逼真和隐喻，两首译诗都没有表现出来，是很大的缺憾。另外，原诗中反复使用一个单词的现象，两种译文都表达得不够突出。

从形式上，原诗的最后两行都缩进去两个空格，显然是一种英语作者和读者都很熟悉的诗歌形式，至于为什么张译不留空格，一笼统地翻译出来，不知道是不是为了形式上更像中国的律诗。梁译按照原诗把最后两行缩进去了，可见原诗的形式还是尊重为好，不是可有可无的。

三

《维纳斯与阿多尼》的诗体无考，但从六行诗句组成的一节到《卢克丽丝受辱记》[2]的七行诗句组成一节，也可能是莎士比亚写作诗歌过程中的一种尝试。随便一提的是，从《情人的怨诉》《激情的朝圣者》和《情歌荟萃》的诗体看，莎士比亚在英语诗歌的形式上，是做过相当认真而深入的探讨的。从我翻译的经历和体会看，《维纳斯与阿多尼》的六行一节与《卢克丽丝受辱记》七行一节相比，遣词造句要相对容易一些，翻译速度也快一些；然而，表达的内容和厚度就要浅显一些，尤其翻译成散文体，无论如何打磨和推敲，散文诗的特点都不容易凸显，尽管只是少了一行诗。

从传统上看，《卢克丽丝受辱记》的诗体已经流传了二百多年了，是乔叟在《坎特伯雷故事》里首先使用的。后来被文学史家取名为“君王诗体”，抑扬格五音步，每节七行诗句，韵脚为 ababbcc，最后 cc 韵脚的两行，要缩进去两个字母。下面以一百四十七节为例子，具体剖析这种诗体的特点和各家翻译的得失。

In vain I rail at Opportunity,
At Time, at Tarquin, at uncheerful Night;
In vain I cavil with mine infamy,
In vain I spurn at my confirm’d despite:
This helpless smoke of words doth me no right.
  The remedy indeed to do me good
  Is to let forth my foul-defiled blood.

这首诗最明显的特点是七行诗句，有三句用了 vain 这个词儿，而第二句的 vain 是隐形的，因此也可以说作者一连用了四个 vain 开句。这不是偶然的，是作者有意为之，因为往前追溯，一百四十一节到一百四十二节，一连用了七个 let；再往前追溯，一百三十节到一百三十五节，一连用了二十个 to 开头，作者为年轻的英语开拓写诗的宽度、厚度和灵活性，是用心良苦的，因为重复使用一个词或者几个词，如果使用不当，表达内容不丰富，是难免重复啰唆的。因此，在翻译活动中，认真体现这样的特点，就不是可有可无的了。

如同张谷若翻译的《维纳斯和阿多尼》，杨德豫先生的译文每行取舍在十六个字和十四个字之间，押韵做到了一节诗一韵到底，请看：

我枉然咒骂机运，咒骂得声嘶力竭，
我枉然咒骂时间、塔昆和不祥的黑夜；
我枉然想驳倒和斥退可怕的身败名裂；
我枉然想横眉峻拒我固定要受的侮蔑；
无益的辩词不能给我作公正的裁决。
看来，如今，对我确实有益的药剂，
只有倾洒我的不洁的、败坏了的热血。

固定相对稳定的字数，韵脚一韵到底，相当不容易，译者对汉字的运用和腾挪之熟练可见一斑。正因为不容易，为了押韵而对原诗造成的损害是不容忽略的。这节诗用了一百〇二个字；对照原文，这节诗多译出来的“咒骂得声嘶力竭”“驳倒和”“横眉”“作……的裁决”“看来”“如今”“不洁的”二十三个字，除了“作……的裁决”是一种腾挪，其余要不是为了凑够每行的字数或者尾部押韵，基本上都是不必要的，多余的，遮掩了莎士比亚诗歌的真实面目，干扰了读者阅读和领略莎诗的本意。另一方面，因为字数用得多，四个“我枉然”倒是凸显出来了。这是可取之处。

又如同张谷若的译诗形式，最后两行没有缩进两个字。不知是为了迁就汉诗整齐的码字形式，还是忽略了原诗形式的重要性。

再看梁实秋先生的译文。如同他翻译的《维纳斯和阿多尼》，脚韵仍然基本遵循了原诗的，即ababbcc，这虽然很可贵，却在阅读中很难感觉到韵脚的存在，实在有些遗憾。诗行仍然长短不一，最长的用了十四个字，最短的用了七个字，仅是前者的一半。先看译文：

我骂“机缘”，骂时间，
骂塔尔昆，骂昏沉的夜，都是一场空；
我责难自己的耻辱，也是徒然，
我轻蔑我的委屈，也是劳而无功；
干冒烟的空谈对我没有用，
　　对我真有裨益的救助
　　是把我受污的血液放出。

一节诗用了七十六个汉字，比杨德豫的译文少了二十六个字。从简明即雅的汉译原则看，梁译是可取的。有趣的是，梁译尽量避免原诗“徒然”的连用，但是“一场空”“徒然”和“劳而无功”三种代替形式反而给人拖泥带水的感觉，尤其“也是”用了两次，强调作用不大却显啰唆。本节译文最不可取的是“干冒烟的空谈”，不仅“干”和“空”是绝对重复的，更要命的是这样的遣词造句毫无诗意，在散文里也不是好的词句。从尾韵上仔细琢磨，“骂时间”从第二句放入第一句是为了和第三句的“徒然”押韵；“一场空”“无功”和“没有用”虽然押韵了，但是“没有用”因此和原意相去太远。这样因为押韵而与原意相去甚远的现象，在译文里俯拾皆是，而丢弃原意来迁就韵脚的翻译方法，是大忌，最不可取。

还有一点要特别指出的是，梁先生在翻译“例言”，第六条专门强调了“译者力求保持原作之标点符号”，译诗中却多用了三个标点符号，不仅看不出译者是在“力求原作”的标点，还有故意添加标点的嫌疑。实际上梁译的诗歌中，标点符号使用得也确实不够严谨。

毫无疑问，莎士比亚在写作诗歌时，利用重复用词和叠词造句，是用心良苦的，这样的例子多不胜数，如一百九十一节的最后两句：

Speed more than speed but dull and slow she deems:
Extremity still urgeth such extremes.

杨译“超过迅疾的迅疾，她认为还是慢步 ：／ 极端的灾难逼出了这种极端的态度”；梁译“即使再快，她也觉得迟缓 ：／ 人到紧急时总是要趋于极端”。又如一百九十五节的中间一句 ：

So woe hath wearied woe, moan tired groan,

杨译“痛苦使苦痛辛劳，悲叹使悲叹疲惫”；梁译“悲哀弄乏了悲哀，叹息弄倦了叹息”。再如二百〇三节的一句 ：

And in their rage such of rage they bear,

杨译“他们在暴躁的心情里做着暴躁的姿势”；梁译“一个个的都把他们的凶相露出”。

读者看见的不仅是两种译文大不一样，在传达原意上也大不一样，结果是令人对真实的莎士比亚诗歌产生了疑问，而真正原因是没有紧贴原文造成的。如果把呈现原诗的意义放在第一位，把韵脚和每行的字数放在其次，译文会有根本性的差别。

这里要特别说明一下的是，在我翻译莎士比亚诗歌的过程中，发现一行不得不译出十六个汉字的诗句，几乎可以避免 ；十四、十五个汉字的诗行，怎么发挥也超不过百分之十 ；十三、十二和十一个汉字的诗行，确实占了主体。由此可见，把莎诗的句子硬性翻译成多则十六个汉字、少则十四个汉字的形式，是不可取的。

四

毫无疑问，莎士比亚诗歌的最高成就是他的十四行诗。这种诗体是从意大利传进英国的。十四行诗是一种十四句脚韵的抑扬格五音步诗行押韵诗。抑扬格五音步诗是一种韵律，每行诗的念法可以是 de-da,de-da,de-da,de-da,de-da，重音都在“da”上。比如说，他的十四行诗的第三十首的第一、二行是这样的：I summon up remembrance of things past（我把过去的事情的记忆唤醒）；以及 When to the sessions of sweet silent thought（面对清洁的安静思想的法庭）。诗句在大声朗读时，韵律清晰可辨。英国学者科里·贝尔谈到十四行诗在欧洲的发展和继承，他用一首轻松而诙谐的十四行诗体这样写道：

> 在十四行诗中欲望看去像爱情 / 彼特拉克随后把这种诗歌定型 / 劳拉是他在诗中设计好的淑女 / 他与她巧在普罗旺斯不期而遇 / 诗人按定型的韵律演练出诗句 / 欧洲诗人步后尘纷纷埋头写起 / 古代无韵诗歌却渐渐露出败迹 / 游吟诗人一千二百年左右得势 / 彼特拉克的十四行诗匀称简洁 / 先是八行诗体后面增加六行诗 / 即如本诗样子后才合二为一体 / 他流放在阿维尼翁活得好失意 / 英国人如莎士比亚韵律来得迟 / 他们写成三段四行诗两行压边。

莎士比亚的十四行诗韵是这样的：abab，cdcd，efef，gg，这里每个字母代表一行诗，所有诗行中带有那个同一个字母的被认为是押韵的。这里透露了一个容易被我们忽略的信息，那就是“古代无韵诗歌却渐渐露出败迹”一句，联想到莎士比亚在剧本创作中却古为今用，启用了十个音节的无韵诗句，可以说他是一个很用心的人，对古人的成就很注意发扬光大。

就我看见的十四行诗的汉译本来说，梁宗岱先生的译本不仅是比较早的，也是目前为止最好的。如同彼特拉克给意大利的十四行诗定型，他用每行十二个汉字为他的译诗定型，个别诗中个别诗行用了十一个字和十三个字，让诗的形式和汉语古诗的形式尽量相像。韵律上，他的译文全部用了莎翁十四行诗的格式，即 abab，cdcd，efef，gg，取得了相当了不起的成就。当然，遗憾的是，这样的韵律因为不适合汉语的特点，无论阅读还是朗读，效果都不明显。

梁宗岱对外国诗歌有很深的造诣，尤其对法国的诗歌。他的点评兼论理的专著《诗与真》和《诗与真二集》在中国诗歌写作上产生过很好的影响。这可能对他翻译诗歌应该遵守的规矩大有裨益。不像张谷若的《维纳斯与阿都尼》和杨德豫的《鲁克丽丝受辱记》，他们汉译莎诗的诗行的字数最多十六个，少则十四个，他取了十二个字，首先保证了他的译文不会发挥太多，远离莎诗的原意；又没有少至十个字，基本保证了他的译诗的忠实程度居于中间状态，既有游离原意的译诗，亦有表达不尽的译句，但是因为十二个汉字和原诗十个音节仅差两个音节，这样译诗的形式基本保证了整齐划一，如同豆腐块儿，使得译诗的质量有相当的保障，例如第九九、一二〇、一二二、一二三、一二七、一二九、一四九首等。当然，为了这一形式，有些诗，如第四四首、四八首，翻译得就难尽人意，有些句子像写出来的而非译出来的。从我细读的情况看，不尽如人意的诗，大概在百分之三十左右；也就是说，译诗达到了良好效果的（以贴近原文精准而有相当汉语语境诗意为标准），百分之六十是足够的，还有百分之十是差强人意的。

下面列举一首诗，六六首，看看梁宗岱翻译的十四行诗和梁实秋的译本得失，从而让读者了解两种文字的转变情况。

Tired with all these, for restful death I cry:
As to behold desert a beggar born,
And needy nothing trimmed in jollity,
And purest faith unhappily forsworn,
And gilded honour shamefully misplaced,
And maiden virtue rudely strumpeted,
And right perfection wrongfully disgraced,
And strength by limping sway disabled,
And art made tongue-tied by authority,
And folly doctor-like controlling skill,
And simple truth miscalled simplicity,

And captive good attending captain ill.
  Tired with all these, from these would I be gone,
  Save that to die, I leave my love alone.

梁宗岱的译文是：

厌了这一切，我向安息的死疾呼，
比方，眼见天才注定做叫化子，
无聊的草包打扮得衣冠楚楚，
纯洁的信义不幸而被人背弃，
金冠可耻地戴在行尸的头上，
处女的贞操遭受暴徒的玷辱，
严肃的正义把人非法地诟让，
壮士被当权的跛子弄成残缺，
愚蠢摆起博士架子驾驭才能，
艺术被官府统治得结舌箝口，
淳朴的真诚被人瞎称为愚笨，
囚徒"善"不得不把统帅"恶"伺候：
    厌了这一切，我要离开人寰，
    但，我一死，我的爱人便孤单。

如果有人追问莎士比亚的十四行诗是什么样子，这首译作基本上可以作为样品展示。脚韵基本上遵循了原诗的，即abab,cdcd,efef,gg，第二个cd的d（"缺"字）不押韵；第二个ef（"能"和"笨"二字）押韵不完整；大体上算得上韵律诗了。第一行用了十三个汉字，最后两行用了十一个汉字，表现出译者大原则下的灵活性。翻译不准确的地方，第二行so，译为"比方"，欠妥。第四行的"而"有凑字数之嫌。第五行的"金冠"和"行尸"以及第八行的"当权"，原文里基本上是没有的，都可能是为了诗行的字数而发挥出来的。第九行和第十行颠倒顺序，可能是脚韵之故。最后一行的"但"，译为"只是"更精准。然而，此首译诗最大的缺憾是原诗一连用了十个 and 作为句子的开头，没有反映出来。而这点，如前所述的 let 和 to，是莎士比亚丰富英语诗歌写作进行的探索，丰富了英语诗歌的形式和表达广度，在译文中是应该甚至必须有所表现的。从内容上讲，也很有必要，因为这是一首谴责社会弊端的诗，and 连用十个，作者显然是在强调再强调，批判再批判，是力度的递进，深度的挖掘。

下面看看梁实秋的译文：

这些我厌倦了，我要在死中安息，
例如看着天才生而为乞丐，
蠢货反倒穿戴得堂皇富丽，
最纯洁的誓约惨遭破坏，
金亮的荣誉被放错了地方，
处女的贞操被人横加污辱，
一代完人的名誉被人中伤，
懦者当权，强者徒呼负负，
学术摄于权势不敢发言，
愚昧假充内行对专家发号施令，
真诚被目为头脑简单，
良善服从邪恶的乱命：
　　这些我看厌了，我要离开这人世，
　　只是我若一死，我的爱人形单影只。

形式上，一行最长用了十四个汉字，最短用了九个汉字，句子长短相差五个字；大体上的整齐划一应在两个汉字之间，五个字的差异，译诗的形式应该接近长短句，更接近自由体了。英文十四行诗的脚韵 abab, cdcd, efef, gg，译诗的韵脚完全做到，是可取之处，却又难免在汉语语境里水土不服。也许为了成全韵脚而不惜代价，不妥当的地方便在所难免了。全诗第五句与原文最贴切，却不幸漏译了 shamefully；第七句的“一代完人”和“名誉”都不妥当，而以下的五句译文，都翻译得似是而非，望文生义，一点也经不起推敲。最后两句“这人世”和“形单影只”虽然押韵了，但是不幸脱离原文的含义很远，不应该提倡。往细处分析，“堂皇富丽”对应trimm’d jollity，也很牵强，因为原意只是“拾掇得花里胡哨”之意。顺便一提的是，在梁实秋先生的十四行译文里，一共出现了三次“堂皇富丽”，似乎是译者喜欢的一个汉语成语，而相对的英文却是richly compiled（见第八五首）和purple pride（见第九九首）。从翻译角度来看，两种语言移译过程中，应该紧扣原词的含义，遵循一定之规，不应该出现如此大的差异，这应该算作译风不严谨之列。从细处再往大处看，梁实秋的译文的诗行字数弹性很大，多者十六七个汉字，少者只用七个字，例如of more delight than hawks or horses be一句译为“比鹰和马更好耍”，译法有点莫名其妙，既不贴近原文的意思，“更好耍”三个字一点书面文字的味道也没有，更别说诗意了。梁实秋的诗歌译文采取了更自由的形式，理论上应该更容易贴近原文，实际上倒是远离原文的意思更多，像一二四、一四四、一五〇和一五四首那样精当的译文，在莎翁的一百五十四首十四行诗里所占比例实在太少，令人感到十分遗憾。遇上一二九首这样内容丰富的好诗，把人类性欲的实质写到一种高峰，颇有绝唱式写作之险，梁实秋先生的译文就显得距离更大，远达不到原诗的深度和广度，连文字的清晰度都远远不够。遇上第八八首里像For princes are glass, the school, the book,/ where subjects’ eye do learn, do read, do look这样清晰明了的英文，梁译却出现了“帝王乃是明镜，教师，模范，/ 供臣民学习，阅读，观看”这样随意的表达，像“教师”“模范”和“供臣民学习”这样的变化真的是很不可取，几近乱译了。

另一方面，像原诗中第四二首那样佶屈聱牙的、四三首那样形式大于内容的、五六首用十八个标点点碎句子的、五七首插入两个括号使形式和内容都受损的、六五首用了四个问句的、八七首十个脚韵相同的、九一首六个排比句的、一〇一首每个词在不同语境里各出现四次而且各种标点符号都启用的，还有一〇四首用数字入诗的、一三五首像文字游戏的，等等，梁实秋先生的译文都更难达到应有的效果，甚至捉襟见肘的尴尬都不在少数。

当然，翻译这些别具特色的诗歌，梁宗岱的译文也有穷于应付的现象，像一〇九首，可以说句句译文与原文都有距离。但是，总的说来，梁宗岱翻译的十四行诗与梁实秋的十四行译诗相比，不属于一个档次。梁宗岱的译文可以算作汉译莎诗的成果，而梁实秋的译文只可以当作一种参考，对翻译研究也许更有用处，但对阅读和领悟莎诗，益处实在不大。

顺便一提，梁译莎剧的白话文体好像与大陆的白话文相差甚大，不知道是不是他久居台湾的缘故，这点体现在他译文的人名地名译法上也令人倍感奇怪。恺撒（Caesar）译为西撒与原文发音相近，是他遵循英语发音的译法，应该发扬光大，但更多译名却似乎要别出心裁似的。例如英国现代英语的先驱和《坎特伯雷故事》的作者乔叟（Chaucer），他译为“巢塞”，看来读来都很不像一个人名，而乔叟这名字好像一九四九年前就是这样的，他应该知道的；特洛伊(Troy)译为“脱爱”，汉字选用得简直不可忍受。按照一般惯例，翻译外国人名选取汉字，应该尽量选择字面意思中性的，避免象形和发音色彩强烈的，这几乎是翻译工作者的一个常识了。

五

莎士比亚的杂诗，通常包括四部分：《情人的怨诉》《激情的朝圣者》《情歌荟萃》以及《凤凰和斑鸠》。

《情人的怨诉》由四十七节诗组成，用很成熟的“君王诗体”写成，但是最后两行没有缩进去，不知道作者的用意为何。这些诗歌，如我一贯认为的，可以视为长诗《卢克丽丝受辱记》的准备阶段。《激情的朝圣者》的诗体比较杂，有九首是十四行诗，十一首是《维纳斯与阿多尼》使用的诗体，唯一一首诗用了十二行，但基本上都是十个音节、五音步，可以视为莎士比亚写作十四行诗和《维纳斯与阿多尼》做的准备工作，或者是他写作长诗过程中不满意的却有一定价值的，舍不得扔掉，后来收集成册了。我以为，《情歌荟萃》的成就不可忽视，音节比较自由，行数比较自由，诗体比较自由，有的诗行用了十个音节，有的只有一个词儿，四个音节，看得出来莎士比亚在这里羽毛笔天马行空的样子，因此是诗意最浓的。一共六十七行诗句的《凤凰和斑鸠》也应属于此类。

写作束缚越少，越利于作者自由探索，但对译者来说却是个考验。写出《文学翻译探索》专著的黄雨石先生翻译这部分莎诗，也算一段难得发生的翻译事件了。更巧合的是，黄雨石翻译的十四行诗，每行的汉字以十二个为主体，多则十三个，少则十一个，和梁宗岱翻译的十四行诗的形式不谋而合。这从一个侧面反映了翻译莎士比亚的十四行诗应该遵循的起码规矩，那就是首先要把诗歌的内容，甚至遣词造句都力图反映出来，其次才是韵脚和形式；反则，损害原诗的地方会更多。黄雨石先生的译文遵循了这一准则。莎士比亚的杂诗可谓五花八门，生动活泼。当然，为了照顾诗歌的特点，译者无论如何努力，译文都难免有不尽如人意的地方，例如… playing patient sports in unconstrained gyves 译为“无拘无束安度一生”（梁实秋译文）／“不再不受拘束地恣意游戏”（黄雨石译文）；又如 I strong over them, and you over me being strong 翻译成“我比她们强，你比我更狠”（梁实秋译文）／“我使他们心动，你却使我醉心”（黄雨石译文），都在不同程度上存在损害译文的问题。

六

以上所谈的译文，仅就两个版本谈起，译文都来自名家，但是莎诗汉译的状况却给人一种乱象。可以想象，涉及多个版本和多种新译的话，莎诗汉译的形式又会怎么样呢？因为工作关系，加之业余时间一直有翻译实践，并于七八年前出版了小书《译事余墨》，其中专门谈及了诗歌翻译，但是，这样的念头在脑海里萦绕了二十多年还总是觉得没有解决。

有些事情真的是冥冥之中的。一年多前，我的朋友罗益民教授寄给我一篇文章，名为《细读莎士比亚十四行诗第 12 首两种权威汉译》，作者是华中科技大学蒋坚霞教授，系其在河北师范大学举行的中国第七届诗歌翻译学术研讨会上的论文。文章对两个公认的权威版本、作者自己的译本以及其他译本的个别译句进行了分析比较，例句准确，分析到位，“从而得出辜译和施译与原文尚有相当距离，因而并不那么优秀的结论”。

作者写作文章的态度是诚实的：“诚然，拙译的发表是在包括辜译在内的众多译文之后，但是辜译的发表不同样是在诸多权威前译之后吗？事实是残酷的：辜译不仅没有超越前译，因而不可能是‘最好的’译本，不仅不是最好的译本，其问题和毛病还比其他译本更多。施颖洲先生是翻译高手，有数十年的翻译经验，但毕竟久居海外，对现代汉语的了解并不深透，运用起来捉襟见肘。”

在文章的上方，罗益民教授写道，“苏老师：您看看这篇文章如何？看看他谈得有道理没有？”我和罗益民是多年的朋友，邮件往来，我落款是“老苏”，他来信以“苏老师”相称，其实仅仅是称呼，很平等的。所以我仔细把这篇文章阅读了两遍，对具体例子再三琢磨之后，我回信说：此文言之有据，分析仔细，结论基本正确，唯一的缺陷是他自己的莎诗译文是十个字为一行，也可以说“十言体”，因为这种格式本身就有很大的局限性。

我所以得出这样的结论，不是针对别人，而是因为我在约二十年前，仗着自己还年轻，用十言体一鼓作气把莎士比亚的两首长诗——《维纳斯与阿多尼》和《卢克丽丝受辱记》——和三首短诗——《情人的怨诉》《激情的朝圣者》和《情歌荟萃》——全部翻译出来，收入了时代文艺出版社出版的《莎士比亚全集》。此后，随着年龄越来越大，内心的不安情绪越来越强烈，主要原因就是我越来越清楚，每行用十个汉字转译莎诗的十个音节，如果传达内容方面能达到十之六七，那么，对莎诗的形式和遣词造句的传达，充其量达到了十之二三，甚至更少。我唯一最满意的地方，是拙译基本遵循了原诗的韵脚，而恰恰因为这种韵脚，又伤害了原诗更多的内容。

二十多年来，我一直想把这些很不成熟的诗歌重译一次，哪怕没有人出版，也算对自己有个交代。然而，我迟迟按兵不动，原因是找不到一种更适合翻译莎士比亚诗歌的汉语形式。

在这乱糟糟的世界里，寻找更适合莎士比亚诗歌的汉语载体，谈何容易？

七

也还是冥冥之中，与杨德豫先生只有编辑与译者之间书信来往的我，三年前得到了杨先生寄来的一套《杨德豫译诗集》(二〇〇九年广西师范大学出版社出版)。杨先生在第一卷的前言里总结“‘五四’以后七十年来的翻译实践”时，得出了五种汉译外国诗歌的情况：

> （一）译成散文（例如朱生豪先生所译莎士比亚诗剧）；（二）译成自由诗；（三）译成半自由体（诗行长短比较随意，并未有意识地运用节奏单位来建行，押韵但不严格），从已经出版或发表的译作数量来看，这一种似占多数；（四）译成中国古典格律诗体（包括五七言体、词曲体等）；（五）译成现代汉语格律体即白话格律诗体。

一直以来，我有一个幻想：白话文的诗歌形式，应该像古诗形式一样，由写作诗歌的人创造出来，为中国广大读者所接受，所喜爱，然后由译者运用在翻译活动中。白话文的诗歌创作基本上与外国诗歌的翻译同时起步，八十多年过去了，中国现代诗人没有能创造一种为广大读者喜闻乐见的白话文诗歌形式，这是不争的事实。诗人写诗，较之译者翻译外国诗歌，享有更多的调动文字与组织句子的自由。诗人创造一种诗歌形式应该更容易，他们几十年来没有创造出来，说明这一创造之路是行不通的；诗人都难做到的，韵文译者怎么能做到呢？用白话文翻译诗歌，算起来也有七八十年的历史了，一代又一代译者进行摸索，精神可贵，自然会有一些说法。“以顿代步”就是一种说法，只是这个说法我在很长时间里都没有彻底弄清楚，这次好不容易从杨德豫先生这篇名为《用什么形式翻译英语格律诗》的文章里看明白了。这类主张的宗旨，杨先生在他的文章里引用了卞之琳先生的一段话来阐述：

我们平常说话一两个字、三个字连着说为最多，而不是一个字一个字分开说的，因此在现代口语中，顿的节奏也很明显。

杨先生接着这句话进一步解释说：

这就是说，我们日常口语都是由“顿”所组成的，通过“顿”的排列组合而形成节奏；其中以二字顿和三字顿最为常见，一字顿和四字顿较为少见（四字顿的最后一字多为助词，例如“绿油油的”）。既然如此，用汉语的顿（拍、音组）来代替英语诗的音步，使译诗每行的顿数与原诗的音步数相等，并对二字顿和三字顿（以及少数场合下的一字顿、四字顿）作出适当的配置，就可以在符合现代汉语规律的条件下，在诗行节奏上获得与原诗尽可能相似的效果。

为此，杨先生列举了卞之琳先生翻译的一段诗句，并用竖线分开，表示顿的所在：

老虎！ | 老虎！ | 火一样 | 辉煌，
烧穿了 | 黑夜的 | 森林和 | 草莽，
什么样 | 非凡的 | 手和 | 眼睛
能塑造 | 你一身 | 惊人的 | 匀称？

在分析这段译文之前，先看看英文原文：

Tiger! Tiger! burning bright
In the forests of the night,
What immortal hand or eye

Could frame thy fearful symmetry?

这段诗文，译文大体可以是 ：

虎！虎！燃烧的光焰
在黑夜的森林里闪现，
什么不朽的手或眼
能造就你匀称的惊艳？

诗歌的翻译，无论怎样发挥，首先都应该以尊重其基本含义为准则，例如最后一句为了尾韵，最大尺度也就是把形容词和名词置换一下（“惊艳”对 fearful，“匀称”对 symmetry）。

卞之琳的译文对照原文看，“老虎！老虎！”是忠实了原文的，后两个顿是把原文一个词组拆成了两个顿。不知道是不是为了顿，原文的意思应该是“燃烧的光”，没有“火”，更没有“辉煌”之意，即便从引申、延伸、发挥的角度看，“火一样辉煌”也是牛头对马嘴似的翻译，一点也不严谨。下句原文与上句是一句话，用逗号分开是可以的，把 burning 用在下句也是可以的，但有了“烧穿”的译文，“火一样辉煌”就纯属译者添加的东西了。这半句的意思是“在黑夜的森林里”，根本没有“草莽”之意。后一句除了“非凡的”不够准确，多添加了“一身”二字，其余应算中规中矩的译文。仅仅作为一种尝试性的翻译活动，这样翻译诗歌，固然可贵，似乎也说得通，但以忠实原文和严谨的态度来衡量，随意添加原文里根本没有的东西，这样做有点欺负不懂英文或者没有看到原文的读者之嫌，这样的翻译不管依照了什么样的原则，都是不该提倡的。

再说“以顿代步”。原文多为七个音节，不够四个音步，那么形式也和原诗算不上多么合辙。尽管译者是在用汉语里的顿代替英文里的音步，还说成是现代汉语的格律，那么，更重要的检测标准便是普通读者对于“顿”的说法知道不知道，有没有感觉。比如我这个普通读者，对于“火一样辉煌”“黑夜的森林”“非凡的手”“能塑造你”和“惊人的匀称”等句，就很难感觉到“顿”的必要性 ；我读这首诗的感觉，如果非要顿开，我以为是这样的：

> 老虎！ | 老虎！ | 火一样辉煌，
> 烧穿了 | 黑夜的森林 | 和草莽，
> 什么样 | 非凡的手 | 和眼睛
> 能塑造你一身 | 惊人的匀称？

所以这样顿开，是由汉语的句子基本成分造成的，例如最后一句的核心是“塑造你匀称”，其他都是因为作者表达的需要和习惯而添加上的，因此，用“顿”的主张把一个句子分割开，句子意思就极不连贯了；如果非要顿开，显然只能是一种个人或小派别的主张，没有普遍的意义。我们实在很难指望普通读者从译文中读出“以顿代步”的特色，哪怕译者用了天大的功夫。如果这样的特色对普通读者来说不成立，或者只能在少数诗歌翻译者中间自说自用，这样的诗歌译文很难说成是好的形式。我在拙著《译事余墨》里说过，如果用白话文翻译外国的诗歌，找不到为读者喜闻乐见的特定形式，是很难翻译出来神形兼备的外国诗歌的，只能用比较合理的自由诗体形式来翻译。“以顿代步”可以认为是韵文译者们试图创造一种白话文表达外国诗歌的形式而做的努力，精神可贵，但成果不足以让普通读者信服、喜爱和接受；充其量，作为一种教授诗歌朗读的方法，也许还有可商量之处。

这还仅仅是一首七八个音节的诗歌的翻译情况，如果套用在莎士比亚惯用的十个或十一个音节的诗体翻译活动中，其出入之大，其准确性的误差，就可以想象了。

八

借助别人的成果不成，我又回到中国诗歌发展的历史中探索和琢磨。《三字经》《千字文》《诗经》，汉赋、唐诗、宋词、元曲，都找来例子进行剖析，得出的结论是：要用一种现成的汉语诗歌经典形式把莎士比亚的诗歌翻译出来，是绝无可能的。收获是摸清了汉语韵诗从四言的《诗经》开始，发展为五言古诗，到唐诗形成非常成熟的七绝和七言律诗，然后就出现了一个大拐点，走向了宋词和元曲，基本上就是长短句的形式了。有人说宋词和元曲没有唐诗成就高，此言差矣。任何形式的语言都是为了表达人类的思想，突破语言形式是思想寻找更彻底的表达的结果。不信吗？看看宋词里的重叠词，李清照在她的大词《声声慢》中可以发挥到这样的妙境：

寻寻觅觅，冷冷清清，凄凄惨惨戚戚。乍暖还寒时候，最难将息。

找遍唐诗，你可寻得到这样透彻五脏六腑的表达？到了元曲风生水起时，高明在他的名剧《琵琶记》里把人类的思想感情表达得这样细腻与纠结：

糠和米本是相倚依，被簸扬作两处飞。一贱与一贵，好似奴家与夫婿，终无相见期。丈夫，你便是米呵，米在他方没寻处。奴家恰便是糠呵，怎的把糠来救得人饥馁，好似儿夫出去，怎的教奴，供膳得公婆甘旨？

这样的文字水准，已经直逼莎士比亚的写作了。可见，古今中外的历代作者为了更准确、细腻地表达人类的所思所想、喜怒哀乐、七情六欲，都一直在突破语言的程式化，而汉字组成的律诗诗行，七个字就是最高形式，八个字一行就需要对半拆开或者偏正拆开来遣词造句而少为人用，九个字只能是三三成组或偏正拆开而在戏剧里偶用，而十个字绝大部分情况下是如下形式：

听他言吓得我浑身是汗，
十五载到今日才吐真言。
原来是杨家将把名姓换，
他思家乡想骨肉就不能团圆。

这是京剧《四郎探母 · 坐宫》的著名唱段，铁镜公主和杨延辉的夫妻对唱，京剧爱好者是耳熟能详的。与元曲相比，现代戏剧的表达不仅没有发展，还走了程式化的路子，这是因为中国的戏剧加强了唱腔和表演，唱词要为唱腔和表演服务。中国的戏剧要唱出来，而西方的戏剧要说出来。要说，则是滔滔不绝才好；要唱，却是言简意赅、有板有眼为好。因此，中国不论哪个戏种，最好的脚本也都无法像西方戏剧剧本那样，成为优秀的读物。所以，中国戏曲的唱词基本上以十字言为主，就顺理成章了。这段唱词前三句都是十言，停顿的规律都是三言、三言、四言，而后押韵且一韵到底。最后一句是十二个字，停顿起来就复杂一些，应该是前四言、中三言、后五言。十二字的唱词在大剧种，如京剧和豫剧，可以见到；再如京剧《追韩信》的“一路上得遇陆贾郦生与张良”和“但愿得言听计从重整汉家帮”，前一句停顿起来是前三言、中六言、后三言，而后一句则是前三言、中四言、后五言，没有一定之规，基本上是根据字里行间的意思来停顿，这就是表达力更强的无处不在的叙述体了。其实，细细读来，十言体也应该算作叙述体，只是它的叙述节奏非常鲜明，三言—三言—四言，几乎是不可更改的，遍及中华大地的各个戏种的绝大多数唱词可以做证。而且，似乎是越小的戏种，使用十言的唱词越多，比如我家乡的上党梆子，几乎所有大段唱词，都是十言为一行，例如著名作家赵树理为上党梆子《三关排宴》写的唱词：

一不忠背宋王罪比山重，
二不孝违母命灭绝天伦，
三不义抛结发又把妻聘，
弃国土忘根本怎能为人？

这是佘太君斥责十五年未见面的儿子杨四郎的唱词，和传统戏剧里的唱词大相径庭，句句话听起来疾言厉色，大义凛然，其不近人情、虚张声势的表达，令人心悸。作者赵树理在北京因写“中间人物”“侮辱贫下中农”而大受批判，然后他回到山西老家思过，他一心想写出“高大全”式的人物，但是天性忠厚而真诚的赵树理，怎么塑造也不得要领，结果就拿古人杨四郎开刀，以为逮住了一个苟且偷生的古人，其实是自己受了虐待，反过来歪曲人性，当然不会写出好的作品了。从这个侧面，我们也可以看到，创作必须贴近人性，像莎士比亚一样。当然，这是题外话，我举出这样一个例子是要说明，在地方戏里，像赵树理这样著名的作家来写剧本，也只得用十言唱词。

通过戏剧，十言唱词对国人的影响是很大的，因此十个字为一行地翻译诗歌，读者很容易用戏剧里的十言体来比较，而且是潜意识的，因此对这样的译诗得到的印象一定不会很好，难免一种很不畅快的感觉。如果将十言体作为一种叙述体，字数少，表达的内容就少，如果一个外国人名或地名占了四五个字，剩下的空间就更有限了。英语一个句子里有十个音节，可能由十个单词组成，也可能由八九个单词组成，表达的内容很多，但形式上长短不一，如果用汉语的十言体来对等翻译，形式反而呆板，翻译出来的内容一定会大打折扣，因此读者总会感觉有什么东西失去了。如果要把所表现的内容表达干净，就需要增添几个字或者减少个别字才通顺，才自然；如果一定局限十个汉字，就会出现“夏季苍翠也已捆扎成束”以及“死去迅速如见别的生长”，总给人怪怪的感觉。如果变通成“夏季麦 ｜ 已收割 ｜ 等待打捆”以及“死得快 ｜ 犹如见 ｜ 他人新生”，念起来就有节奏得多，顺口得多，却又不能够准确地表达原文的意思，很难做到两全其美。

然而，不论是《三字经》《千字文》《诗经》、五言古诗、五言绝句和律诗、七言绝句和律诗、宋词和元曲，还是大量的中国各种戏曲的唱词，都是有脚韵的，而且似乎是必需的。换句话说，韵是中国诗词或韵文唱词的魂。显然，魂不能丢，但束缚也大，于是，严格的律诗便有了“一三五不论，二四六分明”的灵活性，尽管有人告知我，说这话主要是针对律诗的平仄，但在一般写家和读者来说，就是指诗歌押韵的。鉴于中国的诗歌发展，趋势是逐步突破诗行的字数，最后到达宋词和元曲的长短句，接近现在汉语的散文叙述句，我以为，翻译外国诗歌采用半自由体，即弹性的字数加韵脚，是很现实的。我的这个译本就采取了这样的方法，基本上是汉语为原文服务，迁就之处已经很有限了。

然而，很有限也还是有迁就，对更准确地翻译原文，还是问题。鉴于莎士比亚的诗歌翻译在坊间已经到了乱象丛生的地步，表扬和自我表扬的现象成了常态，莎士比亚的诗歌到底是什么样子，反倒成了一个大问题。从发现这个问题开始，我便下了最大决心，不惜数年工夫，特地翻译出一种“散文体”与诗体并存，而散文体的译文也尽量保留一些有规则的韵脚，力争达到散文诗的模样。宗旨是最大限度地忠实地呈现原文的内容，遣词造句尽最大可能做到反映原诗的形式，文从字顺，简洁干净，力争达到一面透亮的镜子的效果，不仅准确地表达原诗内容，而且要尽量反映莎士比亚写作诗歌的遣词造句的特色。

当然，第一次用散文体翻译莎士比亚的诗歌，纰漏和舛误在所难免，译者衷心希望得到同道、同行和文人学者以及众多读者的批评和帮助，使之臻于完善。

本文从莎士比亚的第一部长诗《维纳斯与阿多尼》谈起，这里不妨仍然以它来结束。这部长诗的头两句是：

Even as the sun with purple-colour’d face
Had ta’en his last leave of the weeping morn,

三十多年前，张谷若先生的译文是：

太阳刚刚东升，圆圆的脸又大又红，
泣露的清晓也刚刚别去，犹留遗踪，

台湾梁实秋先生的译文是：

恰似红头涨脸的太阳
向泪汪汪的清晨告别而去，

二十多年后，方平先生的译文还是：

东方，太阳刚探出了紫红的面孔，
就此诀别了正在淌泪的清晓；

张译的“东升”是臆想，“圆圆的”是随意添加，“又大”是在凑字；“泣露的清晓也刚刚别去”是错译，而“清晓”的用法不严谨；“犹留遗踪”是无中生有。梁译的“恰似”系理解有误，而“红头涨脸”应是“血气偾张”的程度，与初升的太阳不搭界；“泪汪汪的清晨（weeping morn）”太直露，若把 weeping willow（垂柳）译成“泪汪汪的柳树”那不是贻笑大方吗？方译的“东方”是模仿错误的前译“东升”所致，极不可取，几近乱译；译作“紫红”不如索性译为“紫色”，“就此诀别”译得没有出处，莫名其妙，“正在”所含的进行时态丝毫没有顾及原文中的过去时态，而“清晓”二字盲目借用前译很不可取。

其实这两行英文组成的句子的确切意思只是：太阳刚刚露出的红脸与滴露的早晨最后告别。

莎士比亚诗歌的各路译者，不少人现今仍然采用“望文生义”的翻译态度，表达极不严谨，而我们对诗歌译者又要求过宽，让他们享有了不应有的特权；其实外国诗歌无论抒情的、田园的、言志的还是描绘现实的，都是叙述性质的，每句话必有主谓宾的基本成分，为后来居上的散文体写作打下了良好的基础。西方诗歌的这种主要特点，至今也没有引起多数译者和学者足够的重视，在此再次强调：西语诗歌是叙述性的，平实而富于表达是最大特色，任何花里胡哨的译文，都是望文生义甚至胡译、乱译和扒译的结果。因此，我根据多年编辑和翻译外国文学作品的经验和教训，把多数优秀译者遵循的有效的良好的翻译方法，简单概括为四句话：

以语法为依据，
以句子为单位，

以段落为语境，

以全诗为工程。

约六年前，我就杨宪益夫妇和大卫·霍克斯翻译的《红楼梦》里的《好了歌》的译文，分别从网上发给爱尔兰的几个朋友，听取他们的意见。他们在各自不同的职业背景上，得出了一致的看法：杨宪益夫妇的版本高于霍克斯的版本。而读过翻译专业的丽塔小姐认真地写下了她对译文进行评判的标准：

哪种译文更可能接近汉语文本？

哪种翻译可能更发挥而哪种翻译可能更拘谨？

哪种英文文本读来更好些或者哪种英文文本对讲英语的人听来更顺耳？

哪个英文版本是更早一些翻译的？

谨希望我们可爱的读者阅读翻译作品时会发出这样的疑问，首先想到的是翻译作品应该具备的特色，而不是用自己的母语硬套译文，误以为“香消玉减”这类的译文是什么好译文，其实这样的译文是最不靠谱的。

没有自己的观点，便只能道听途说，以讹传讹。

苏福忠

2014 年 5 月 25 日于太玉园二人斋

维纳斯与阿多尼

世人只知斤斤计较那些蝇头小利；我却愿
金发的阿波罗为我的酒杯斟满灵感之涌泉。

莎士比亚写作《维纳斯与阿多尼》这首长诗时，已经是伦敦戏剧界有名气的剧作家了。他把它献给了南安普顿伯爵，说它是“我的苦心经营之初作”，并在诗尾郑重地署了他的名字。这是莎士比亚这个名字首次正式印成铅字。一五九二年夏天，一场可怕的瘟疫流行起来并持续了近两年，伦敦的各家剧院因此关闭了。莎士比亚大约此时创作了这首诗，极可能是为寻求新的职业进行尝试。它模仿古罗马诗人奥维德叙事抒情诗的形式，因为这种诗体在当时很时兴。

奥维德在其《变形记》中写了维纳斯和阿多尼的故事，大约七十五行。亚瑟·戈尔丁的英译版已于一五六六年出版。莎士比亚的创作显然参照了原文版和英文版两种，但莎士比亚的诗长一千一百九十四行，全新的内容，全新的创作。在奥维德的诗里，英俊的阿多尼对爱神维纳斯热烈的爱给予了回报；莎士比亚则把阿多尼写成一个羞怯的少年，不谙爱情，对维纳斯的进攻躲躲闪闪。在奥维德笔下，一对情侣双双出猎，而莎士比亚却让阿多尼在维纳斯情欲亢奋时脱身，独自去追野猪。诗的结尾也有所不同：奥维德的维纳斯乘着鸽车飞往塞浦路斯，在阿多尼受了致命伤时又返回来；莎士比亚的维纳斯则在焦急中等待他出猎的结果。她听到了阿多尼的猎狗狺狺叫声，看见了血淋淋的野猪，目睹了阿多尼的被击败的猎犬，最后才看到了阿多尼的尸体。在奥维德的诗尾，维纳斯让阿多尼变成了银莲花；而在莎士比亚的诗尾，阿多尼的尸体化掉，生出了一朵红白相间的花，维纳斯采摘而去。

除了这些区别，莎士比亚又加进了牡马追牝马的情节；维纳斯借景借物的淋漓尽致的辩词，也是其诗作成功的一面。在整首长诗中，除了草木便是动物，而人只有两个——维纳斯和阿多尼。这样的背景颇具苦心和特点，是莎士比亚主张返璞归真、情欲自然流露的表现手法之一。那头野猪具有象征意义：它是人征服兽的障碍，是恶的化身，是凶残的代表；它不仅破坏了人类的美，也破坏了人和动物之间的和谐。另一方面，人也正是在同野猪之类的凶兽的斗争中逐步完善自己，最终创造了人类自己特有的生活，成为地球的主宰者。

在莎士比亚时代，《维纳斯与阿多尼》是最常销的诗篇，在他生前便重版了十次之多，至一六三六年，即他逝世二十周年之际，已重版了近二十次！这是一首描写情欲的成功之作，是一首具有悲喜剧特色的爱情长诗，在莎士比亚的全部创作中占有重要地位。

献给

南安普顿伯爵兼蒂奇菲尔德男爵

亨利·赖奥瑟斯利阁下

阁下，我真不知道今将粗浅的诗行献给阁下，是何等冒犯之举；也真不知道挑巨木负弱果的行为，世人怎么评说。唯愿您心喜不弃，我便深以为荣，并誓不虚掷光阴，耕耘不辍，力争为您再献佳作。然而，倘若我的苦心经营之初作不堪入目，那我则会为它在如此高贵的教父面前露丑而难过，再不敢在不毛之地上弄文舞墨，免得它使我执迷不悟，到头来竹篮打水一场空。我谨将它交您定夺，明察优劣，因我仅希望它永不辜负您的心愿和世人的殷切期望。

您忠实的臣仆

威廉·莎士比亚

1

太阳刚刚露出红红的脸，
与滴露的早晨最后告别，
脸颊红润的阿多尼就要出猎；
他嗜好打猎，却对爱情嘲弄不屑。
　　苦恋的维纳斯不愿放他走，
　　像大胆的求婚者把他裹挟。[3]

【散文体】太阳也就刚刚露出通红的脸蛋，和露水湿地的早上最后告别，这么早满面红光的阿多尼就要去打猎，只因他酷爱打猎，便对爱情当笑柄对待；

苦恋的维纳斯不甘心放他走，像热恋中的追求者向他苦苦恳求。

2

“比我漂亮三倍，”她这样说，
“田野的花王，馨香可贵，
令仙子们含羞，比男人可爱得多，
洁白如鸽子[4]，娇红似玫瑰——
　　造化捏造你时，劲可没少费，
　　还说世界会与你性命同归。

【散文体】“你比我漂亮三倍，”维纳斯这样赞叹道，“田野的花魁，比别的花都香，仙子们见了都自愧不如，你比一个男人可爱得多，比鸽子更白，比玫瑰更红；

造化捏造你时费了不少周折，还说这个世界会与你的性命一起败落。

3

"劳驾，你这牛人，快从马上下来，
把马傲慢的头在马鞍上紧系；
你若应允这请求，你会得到好处，
你因此会了解成千上万的秘密。
　　请过来坐下，这里从来没见过蛇迹；
　　一等坐定，我会把你吻得很难呼吸。

【散文体】"劳驾，你这妙人儿，快从马上下来，把那傲气的马头在马鞍上拴好；如果你答应这个要求，你会因此得到犒劳，一下子能把N多个秘密了解到。

请过来坐下，这里从来没有蛇嗞嗞作响；等你坐稳了，我就对你狂吻，让你连气也喘不舒畅。

4

"不过不会让你的嘴唇恶心，
只会吻得越多越觉得饥渴，
花样翻新让嘴唇时红时白；
十吻如一吻短暂，一长吻如二十个。
　　一个夏日仿佛一个时辰短暂，
　　这般消磨光阴才尽兴快活。"

【散文体】"但是，吻得再多也不会让你腻烦和恶心，只能吻得越多越感觉饥渴，吻出花样，让嘴唇一会儿发红一会儿发白；接了十个吻犹如一个那么一刹那，来了一个长吻好像来了二十个应接不暇。

一个夏天仿佛过了一个时辰那么短暂，这样消磨时光才不觉得冤。"

5

说过这话她抓住他汗湿的手掌，
手掌有汗是精气与活力的呈现，
她在激情中发抖，说汗就是琼浆——
滋养女神的是人世间的仙丹。
　　激情那么难耐，欲望给她力量，
　　莽撞地把他从马上一把拉翻。

【散文体】这番话说过，她抓住了他汗湿的手掌，这正是精气和活力的表象，她顿时激动得浑身哆嗦，说手汗是良药，人间的仙丹，能让女神受活。

深陷情欲中，欲望让她有了蛮力，一把将他拉下马来。

6

一条臂拉着那烈马的马缰；
一条臂揽住那温顺的少年，
少年红着脸轻蔑地噘起嘴，
生硬的做派，不懂男女缠绵。
　　她脸红燥热得如燃烧的火炭；
　　他害羞得脸红，只想在林中撒欢。

【散文体】她一条胳膊拉住那烈马的缰绳，另一条胳膊把那温顺的少年揽住，可那少年满脸通红，不屑地噘起嘴，态度十分生硬，一点不解男女风情。

她也满脸通红，身上燥热得像火中填炭，而他羞得脸红，只想在森林里飞奔驰骋。

7

把有饰钉的马缰系到老树枝上，
她系得很巧：——爱情多么管用！——
坐骑拴得紧紧的，这时候
她开始琢磨把骑手掌控：
　　猛将他后推一把，好像她被推一下，
　　用力把他摁住，尽管欲念还未占上风。

【散文体】把有饰钉的辔头系在一棵粗糙的树枝上，她两手很利索：——哦，看看爱欲多么迅速——把马儿拴好后，她开始琢磨把骑马的人玩一番：

她用力把他往后推一把，却好像她被推了一下，好不容易把他按住了，但不是欲念在作祟。

8

他将将落下马她就扑上去，
都用胳膊肘和胯部做支架；
她及时爱抚他的脸，他却把眉皱，
他来不及责骂，她早把他嘴唇戏耍；
　　边吻边絮叨，浪语淫词间杂其间：
　　“如果你开骂，你的嘴就永远别张大。”

【散文体】他刚刚从马背上落下地，她就跃身上去，两个人都用胳膊肘和胯部支撑着身体；她迫不及待地把他的脸蛋抚摸，他因此直把眉紧蹙，他还没有来得及呵斥，她早把他的嘴唇堵上了；

她一边狂吻一边念念有词，缠绵多情的话不离口：“你要是出言不逊，你的嘴唇再别想张开。”

9

他烦躁又难堪：她泪水涟涟，
用热泪冲刷他的脸颊上的处男：
她气喘吁吁，金发飘起，
把他脸上的泪水又弄干；
　　他说她放浪，怪她不守贞洁，
　　他说得再多她只用吻奉还。

【散文体】他羞得脸上火燎燎的：她用涟涟泪水把他脸颊上的处男般的灼烧冲洗：她一口接一口地呼吸，金色的头发乱飞，渐渐地弄干了他脸上的泪水；

他说她行为太不像话，怪她没有淑女风范，可他说得再多也顶不住她的吻杀。

10

简直如饿急的猎鹰，又快又准，
尖喙吞噬鸟儿，肉骨全不剩，
它一边摇动翅膀，一边饕餮，
要么胃囊不饱要么猎物已无踪影，
　　她就这样吻他的面颊和下巴，
　　刚刚吻过的地方她又来吻蹭。

【散文体】恨不得像一只饥肠辘辘的苍鹰，飞得快看得准，利嘴儿吞食鸟儿没有个够，吃了肉又把骨头吞，还一边摇动翅膀，一边大吃大喝，要不胃口还没有吃足，要不猎物早已吃完。

她好比猎鹰狂吻他的脸颊和下巴，刚刚吻过的地方又会吻一下。

11

不得不俯就，但是却万难服从，
他躺在地上冲着她的脸喘息；
她贪吸他的气息如获得猎物，
称它是天赐的甘露，大气的美意；
　　愿她的双颊是百花盛开的花园，
　　那才能享受到纯净的阵阵好雨。

【散文体】不得不配合她，可他又不甘心听从她，他躺在地上冲着她的脸喘粗气；她立即吸入他的气息，如同逮住了猎物，说这气息是天降的琼浆，大气的惠赠；

多么希望她的脸颊是开满鲜花的花园，这样一来就可以享受如此蒸馏过的甘霖。

12

瞧，如落难的鸟儿在网中挣扎，
阿多尼在她怀里如同罗网深陷；
羞愧和挣扎令他十分恼怒，
两只生气的眼睛使美丽彰显：
　　大雨降落在流水淹岸的河里，
　　增添的雨水或许会溢出堤岸。

【散文体】瞧吧，一只鸟儿在网中如何挣扎，阿多尼在她怀里被牢牢困住；他真的很害羞，怕得很抵触，这让他很不爽，可他两只生气的眼睛反而映衬得美丽异常：

大雨降落在洪水满满的河里，新增的雨水也许会让大水决堤。

13

她仍在恳求，恳求得迷人，
对可爱的耳朵尽诉着心怀；
他依旧郁闷，一脸愁容怨气，
羞颜有时通红有时气得灰白：
　　脸红时她爱得至深；脸灰白时，
　　她爱得更深也更加喜从中来。

【散文体】她还在央求，令人心疼地央求，对着一只可爱的耳朵她倾吐她的心绪；他还在郁闷，还是一脸苦相一脸怒气，害羞时脸色通红，生气时脸色苍白：

脸红时她喜欢得要命；脸灰白时，她喜欢上又加喜欢，内心越发高兴。

14

管他如何反应，她却只有爱；
举起她的白嫩的素手她发誓，
她决不离开他的柔软的胸膛，
除非他与她抗争的泪水讲和气，
　　她涟涟泪水已经把脸颊湿透，
　　他甜甜一吻就可以把情债还齐。

【散文体】不管他怎么腻歪，她别无选择只有爱；她举起她那白嫩的纤纤素手起誓，除非他与她抗争的眼泪讲和，她决不离开他柔软的胸脯，

她泪如雨点一直在下，早已湿透脸颊；只要一个甜蜜的亲吻，这笔还不完的情债就算付清。

15

听了她的誓言他抬起下巴，
像潜水的鸟儿在波中窥视，
如若发现动静就立即潜下水里；
对她的渴望他就这样敷衍了事。
　　可等她噘起嘴等他来把吻还上，
　　他却闭上眼睛把嘴向一边扭去。

【散文体】听了她的誓言他抬了抬下巴，如同潜水的鸟儿在涟漪里窥探，一旦发现动静就马上往水里钻；她的满心渴望他就这样敷衍；

可是当她噘起小嘴儿等他来吻时，他却把两眼闭上，嘴唇也扭到了一旁。

16

匆匆路客在夏天炎热里跋涉，
嗓子冒烟也不像她要吻解渴。
她渴求自己的帮助，但求而不得，
就是泡在水里也难熄她的欲火：
　　“哦，可怜，”她开口说，“硬心肠小伙，
　　我只求一个亲吻；你为什么羞涩？

【散文体】从未有哪个路客在夏天的酷暑里跋涉，口渴得只想喝水，不会像她一样渴望他心意回归。她寻求自己的办法，但是求而不得，即便在水里浸泡，她的欲火一样燃烧：

“唉，好可怜，”她开口说，“铁石心肠的小伙子哦，我只求你的一个亲吻；你为什么这样忸怩呢？

17

“我曾被人追求过，像我如今追你，
那人可是强悍而威武的战神，
在战场他不曾垂下他那强颈，
他攻无不克并且所向披靡，
　　然而他曾是我的俘虏和奴仆，
　　乞求你唾手可得的这种东西。

【散文体】“我曾经被人追求过，如同现在我追求你，那人就是强大而威武的战神，在战场上他从来没有低下他强壮的脖颈，他攻无不克，指哪儿打哪儿；

可是他却曾是我的俘虏和奴隶，乞求得到你无须开口就能得到的东西。

18

“在我的祭坛上悬挂过他的长矛，
他斑驳的盾，和一往无前的头盔。
可他为了我学会了娱乐和跳舞，
还有调情，嬉闹，闲荡，微笑和斗嘴，
　　他埋怨战鼓总是打响，旌旗经常飘红，
　　愿把我的酥胸当战场，我的眠床当营帐。

【散文体】“在我的祭坛上悬挂过他的长矛，锈迹斑斑的重盾，一往无前的战盔，并且为了我，他学会了娱乐和跳舞，调情、嬉闹、闲荡、微笑和斗嘴也样样在行，

他抱怨战鼓总是敲响，旌旗总是挂起，宁愿把我的酥胸当作战场、我的眠床视为营房。

19

“他这样一呼百应的人由我支配，
摆布他只用了一条红玫瑰链：
他强大的力量虽然使硬钢变软，
对我的调笑的讥讽却只有奴颜。
　　哦，不是傲慢，不是你力量的自夸，
　　降伏战神的人却让你把魂儿牵。

【散文体】“他这样指挥千军万马的人由我摆布，我掌控他只需用一根拴玫瑰的红绳：他更强壮的力量让坚硬的钢铁服软，对我调笑的冷嘲热讽却听之任之。

哦，不是傲慢，不是夸耀你的力量，降伏战神的人却让你稳稳拿住了。

20

“将你的好看的嘴儿碰碰我的唇——
尽管我的唇不够美，却也红艳——
那亲吻是你自己的也是我的。
你在地上看见了什么？抬起头脸：
　　看看我瞳仁里，那里有你的美貌；
　　那为啥不唇对唇，既然已经眼望眼？

【散文体】“让你俏丽的嘴唇碰碰我的双唇吧——尽管我的嘴唇算不上多美，却也是樱桃小口——那亲吻是你自己的也是我的。你在地上看见了什么？把头抬起来：

看看我眼仁里，那里有你的模样；既然我们眼对上了眼，你为什么不唇对上唇？

21

“你是害亲吻羞吗？那请再闭上眼，
我也把眼闭上；这样白日如同夜间；
男女配双配对，爱情便让人销魂；
大胆寻求快活，我们的快活无人看见：
　　我们压住的紫罗兰，静静做铺垫，
　　它们不会乱说，不懂我们正在热恋。

【散文体】“你是因为亲吻而害羞吗？那就再闭上眼睛，我也把眼睛闭上；这样白天就成了黑夜；男女配双配对，爱情让人销魂；大胆把快活追求，我们的快活没有人会看见：

我们压在身下的紫罗兰，安静地做铺垫，它们不会乱说，也不明白我们在做什么。

22

“你诱人的唇上柔软的绒毛显得
你还不成熟；但也许你味道正好：
及时行乐，别让好时光溜走；
自身的美不应该虚掷浪抛：
　　艳丽的花朵不会一起竞放，
　　很短时间里就会凋谢消耗。

【散文体】“你挑逗的嘴唇上绒毛柔软，显然你还不成熟；不过你也许品尝起来很鲜美：有快乐就赶快享受，别让好时光悄悄溜掉；自身里的美不应该被浪费：

美丽的花朵不会一起怒放，用不了多一会儿就会凋谢，损耗。

23

“我要是面恶，身臭，颜衰纹多，
乖戾，畸形，下贱，嗓音沙哑，
早衰，猥琐，类风湿又身体发冷，
眼花，贫瘠，消瘦，干巴巴，
　　那么你可以罢手，因为我配不上你；
　　可我没有缺陷，你为什么对我害怕?

【散文体】“我要是生来就丑陋、恶臭、面老皱纹多；要是生来就乖戾、畸形、被人看不起、患了类风湿和怕冷病；要是生来眼花、贫瘠、干瘦，还干巴巴；

那么，你就及时罢手，因为我配不上你；但是我没有缺陷，你为什么还躲避我呢?

24

“我的额头你看不到一丝纹路；
我的两眼灰蓝，明亮，顾盼活泛；
我的美丽恰如阳春一年一度，
我的皮肤柔软丰润，骨髓烧燃；
　　我细腻温润的手，凭你触摸感受，
　　你的手掌会融化，或如化掉一般。

【散文体】“你在我的额头看不见一丝皱纹；我双目蓝灰，明亮，活泛；我的美丽如一年一度的春天，我的皮肤温润丰腴，连骨髓里都有火气；

我细腻温润的手，你尽管触摸，包管你的手会化解，或者如化掉一般。

25

“让我讲话，我能让你的耳朵着迷；
或者，如精灵一般，凌波而迅跑；
或者，如仙子那样，长披青丝，
在沙子上起舞，却看不见两脚：
　　爱情是烈火缩成一团的精灵，
　　没有下沉的沉重，却轻巧，升高。

【散文体】“让我开口讲话，我能让你的耳朵听得入迷；或者，像精灵一般，在清波上行走；或者，如仙子那样，满头青丝飘飞，能在沙子上翩翩起舞，却看不见脚在行走。

爱情是一个凝聚成一团火的精灵，不是下沉的重物，而是很轻灵，只会节节升高。

26

“看我躺在身下这成片的樱草，
这些弱花朵如大树把我托住；
两只弱鸽子能带我飞过天空，
从早飞到晚，甚至我行乐的去处：
　　爱情就这般轻飘，好小伙，怎么会
　　让你觉得它压得人不堪重负？

【散文体】“看看这片樱草，我躺在上面；这些柔软的花朵像强壮的大树把我托住；两只无力的鸽子会把我带往天空，从早上一直飞到夜晚，甚至去了我寻找乐子的地方：

爱情就是这般轻盈，甜蜜的小伙子，怎么你会觉得它让你承受不起呢？

27

“难道你自己的心爱上你自己的脸？
难道你的右手拉住你的左手相恋？
那样只能自我求爱，自己拒绝自己，
窃取你自己的自由反把小偷埋怨。
　　那喀索斯[5]因为自恋反把自己害，
　　终在小溪里亲吻影子把命了断。

【散文体】“难道你的心会爱上你自个儿的脸吗？难道你的右手会拉住你的左手谈恋爱吗？那只会是自己向自己求爱，然后自己拒绝自己，偷走了你自己的自由却埋怨小偷行窃。

那喀索斯因为自己热恋自己，终于害了自己，在小溪里亲吻自己的影子，溺水而死。

28

“火炬为点燃而制，珠宝为佩戴而做，
珍馐味道爽口，丽质招人喜爱，
花草为香味而生，树木能生长结果；
万物为自己生长，长成后反受虐待；
　　种子从种子里生，美把美来栽培；
　　父母把你生，你有责任传宗接代。

【散文体】“火炬做好了是为了点亮，打磨珠宝是为了佩戴，珍馐吃来可口，丽质招人喜爱，花草为香味生长，健壮的树木开花结籽；为自己生长的东西，长成了会被砍伐。

种子从种子里长出来，美会把美来栽培；父母生养你一回，你有责任传宗接代。

29

“大地不断增长才能把你养育，
没有你的生育大地怎么有吃的？
按照自然规律你必会得到养分，
等你死时你的后代可以继续；
　　这样，人虽死了，你死而犹生，
　　因为你的同类仍然生存在世。”

【散文体】“大地在增长才有你的吃喝，可没有你的生育，大地怎么得到供给？遵循自然规律你一定能得到养分，等到你去世的时候，你的后代可以接替你活着；

这样，人虽然死亡，可你死而又生，因为你的同类仍然活在这个世上。”

30

这番倾诉后相思的爱后开始出汗，
因为阴影已从他们身边远离，
泰坦[6]，在中午的炎热里有了倦意，
灼热的目光对他们狠狠看视：
　　恨不得阿多尼来给他赶车，
　　他代他与维纳斯来次亲密。

【散文体】这番倾诉后苦恋的爱后开始出汗，因为阴影已经从他们身边移开，泰坦在中午的酷热里感到疲倦，用灼热的目光热辣辣地俯瞰：

恨不得阿多尼来给驱赶马车，他趁机代替他去和维纳斯来一次亲热。

31

这时的阿多尼，显得懒洋洋，
眼神沉重，幽怨，生厌的样子，
眉头紧锁，让好看的眼睛走了样，
如同云雾遮挡天空乌烟瘴气，
　　他黑起脸喊道：“呸！别爱呀爱的！
　　太阳晒了我的脸，我得挪挪身子。”

【散文体】这时候阿多尼一副懒洋洋的样子，眼睛发沉，发黑，十分烦气，眉头不禁拧在一起，漂亮的眼睛因此都不好看了，好像云雾遮挡了天空，黑压压的，

他阴沉着脸叫道：“哎呀，别爱呀恨的说个没完，太阳把我的脸晒坏了，我要挪挪身子。”

32

“唉，”维纳斯说，“小年轻，如此不客气？
什么像样的理由让你这样走开？
我来吹出天空般的气，让微风刮起，
把这照射的阳光的炎热变凉快：
　　我用我的长发给你挡起阴凉，
　　要是头发也烫，我用泪水浇灭。”

【散文体】“唉，”维纳斯叹道，“年纪轻轻，就这样不友善吗？用这样赤裸裸的理由脱身走开吗？我来吹起天空般的气息，让轻风生起，把这照射的阳光的炎热变得凉快：

我用我的长头发给你挡起阴凉，要是头发也太烫，我就用眼泪来浇灭。”

33

“天上的太阳照射得炎热难耐，
看吧，我这样夹在太阳和你之间：
太阳照来的炎热令我很不舒畅；
你逼人的目光又把我来烤煎；
　　要不是我寿数不老，这条命会在
　　这天上的和地上的太阳[7]之间了断。”

【散文体】“天上的太阳把人晒得热死了，看看吧，我这样夹在太阳和你中间：太阳照来的炎热已让我很不舒服；你目光逼人又把我烤得厉害。

要不是我岁数还不老，这条小命早在这天上的日头和地上的日头之间闷死了。”

34

“你冷酷无情，像顽石，比钢铁还硬，
不，因为石头会风化，你却比顽石还硬？
可你是女人的儿子，怎么能不懂得
什么是爱情？没有爱情会有什么绞疼？
　　唉，你母亲若把你生得如此狠心，
　　她还不如不生你，死个干干净净。”

【散文体】“你真是刀枪不入，如同顽石，比钢铁还硬，不，你比顽石还坚硬，因为石头会风化吧？可你是女人的儿子，怎么能不懂爱情是什么？没有爱情会有什么样的折磨？

哦，你母亲要是真的生就你这样的铁石心肠，那她还不如不生你就死个干净呢。”

35

“我怎么了，竟然让你这般生恨？
我让你求爱其中还有什么大危情？
你是什么嘴唇接个小吻就会更坏？
说话，美妞，好好说，要不就别作声。
　　你亲了我一下，我来还你一个，
　　你若要两个，那算是一个双生。”

【散文体】“我怎么了，竟会让你这样憎恨？我让你求爱还会招来什么大的危险吗？你是什么嘴唇，接一个吻就会有更坏的结果？说话，美妞，就好好说，要不就别吭声。

你给我一个吻，那我来还你一个就是了，你如果要两个，另一个是你的赚头。”

36

“呸，无生命的画儿，像石头一样冰冷，
笔功精良的偶像，像人形却无趣，死的，
一幅石像差强人意却只能一看了之，
东西像个男的，却不像女人生养的！
　　你不是男人，虽然长了一张男人的脸，
　　因男人都爱亲吻，哪怕来自他们自己。”

【散文体】“啊呸，没有活力的画儿，像石头一样冰冷，无情，画工讲究的偶像，有个人形却枯槁，如死人，一幅差强人意的石像只能一看了之。东西像个男的，却不像女人抚养长大！

你算不上男人，尽管长了一张男人的脸，因为男人都喜欢接吻，哪怕来自他们自己。”

37

说着这话，她倾诉的舌头几度发硬，
一时无话只会把膨胀的情欲刺激；
红红的脸颊和一双怒目宣泄冤屈，
司管爱情，她却难了断自己的官司：
　　她一会儿哭一会儿想说话，
　　话未出口又被抽噎声阻止。

【散文体】这番倾诉中，焦虑的情绪搅乱了她诉说的舌头，高涨的情欲让她欲说又休；红红的脸颊和两只气愤的眼睛显示出她的冤屈，她掌管爱情，却难断自己的感情纠缠：

她一会儿哭，一会儿想诉说，话还没有出口又被哽噎阻断。

38

有时她摇摇头，随后又拉住他的手，
一会儿凝视他，一会儿看着地面；
有时她用胳膊将他搂抱得像彩带：
她愿意搂抱，可他不愿意让她纠缠；
　　他只想使劲挣脱她的紧箍，
　　她连忙把纤指紧紧地相连。

【散文体】有时她直摇头，随后又拉住他的手，一会儿盯着他看，一会儿看着地面；有时她两臂像彩带一样把他紧抱：她愿意这样，可他却不愿意让她这样缠绕；

他一心想使劲挣脱她的搂抱，她赶紧把洁白的指头相互勾在一起。

39

“好宝贝，”她说，“你既被我拦这里，
紧抱在白净的臂里难以动弹，
那我便是园林，你就是一只鹿：
你随地吃喝，山上山谷由你便；
　　先享用我的唇，要是这两座小山发干，
　　那就往下寻找，那里可有解渴的甘泉。[8]

【散文体】“我的心肝，”她说，“既然你被我拦在这里，两条象牙般的胳膊把你紧紧抱住，动弹不了，那么我就是园林，你就是一只鹿儿：你随时随地都可以吃喝，山顶山谷随你遍览；

先尝尝我的香唇，要是小山似的嘴唇发干了，那么你就往下踅摸，那里可有解渴的甘泉呢。

40

“在这园林的界内吃喝不用愁，
谷底青草可口，平地的就更别提，
圆圆山丘隆起，灌木丛朦胧而蓬乱，
避身之所由你选，管他狂风与暴雨：
　　那才是我的鹿儿，因我是这样的宝地，
　　没有狗叫惊扰你，哪怕千声叫得急。”[9]

【散文体】“在这园林的范围里你吃不愁喝不愁，谷底的青草香甜可口，平地的水草丰美可喜，圆山丘或高或低，灌木丛或隐或现，茅草蓬乱，供你躲避狂风和暴雨：

这样一来，你才是我的鹿儿，在我这园子里享受吧，没有狗叫惊扰你，哪怕千声万声叫得欢。”

41

听了这番话阿多尼干笑了几声，
迷人的酒窝出现在脸颊的两边：
爱情造出这沟壑，如果他被杀死，
他可以埋在这深窝里，却也很简单；
　　可以预见，如果他真能躺在酒窝里，
　　那，爱神在那里，他在那里不会真完。

【散文体】阿多尼听了这些话，干笑几声不以为意，脸颊两边却出现了两个酒窝：是爱情造出了这种沟壑，如果他遭遇不测，那他可以埋在这深窝里，简单方便；

不过可以预见，如果他真的能躺在这酒窝里，那么，爱神在那里，他在那里倒是不会真的死去。

42

喜人的深窝窝哟迷人的圆坑坑，
裂开它们的小嘴把维纳斯吸吮。
早已迷得发疯，现在如何会清醒？
一开始就打死，哪还用再次挥棍？
　　可怜的爱后，陷在自己情网中，
　　偏偏就爱一张嘲笑你的面孔！

【散文体】这些可爱的洞，这些圆圆的迷人的坑，张开它们的小嘴儿把维纳斯吞咽。早已迷恋得抓狂，这时怎么能清醒呢？上手就要了人命，哪还用再次动手？

可怜的爱后，深陷在自己的情网中难以自拔，怎么就爱上了一张嘲弄你的脸啊！

43

她这下有哪条路转向？有何话讲？
她的话说完了，哀求不断增加；
光阴在流逝，她的情郎要离去，
在扣紧的玉臂里使劲地挣扎。
　　“可怜吧，”她求道，“行行好，心软点！”
　　可他挣脱了羁绊，直接跑向了骏马。

【散文体】这时，她还有哪条路可以转弯？还有什么话好讲？她的话已经说完，她哀求了又哀求；时间在流走，可她的意中人还是要离去，在她的搂紧的两臂里用力挣脱。

“可怜可怜吧，”她哀叫道，“行行好，有点怜悯心吧！”可是他到底挣脱了她的搂抱，离开她向马跑去。

44

可，看，不远的前面有一片灌木林，
一匹育种小马，健壮，年轻而傲气，
阿多尼的马儿见了急得刨蹄子，
不住地撒欢，响鼻，扯起嗓子长嘶：
　　却见那强壮的坐骑，虽然紧系树桩，
　　却挣脱辔头，径直跑过去一起嬉戏。

【散文体】可是，快看，不远的前面那片矮树林旁有一匹发情的小母马，性感，年少，意气风发，阿多尼的马儿见了心花怒放，蹄子乱刨，不停地撒欢，喷鼻子，大声嘶鸣：

于是，那匹强壮的坐骑，尽管拴在树桩上，却挣脱了缰绳，径直跑过去一起做伴。

45

那公马威武地腾起，长鸣，尥蹶子，
终于把它腹下的肚带生生地挣断；
坚硬的大蹄子把负重的大地踩踏，
大地深处发出轰鸣如同天雷震撼。
　　结实的牙齿将铁嚼子咬成碎段，
　　掌控了那些控制它的笼头嚼子。

【散文体】那匹公马威风凛凛地跃起，长嘶，活蹦乱跳，转眼就把它肚子下面的腹带挣脱了；结实的大蹄子把负重的大地踩碎，大地深处发出了轰隆隆响声，如同老天在打响雷。

它的牙齿生生地咬断了铁嚼子，这下控制住了方才控制它的那些东西。

46

它竖起耳朵；抖动编饰的垂鬃，
它那厚实的鬃毛这时直立如冠；
鼻孔把气吸入，又猛地喷出来，
像一座炼铁炉，它把雾气发散；
　　它的怒目，如烈火般闪闪有光，
　　把它的勇气和高涨的情欲展览。

【散文体】它把耳朵竖了起来；把编花的垂鬃瑟瑟抖动，它那蓬松的鬃毛这时直立如冠；两个鼻孔把气吸入，又猛烈地喷出来，宛如一座炼铁炉，它把雾气发散；

它的眼神，像火焰一样不满地燃烧，热烈地展示它的勇气和高涨的情欲。

47

它时而碎步小跑，仿佛在清点步数，
尽显温柔的威仪和谦卑的傲气；
它时而腾空跃起，恰如龙腾虎跃，
那样子好像说：“看哪，我力气无比，
　　这一手就是为了吸引你的眼球！
　　一旁站立的俏母马你可看仔细。”

【散文体】它一会儿小步奔跑，仿佛在数步点，把那温柔的威仪和谦卑的傲气展露出来，一会儿前腿腾空，又蹦又跳，那样子像说：“看吧，我浑身都是力气，

这一手就是为了吸引你的眼球！一旁站立的漂亮母马儿，你可要看仔细了。”

48

也不管它的骑手还生不生气，
主人讨好的“唷哟”或“吁啊”有何用？
你用马缰勒还用马刺踢谁在乎？
鞍套奢华或者马具讲究谁看中？
　　它目中只有情人，目无他顾，
　　它高傲的视野里只有爱情。

【散文体】它一点不管它的骑手生不生气，主人讨好的“得得”或“驾驾”谁爱听？你用缰绳拉、用马刺踢谁在乎？鞍子奢侈或者马具讲究谁看得中？

它只盯着情人看，其他它一概不屑多瞅，它高傲的视野里别的什么也没有。

49

看，画家想要超越真实生活，
惟妙惟肖地画出完美的坐骑，
他的艺术就要敢于挑战造化，
仿佛死的比活的还得有朝气。
　　因此，这匹公马超越了普通的马匹，
　　身姿、勇气、色泽、步子和骨骼都不低。

【散文体】看吧，当一个画家要超越真实生活，生动地画出比例匀称的马儿，那么他的艺术必须和造化的功夫有一拼，仿佛死去的应该超过活着的；

因此，这匹公马超出了普通马，身姿、勇气、色泽和步子都非同一般。

50

蹄子阔，骨节圆，距毛粗长，
阔胸，圆眼，小头和大鼻孔，
高冠，短耳，直腿又善于奔跑，
鬃稀，密尾，丰臀并皮毛软松：
　　看吧，良马具备的它应有尽有，
　　只是傲气的背上少个傲气英雄。

【散文体】蹄子圆大、骨节短紧、距毛又粗又长；胸脯阔达、眼睛圆溜、头小而鼻孔大；额高、短耳、直腿且善于奔跑；鬃毛稀疏、尾毛密实、臀部丰满，皮毛还很松软：

看看吧，良马具备的良好品质，它应有尽有，只是骄傲的背上少一个骄傲的骑手。

51

它时而狂奔远处昂首凝目；
时而因一根羽毛飞舞吓一跳；
告诉风儿它准备就绪的起点，
它是跑还是飞无人能知道；
　　因为风在它的鬃和尾中呼啸，
　　吹拂着毛发，好像羽翅在扶摇。

【散文体】它一会儿向远处狂奔而后昂首凝视；一会儿它因为一根羽毛飞舞吓了一跳；它告诉风儿它这时准备好了出发地点，可它是奔跑还是飞行无人能知道；

因为风在它的鬃毛和尾毛里呼啸，吹拂着毛发，好像长了羽毛的翅膀在扇动。

52

它看着情人并且向情人长嘶；
情人立刻响应仿佛知道它的心思：
很得意，一如女人，看见它来求爱，
表面装出生气了，貌似不相视，
　　厌烦那种爱，鄙夷送来的热情，
　　见它要上身便尥起蹄子向它踢。

【散文体】它看着情人，向情人发出嘶鸣；情人立刻回应，仿佛知道它的心情：情人看见它来求爱心中窃喜，像女人一样，外表却做出生分的样子，看上去不友善，

情人好像不屑它的爱，对它表示的热情看不上，见它还要上身做爱，就向它尥蹶子。

53

随后，它像个很郁闷的情郎，
它垂下它的尾巴，如坠落的羽毛，
为欲火熔化的屁股遮遮凉，
踏着蹄子怒冲冲把小蝇来咬。
　　它的情人对它的囧样儿很清楚，
　　变得柔和起来，它的怒气顿时消。

【散文体】接下来，它像个情场失意的情郎，摇动下垂的尾巴，好像飘落的羽毛，给蠢蠢欲动的屁股降降温，怒气冲冲地乱踏蹄子，向一只只可怜的蝇子咬去。

它的情人对它的怒气很清楚，顿时柔和了几分，它的怒气才有些消除。

54

它生气的主人忙着去把它捉拿，
这时，看，那未骑过的马，好惊慌，
因为怕被逮着，急忙躲开了他，
去跟情人亲热，把阿多尼一边晾。
　　它们来了疯劲儿，跑向树林去躲藏，
　　受惊的乌鸦在它们上面飞来飞往。

【散文体】它的主人很生气，东跑西颠地要捕捉它，这时候，看哦，那没有人骑过的母马受了惊，因为害怕被逮住，急忙躲开了他，赶去与情人幽会，把阿多尼闪在了一边。

它们于是疯跑起来，到树林那边去躲藏，受惊的乌鸦这时在它们头上飞来飞去。

55

阿多尼很生气，无奈坐在地上，
骂他的混账畜生对管教不服：
这下又一次出现了大好时机，
让苦恋的爱后有幸把情话说出；
　　因为恋人们说，委屈会多三倍，
　　一旦满腔情话不能好生倾诉。

【散文体】阿多尼因为恼怒气鼓鼓的，一下子坐在地上，骂他的马儿暴躁不听话：这时候，幸福的机会又一次来临了，让苦恋的爱后有机会把情话诉说；

因为恋人们都说，如果有情话不让痛痛快快讲出来，他们的一肚子委屈会增加三倍。

56

堵上的火炉，拦住的河流，
火会烧得更旺，水会涨得更高。
这好比隐藏起来的一腔忧愁；
情话尽情地倾吐，爱火暗暗减少；
　　心灵的律师一旦缄默无语，
　　当事人无奈，只有绝望的懊恼。

【散文体】火炉被生生地封住，河流一下子被阻断，燃烧会更厉害，水流会更湍急。隐藏的相思可以说就是这样子；情话该说的说出来，爱火才会慢慢缓解；

然而，当心灵的律师一旦不再申辩，那么当事人就只有垮掉，对申述感到绝望。

57

阿多尼见她走来，愤怒开始升温，
仿佛奄奄一息的余烬风中复燃，
他用帽子遮住他那愤怒的眉头；
心情烦乱地盯着枯燥的地面，
　　对她的近在咫尺毫不在意，
　　分明就在眼前却不屑一看。

【散文体】阿多尼看见维纳斯走来，心中的愤怒又来了，好像垂死的余烬借助风力又燃烧起来，他用帽子把额头挡住，盯着无聊的土地，心里乱糟糟的，

分明看见她就在跟前，却毫不在意，就是不肯看一眼，视而不见。

58

哦，什么样的情景，看去倒也有趣，
她悄没声地走近了那个小倔爷！
看出来她的脸色如烽火燃起，
时而白时而红二者短兵相接！
　　眼见她的脸色苍白，转眼之间
　　一片火红，好像闪电从天飞掠。

【散文体】哦，那是什么景象，看去倒也好玩，只见她怯生生地走近了那乖戾的男孩！你能注意到她的脸色好像烽火燃起，一会儿苍白，一会儿赤红，两种颜色此消彼长！

眼看她的脸色很苍白，转眼间就满脸通红，好像闪电从天空袭来。

59

这时她正好来到他坐的地方，
如同恭顺的情人双膝跪下；
用一只纤手把他的帽子掀起，
另一只手轻触他柔软的脸颊：
　　他柔软的面颊任她软手触摸，
　　如同新下的白雪填平坑洼。

【散文体】这时，她刚好来到他坐的前面，像听话的情人一样跪下来；她用一只素手把他的帽子掀开，另一只柔软的手抚摸他柔软的脸：

他柔软的脸面只好让她的柔软手抚摸，如同新落地的白雪把坑洼填平。

60

哦，四目相视像在打一场大战，
她的两眼向他的两眼脉脉求爱；
他的眼睛看着她的却像视而不见；
她的眼睛传情不断，他则蔑视不睬：
　　整出哑剧演出中他表演得很差，
　　她的两眼如雨下，像给合唱添彩。

【散文体】哦，他们四只眼睛仿佛在打一场大战，她的眼睛向他的眼睛不住地求爱；他的眼睛看着她的眼睛却好像什么都没有看见；她的眼睛传情不断，他的眼睛却充满鄙视不予理睬：

整出哑剧演出中，他的角色表演得很不像样；她的两眼泪水涟涟，像齐声合唱。

61

这时她轻柔地拉起他的手，
如白雪把一朵百合花合抱
又如象牙嵌入了石膏圈；
洁白的朋友把洁白的对头缠绕：
　　这场美丽的对峙有攻有守，
　　宛若两只银鸽[10]不断地口交。

【散文体】这时，她温柔地拉起他的一只手，好像一朵百合花被白雪围住，又好像一根象牙包进了石膏箍里；洁白的朋友把洁白的敌人紧紧拥抱：

这场美丽的战争有的主动有的被动，好像两只银色的鸽子卧在那里口口相对。

62

她的思想动力又开始运转起来：
“啊，最漂亮的过客也有生有死，
但愿你和我一样，我若是一男子，
我的心如你一样全，我的伤似你的心；
　　只要你甜甜一眼，我就给你消疼，
　　哪怕搭上我的身体也要治愈你。”

【散文体】她的思想引擎又开始发动了：“哦，生死轮回的最漂亮的过客，但愿你和我一样，我要是一个男人，我的心像你的心一样完好，你的心却是我的伤口；

只要你甜蜜的一眼帮助我，我就能让你身心健全，就是搭上我的肉体治愈你也在所不惜。”

63

“放开我的手，”他说，“拉手为哪般？”
“还给我的心，”她说，“才会把你的手还。
哦，我会给的，除非你狠心让我也狠心，
可一旦狠心，它就不在乎柔软的感叹：
　　情人的苦叹我再不会往心里去，
　　因为阿多尼的心把我的心改变。”

【散文体】“快把我的手放开，”他说，“为什么你要把我的手死死拉住？”“快把我的心归还吧，”她说，“你会得到你的手；哦，把心给我，要不你的狠心会把我惹得也下狠心的：

那时情人的深深的叹息我永远不在乎，因为阿多尼的心让我的心肠变硬了。”

64

“不害羞，”他喊道，“放开，让我走！
我白天的快活全白搭，马儿也挣脱，
都是因为你胡来，我和马儿两分开；
我求求你快走开，留我这里躲一躲；
　　因为我满脑子转，心在想，心好乱，
　　不知如何让我的马躲开那匹骚货。”

【散文体】“不知羞耻，”他叫喊说，“快放开，让我走！我一天的快活都完了，马也不知去向，这都是因为你胡搅蛮缠，我和马儿才各自一方；我求求你快走开，让我在这里待一会儿；

因为我满脑满心都在盘算，怎么才能让我的好马和那匹母马分开。”

65

她于是答道：“你的马，走得对，
它是顺应了甜美情欲的相邀，
情欲是一团需要冷却的炭火；
要不然，火力被封住，会把心来烧。
　　海深终有底，欲深不可探，
　　雄马追母马，蹊跷却自然。

【散文体】她回答说：“你的好骏马，它应该走，它是顺应了热烈情欲的热烈引导，情欲是一团必须冷却的炭火；要是不冷却，火力被闷住，终会把心火点燃的。

大海是有底的，但是无底的欲火却没有；所以，你的骏马一走了之一点不奇怪。

66

“它拴在树下，站那里多像匹驽马，
只因被一条皮缰捆得无法动弹！
可它一见情侣，它春情一下爆发，
不管不顾地把精美的缰绳挣断，
　　拱起的脖颈把绊羁甩往一边，
　　它的嘴，背和胸从此自由涣散。

【散文体】“站在那里像驽马，是因为拴在了大树上，被一条皮子做的缰绳捆绑得服服帖帖，可是它见到情人时，它青春的活力一下爆发，鄙视地把精美的缰绳挣脱，

它拱起脖子把可恶的辔头甩向一边，它的嘴、它的背、它的胸，一下子得到了释放。

67

“谁看见情人躺在裸露的床上，
雪白的肌肤让白床单也羞红，
但是，在眼前的美色看不尽时，
别的器官[11]见了哪会不为所动？
　　严寒的天气里遇上热火，
　　胆子再小也敢往火前拱。

【散文体】“谁看见情人躺在赤裸的床上，皮肤雪白，映衬得白色的床单黯然失色，但是，当贪婪的眼睛看够时，别的器官哪会不瞄准目标享受一番？

谁会那么胆小，不抖起胆子凑上去，在天寒地冻时，烤火取暖？

68

“我为你的马说话，甜小伙；
学学它吧，我衷心地恳求你，
快活到跟前就该乘机逮住它；
就是我不说，这马也是你的前例：
　　啊，学学恋爱吧；课程很简单，
　　一旦学到家，永远不会再丢弃。”

【散文体】“我来为你的马儿说几句，温情的小伙子；快学一学它吧，我诚心地恳求你，快活既然送到跟前，就应该好好消受一番；就是我不说，马儿的所作所为也应该教会你：

哦，学会恋爱吧；课程很简单，一旦学到手，便永远不会忘记了。”

69

“我不懂爱，”他说，“也不想懂。
除非爱是野猪，我才有心追去；
爱多数靠借来，我不愿欠这种债；
我的爱对爱是让爱丢人献丑的；
　　因为我听说恋爱是死神的一条命，
　　命里有笑也有哭，不过就是一口气。

【散文体】“我不懂恋爱，”他说，“也不愿意懂得它，除非恋爱是一只野猪，我才去追它；恋爱多数是靠借的，我可不愿意欠人债。我对恋爱的爱，是让恋爱现丑的爱；

因为我听说过，恋爱是死神那里的一条命，命里有笑也有哭，可终归不过是一口气。

70

“衣服还没有做成形谁会穿身上？
一片花瓣没长成谁会去把花摘？
生长的东西要是很少部分受伤害，
到了盛期也凋零，到时也难成材。
　　小马年幼时如果驮鞍驾辕，
　　那迟早会伤元气强健不再。

【散文体】“衣服不成形，也根本没做成，谁会往身上穿？一片花瓣还没有长成的花苞谁会去采摘？生长的东西即使很少的部分受了伤害，那么到了旺盛的时候也会出问题，最终也不会有什么价值。

小马儿小小年纪如果去驮东西和拉车，会早早把元气伤害，再也强健不起来。

71

“你扭疼了我的手；我们快分开，
别再纠缠这无聊的话题，这枯燥的词：
快撤离你的包围，我的心不领情；
对爱情的叫喊，城门是不会开的。
　　放弃你的誓言，假泪和奉承话，
　　决心防守处哪会怕大炮的攻击。”

【散文体】“你狠狠地抓住我的手，把我弄疼了；我们赶快分开吧，别总离不开这个没有意思的话题，说些无聊的话：从我这颗不屈的心周围撤去包围吧；对爱情的警告，城门是不会敞开聆听的。

快放弃你的誓言、装出来的眼泪和奉承话，一颗硬心肠守住的地方，大炮是攻不破的。”

72

“天哪，你会讲话？”她说，“你也有舌头？
哦，但愿你没讲，或权当我没听！
你的歪调调[12]反倒使我双倍难受；
我早已负重在身，这下重上加重：
　　悦耳的噪音，难听的天籁之声，
　　耳朵的优美曲子，却把人心刺痛。

【散文体】“天哪，你还会讲话？”她说，“你也有舌头？唉，还不如你不讲，就当我没有听见！你这美人鱼的声音反倒让我倍感难受；我早已经负重在身了，这下又给我添加了重量：

悦耳的和谐之声，比天籁之声还难听，耳朵的深沉甜蜜的音乐，却给心灵带来深痛的创伤。

73

“我要是没有眼睛，耳朵也许会
喜爱那种内在的看不见的美，
我要是耳朵聋，你外在的东西
也许会令我每样敏感神经受惠：
　　哪怕眼睛不能看耳朵不能听，
　　我也会触摸你和你相爱相随。

【散文体】“如果我没有眼睛只有耳朵，那么耳朵或许会喜爱那种内在的看不见的美；如果我的耳朵聋了，你外在的那些部分也许会让我每个敏感的部分感动：

哪怕我没眼睛没耳朵，不能听，不能看，我也会触摸你，和你陷入爱河。

74

“如果说，触觉也不让我受益，
而且我又不能看，不能听，不能摸，
除了嗅觉我什么也不具备，
但是我对你的爱仍然一样多；
　　因为你脸上的英气四处飘散，
　　我便能闻到滋润爱的香气很多。

【散文体】“假如说，触觉也不让我得到好处，加上我不能看、不能听、不能触摸，除了嗅觉我别无他有，那我对你的爱也一样多；

因为从你脸上英气的四处散发中，我闻一闻便能知道养育爱的那些香气飘来。

75

“但，哦，你已是四觉[13]的奶娘，
又给味觉准备了什么宴席！
盛筵迟迟不散它们能不嘴馋？
还吩咐门神把门和窗加倍锁起，
　　不让妒嫉，那个讨厌的食客来，
　　他一旦溜进，还不把宴席搅局？”

【散文体】“可是，哦，你给味觉又准备了什么宴席，尽管你已经是四觉的保姆和奶娘了！宴席一直持续，它们能不希望分享吗？还会吩咐疑虑之神把门窗加倍关上，

不让那个嫉妒之神、讨厌的食客入门，一旦悄悄溜进来，还不把宴席搅黄了？”

76

再一次张开红宝石似的嘴唇，
阿多尼又要口无遮拦讲毒语，
如同早上红霞，总是会预兆出
海上发生灾难，陆地要来暴风雨，
　　牧人有忧患，鸟儿临大难，
　　牧主和牛羊会被风雨袭击。

【散文体】那张红宝石般的嘴要再次开口，阿多尼的讲话会让甜蜜的通衢都屈从，如同早上的红霞，一向只会预告海员面临海难，陆地上有暴风雨到来，

牧羊人操心羊群，鸟儿关注苦难，牧主和牛羊都有大风大雨的危险。

77

这些坏兆头她早警告一番：
仿佛大雨来前狂风必定多，
或如狼嗥前会先露出牙龇，
或如浆果染色前会先胀破，
　　或如要命的子弹马上要出膛，
　　他话还没出口，她早知说什么。

【散文体】这种不好的兆头，她早有先见之明：比如大雨来前大风会先起，比如狼嚎前会把牙齿先露，比如浆果弄脏衣袋前会先破裂，

比如要命的子弹总会射出枪膛，他还没有把话说出来，她已经知道他要说什么。

78

看见这种神色她瘫倒在地上，
因为神色谋杀爱也能让爱复苏；
皱眉能伤害人而微笑能抚平伤口，
幸运的破产，有爱就会重整旗鼓！
　　傻小子，见状以为她气绝身亡，
　　急忙拍她的脸颊，直到红晕来补。

【散文体】维纳斯看见阿多尼的神色，一下晕倒在地上，因为神色杀死爱却也能让爱复苏；皱眉能伤害人，但是微笑可以抚平伤口，幸运的破产，有了爱便会从头再来！

那傻小子，见她倒地以为她气绝身亡，赶紧拍打她的脸颊，直到拍得那脸色红润起来。

79

这虚惊使他改变了新的念头，
因为他本想把她痛斥一气，
狡黠的爱却出面巧妙阻止：
智慧来得巧，正好把她救起！
　　她躺在草地上仿佛遭到突袭，
　　是他的气息让她又有了活力。

【散文体】这场虚惊让他改变了刚刚萌生的念头，因为他本想把她痛斥一顿，狡猾的爱却及时巧妙地阻止了：巧智来得正好让她安然无恙！

她躺在草地上仿佛遭到乱刀砍劈，是他的气息让她的生命又有呼吸。

80

他掐她的鼻子，又拍她的脸蛋，
握曲她的指头，把把她的血脉，
搓捏她的嘴唇；他使出成千招数
补偿他狠心给她带来的伤害：
　　他亲吻她；而她，心里好欢喜，
　　让他吻到底，真想永远不起来。

【散文体】他拧她的鼻子，拍打她的脸蛋，握曲她的手指，用心把她的脉搏，还抚摸她的嘴唇；他使出了百般招数来补偿他狠心给她带来的伤害：

他亲吻她，可她呢，心里那个美滋滋，多想永远不起来，让他一直亲吻下去。

81

忧愁的黑夜这时终见了白日，
她两只湛蓝的眼帘费力开启，
恰如朗日，身着崭新的衣裳，
给清晨活力并让光明照耀大地；
　　好像晴日在天空光荣绽放，
　　她的眼把面容映照得好艳丽。

【散文体】愁闷的黑夜这时终于见了白日，她那两只蓝眼睛吃力地睁开，正如明亮的太阳，披上了簇新的衣裳，给早上带来活力；

让明亮的太阳照耀大地，她的眼睛把面容映衬得十分美丽。

82

她的目光在他的净脸上定住，
仿佛那些目光从他脸上借光。
这样的四盏灯从不会聚在一起，
可惜他两眼被额头的愁容遮光；
　　但她的眼，透过晶亮泪珠依然发亮，
　　像皓月在夜间的水中发出的银光。

【散文体】她的目光定定地落在了他没有须毛的脸上，仿佛那些目光是从他的脸上借得的。如果不是他的两眼被额头的愁容罩上，那么这样的四盏灯从来不会聚集在一起；

但她的眼睛，在晶亮的泪珠下依然熠熠有光，如同月亮在夜间的清水里发出的光芒。

83

“噢，我在哪里？”她问，“地上还是天上？
被大海淹没，还是被大火燃烧？
几时了？是早晨还是黑沉沉的夜间？
是欢乐地死去，还是一心渴望活好？
　　可我活着，生命成了死神的烦恼；
　　但我死了，死神倒会活得逍遥。

【散文体】“哦，我身在哪里？”她问道，“是在地下还是天上？被海洋淹没了，还是被大火燃烧？什么时候了？是早上还是无聊的夜间？是欢乐地死去，还是欢乐地渴望活着？

然而现在我活着，生命让死神感到烦恼；可是我要死了，死神就会活得自在。

84

“哦，你果真杀了我；再杀死我一遭，
你的眼睛是狡猾的老师，有你的狠心，
教它们对人耍手段并冷嘲热讽，
已把我这可怜的心灵深深蹂躏；
　　我这眼睛，是它们爱后的真向导，
　　但为了你可爱的嘴，别的再不当真。

【散文体】“哦，你真的杀死了我；快再杀我死一回吧，你的眼睛是狡猾的老师，有你的狠心作祟，教会他们对人耍手段，讥诮，已经把我这可怜的心深深地伤害；

我这眼睛本来是它们爱后的真正向导，但是为了你可爱的嘴唇，别的再不看一眼。

85

“但愿它们长吻，只为我得救！
哦，愿它们的红色永远不褪，
愿它们永不褪色并永葆青春，
在这多灾年月也能避邪躲秽！
　　那星相学家，书写生死簿的人，
　　会说是你的气息把瘟疫逼退！

【散文体】“为了让我得救，愿我们的嘴唇长长地亲吻！哦，愿它们的红润永远不会褪色，愿它们长久并且永葆青春，在这多事之秋也能躲避病瘟！

那深谙生死簿的星象学家，会说是你的气息把那瘟疫吹散的。

86

"纯洁的唇，在我的柔唇留下软印，
为得到你的吻印，我应付出什么？
我把自己卖掉都心甘情愿，
你买入或出钱充分利用这生意；
　　你要是做成生意，又怕节外生枝，
　　那就用吻印把我火漆似的双唇封死。

【散文体】"纯洁的嘴唇，快在我的柔软的嘴唇上留下甜蜜的封印吧，为得到你的吻印，有什么生意要我做呢？我把自己卖掉都心甘情愿，你买进或者付费充分利用这笔生意吧；

如果做成生意还担心节外生枝，那就用吻印把我火漆般的双唇封上好了。

87

"买走我的心，只用上千个吻；
你只需闲暇时一个一个偿还。
你的双唇触碰我千下算得什么？
亲吻还会说得容易做起来难？
　　假如，不能按时还，吻债就翻一番，
　　那也不过两千吻，那也能叫麻烦？"

【散文体】"买走我的心，只用上千个吻就行；你只用闲暇时一个接一个吻偿还。你的嘴唇轻轻触及我的嘴唇算得什么？亲吻难道不是说得快吻得也快吗？

比如说，要是不能按时还上，那么吻债就得翻倍，不过那也不过两千个吻，那点麻烦算什么？"

88

“美丽的爱后，”他说，“你若对我专情，
眼见我不领情，那怪我还年少，
我不了解自己前，你了解也难，
没有渔夫不想把小鱼儿捕捞：
　　梅子熟了会落地，青梅长得自牢靠，
　　梅子青时采来吃，准会把牙齿酸倒。

【散文体】“美丽的爱后，”他说，“你要是对我有什么爱情，见我总是闹别扭，就怪我年少不懂事吧，我连自己都不了解，你了解我也困难，捕鱼的谁都想把小鱼儿捕捞：

梅子成熟了就会落地，青梅长得很牢靠，要是把青梅采来吃，那会把牙齿酸坏的。

89

“看，这世界的老爷儿[14]，步子疲惫，
它照耀了一天已经沉落西边；
猫头鹰，夜里传令官，尖叫‘夜深了’；
羊群归圈忙，百鸟宿林欢，
　　黑魆魆云块把苍天掩藏起来，
　　是在招呼我们告别和道晚安。

【散文体】“看，这世界的太阳，步子迟缓，它白天赠送热量的任务在西边完成；猫头鹰，夜晚的传令官，尖叫道：‘夜很晚了’，于是羊群赶往圈里，鸟儿飞向树林，

黑衣般的云块遮蔽起苍天，是在招呼我们，和我们道晚安。

90

“现在我来说‘晚安’，你也说晚安；
你若开口说晚安，我会把一个亲吻还。”
“晚安，”她连忙说；他还未把“再见”说，
早把分别应有的甜蜜往上献：
　　她双臂把他的脖子温馨地抱一下，
　　随后他们似乎难分难舍，脸贴脸。

【散文体】“这时我该说‘晚安’了，你也说晚安好了；你要是说声晚安，你会得到一个吻。”“晚安，”她随后就说；他还没有把“再见”说，就已经把分别时送上的甜蜜小费送上来：

她两条臂把他的脖子深情地抱了抱，随后他们好像难分难舍，脸贴在脸上。

91

他感到气短憋闷时只得向后退避
那琼浆玉液，那甜珊瑚似的红唇；
那宝贵的味道，她饥渴的嘴唇很知道，
它们享受很投入，可还是抱怨不充分；
　　他感觉她吻得紧，她却觉得远不够，
　　他们的嘴唇贴得紧，倒在地上还相连。

【散文体】到后来，他感觉气短，很不爽快，便往回吸取那天国来的湿润，那甜珊瑚般的嘴唇，那种醇厚的味道，她饥渴的嘴唇很识趣，享受了又享受，可还是抱怨没有享受够；

他感觉他们亲吻很充分，可是她觉得差得远，他们嘴对嘴贴得紧，于是就双双倒在了地上。

92

这下勃生的情欲逮住了屈从的猎物，
她吻得如饕餮汉，还永不知餍足。
她的双唇是征服者，他的嘴认输，
要付多少赎金进犯者一概不怵；
　　她秃鹫般的贪欲把价提得过高，
　　她要把他嘴唇的珍宝统统扣住。

【散文体】这时快来的欲望已经抓住了服从的猎物，她亲吻得像饕餮汉，永远也不满足。她的双唇是征服者，他的嘴唇只好顺从，要付多少赎金，袭击者都照收；

她秃鹫般的贪欲把价钱抬得过高，她就是要把他的嘴唇的珍宝都吮吸干净。

93

这下领略到战利品的美妙，
她十分放浪地开始袭击；
她的脸流汗冒气，热血沸腾，
放纵的情欲煽起颟顸的勇气，
　　一切都忘在脑后，将理性往后排挤，
　　忘记了羞颜难当，名誉也完全不计。

【散文体】感觉到了战利品的芳醇的味道，她贪欲猛涨，开始出击；她的脸上又是汗又是热气，热血偾张，不加约束的情欲刺激了颟顸的勇气，种下了遗忘病根，把理性排斥在后，也不记得害羞脸红过，连名誉都在所不惜了。

94

她的紧搂使他燥热眩晕疲惫，
如野鸟被过分玩弄野性变衰，
又如捷足鹿儿被追得疲于奔命，
又如任性的婴孩被哄得很乖，
　　他时而顺从，时而极力挣扎，
　　而她使尽风流，却仍意犹未尽。

【散文体】他感觉燥热、晕眩、疲惫，只因她搂得太紧，好像一只野鸟被过分把玩而十分顺从，又像跑得飞快的鹿儿被追得疲惫不堪，又像任性的娃娃被哄得乖乖的，

他一会儿顺从，一会儿用力反抗，可她要尽了手段，仍然感到不能称心如意。

95

什么凝固的蜡烛不怕高温，
不是最后一碰就软泥一摊?
无望的事情往往冒险一遭，
深陷爱河，擅自行动不顾不管：
　　情爱眩晕不似苍白的懦夫，
　　选择最难求的求爱才最欢。

【散文体】什么样凝固的蜡烛不怕加温，不是坚持到最后一刻一碰就软泥一摊?没有希望的事情往往孤注一掷，深陷爱河时率性而为最是常态：

情爱的眩晕不像吓得面色如土的胆小鬼，当他选择最难得的东西时求爱才最孜孜以求。

96

在他眉皱时，唉，如果她退让，
那她就很难品尝到他的唇香。
恶语与皱眉哪会把情人屏退；
玫瑰虽然满身刺，一样有人去采芳！
　　如果美人上了二十道大铁锁，
　　情人还是会打开铁锁去品尝。

【散文体】在他皱起眉头时，哦，她要是适可而止，那她就无法从他嘴唇上吮吸到甜香。情人绝不会因为说话难听、脸色阴沉就罢休；玫瑰长就一身刺，照样有人去采摘！

如果美人被二十道大铁锁锁住，那么情人也还是会打开铁锁，最后去把她们弄到手。

97

她心生怜悯不想再把他强留；
可怜的傻小子恳求她放他走。
她决意不再对他强行扣留，
与他道别，要他别把她的心弄丢；
　　对此，凭着丘比特的箭她发誓，
　　她的心早在他的胸中安全保有。

【散文体】这时出于心疼，她不能再把他强留；那可怜的傻小子恳求她放他走：她拿定主意不再把他扣留；跟他说再见时，要他好好守护她的心；

对此，她早凭着丘比特的弓起誓，他从此在心里带上她的心，好好地藏在他的胸间。

98

“甜蜜小伙子，”她说，“今夜相思难消，
因我的相思心让我的两眼瞩目。
告诉我，情郎，明日是否相会？
说，我们相会吗？你是否去把约赴？”
　　他告诉她不行，说明日他要
　　和几个朋友去出猎打野猪。

【散文体】“可心的小帅哥，”她说，“今天晚上我要在相思里苦熬，因为我的苦恋让我的两眼合不上。告诉我，情郎，我们明日是否会幽会？快说，我们相会吗？我们相会吗？你会把约定定下来吗？”

他跟她说，不行；明天他打算和几个朋友去打野猪。

99

“野猪！”她惊叫一声；脸色顿时煞白，
如同亚麻布盖在那桃红的脸颊，
脸上一下无血色，她听说了直打战，
她张开两臂忙将他的脖子紧抓：
　　她使劲下坠，仍吊在他的脖子上，
　　他压在她肚上，她便仰身迎合他。

【散文体】“野猪呀！”她惊叫道；顿时脸色变得煞白，好像一块亚麻布罩在她那红红的脸上，脸上没有了血色，因她听他说了去打野猪吓得直哆嗦；她张开两臂把他的脖子紧紧拥抱：

她吊起身子往下拽，吊在脖子上不松手，他倒下压在她的肚子上，她则顺势仰身躺在了地上。

100

这时她完全陷入了爱欲中，
她的骑士骑身上似烈火干柴：
所有想象的好事她要验证一番，
他没有把她搞，尽管骑上身来；
　　她的苦恼比坦塔罗斯[15]还糟，
　　身在极乐世界里却在苦苦挨。

【散文体】这时，她完全处于爱欲中烧的状态，她的骑士骑在身上，好像干柴填在烈火里：她的所有想象似乎就要成为现实；可他骑上身来不入港，只是空架在身上；

她的苦楚比坦塔罗斯还糟糕，好事就在身下，快活却品尝不到。

101

仿佛可怜的鸟，见了画中葡萄，
两眼都看饱了，肚子却没有东西；
她就这样在煎熬中苦恼万分，
如饿鸟的眼睛徒劳地看着果子。
　　她从他那里得不到热烈的快活，
　　不得已吻了又吻欲将欲火勾起。

【散文体】好像可怜的鸟儿，被画中的葡萄欺骗，眼睛看得真切，肚子却得不到东西，她就这样在这不幸中苦恼万分，好像可怜的鸟儿无助地看着浆果。

她从他那里得不到热烈的享受，她为了逗弄起欲火继续亲吻。

102

可一切都白搭，好爱后，就是不如愿：
她把能使出的手段都尽数安排；
她的痴情本应该有更高的酬报，
她是爱神，她爱，她却得不到爱。
　　“行了行了，”他说，“你死缠我；放我走：
　　你这样一直缠磨我就是瞎胡来。”

【散文体】但是一切努力都是徒劳的；好爱后，事情就是不能如意：她把一切手段都派上了用场；她一直哀求应该有更大的报酬，她是爱神，她爱人，人却不爱她。

“行了，行了，”他不耐烦地说，“你挤压了我；快放我走：你这样一直纠缠我是没有道理的。”

103

“你本可以早走的，”她说，“甜小伙，
可是你跟我说你要去把野猪捉。
噢，听我说！你一定不知轻重，
被标枪扎中的野猪会闯大祸，
　　它一向裸露的长獠牙还会磨快，
　　如同一刀毙命的屠夫磨刀霍霍。

【散文体】“你早该离去的，”她说，“甜小伙，这番缠磨之前就该走，可是你跟我说，你要去打野猪。啊，听我劝吧！你一定不知事情的轻重，不知道被标枪扎过的发怒的野猪会伤人，

它那永远不带鞘的獠牙还能磨快，如同一个杀生的屠夫以宰杀为业。

104

“它拱起的背上生有一大溜
倒立的毛刺，一向让敌人发怵；
它的眼，像萤火虫，怒目冒凶光，
它的长嘴随时随地能掘墓；
　　一旦被激怒，横冲直撞无阻拦，
　　撞上谁就用大獠牙使劲往里杵。

【散文体】“它拱起的背部长就了一溜竖立的硬鬃毛，总是让它的敌人难以对付；它的眼睛，像萤火虫，野性发作时冒着凶光，它的大长嘴随时随地在把坟墓刨；

一旦被激怒，它横冲直撞无法阻挡，撞上谁就用弯曲的大獠牙往里死撞。

105

“它坚实的两肋，硬毛来武装，
那层大厚甲你用枪尖刺不透。
它又短又厚的脖子不易受伤；
一旦发怒了，敢和狮子斗一斗：
　　带尖的枝杈和纠缠的灌木，
　　因怕它，见它冲来都向两边溜。

【散文体】“它的两肋很壮实，武装上了硬毛，那层厚厚的甲，你用标枪尖都刺不透。它的脖子又短又厚，一般受不了伤；一旦发怒了，敢和狮子开展搏斗：

有刺的树枝和纠结在一起的灌木丛，因为惧怕它，见它冲过来也得往两边躲。

106

“哎呀，它对你这张脸可不领情，
尽管爱神对你的这张脸另眼相看；
你柔软的手，甜甜的嘴和明亮的眼，
尽管完美得震惊世界，可它不管，
　　一旦对你发起攻击——那太可怕了！
　　会像拱草根一样把那好东西都毁完。

【散文体】“哎呀，它对你这张脸可看不上，尽管爱神对它恋爱有加；你柔软的手、甜蜜的嘴唇和明亮的眼睛，尽管完美得让全世界惊艳，可那野猪一概不以为然，

它一旦对你攻击得手——那可不得了啊！它会像拱草根一样把那些好东西统统破坏掉。

107

“哦，让它一直待在那脏窝里；
美神和这丑东西打不得交道；
你别意气用事找它的麻烦；
上进的人喜欢听朋友们忠告。
　　你当时一提起野猪，我不能不理，
　　我替你的命担忧，骨节吓得乱糟糟。

【散文体】“哦，让那只野猪尽管待在那肮脏的窝里；美神和这种丑陋的东西各走各的；你别随着性子与它过不去；上进的人最能听进去朋友们的忠告。

你当时提起野猪，我给吓坏了，我替你的性命担心，身上的骨节都吓得发抖。

108

“你没看见我的脸？还不煞白？
你没看见我满眼都是慌神？
我没有吓晕？没有倒地把跤摔？
你在我怀里，一直待得很安稳，
　　我的心在跳，在蹦，一刻也不停，
　　我的胸脯把你摇动，像一场地震。

【散文体】“难道你没有看见我的脸色变了？不是一脸煞白吗？没有看见我眼里都是受惊的神色吗？我没有晕倒吗？没有晕倒在地上吗？你一直躺在我的怀里的，

我有预感的心在跳，在蹦，一直没有停，像一次地震，让你在我的怀里一直摇晃。

109

“因为有爱的地方，捣乱的妒神
总会把自己叫作仁爱的管家；
却只会带来假警报，谎报军情，
相安无事时却大喊‘杀，杀，杀！’
　　心怀叵测地破坏温馨的爱，
　　如同气和水一起把大火扼杀。

【散文体】“只因有爱存在的地方，嫉妒就会作乱，还自称是仁爱的哨兵；却开口就讲假警报，蛊惑军心，分明一片平静，它却大喊‘杀、杀、杀！’

它一心就想破坏温暖的爱，好像湿气和大水一起把大火熄灭。

110

“酝酿祸患的间谍，讨厌的奸细，
是把爱的嫩芽咬断的毛毛虫，
这个传谣言煽阴风的妒嫉鬼，
有时报真情，有时把假话播弄，
　　它敲击我的心还在耳边念叨：
　　我要是爱你，我应担心你的死生。

【散文体】“谎称情报的人，坏心眼儿的奸细，无异于破坏爱的嫩芽的毛毛虫，这个散布谣言、煽起阴风的嫉妒鬼，有时说真情，有时讲假话，

它撞击我的心，又在耳边絮叨：如果我真爱你，我就应该为你的生死担忧。

111

“更要命的是，给我眼前带来
一只发怒而凶残的野猪的样，
在它尖利的獠牙下有一人形，
看样子像你本人，浑身是重伤，
　　鲜血把鲜艳的花朵浸染，
　　让花朵垂下头感到悲伤。

【散文体】“更要命的是，它给我的眼前呈现了一只愤怒的凶恶的野猪形象，只见它尖利的獠牙下有一个人，看上去很像你本人，浑身都是伤口，

鲜血洒遍了鲜艳的鲜花，连花朵都垂下头来，十分悲伤。

112

“我该怎么办，果真见你那样？
凭想象那情景让我浑身发抖。
这念头使我软弱的心流血，
因为心跳又令念头变成兆头。
　　我预感到你会身亡，让我忧愁，
　　倘若明天你真要去和野猪搏斗。

【散文体】“要是真的见到你成了那样子，我该怎么办？想象到那种情景就让我浑身发软！这念头让我这软弱的心流血，因为心一直跳，这念头变成了兆头；

如果明天你真要去和野猪搏斗，我预感到你会死，这让我忧心忡忡。

113

“可你要是真出猎，请听我规劝：
要么放猎狗把胆小飞奔的兔子撵，
要么去追击生性狡猾的狐狸，
要么去把只会躲藏的鹿儿赶：
　　只用在草丛里捕猎胆小的动物，
　　还要骑骏马带猛犬威风四面。

【散文体】“不过，如果你要真的去出猎，那就听听我的劝：松开皮带让猎狗追击胆小的飞跑的兔子，或者围堵生性狡猾的狐狸，或者去猎捕只会躲藏的鹿儿：

只管在草地里猎捕这些胆小的动物，还要骑上呼吸畅快的马，带上好猎犬。

114

“在你追击视力短浅的兔子时，
留心那可怜的东西，怎么躲避困难，
看它怎么追风又怎么用心
拐来拐去拐出来成千个弯：
　　它或跳或蹦见空隙就钻，
　　如在迷宫里把敌人搅乱。

【散文体】“在追击视野短小的兔子时，看看那可怜的小东西，怎么躲避麻烦，怎么和风赛跑又怎么小心地东拐西拐，成千次折返：

它左冲右突见空隙就钻，如在迷宫里把敌人搅乱。

115

“有时它钻进羊群里避开危险，
让机灵的猎犬的嗅觉失灵，
而有时钻进窝里暂避祸患，
让吵吵嚷嚷的追敌止步暂停，
　　有时又与鹿群混在一起活动，
　　让危险转移，因害怕而脑子灵。

【散文体】“有时候它会钻进羊群躲避危险，让机灵的猎犬的嗅觉出错，而有时候它钻进洞里暂时避开祸患，令汪汪叫唤的追敌止步不前，

有时候它还和鹿群混在一块儿，把危险转移，因为胆小害怕而急中生智。

116

“因为它的气味和其他气味混淆，
会让嗅觉机警的猎犬真假难辨，
停下它们的狺狺吠叫重新辨别，
一通忙乱之后才把错误发现，
　　随后它们张口狂叫，回声阵阵，
　　仿佛另一场追猎发生在天间。

【散文体】“因为它的气味和别的气味搅和在一起，让嗅觉灵敏的猎犬真假难辨，停止了它们吠叫之后再分辨气味，一阵忙乱之后才知道犯了错误，

随后它们又开始乱叫，引发阵阵回声，仿佛另一场捕猎在天空发生。

117

“这时，可怜的野兔，驻足山岗上，
坐在后腿上竖起耳朵来聆听，
仔细判断敌人是否还能赶来：
这时它听到猎犬只是在报警；
　　这下它的惊恐样子实难形容，
　　好比病魔缠身的人耳边钟鸣。

【散文体】“这时候，可怜的野兔，停留在山岗上，站起后腿，竖起耳朵细细辨听，判断追敌是不是还能赶来：它这时听到猎犬只是在报警；

这下它的惊恐样子有一比，那就是疾病缠身的人常听见丧钟敲响。

118

“随后你看这小东西满身露水，
转弯，又拐弯，蹚出来一条路；
两条疲惫的腿在蹭掉讨厌的野刺；
黑影让它止步，响声让它停住；
　　落难人一旦陷入危境便接连不断，
　　因为危机重重任何险情都难解除。

【散文体】“随后你看见这小东西一身露水，一个弯，又一个弯，走出一条路来；两条疲惫的腿在摆脱每一个讨厌的野刺；每个影子都让它止步，每个响声都让它停住；

落难人陷入危境会一个接一个，因为深陷危境，排除任何危情都很困难。

119

“静静躺着，再听我好好说几句；
不，别挣扎，因你怎么都起身难。
为使你对追捕野猪心上生恨，
本来不啰嗦的我还得把理谈，
　　我举了这个例子，又拿那个例子，
　　因为爱能把每一种灾祸都冲淡。”

【散文体】“安静地躺着吧，听我再说几句；别，别挣扎，因为你再挣扎也起不来。为了让你对追捕野猪失去兴趣，我只好换个样，把道理摆出来，

我说了这个说那个，如此这般说了很多，都只是因为爱能化解每一种悲苦。”

120

“我刚才说到哪里？”他答道，“管它哪里，
快放我走，话说到哪里都是头，
夜很深了。”她问道：“那有什么关系？”
他答道：“我约好了几位朋友；
　　可现在天很黑，走夜路我会摔倒。”
　　她却说：“黑夜里情欲才最会有。

【散文体】“我先头说到哪里来着？”他回答说，“哪里都没有关系；你快放我走吧，话说到哪里都可以停下，天色很晚了。”“哎，很晚有什么关系？”她接话说。他回话说：“我已约定了几个朋友；

可现在夜很黑，我走在路上会摔跤的。”她又接话说：“黑夜里情欲才最旺盛呢。

121

“但你若跌倒，哦，就该这般思忖：
土地，爱上了你，你脚走路才不稳，
这一切只是为趁机抢你一个吻。
掠夺频繁连好人都行窃；你的嘴唇
　　就会让羞怯的月神[16]烦恼和绝望，
　　除非她偷得一个吻，到死毁誓言。

【散文体】“但是你要是跌倒了，哦，你就该这样想：土地，它爱上了你，你的脚才容易磕绊，这一切不过是为了趁机抢夺你的一个吻。掠夺惯了真正的君子也会去偷盗；你的嘴唇

就这样，会让怕羞的月神感到抑郁和绝望，除非她偷窃一个吻，到死发一个假誓也值得。

122

“现在我才明白夜色为什么漆黑，
是月神怕丢脸把她那银面遮挡，
直到伪造的造化被判逆天罪，
因她从天庭把神圣的模子偷光；
　　用天模造出你的美貌让老天难堪，
　　白天让太阳蒙羞，夜里又轮到月亮。

【散文体】“现在我才明白黑夜为什么这样黑，原来是月神怕羞而把那银闪闪的脸面遮上，直到伪造的造化被判了叛逆罪，因为她从天庭把神圣的模子偷走；

然后用来造出你的美貌，成心和老天爷作对，白天让日头蒙羞，夜里让月亮惭愧。

123

“月神因此将命运诸神贿赂，
要他们和造化的奇巧技艺捣乱，
还要把美和各种疾病合一起，
又要让完美的东西缺陷多端，
　　让完美之神成为暴君的臣民，
　　饱受疯狂的横祸和不尽的灾难。

【散文体】“月神因此也把命运诸神收买，要他们与造化的奇巧手艺作对，还要把美和各种疾病掺杂起来，并且让完美之神残缺不全，

这样完美之神就成了发疯的横祸和无数灾难的暴君的臣民了。

124

“一如高烧，苍白和眩晕的疟疾，
毒杀生命的鼠疫和狂躁的毒木，
这吮吸骨髓的疾病，一旦发作
就会给血增热，引发各种病毒；
　　饱餍，放纵，忧愁与该死的绝望，
　　诅咒造化造得你太酷而死有余辜。

【散文体】“一如高烧、失血和眩晕的疟疾、毒杀生命的鼠疫以及让人疯狂的木头，这种吮吸骨髓的疾病，一旦发作就让血液发烧，引发各种病症；

饱餍、放纵、忧愁和该死的绝望，诅咒造化把你制造得太刺目而死有余辜。

125

“这些疾病只要一种发作，
只要一分钟内就会把美毁掉：
俏貌、丽质、秀色与种种品质，
审视东西公正的人都看好，
　　可瞬间便会香消色减，韵损神伤，
　　如同山间的白雪在骄阳下化掉。

【散文体】“这些疾病只要传播一点点，只需要一分钟就会把美破坏：容貌、爱好、秀色和优秀品质，公道地看待事物的人都成为稀罕的物件，

转眼之间又都会被浪费掉，香消色减，好像那山间的白雪在午间的骄阳下会消融。

126

“因此，尽管是没有结果的贞洁，
缺乏爱的贞女和爱自己的尼姑，
会在人间造成人烟稀少的局面，
女儿和儿子都成了稀罕事物，
　　那也奢侈吧：让灯笼在黑夜里燃烧，
　　把灯油耗尽能让这世界光亮永驻。

【散文体】“因此，守身如玉不会产生儿女，缺乏爱的贞女和只爱自己的修女，只会让人间没有了芸芸众生，女儿和儿子都成了难得的东西，

那还是挥霍起来为好：让灯笼在黑夜里燃烧，把灯笼的油烧完了，这世界才有光亮。

127

“你的肉身只是一座吞噬的坟墓，
似乎只能把传后的子孙埋葬，
等到时候你一心想生儿育女，
除了在暗中把他们毁掉还会怎样？
　　果真如此，这世界只会小看你，
　　因为傲慢中你葬送了美好希望。

【散文体】“你的肉体到头来只是一座吞食的坟墓，看样子只能把子孙掩埋，可等到你真想生儿育女的时候，除了在黑暗里把他们毁掉，还会有什么好结果呢？

真的是这样，这世界只会看不起你，因为你只顾一时得意，却葬送了如此美好的希望。

128

“你若赤条条来赤条条去，
罪过比家仇内患还恶贯满盈，
也比砍杀自己的恶手更凶残，
比杀害亲儿子的屠夫更可憎。
　　腐锈能把掩藏起来的宝物烂掉，
　　但常用的金子却能让金光更明。”

【散文体】“你要是只顾自己生自己死，那罪过可比家庭内部酿成的祸患还坏，也比谋杀自己的恶手更狠毒，更比杀死自己亲生儿子的屠夫般的父亲还残忍。

腐蚀的锈迹会把藏起来的宝物烂掉，可是常用的金子却能让金光更加闪耀。”

129

“够了，”阿多尼说，“你又回到旧题，
啰唆你无用的反反复复的规劝：
我给你的亲吻看来完全白搭，
可你强按牛头喝水也是枉然。
　　因为，凭着夜幕，这淫荡保姆起誓，
　　你这样喋喋不休让我对你更不喜欢。

【散文体】“别说了，够了，”阿多尼说，“你又犯了老毛病，回到你无聊的反复的老话题；我亲吻了你，看来一点作用也没有，可你这样一根筋到底也徒劳；

因为，对着夜幕这个欲望强烈的老保姆起誓，你这样絮絮叨叨让我对你烦上加烦。

130

“倘若爱赐给你两万条舌头，
每条比你自己的舌头还善辩，
像美人鱼的浪歌把人魂搅乱，
可是在我来说却是耳旁风穿，
　　你知道，耳朵是心的好警卫，
　　不许浪语艳词往心灵里钻。

【散文体】“如果爱给了你两万条舌头，每一条都比你自己的还爱啰唆，像美人鱼的淫荡歌声蛊惑人心，可是在我的耳朵听来却是阵风吹过；

因为你知道，我的心在我的耳朵里有护甲，能把传进来的虚假声音一一拦下。

131

"除非骗人的谐音四处飘荡，
不知不觉地潜入我平静的胸膛，
我稚嫩的心还禁不住撩拨，
在它的寝房搅得杂乱无章。
　　不，女士，不；我的心不想呻吟，
　　因为无声地入睡，现在独自进入梦乡。

【散文体】"除非欺骗人的谐音到处飘荡，进入了我胸间的平静心房；那时我幼小的心灵顶不住诱惑，在它的心房不得安宁。

不，小姐，不会的；我的心不想无病呻吟，因为无声地睡觉，这时独自进入了梦乡。

132

"你说的什么话我不能反击？
平稳的小道难说没通着危险，
我不恨爱，却恨你爱中的心机，
因这爱给的拥抱是生人都可以。
　　你说爱是繁衍生息，哦，歪理！
　　只是为淫乱做说客找依据！

【散文体】"你说的什么话我不能反驳？通着危险的小路也是平坦的，我不恨爱，但是不喜欢你爱中的欺骗，因为这种爱是对陌生人也可以拥抱的。

你说爱是为了生儿育女，得，别东拉西扯了！这只是为滥用肉欲的淫乱寻找说辞。

133

“称它爱吧，因天堂的爱神逃了，
凡间流汗的欲神篡夺了它的英名，
借助它的无知样子贪吃无度，
吞噬活鲜鲜的美，给美把黑增；
　　色情的暴君玷辱美又让爱丧失，
　　好比一条条毛毛虫把嫩芽吃净。

【散文体】“把它叫爱吧，因为天堂的爱神逃跑了，人间的汗涟涟的淫欲之王打扮成她的样子饕餮无度，吞吃鲜光的美，给美带来耻辱；

淫欲无度的暴君糟蹋了美，转眼让美毁于瞬间，好比一条条毛毛虫把鲜嫩的花瓣伤害。

134

“爱如同雨后阳光带来了舒适，
可淫欲的结果是太阳后的暴风雨；
爱的新春总是留住新枝嫩芽，
淫欲的严冬却只会把夏日更替：
　　爱再多也不够，淫欲像垂死的贪夫；
　　爱全都是真理，淫欲只把谎话编织。

【散文体】“爱，好比雨后的阳光带来了舒适；淫欲的结果却是艳阳过去的暴风雨；爱的温和的春天总会留住鲜嫩的花草，欲望的严冬早早就把夏天驱赶：

爱没有餍足的时候，淫欲则像要死的饕餮汉；爱全都是真理，淫欲却充满了谎言。

135

“我还有很多话，却不敢再啰唆，
内容老掉牙，演说家青涩不谨慎。
因此，难过吧，我现在就离去；
我脸上满是羞耻，心里尽是忧愤。
　　我的耳朵，听多了你淫荡的言语，
　　作孽如此多端是它们引火烧身。”

【散文体】“我还有更多的话说，可是不敢多说了，说的都是说过的，只怪说话的人太年轻。因此，难过吧，我现在就离去；我一脸羞愧，满腹都是忧伤。

我的耳朵，一直在听你的淫词浪语，作孽如此，耳朵烧灼难受是咎由自取。”

136

说过，他从她柔软的怀里用力
挣脱她的玉臂，凭她抱得多紧，
黑地里他快步如飞向家奔跑，
把爱神抛弃在地悲哀万分。
　　看，多么明亮的星从天空照下，
　　在黑夜照着他如维纳斯的眼神。

【散文体】他说过这话，从她甜蜜的拥抱中挣脱出来，摆脱了她那两条紧紧搂抱他的光洁的臂，乘夜色加快步伐向家里奔去，把爱神撂在地上，随她难过去。

瞧啊，天空一颗多么明亮的星在闪耀，在夜色里照着他如同维纳斯的眼神。

137

她目送他，正好像一个人在岸上
送别一个刚刚拥抱过的朋友，
直到汹涌的波涛遮挡他的身影，
只见水天一色烟云飘悠悠：
　　黑夜也是这般无情和阴沉，
　　将她目送的人儿淹没在夜幕里。

【散文体】她眼巴巴地看着，如同一个人在岸上目送刚刚拥抱过的朋友，直到汹涌的波涛把他的身影模糊，浪尖和云块此消彼长：

黑夜也是这样无情和漆黑，把她看不够的目标掩藏起来。

138

她惊恐，如同一个人不慎失手
把一块宝贵的珠宝掉进大水里，
又如夜行人经常担惊受怕，
在疑影重重的树林里灯笼熄灭。
　　她这样躺在黑暗里心里作疼，
　　已经失去了照路前行的标记。

【散文体】她大吃一惊，好像一个人不慎失手把一个宝贵的珠宝掉进了洪水里，又像走夜路的人那样经常心下惴惴不安，在疑影重重的树林里灯笼灭了。

她就这样躺在黑地里惊慌失措，已然失去了照亮她的道路的美好目标。

139

这时她拍打心胸，只因心灵在呻吟，
四周的所有洞穴，好像受到了惊乱，
把她的呻吟一声声反复回应；
激情复激情一阵比一阵更欢：
　　“我呀！”她哭喊，二十遍“呀，呀”做回应，
　　二十遍回声又把二十次哭声召唤。

【散文体】这时她拍打心胸，因为心在这里呻吟，邻近的所有洞穴，好像惊恐失措，把她的呻吟一声声反复响应；激情复激情，一阵比一阵来得更深沉：

“我呀！”她哭喊道，随后响起二十遍“呀呀”声，二十遍回声又招来二十次哭喊声。

140

她长哭一声回应阵阵回声，
随唱随吟一曲小调令人心惊；
爱如何使青年奴役老年昏聩，
爱如何使人精亦傻，傻亦精。
　　她沉重的小调依然是悲曲，
　　阵阵回声的合唱依然回应。

【散文体】她开始在阵阵的回声里长哭一声，随唱随吟起一曲哀婉幽怨的小调：爱如何让青年人迷惑，如何让老年昏聩；如何让人也精也傻、也傻也精。

她深沉的小调仍然是悲苦调，阵阵回声的共鸣仍在引发回声。

141

她的酸曲太冗长，黑夜都难忍，
因为情人的时辰长，却似乎很短：
若令自己高兴，他们想，别人也高兴
在类似的环境里，有类似的喜欢，
　　他们的复制的话题经常这样开始，
　　结束时没了听众可倾诉还没有完。

【散文体】她的酸曲儿冗长乏味，连黑夜都受不了，因为情人用的时间很长，看起来似乎很短：如果让他们自己开心，那他们就以为，别人在类似的环境里也高兴，能有类似的娱乐，

他们复制的状况经常这样开篇，结束时没有了听众，可永远没有完结。

142

她能和谁一起打发这个长夜?
只有模仿的食客的闲散之声，
如尖声的侍应生回应每次吆喝，
不过是蒙哄奇异的机智的心情。
　　她说“是”，他们就都回答一个“是”；
　　她若说个“不”，有人忙把不字应。

【散文体】她能和谁一起度过这个夜晚，只听模仿食客闲聊的声音？如同尖声尖气的侍应生回答每一声呼叫，不过是为了安抚奇妙的机智的情绪。

她说“是这样的”，他们马上回答说“是这样的”；她如果说“不是这样的”，有人也连忙这样学舌。

143

看，轻盈的云雀，宿林已烦，
从潮湿的窠里倏然飞向高端，
唤醒清晨，在它银色胸脯映衬下
红日浩浩荡荡地升向蓝天；
　　无限的光明立时洒向人间，
　　树冠和山头瞬间一片灿烂。

【散文体】看吧，那温和的云雀，一夜休息好了，从它那潮湿的窝里展翅飞向高空，把早晨惊醒，在它那银色的胸脯映衬下，红彤彤的日头升起来，浩浩荡荡；

灿烂的光辉顿时洒向人间，杉树的树梢和山顶瞬间铺满了金光。

144

维纳斯对着太阳问了声早安：
“哦，晴朗的神，一切光的守卫，
灯笼与星星都从你那里借得
那美丽的感化，让它熠熠生辉，
　　有个吮吸凡间的母亲的凡子，
　　可以赐你光，如同你对别人施惠。”

【散文体】维纳斯对太阳问了一声温婉的早安：“哦，你这明亮的神灵，一切光的庇护人，灯盏和闪烁的星星从你那里借来让它发光的美丽的感化，

人间的儿子吮吸大地母亲的奶汁，那儿子可以借给你光，如同你借给别人光亮。”

145

她问候过，便奔向爱神木丛，
默想早晨已过去时辰多少，
但却不知道情人何去何从。
她聆听他呼唤猎犬的号角，
　　果然听见他们追猎正热闹，
　　她急匆匆地起身赶去呼叫。

【散文体】她向太阳问了早安，奔向一片爱神木树林，思忖早上已经过了不少时间，却没有听到她情人的一点消息。她直耳静听情人呼叫猎犬的号角，

马上听见他们在闹闹哄哄地出猎，她急忙拔脚赶去，一路呼叫。

146

她一路跑，顾不上荆棘阻拦，
有的挂玉颈，有的吻美面，
有的绊住腿脚不让往前赶。
她发疯地排除它们的阻拦，
　　如同喂奶的鹿儿，乳房胀痛，
　　去给躲藏的小鹿喂奶急煎煎。

【散文体】她一路跑去，顾不上荆棘的剐蹭，有的把她的脖子划了，有的把她的脸剐了，有的把她的腿拦住不得前行，她不顾一切地冲破这些阻挡，

好像一只喂奶的鹿儿，乳房胀得好痛，急不可待地去给藏起来的鹿儿喂养。

147

终于，她听清猎犬和困兽搏斗，
她害怕了，如同一个人看见
毒蛇致命的躯体盘在路中间，
把人吓得身心发抖浑身发软；
　　哪怕猎犬的叫声给人壮胆，
　　还是让她感官和心灵都错乱。

【散文体】这时，她听见猎犬在和困兽周旋，她吓坏了，好像一个人看见毒蛇那致命的身子盘卧在他的路上，吓得人浑身发抖打战；

就是猎犬们的胆怯的叫声也让她的感官和心灵都阵阵发紧。

148

她这下明白正发生一场恶斗，
那是猛熊，凶狮，或野猪在逞狂。
因为听那叫声在一处纠缠，
分明是猎犬吓破胆发了慌：
　　发现它们的敌人如此凶顽，
　　谁都不敢抢先一步去挑战。

【散文体】她这时知道那不是一场温和的搏斗，而是发狂的野猪、粗鲁的熊和傲慢的狮子占了上风，因为那种叫喊集中在一个地方，害怕的猎犬叫唤得虚张声势：

因为它们看出来敌人如此凶顽，谁也不敢抢先一步冲上去挑战。

149

这种惊叫在她耳边好凄厉，
钻入她的心间让她惊恐不已；
疑虑和惊吓令她的步子发软，
不由得面色灰白身不由己；
　　如同士兵，看见了头目投降，
　　忙不迭丢盔弃甲离开战场。

【散文体】这种乱叫在她耳边显得很悲惨，进入她的内心让她更加慌乱；疑虑和无情的惊吓让她肢体发软，脸色顿时发白，浑身感到麻酥酥的；

好像士兵们，看见了头儿缴械投降，他们也仓皇溃逃，不敢久留战场。

150

她这样站着竟然六神无主，
好一会，才完全摆脱恍惚。
她壮胆说这是无端瞎琢磨，
如孩子犯错，只是害怕糊涂；
　　她心里说别哆嗦，别害怕——
　　这话还没完便窥见被追的野猪。

【散文体】她这样站着一时惊慌失措；后来，她给受惊的神经打气，告诉它们这是毫无缘由的走神，是孩子们才犯的错误，只是害怕罢了；

告诉它们别发抖，告诉它们别再害怕——这话还没有说完，她就看见了被追猎的野猪。

151

它满嘴血沫，满嘴涂得血红，
如同牛奶和红血搅拌一起，
又一阵惊惧让她全身发软，
吓得她想跑却不知道去哪里：
　　这边跑几步，在那边又停住，
　　返回原地咒骂那野猪该死。

【散文体】那野猪满嘴是血，里里外外都抹得血红，好像牛奶和红血搅和在一起，第二阵惊恐传遍了她全身的骨肉，这让她发疯地乱跑却不知道跑向哪里，

这边跑几步，随后不再往前赶，只得返回原地咒骂那头野猪该杀该剐。

152

千种焦虑给她指出千条道；
她顺着一条路走又原道返回；
她又着急又延宕踯躅不前，
如同醉汉的脑子似醒似睡，
　　脑子都是问候，却什么也问不出，
　　手中满是东西，却不知哪样归哪类。

【散文体】一千种焦虑给她指出一千条路；她顺着一条路走几步又返回原处；她很着急也很迟疑，好像醉鬼的脑袋迷迷糊糊，

脑子里想法很多，却什么也决定不下来，手里抓满物件，却不知道用上哪件。

153

她在灌木丛先看到一只猎狗，
便向疲乏的猎狗打问其主子，
却又看到另一只狗在舔伤口，
治愈有毒的伤口这法子最好使；
　　这里她遇上另一条哀叫的狗，
　　她同它讲话，它却呜呜哭泣。

【散文体】她在一处灌木丛里看见了一只猎狗，就向那疲乏的狗打问它的主子，这时又看见一只狗在舔伤口，因为治愈有毒的伤口用舌头舔是最管用的良方；

这时她看见了另一条哀叫的狗，她与它交流，它却嗷嗷叫唤表示回答。

154

它刚刚停下那钻心的哀叫声，
另一只大唇狗，样子阴森可怕，
对着天空扯起嗓子声声哀叫，
只听回声一下又一下回应它，
　　它们用骄傲的尾巴把地面敲击，
　　摇晃竖起的耳朵，边走边把血洒。

【散文体】当它停止那让人心疼的哀叫时，另一只大唇狗，虎着脸神情可怖，对着高空吠叫不停，一声又一声的回声在回答它，

它们用骄傲的尾巴击打着地面，摇动竖起的耳朵，滴沥着血，还在一边行走。

155

看，世上那可怜的人多么惊恐，
碰上各种怪象，异兆和奇观，
惊恐的眼睛看着久久凝视，
和各种可怕的预言死死纠缠；
　　她这样看着这些景象倒吸凉气，
　　随后又长叹，把死神声声埋怨。

【散文体】看吧，世上可怜的人们碰到各种怪象、异兆和奇观多么容易受惊，惊恐的眼睛一动不动地久久注视，心里和各种可怖的预言联系起来；

她这样看着这些景象倒吸凉气，随后又不住地长叹，把那死神不住地埋怨。

156

“凶残的暴君，丑陋，贫气，瘦弱，
你是爱的死对头。”她骂死神道。
“狰狞幽灵，土中蝼蚁，为何起歹意？
你扼杀美而且把美的气息偷盗，
　　人活在世上，他的呼吸和美
　　可让玫瑰增色，紫罗兰味道更好！

【散文体】“凶残的暴君，你丑陋、贫瘠、瘦弱，你恶狠狠地和爱分离开，”——她咒骂死神说——“狰狞的恶鬼，土中的蝼蚁，为什么用心歹毒？你糟蹋美还把美的气息盗窃，

谁活在这个世界上，他的呼吸和美不可以让玫瑰靓丽、紫罗兰更加芬芳吗？

157

“他倘若死了——噢，不，那不可能，
看到他的美，你应该大吃一惊。
噢，那也可能；你本无眼去看，
只会恶狠狠地把生命归零。
　　你司管老人的命，你却射冷箭，
　　误伤目标并且射向婴孩的心灵。

【散文体】“如果他死了——哦，不，那是不可能的，你要是看见他的美，你应该感到惊奇。哦，那也可能；你本来就没有眼睛可以观看，只会恶狠狠地草菅人命。

你掌管垂垂老者，可你虚伪的冷箭却误伤目标，射中婴儿的心脏。

158

“你若先发警告，那时他准会答话，
听他说，你的神力让他的力量消失。
命运诸神会责骂你多此一举。
他们让你锄草，你却把花摘取：
　　爱神的金箭本该把他射中，
　　死神的乌木标，却把他杀死。

【散文体】“你要是提前警告，那他早有话说；听他说话吧，你的力量让他的力量消失。命运诸神会斥责你这一招。他们让你锄草，你却去把花儿摘掉：

爱神的金箭应该射中他，死神的乌木标却把他射杀。

159

“难道你饮泪，竟引起这样的哭泣？
沉重的呻吟能对你有什么利益？
你为何让那两只眼睛永远闭上，
它们不是让别的眼睛看视的？
　　这下造化不关心你凡间的活力，
　　她最好的作品因你的严酷而毁誉。”

【散文体】“难道你把眼泪喝下肚，才引起这样的哭泣吗？沉重的呻吟对你能有什么好处呢？你为什么让那两只眼睛永远闭上，难道它们不是教别的眼睛辨别美丑吗？

现在造化不再关心你凡间的活力，因为她最好的作品由于你的严酷无情而毁掉了。”

160

这时不行了，如同充满绝望的人，
闭上眼睛，她，如闸门，把泪水阻挡——
那流下她美丽脸颊的晶莹的泪珠——
那落入她胸脯甜蜜的渠道的泪行；
　　那银色雨柱通过洪水的闸门，
　　可强大的水流再次把它们冲撞。

【散文体】这时被压住，就像一个满是绝望的人，闭上了眼睛，她，如闸门，把泪水暂时留住——留住了流下她美丽的脸颊、又落入她胸脯甜蜜的渠道的泪行；

那银闪闪的泪雨穿过了洪水的闸门，而强大的泪流再次把闸门冲破。

161

哦，看她的眼和泪在如何借还！
眼睛在泪里看，泪水在眼里留，
两者一般晶莹，彼此注视忧愁，
友好叹息的忧愁在设法弄干泪流。
　　如同风雨天，时而刮风，时而下雨，
　　叹息吹干脸颊，泪水又把它们湿透。

【散文体】哦，且看眼睛和泪水如何有借有还吧！眼睛透过泪水看，泪水在眼睛里打转转，两样东西一般晶莹，相互观看着彼此的忧愁，忧愁友好地感叹，设法把泪水弄干；

好像暴风雨的日子，一会儿刮风，一会儿下雨，声声叹息把脸颊晾干，泪水却又把它们打湿。

162

种种情绪聚起了不尽的哀痛，
像在争当她最真切的悲伤；
大家都彼此娱乐，却又各自劳作，
每一种忧伤似乎都是酋长，
　　无一能称雄，大家一起经营，
　　像滚滚的乌云把坏天气酝酿。

【散文体】各种情绪促成了她持久的悲苦，好像在看看谁应该成为她最真的愁绪；大家都算数，每种情绪又量力劳作，每一种及时忧伤好像都是酋长，

没有谁能够做大，大家一块儿经营，如同滚滚的乌云共谋着恶劣的天气。

163

这时，她听见远处有猎人招呼，
奶娘的歌儿很难让婴儿多喜欢：
一直紧紧相随她的是悬心吊胆，
这声呼喊把她的担心彻底撵赶；
　　因为这生还的喜悦令她欢欣，
　　奉承她说是阿多尼在叫喊。

【散文体】这时，她听见远处有个猎人在呼喊，奶娘的歌谣永远不能让她的婴儿从心眼儿里喜欢：她心头一直盘旋着痛苦的胡思乱想，这声喊叫把她的担心彻底赶走；

因为这生还的喜悦让她舒心，是向她报喜，说那是阿多尼的声音。

164

因此她的眼泪开始如潮水涌出，
在她眼里打转如玻璃中的珍宝；
有时一滴亮闪闪的泪滴流出来，
在脸颊洇开，好像嘲笑它会化掉：
　　却把脸上的污物冲刷干净，
　　她看似淹没其实只是醉了。

【散文体】因此，她的泪水开始像潮水一般涌出，在她眼睛里含着如玻璃中的珍宝；有时一滴晶莹的泪滴终于流出来，在脸上洇开，似乎在嘲笑它也会流掉，

还捎带着把脸上的脏东西冲洗，她看上去被水淹了，却只是沉醉不醒。

165

哦，难以置信的爱，似乎很稀罕，
不可相信，却能使人轻易上当，
你的甘甜和痛苦都爱走极端，
绝望和失望把你弄得好荒唐。
　　有人想入非非地把你奉承，
　　另有人琢磨着快让你死亡。

【散文体】哦，不可相信的爱，好像很稀奇，难以相信，却总能让人轻易相信！你的甘甜不能再甜，你的痛苦不能再苦，一会儿绝望，一会儿失望，搞得你多么可笑。

有人用不可能的念头把你奉承，另有人用可能的念头让你快快死掉。

166

她把织成的蛛网重新拆离；
阿多尼活着，死神不该责备；
她根本也不想让他丢掉性命，
只为他可恨的名字大加赞美：
　　她把他捧成坟王和诸王的坟墓，
　　所有世俗人的至高至尊的首魁。

【散文体】她把编织好的蜘蛛网统统拆解了；阿多尼还活着，死神不应该受到责怪；她原本也不想让他把性命丢掉，她这时赶忙给死神那可恶的名字添加名誉：

她把他捧成坟墓之王，是国王们的坟墓，所有芸芸众生的最高的大帝。

167

“不，不，”她说，“好死神，是我糊涂；
不过原谅我当时感到很害怕，
因我碰上那野猪，那该死的畜生，
那东西不通人性还生性凶煞；
　　这时，好死神——我必须说实话——
　　我是怕情人死掉才把你骂。

【散文体】“不，不，”她自语道，“可爱的死神，是我开玩笑；不过你要原谅我是感到很害怕了，因为我碰上了那头野猪，那该死的畜生，那东西不会怜悯，生性凶残；

这时，可爱的死神——我必须忏悔——我咒骂了你，是担心我的情人会丧命。

168

“这不是我的错：是野猪让我嚼舌；
有怨气就朝它发，那看不见的司令；
是它，坏东西，让你吃了冤枉；
我在演双簧，它是幕后的操纵：
　　忧愁有双舌头，女人若无十倍智慧
　　便永远不能把两种舌头自如掌控。”

【散文体】“这可不是我的错：是那野猪让我嚼舌；有怨气朝它发泄，那个看不见的大头目；是它，可恶的东西，让你受了冤枉；我在表演，它才是诽谤你的操盘手：

忧愁长就了两个舌头，女人要是没有十倍的智慧，是永远不能把两种舌头运用自如的。”

169

就这样希望阿多尼仍活着，
她把鲁莽的疑虑暂且放过，
他的美也许更加朝气蓬勃，
她于是向死神谦卑地认错；
　　历数他的奖品，地位，坟墓和故事，
　　他的胜利，他的凯旋，和光荣多多。

【散文体】就这样，她希望阿多尼仍然活着，因而她把过激的疑虑暂且搁置，心想他的美也许更加醒目，她于是向死神真诚地认错；

她历数他的奖品、地位、坟墓和故事；他的胜利、凯旋和种种光荣。

170

“哦，主神，”她说，“我是多么呆痴，
天生这个脑子就有些弱智，
错将活人当死人哀悼，岂不知，
他一定会和万物同生同死！
　　因为他若死去，美将一同毁掉，
　　可，美一旦毁了，混沌会重至。

【散文体】“哦，主神，”她说，“我竟然这般白痴，天生软弱脑子又不好使，只会哀悼他的死亡，实际上他活着而且不会死去，直到凡间万物一起同归！

因为他要是死了，美将会一同摧毁，可是，美一旦摧毁，黑色的混沌将会回来。

171

“啐，钟情的爱，你总是怕这怕那，
如同身戴珠宝的人，总把小偷提防；
眼睛和耳朵都失灵，成了摆设，
你懦弱的心里都是乱想的忧伤。”
　　说到这里她听见了欢快的号角，
　　不由得跳起来忘掉先头的绝望。

【散文体】“呸，呸，矫情的爱，你总是怕这怕那，好像戴了珠宝的人，总在提防小偷；眼睛和耳朵都不管用，成了样子货，你胆小鬼的心装满了胡思乱想出来的不幸。”

她自言自语到这里，忽然听见了欢快的号角，刚才的绝望忘到了脑后，欢喜得跳跃起来。

172

如同鹰受到引诱，她飞跑起来；
野草踩不断，是她脚步轻爽；
可她匆忙中不幸冷眼看到，
臭野猪在攻击她的美貌情郎；
　　这景象，她的两眼，仿佛被所见弄瞎，
　　如同星星羞见白天，自己先把身藏。

【散文体】好像雄鹰见到猎物，她飞跑起来；野草踩不断，是她脚步那般轻灵；可是就在她匆匆赶路时，不幸地瞅见了可恶的野猪在攻击她的俊美情郎；

见到这一幕，她的两只眼睛，仿佛被眼前的情景弄瞎了，如同星星害怕见到白天，自己躲藏起来了。

173

又如蜗牛，那敏感的触角被击，
缩回了它的硬壳里抚摸疼痛，
躲在那里，凝神屏息，但求保护，
心里害怕很久才又把触角摇动；
　　就这样，见他血肉模糊，她的眼逃
　　进了她脑海那纵深的黑暗小洞：

【散文体】或者，像蜗牛，那灵敏的触角被侵犯，赶紧痛苦地缩回了它的硬壳里，躲在那里，凝神屏息，但求保护，心里久久不安，很久以后才又把触角往外探。

就这样，看见情郎血肉模糊，她的眼睛又躲藏进她脑洞深处那黑暗的角落：

174

它们在脑洞里不做工不放光，
交给迷乱的脑子来顶替职守，
脑子只好让它们与黑夜相伴，
别再往外看以免心灵把伤受；
　　心，像御座上昏庸的国王，
　　眼睛所见的情况引起忧愁。

【散文体】眼睛待在脑洞里不尽职也不放光，交给迷乱的脑子随便处理，脑子就让它们与丑陋的黑夜相伴，别再往外看，以免心灵受到创伤。

心，这时好似坐在宝座上的迷惑的国王，眼睛反映的情况让心灵发出一声要死的呻吟。

175

这时每个纳贡的臣民都打战，
如同大风，被囚禁在大地上，
为找风口，把大地的根基摇撼，
冷冰的恐怖使人们心生惊慌。
　　这一叛乱每个部分大受惊吓，
　　眼睛又从那黑洞底往上探望。

【散文体】这当儿，每个恭顺的臣民都在瑟瑟发抖，好像大风，被死死地囚禁在地面上，千方百计寻找出风的口，风把大地的根基都摇动了，带来了冰冷的恐怖，把人们的脑子搅乱了。

这一动乱让各个部分都受到了惊吓，因此眼睛再一次从它们黑魆魆的洞穴里往外探视。

176

睁开眼，聚集不愿服从的目光，
看见那野猪撕裂的宽大伤口，
柔软的肋侧，一如洁白的百合，
流着血滴，伤口开裂，血迹浸透：
　　他身边的花花草草无不沾了红血，
　　像在偷他的血后和他一起把血流。

【散文体】随后，睁开眼，聚齐不甘心服从的目光，看见那野猪挑开的宽大伤口，柔软的肋侧，平常雪白如百合，却满是血滴，那是伤口流出来的，把身侧都染遍了：

他附近的花草藤蔓无不血迹斑斑，好像在把他的血偷掉后和他一起往外流。

177

可怜维纳斯，连草木都同情；
她下垂的头软软地在肩上依；
她的哀情无言，她沉迷其中；
她以为他不会死，也就不能死：
　　她的泣声停下，关节都不听使唤；
　　她的眼睛发疯，泪水这下才停止。

【散文体】可怜的维纳斯，见了草木都有柔情；她的头低低地依在肩膀上；她的哀情默然无语，她沉默其中不能自拔；她以为他不会死，他就没有死：

她哭泣的声音止住了，浑身的关节忘记了打弯；她两眼失控，泪水这时终于停住了。

178

她两眼盯着他的伤口一动不动，
把眼睛都看花一处伤口看成仨；
可随后却申斥眼神迷乱不专注，
在无伤口的地方引发更多眼花：
　　他面孔似成双，肢体也成了对，
　　因为眼睛的误看，脑子只能傻。

【散文体】她的眼睛盯着伤口看傻了眼，看花了眼，一个伤口看成了三个；但是随后她却责怪眼神乱踅摸，在没有伤口的地方看出来伤口：

看他的脸成了两个，每个肢体也成对，因为眼睛总看错，脑子跟着一起糊涂。

179

“我的舌头无法为一人倾诉，
可是，”她说，“却看见两个阿多尼！
我连连叹息，我的咸泪也泣枯，
我的眼变得火辣，我的心重如铅：
　　愿如铅重的心，被眼的火融掉，
　　这样我随火欲的泪水了却此生。

【散文体】“我的舌头连一个人的悲伤都说不尽，可是，”她悲叹道，“这下却看见了两个阿多尼！我的叹息一声接一声，我咸苦的泪水都哭干了，我的眼睛变得火烫，我的心变得像铅一样沉重：

但愿这像铅一样重的心，被眼睛的红火化掉，这样我就可以随着火红的欲望一死了之了。

180

“唉，可叹人间，丢了什么样珍宝！
世上还有什么面孔值得人瞧？
谁的巧舌如今还像音乐？你还能
把什么东西吹嘘，或者夸耀？
　　花朵散发芳香，颜色鲜艳夺目，
　　可很可爱的美与他同生同死掉。

【散文体】“哎呀，可怜的人间，你损失了什么样的珍宝！这世上存活的什么东西还值得一看？谁的舌头如今还像音乐？此后你渴望的什么好东西值得吹嘘，或者期待结果？

花儿四处飘香，它们的颜色鲜艳夺目；但是，真正可爱的美与他同生、与他同死了。

181

“从今起无人戴帽也无人穿纱，
太阳和清风也不再跟你调情：
没有美可失去，你不必担心，
太阳会把你讥笑，风会发嘘声：
　　阿多尼在世，太阳和风都清灵，
　　如同两个窃贼，把他的美抢争：

【散文体】从此后，帽子和轻纱再没有人佩戴！太阳和清风不再给你亲吻：没有美丽可失去，你无须再操这份心；太阳会把你嘲笑，风儿会冲你发出嘘声：

当阿多尼在世时，太阳和风儿像两个小偷潜伏着，等待把他的美偷窃。

182

“所以，他那时会往头上戴帽子，
炫目的太阳会向帽檐下窥视；
风儿也趁机把帽子吹，使劲吹掉，
戏弄他的头发：阿多尼因此哭鼻子，
　　太阳和风同情他年纪轻轻，
　　赶紧抢着给他把泪水擦拭。

【散文体】“所以，他活着时总会戴上一顶帽子，炫目的太阳喜欢向帽檐下窥探，风儿也趁机把帽子来吹，用劲儿吹掉，再吹拂他的头发，阿多尼因此还哭过鼻子，

太阳和风这时可怜他年纪很轻，赶快抢着争着给他把泪水弄干。

183

“雄狮看到他的俊脸都会绕向
树丛后，因为狮子都让他几分；
在阿多尼唱歌时狮子在旁偷听，
老虎也会温顺地听他把歌吟；
　　如果他说话，狼会丢开猎物
　　白天再不把温顺的羔羊追寻。

【散文体】“狮子看见他那张漂亮的脸会绕道走，躲在树丛后面，因为狮子也会让他几分；当阿多尼唱歌时，狮子就在一旁静听，连老虎也会变得温顺，来听他唱歌；

如果他开口说话，狼会丢下猎物，白天不再把温顺的羔羊蹂躏。

184

“他在小河边看他在水中的影，
鱼儿忙赶来在影子上晾金鳃；
在他路过时，鸟儿都兴致勃勃，
有的把歌唱，有的用喙来示爱，
　　为他把桑葚和樱桃叼过来；
　　他回目看，它们忙把草莓摘。

【散文体】“他在小溪里把自己的影子看，鱼儿赶来在他影子上炫耀金鳃；当他走过时，鸟儿的兴致异常高涨，有的把歌儿唱，有的用喙

为他把桑葚和樱桃叼过来；他用目光回报它们，它们又赶紧去把浆果摘。

185

“可这丑野猪，狰狞，长就一张尖嘴，
眼睛向下盯着地只知把坟墓来挖，
竟没看见阿多尼生了多好一张脸；
看一眼便会感受到他带来的快活：
　　如果它看见他的脸，那我敢肯定
　　是想亲吻他，才把他的性命谋杀。

【散文体】“这肮脏的野猪，一脸狰狞，长了一张大尖嘴，两眼向下盯着地只知道把坟墓来刨，没顾上看看阿多尼生了多好一张脸；只看一眼就会见证他送上的娱乐：

要是它看见他的脸，哦，那时我知道它只是想亲吻他，不料把他的生命谋杀了。

186

“对，阿多尼就是这样被害死的；
他手持犀利的标枪朝野猪奔驰，
那野猪本没有想拿他把牙磨，
只想用亲吻把他设法阻止；
　　且就势往他胁上拱，多情的野猪
　　无意中用獠牙向他的腰间冲刺。

【散文体】“就是这样，阿多尼就是这样被弄死的；他手拿尖利的标枪向野猪跑过去，那野猪本来没有想拿他给獠牙打牙祭，只想用亲吻把他设法阻止；

而且就趁势往他肋侧撞去，多情的野猪无意中用獠牙把他的腰间刺中。

187

“我承认，我若是像它把獠牙长，
我早因为亲吻他把他的命伤；
他的命一丧，他再不会倒霉，
我与他同享青春，我更该情殇。”
　　说过话，她一下瘫倒在地上，
　　她的脸在他凝固的血里弄脏。

【散文体】“要是我像它一样长了獠牙，我必须承认，在亲吻他时早会把他的命要了；但是他死了，永远不会祝福我和他的青春，我应该受到更多的谴责。”

说过话，她一下子倒在了地上，她的脸栽进他凝固的血里，染红了。

188

她看他的嘴唇，它们已无血色。
她拉住他的手，那手早已冰凉；
她在他耳边悄悄地诉说衷肠，
仿佛它们听见了她讲的悲伤；
　　她轻轻地把他紧闭的眼皮分开，
　　却见两盏灯，油已耗尽，暗中摆放。

【散文体】她看看他的嘴唇，唇色灰白；她拉起他的手，手已冰凉；她在他耳边低声讲述一个沉重的故事，仿佛他的耳朵听见了她讲述的那些美妙的词儿；

她轻轻地把他闭上的眼睛翻开，那里，看，两盏灯，油已经耗尽，躲在黑暗里。

189

两块明镜般的眼睛，把她自己映照
过一千次，现在却不再映出俏模样；
它们的功能已失灵，虽然以前还很灵，
每一种美都从他的外貌上劫掠光：
　　“时间的精华，”她说，“这是我的怨恨，
　　那便是，你既死去，白天应该有光亮。

【散文体】两只明镜般的眼睛，曾经把她自己映照过一千次，现在却不再管用了；它们的功能没有了，可不久前它们的功能还很管用，每一种美都从他的貌相上消失了：

“时间的奇迹，”她自言道，“这正是我所怨恨的，那就是你既然死了，白天还应该有光哦。

190

“既然你死了，听着，我敢预言，
忧愁从此以后会对爱另眼相看：
它以后会与妒嫉一同被人待承，
开头虽然甘美，却是苦涩的终端；
　　永远无法平等解决，不是高就是低，
　　所有爱的快乐都抵不上他的苦难。

【散文体】“既然你去了，看吧，我在这里把话撂下：忧愁从此会与爱相随相伴；它以后会和嫉妒被人同等对待，开头尽管甜蜜，终点却是苦涩的；

永远无法平等相待，或者高或者低，所有的爱的快乐都抵不过他的苦难。

191

“它会是轻浮，虚假并充满欺骗，
是嫩芽都会在喘息瞬间被折腾；
根部浸透毒汁，顶端被苫盖严实，
种种芳香会把最真实的眼力迷蒙：
　　最健壮的人也会变得最弱软，
　　让智者哑口，教蠢蛋嘴巴逞能。

【散文体】“它会成为轻浮和虚假，欺骗很多，还只是嫩芽时便在喘息之间被爆裂；根部尽是毒素，顶端却覆盖严实，种种芳香会把最真实的眼力迷惑：

让最健壮的人变得最软弱可欺，让智者哑口无言，却让笨伯能言善辩。

192

“它会规矩拘谨也会放荡无形，
会教老迈的人脚下有板有眼；
它会让横眉立目的无赖变文静，
它让富人受穷，让穷人身缠万贯；
　　它会发癫发狂却又温和呆傻；
　　会让年少变老，老年变成少年。

【散文体】“它会内敛含蓄也会放浪形骸，会教老迈之人腿脚翩然起舞；会让骄横的无赖表现安静，让富人变穷，让穷人获得财宝变富；

它会发狂发疯，和蔼得卖傻，让年轻人变老，让老年人变成孩子。

193

“它会因无惧怕的理由而引发惊恐；
它会在最应该怀疑时无所畏惧；
它会慈悲为怀却又敢痛下毒手，
它最讲公道时也最敢设置骗局。
　　它会在最该温和谦让时一意孤行，
　　让胆小鬼变胆大，让勇夫小心翼翼。

【散文体】“它会在没有理由害怕的情况下引起惊慌；会在最应该产生怀疑时刚愎自用；会一方面心怀慈悲，一方面心狠手辣，在最该讲公道时实行欺骗。

它会在最该谦和行事的地方我行我素，会让惧怕转变成气魄，让勇气变成胆小怕事。

194

“它让狼烟燃起又让是非飙升，
它在儿子与家长之间挑拨离间；
它让一切不满情绪变得唯命是从，
如同干燥的燃料往烈火上加添：
　　既然死神把我青春年少的情人毁掉，
　　那么相爱至深的人的爱情没有香甜。”

【散文体】“它会引发战争，引起争端，让儿子和家长之间产生不和；它会让一切不满情绪变得臣服和恭顺，就像干燥的燃料加在大火上：

既然死神在我的情人年纪轻轻时就把他毁掉，那么爱得刻骨铭心的情人是享受不到爱情的甜蜜的。”

195

话至此，看见身边被杀戮的少年
融化得如同一股气从眼前上升，
从他流淌在地面上的血痕上，
长出一枝嫣红的花，白色衬映，
　　那花貌与他苍白的脸惟妙惟肖，
　　圆的血滴和白的脸颊相辅相成。

【散文体】话说到这里，她身旁那被戕害的青年转眼间化掉，像一股青烟从眼前飘离，在他流淌鲜血的地面上，长出来一株殷红的花，其中间杂着白色，

那花朵的样子和他苍白的俏脸十分相像，圆圆的血滴和苍白的脸颊相映成趣。

196

她低下头，去嗅闻那朵新生的花儿，
把香气与她的阿多尼的气息相比，
还说，那花儿应该在她怀里依存，
因为阿多尼不幸死了，和她两分离：
　　她将花枝折下，断口处流出了
　　青树汁，她把这与他的眼泪相比。

【散文体】她垂下头，把那朵刚刚长出来的花朵闻了闻，比较花儿的香气和阿多尼的气息，并且说，那花儿应该好好存放在她的怀里，因为阿多尼已死，他们两个生死相别：

她把花枝折下来，断口的地方流出了青树汁，她把这树液汁和阿多尼的眼泪做比较。

197

“可怜的花，”她说，“这是你父亲身影，
你这芳香的后嗣来自更香的父系——
因为每一丝愁绪都会打湿他的眼：
从他自身生长出来本是他的心意，
　　也是你的愿望；可要知道，难的是
　　你在我怀里枯萎一如在他血里。

【散文体】“可怜的花儿啊，”她感叹说，“这是你的再世；你这芳香的后裔来自更香的父系——因为每一点忧伤都会让他流泪：从他自己的遗骨上生长出来就是他的心意，

也应是你的心意；不过要知道，你在我怀里凋落和在他血迹里枯萎一样美好。

198

“这里有你父亲的床，这里有我的心；
你是血脉的下一代，这是你的权利：
看，快在这空空的摇篮里休息，
我跳动的心会日日夜夜摇晃你；
　　一时一刻都不会徒然放过，
　　我一定会亲吻情人的花朵。”

【散文体】“这里有你父亲的眠床，这里有我的爱心；你是血脉的下一代，这当然是你的权利：看吧，在这空空的摇篮里好好休息，我跳动的心会日以继夜地摇晃你；

每一个小时不会有一分钟浪费，我都要用来亲吻我可爱的情人变成的花朵。”

199

这样她厌倦了尘世，匆匆离去，
驾起她的银鸽[17]；借鸽子的空援
它们女主人在空旷的天空飞行，
她坐在轻巧的战车里渐行渐远。
　　银鸽向爱神宝殿飞去，它们的爱后
　　决意要在那里隐居，不让世人看见。

【散文体】这样，厌倦了这个世界，她立即起身离去，并且驾起她的银色鸽子；有了鸽子迅捷的援助，它们的女主人坐在飘飞的天车里开始升空，在茫茫天空越飞越远。

银鸽向爱神的宝殿飞去，因它们的爱后拿定主意自己隐居起来，不让世人再看见。

卢克丽丝受辱记

《卢克丽丝受辱记》于一五九四年五月九日在版权登记署注册，并于同年出版。如同莎士比亚的第一首长诗《维纳斯与阿多尼》一样，这首长诗也是献给南安普顿伯爵的。在献词中莎士比亚对南安普顿伯爵极尽溢美之词，从中不难看出南安普顿伯爵对他的友情和爱护。

《卢克丽丝受辱记》是莎士比亚根据奥维德的诗创作的另一首长篇抒情诗，但诗中的“情”与爱情和一般的感情不一样；从诗中男主人公塔昆的角度看，“情”即情欲——情欲的酝酿、发展和发泄以及发泄后的不安和追悔。从诗中女主人公卢克丽丝的方面看，“情”是她对丈夫科拉廷的忠诚和她被奸后的悲伤。然而，不管挖掘塔昆之恶欲还是描写卢克丽丝的纯情，莎士比亚的创作角度都是大胆、新颖、首创和富有成果的；诗中大量的形象的比喻、细致得不能再细致的叙述，使它成为世界长诗名作中最灿烂的一首。

但是将读或读罢这首近两千行的长诗，读者难免纳闷：莎士比亚为什么要写一次强奸活动呢？他怎么想到写这样的内容？他想通过写这样一件事，揭示什么？这些自然是需要写大篇幅文章研究的。不过在诗的开头，莎士比亚写了一篇几百字的《梗概》，介绍了卢克丽丝被奸的始因、过程和塔昆强奸卢克丽丝之后的结果：“人民因此大为惊诧，众口一词，纷纷赞同将塔昆家族全部流放，把国家政体由国王转为执政官。”因此有不少西方学者把它说成历史政治抒情长诗。这种观点使我们想到莎士比亚当初写这首诗时，一定从人的情欲和权力之间看到了某种联系和结果。

在《维纳斯与阿多尼》一诗中，莎士比亚热情地赞美了维纳斯的爱情和情欲的自然发展和流露。维纳斯和阿多尼所处的环境是大自然，人在大自然中可以尽情发泄自己的七情六欲。在《卢克丽丝受辱记》中，塔昆的情欲也是自然流露或说发泄，但这种流露和发泄是邪恶的；之所以如此，主要因为塔昆的行为发生在关系繁复的人类社会之中，其行径符合自然法则，但不符合人类社会的法则。从这个角度切入，我们便从这首长诗中领会到更深一层的意义：人类为了生存建立了社会关系；为了人类社会的健康发展又建立了各种秩序和法律，等到这些秩序和法律在某种特定环境下作用于某个人的某一行为时，人们又突然发现人类社会的条条框框束缚了人这一自然体。莎士比亚感觉和认识到了这一点，于是在他的诗歌和剧本中反复地进行了大胆的探讨和揭示，这方面的探讨和揭示成为他作为世界文化巨人的支撑点之一。

《卢克丽丝受辱记》在莎士比亚生前十分畅销，截至一六五五年共重版九次；此后一度受冷落。英国著名浪漫主义诗人柯勒律治十分推崇该诗。在近代英美批评界，它被认为是一首内涵极为丰富的好诗，对莎士比亚后来挖掘古罗马文学素材，具有很重要的先导作用。

献给

南安普顿伯爵兼蒂奇菲尔德男爵

亨利·赖奥瑟斯利阁下

我献给阁下的爱是没有穷尽的，而这本没有头绪的小册子只是其中过多的一小部分。使得这本小书幸纳不弃的是您尊贵的性格，而不是我那粗浅诗行的价值；我所做到的是您的，我不得不做到的也是您的，这只是我所有物的一部分，是理应奉献给您的。如果我身价更高，那么我的奉献便更具价值，而事实上我所有的，同时也必定属于您了。在此谨祝您长命百岁，幸福无疆。

您忠心耿耿的

威廉·莎士比亚

梗概

卢修斯·塔昆涅斯（他因极其傲慢而有“骄傲狂”的绰号）致使其岳父塞乌斯·图留斯被残酷谋杀后，不顾罗马的法律和习俗，没有征得或等待人民的赞同，便自立为王，不久率领其子及罗马贵族前去攻打阿迪亚城。围城期间，军队的主要将领一天晚上在塞克斯特斯·塔昆涅斯[18]的营帐里聚会，晚餐后的闲谈中，在场的各位都赞美自己的娇妻如何贤惠，其中科拉提纳斯[19]大谈其妻卢克丽丝的美德无与伦比。在这样愉悦的心境下，他们一起出发奔往罗马，打算以他们秘密而突然的出现，验证每个人对妻子的夸赞是否言过其实；结果，大家只看到科拉提纳斯的妻子（尽管已是深夜了）与侍女在一起纺线，其他人的夫人都在跳舞、作乐或进行几种游戏。于是，贵族们只得承认科拉提纳斯的胜利和其妻的美名。彼时，塞克斯特斯·塔昆涅斯对卢克丽丝的丽质垂涎欲滴，但暂且压下欲念，同别人返回营房，不久却又秘密离开，凭借显赫身份，在科拉蒂厄姆城堡受到卢克丽丝的优厚款待，并在那里留宿。当天夜里，他心怀叵测，潜入卢克丽丝的卧室，把她强奸了，并于第二天一早仓促离去。卢克丽丝在这种悲恸欲绝的苦境中，急忙派信差去送信——一个去罗马找其父亲，一个去军营找科拉提纳斯。他们都来了，一个由尤尼厄斯·布鲁特斯陪同，另一个由帕布利厄斯·瓦勒利厄斯陪同；他们见卢克丽丝身着丧服，便询问她哀伤的缘由。卢克丽丝首先要他们发誓为她复仇，然后说出了罪犯及其所犯罪行，突然用刀杀死自己。目睹这幕惨剧，他们一致发誓要把可恨的塔昆家族连根拔掉，而后抬着卢克丽丝的尸体前往罗马。布鲁特斯向人民揭露了肇事者及其恶行，无情地谴责了国王的暴虐行径。人民因此大为惊诧，众口一词，纷纷赞同将塔昆家族全部流放，把国家政体由国王转为执政官。

1

离开大兵压境的阿迪亚城，
借助邪恶欲念的不可信的羽翼，
淫火难熄的塔昆擅离罗马军营，
带着无光的火向科拉廷赶去；
那欲火，藏在余烬里，暗中燃烧，
　　用搂抱的火焰去缠绕那腰际，
　　科拉廷的娇妻，卢克丽丝的。[20]

【散文体】离开被围攻的阿迪亚城的前线，扇起邪恶的欲念的可疑的翅膀，欲火中烧的塔昆离开罗马军营，带着没有光亮的欲火奔向科拉廷城；那欲火，隐藏在余烬里，暗暗地燃烧，

他要施展拥抱的欲火把科拉廷的贤妻，贞洁的卢克丽丝的纤腰占有。

2

或许贞洁的美名伴着不幸，
让塔昆的欲念像刀刃锋利，
科拉廷失当地贪图虚荣，
夸赞爱妻白里透红无人能比，
在他那得意的天空里称雄；
　　那里凡间的星星[21]和天上的似无二至，
　　享受她的高洁的品行他要特别注意。

【散文体】也许“贞洁”的美名不幸地在塔昆火热的欲火里埋下了欲火利刃；科拉廷不该犯糊涂夸赞爱妻白中透红的肌肤无人能比，在得意的天空中赢得头名；

那里世间的星星，如天上的明星一样闪烁，他要特别行动起来，去品尝她的高洁品行。

3

因为前一天夜里，在塔昆帐中，
他把幸福状态的宝藏展示；
老天爷借给他无价的财富，
因此上拥有了美丽的妻子，
那般自豪地清点他的命运，
　　国王们也许被尊崇更显赫的名字，
　　可国王或王公却难见这绝代贞妇[22]。

【散文体】因为前一天夜里，在塔昆的帐中，他把自己幸福状况的珍宝一一道来；说什么老天爷借给他无价的财富，因此上拥有了美丽的娇妻；他把自己的红运估算到那样自鸣得意的程度，

连国王也只配享有更高的名分，但却难得一见这样绝色的贤淑佳人。

4

哦，只有很少人得到了美满幸福，
而且，即便享有了，也易转眼即逝，
好似早上起来的银闪闪的露珠，
在朝阳的金色光芒下容易消失！
作废的日期，好的开始前被终止：
　　荣誉和美丽，在拥有者的怀里，
　　面对这伤害的世界易被攻击。

【散文体】哦，幸福只有极少数人享受得到，而且，即使享受到了，也很容易腐朽和结束，好像清晨的晶莹的露水，在太阳的金色光芒下晒一晒就干了！好比作废的日期，良好的开始前就会被取消：

荣誉和美丽，在拥有者的怀里，面对这伤害多多的世界，即便森严壁垒也不堪一击。

5

美自身不用充当演说家
亲自劝服人们睁大眼瞧；
那独一无二的东西还用
费口舌向世人进行炫耀？
科拉廷为什么要做饶舌人？
　　他本应该藏起那珍贵的珠宝
　　避开偷儿的耳朵，自己收藏好。

【散文体】美自身不需要亲自去劝说众人的眼睛，充当演说家；美是独一无二的，还需要口干舌燥地向人夸耀吗？科拉廷为什么要做他应该深藏不露

避开窃贼耳目的价值不菲的珠宝的广告人，就因为那是他自己的吗？

6

也许他把卢克丽丝的贞淑夸赞
正好蛊惑了这个国王的王公，
因为我们的耳朵和心极易搅乱；
也许如此丰美的东西让人眼红，
鲜明的对比，深深地刺激了
　　他帝王般的念头，臣子们竟坐拥
　　帝王们还没有的金子般的亨通。

【散文体】也许，科拉廷只管把卢克丽丝的贞洁夸耀，正好蛊惑了这个国王的王孙，因为我们的耳朵和心是很容易受到蛊惑的；也许，这样绝色的好东西引起了妒忌之心，巨大的落差，

倨傲般地刺激了他的帝王之心：做臣子的人竟然拥有君王还没有的金子般的红运。

7

如果没有这些理由，必定另有
某个临时的念头让他临时出行：
他的荣誉，诸多事务，朋友和高位，
一概不管，一心一意只想着登程，
就为了浇灭他跳跃的欲火的红炭。
　　性急的假燥热，裹于悔恨的寒冷中，
　　你那着急上蹿的青苗，永远长不成！

【散文体】但是，如果没有这些理由，那么某个别的随时出现的念头让他临时起身就走：他的名誉、诸多事物、朋友和身份，一概不管不顾了，一心一意只想着开溜，就为了浇灭他乱窜的欲火的红炭。

哦，上蹿的虚假的燥热，那包裹在悔恨的寒气中的燥热，你着急冒出来的青苗，是永远长不成的！

8

心怀不轨的爵爷到了科拉蒂姆城[23]，
受到了那罗马丽人的好心接待，
她脸上的美与贤惠难分高下，
两样好东西都让她名声在外：
贤惠自夸时，美就会脸红害臊；
　　美把红晕卖弄时，贤惠嗔怪，
　　也许会给美貌抹上一层银白。

【散文体】这位用心不良的爵爷赶到了科拉蒂姆城，他受到了那罗马丽人的好生接待，她脸上的美和贤惠相辅相成，两样好东西都让她的名望骑虎难下：贤惠自夸时，美会脸红害臊；

美让红晕满脸浮现时，贤惠看不惯，会给美貌涂抹上一层煞白。

9

不过那美，按照那种白色的颜色，
来自维纳斯的白鸽，白色中翘楚，
贤惠是在向美索取美的红晕，
贤惠把金色年华慷慨送出，
给它们的银脸镀金，称作它们的盾；
　　教它们在争斗中抵挡袭击，
　　羞怯袭来时，红晕把银白支持。

【散文体】不过美呢，就那种白色赢得的名声看，来自在洁白领地毫无愧色的维纳斯的白鸽：那么，贤惠美德向美索要美的红晕，而贤惠把金色年华送给美，为它们的银白脸颊涂上金色，随后称那是它们的坚盾；

教它们在斗争中当盾使用，当羞颜来袭时，那红晕应该把白色挡住。

10

这种娇容在卢克丽丝脸上可见，
美的红晕与贤惠的银白争执：
两种颜色都要自立为女王，
从世界初始就把这权力争持，
它们都雄心勃勃终于打起来，
　　各方称王之心是如此强势，
　　它们经常互相把宝座交替。

【散文体】这种纹章[24]能在卢克丽丝的脸上看出来，美的红晕和贤惠的白色争辩道：每一种颜色都配得上做女王，从世界初创时就在争夺这一权力，它们的野心让它们一直为此打架；

各方统治权都死死地掌握，经常是两方互相交换宝座。

11

它们的百合与玫瑰无声的战争，
塔昆在她美貌的战场看得真切，
他的贼目光滞留在纯洁的战场，
在这里，担心在两阵中被杀死，
这贼心俘虏[25]会向兵阵屈服消失，
　　这两个仇冤家[26]宁愿放它走，
　　也不愿俘虏这样邪恶的敌手。

【散文体】它们的百合和玫瑰暗中进行的战争，塔昆在她俊美的脸上看得清楚，他那叛贼般的目光在它们纯洁的阵地里贼溜溜地转，在这里，除非在它们中间把那目光灭掉，这心怀叵测的俘虏只会向这兵阵投降，

这两个仇敌宁愿放走这贼目光，也不愿意俘虏这样的用心邪恶的敌人。

12

这时他感到她丈夫舌头肤浅，
那个小气鬼虽对她盛赞多多，
可力不胜任反把她的美冤枉，
那丽质远超出他苍白的诉说：
科拉廷的赞扬难免挂一漏万，
　　迷住的塔昆把遗漏的掂掇，
　　带钩的两眼暗中不住踅摸。

【散文体】这时候，塔昆才感到她丈夫的舌头多么肤浅，那个小气鬼尽管对妻子夸说了很多，但是他要完成这样的艰巨任务，只会让她受尽委屈，她的天生丽质远远超出了科拉廷苍白的表达：因此，科拉廷的赞扬显然亏欠了她很多，

着魔的塔昆暗中把不足补上，直勾勾的两眼在暗中一直打量。

13

这凡间圣女，被这淫魔崇拜，
对这贼心崇拜者没存戒心，
纯洁的念头不会梦见邪恶；
从未被暗算过的鸟不怕幽林，
因此她心坦然地笑脸迎接，
　　尊尊敬敬把她的贵客欢迎，
　　他心怀鬼胎外表不露阴险[27]：

【散文体】这个凡世的圣女，受到这淫魔的崇拜，对这个心怀鬼胎的崇拜者毫不设防，纯洁的念头很少梦想到邪恶；从来没有被罗网捕捉过的鸟儿不怕秘密的灌木丛，因此她心中坦荡，欣然接待客人，

礼仪周到地把她的重大客人欢迎，他内心有鬼表面却深藏不露：

14

只因他以高贵的身份作伪装，
把下流的罪孽藏于威严的外衣；
看起来没有任何荒唐的行为，
只是有时眼神流露出很多惊奇，
那眼睛，一切尽收眼底，仍不满意；
　　难怪，家有万贯，依然想家产过亿，
　　好比，胃满肚饱，还渴望再来几许。

【散文体】因他有很高的身份打掩护，下流的罪孽就容易藏在威严的衣冠下；看上去没有什么荒唐的举止，只是有时候眼睛里流露出很多惊奇，那眼睛，把一切都看在眼里，但仍然感到不满意；

难怪，家里富足没有够，总想积累更多；好比，肚子塞得满满的，可还是渴望再来些好吃的。

15

可她，一向惧怕应对生人的眼睛，
对眉来眼去的眼神总难理解其意，
也读不懂这种拐弯抹角的秘密，
尽管写在这类书籍的显眼批注里：
她没有触及暗饵，也就不怕钩刺，
　　她也不会从他淫荡的眼神辨出歧义，
　　只能让他的两眼在光亮下肆意窥视。

【散文体】可她，一向害怕和陌生人的眼睛打交道，对眉来眼去的眼神不解其意，也读不懂写在这类书的页边上批注里那些拐弯抹角的秘密：她没有触摸到暗中的诱饵，也就不害怕那些倒钩刺，

她也不会从他淫荡的眼神里辨出别的含意，只能让他睁大两眼在光亮下放肆窥探。

16

他把她丈夫的英名耳边夸赞，
在意大利的疆场上屡战屡胜；
科拉廷的威名受到世人夸奖，
他的骁勇善战赢得无上光荣，
累累战伤的盔甲赢得胜利的花环。
　　她举起手表示她心中的高兴，
　　无言，只向苍天祈祷他获得成功。

【散文体】他在她耳旁讲述她丈夫获得名声的故事，说科拉廷在意大利战场上战功累累，他的威名受到世人夸奖；他骁勇善战造就了显赫功名，累累伤痕的盔甲，一个个胜利的花环。

她举起手来表示她心花怒放，虽没有话语，只向苍天祈祷他一路成功。

17

他闭口不讲来访的如意算盘，
却编造出种种借口延宕滞留：
没有乌云显示暴风雨的坏天气，
他的言谈举止始终如晴朗气候，
静等那漆黑的夜，恐与惧的老母，
　　模糊的黑暗终在这世间上显露，
　　在它苍穹下严严地把白天扣留。

【散文体】他一直不说这次来访的目的，只是寻找各种借口延宕下去：没有乌云预示暴风雨的坏天气，他的晴朗的高空一再预示好气候，静静等待那漆黑的夜晚，惧怕和担忧的源头，

模糊的黑暗终在这世间出现了，随后把白天严严实实地笼罩在它的苍穹下。

18

这时塔昆被带到了卧室，
做出一副十分困乏的模样；
因为，晚饭后，他东拉西扯，
与谦和的卢克丽丝，攀谈一晚上：
沉重的睡意与生命的力量在对抗；
　　大家此时都想赶快睡觉上床，
　　清醒的窃贼和心思家，却把神伤。

【散文体】因为这当儿，塔昆被带进了卧房，做出一种疲惫不堪的样子，只因，吃过晚饭，他问这问那，一直和礼貌周到的卢克丽丝攀谈，打发走一个夜晚：这时，沉沉的睡意和生命的力量在较量；

人们这时候都想赶快上床睡觉，只有窃贼，还有一肚子心思的人，心事重重，一直醒着。

19

塔昆正是这样一种有心病的人，
躺在床上来回盘算利害得失；
可是一直增强意志下决心，
尽管不足的希望劝他放弃，
可获取无望往往招揽生意，
　　只要预想的酬报是大量的囤积，
　　纵然死亡在即，也对它忽略不计。

【散文体】塔昆就是这样一种人，躺在床上来回盘算他决意获取的种种危险；欲罢不能只好按照意志行事，哪怕不牢靠的希望劝他罢手：获取的绝望往往导致绝望的获取，

一旦预计的报酬是巨大的财宝，就是面临死亡，也不把死亡算计在内。

20

贪心的人占有再多也不满足[28]，
追求所没有的，却把所拥有的
抛洒而且不顾契约大肆挥霍，
因此，希望越多，获得反而越稀，
要么，获得越多，利益越无止境，
　　终会是贪得无厌，而这样获取的忧虑，
　　在穷与富的交替中最后则一贫如洗。

【散文体】那些贪婪的人只想着获取，一心追求他们所没有的，而对他们已经拥有的却肆意挥霍，毫无约束地散尽千金，因此，希望得到的越多，他们得到的越少；或者，获得的越多，过度侵占的利益

只会导致贪得无厌，而这样获取的忧虑，他们在穷与富的轮换中最后是一贫如洗。

21

荣誉、财富还有安享余生，
历来是芸芸众生追求的目的；
人们为这一目的苦苦地奋争，
我们难免挂一漏万，漏万挂一；
如同为了名誉在争斗中把命丢；
　　为财富失名誉，财富却把灾祸招，
　　终将性命搭上，一切全都会报销。

【散文体】获取一切的目的只是为了养育生命，获得荣誉、财富以及安享晚年；世人为了这一目的一生辛苦劳作，可我们总难免顾此失彼一无所获；好像为了名誉在战斗中把生命失去；

为了财富丢了名誉，为了财富又会把一生搭上，最后落得一场空。

22

因此我们不择手段地肆意捞取
我们如意算盘中的种种所得，
这种野心勃勃的恶臭的痼疾，
占有过多，反受我们所占有的折磨，
这就是缺憾：那时我们会忽略
　　我拥有的东西；因为杜绝才智，
　　强调索取的结果是本利皆失。

【散文体】所以，我们不择手段地获取时却丢弃了一心期望的东西；人心不足蛇吞象这种勃勃野心，在我们占有过多时，因为我们固有的缺陷而备受折磨：因此，那时我们会忽略

我已经拥有的东西；可是，因为我们全然缺乏智慧，因为求得增益反而让一些东西划归为零。

23

塔昆这时就面对这种危害，
为了满足淫欲而不顾他的名誉，
为了自己终究会把自己抛弃：
那时哪还有真理，如果不信自己？
还能想到让外人来主持正义？
　　当他自己对抗自己时，他只好交给
　　诽谤的舌头并且悲惨地打发日子！

【散文体】塔昆这时就面临着这样的危境，为了满足自己的淫欲而押上了名誉；为了自己必然搭上自己：那时，如果连自己都信不过，真理又在哪里？什么时候他会让陌生人来主持公道？

当他自己跟自己过不去时，那只好把自己交给诽谤的毒舌，过着可怜的可恨的日子。

24

这时万籁俱寂的夜幕悄悄降临，
浓浓的睡意令世人把困眼合上：
给人慰藉的星星不放光芒，
只有猫头鹰和狼叫着预告不祥；
趁着天黑夜静它们预谋偷袭
　　单纯的羔羊；纯洁的思想一声不响，
　　而淫欲和谋杀醒来去奸杀和诽谤。

【散文体】这时，夜的死寂偷偷降临，沉重的睡意已经把人们的眼睛合上：给人安慰的星星没有发光，万籁俱寂，只有猫头鹰和狼群在叫，把死亡预告；赶上这时节，它们也许会偷窃

无助的羔羊：纯洁的思想死一般安静，而贪欲和谋杀醒来，实施玷污和谋杀。

25

这时好色的爵爷从床上跃起，
把大氅粗鲁地往胳膊上一甩，
欲念和恐惧疯狂地把他折磨，
一个软语相劝，一个怕惹祸害，
真的害怕，又被淫欲的魔力缠着；
　　虽然费尽口舌劝他别胡来，
　　还是被那病脑的欲望打败。

【散文体】这时，这位爵爷欲火难耐，从床上一跃而起，把大氅一下子撂在胳膊上，他被肉欲和恐惧左一下右一下地折磨着，一个甜言蜜语奉承，一个担心惹祸；不过诚实的惧怕，尽管被欲望的臭魅力所迷惑，

但还是苦苦地劝他及时回头，不过还是被病态脑子的粗俗欲望挫败了。

26

他在燧石上轻击他的剑，
冷石一下子迸发几粒火星；
他趁机把一支蜡烛点燃，
如北极星照亮他淫荡的眼睛，
对着烛光他把满腹心思来讲：
　　“如同在冷石上硬把这蜡火点亮，
　　我定要卢克丽丝满足我的欲望。”

【散文体】他在燧石上轻轻地击打他的铁剑，冰冷的石头一下迸发出一片火星；他借机把蜡烛点上，正像北极星照见了他淫荡的眼睛；他对着蜡烛的光焰把心思讲：

“好比在这冰冷的石头上硬把这蜡烛点燃，我一定要卢克丽丝满足我的欲望。”

27

他因为忧虑脸色发白心下盘算
他可恶的图谋会有怎样的危险，
他在脑子里来回权衡反复争辩
这次举动最终会带来什么忧患；
随后轻蔑地审视，很是看不起
　　他那难以扼杀的淫欲的赤裸盔甲，
　　他这样正气地控制那邪气的念头：

【散文体】他害怕得脸色发白，心下掂掇他可恶的图谋的种种危险，而且在脑子里争辩这次莽撞行动随之而来的会是什么后患：随后，他轻蔑地审视，把

他那仍旧难以扼杀的淫欲的赤裸盔甲来鄙视，正气凛然地抑制种种邪气的念头：

28

“漂亮的蜡炬，燃尽你的光，可别
把她那曾让你闪光的光芒遮住；
快快死心吧，那些渎神的念头，
别用你的脏污亵渎那圣洁之物，
对如此纯洁的神龛献上一炷香：
　　让美好的人性对那种行径厌恶，
　　是它把爱的白衣服弄脏并玷污。

【散文体】“美丽的蜡烛，把你的光芒燃烧掉吧，可别把她那曾经让你发光的光亮弄黑了；而且及早死掉吧，那些渎神的念头，别用你的肮脏去污染那圣洁之物，对如此纯洁的神龛敬上一炷香：

让美好的人性对那种恶行深感痛绝，因为它要把爱的雪白的外衣弄脏，弄黑。

29

“哦，骑士精神和闪亮盔甲的羞耻！
哦，我家祖坟蒙上的污浊的耻辱！
哦，邪恶的行为，一切丑陋的伤害！
尚武的男子决不做幻想的奴仆！
真正的豪气应该具备真正的神威。
　　那么我的歧路是如此卑鄙，污浊，
　　这卑劣的行径将会在我脸上留住。

【散文体】“哦，骑士精神和铮亮盔甲的羞耻！哦，我家坟头上的污浊的耻辱！哦，不虔敬的行为，包括所有下流的伤害！从军男子不做软弱的感情的奴仆！真正的豪气应该具备真正的英武。

那我的过错是如此可耻，如此卑鄙，这种行为将会牢牢地留在我的脸上。

30

“是的，哪怕我死了，臭名还活着，
金色徽章会留下刺目的污秽；
纹章管家会设计出丑陋的纹饰，
密码般破解我多么盲目地昏聩，
我的子孙后代会因此蒙上耻辱，
　　也会咒骂我的尸骨，认为这不是罪，
　　还不如我没有做过他们的亲生父辈。

【散文体】“是的，尽管我死了，丑闻还会活着，成为我的金色纹章里一个刺目的污点；纹章官会设计出讨厌的虚饰，像密码一样显示我是多么无知地昏聩，我的子孙后代也会因此蒙上羞耻，

还会咒骂我的尸骨，即便不希望我曾经做过他们的父亲也不是什么罪过。

31

“我若得到我所渴求的，会赢得什么？
是梦，是气息，是片时欢乐的泡泡。
谁会悲恸一周换取一分钟的欢乐？
或为弄到一个玩物把永久卖掉？
谁会为一粒葡萄毁掉一棵葡萄藤？
　　或哪个傻乞丐，只为触摸冠帽，
　　宁愿让王杖劈头盖脸来打倒？

【散文体】“如果我获得我一心想要的，会赢得什么？一个梦，一口气，一个转眼即逝的欢乐的泡沫。谁会哀恸一个星期而换取一分钟的快乐？或者为了弄到一个玩物抛售永久？谁会为一粒葡萄而毁掉一棵葡萄藤？

或者哪有一个傻乞丐，只是为了触摸王冠，宁愿被权杖直接打倒在地上？

32

“倘若科拉廷会梦见我的用心，
能不梦中惊醒，一腔怒气地
赶来，阻止这种卑鄙的目的？
这座破坏他的婚姻的城池，
这种误青春毁圣贤的恶行，
　　这垂死的道德，这苟且的羞耻，
　　其罪过将背负一种永久的谴责？

【散文体】“如果科拉廷梦见我的心思，会不梦中惊醒，怒气冲冲地匆匆赶来，阻止这种下流的目的吗？这座破坏他的婚姻的城池，这种耽误青春、愁坏圣贤的行径，

这快死的道德，这残存的羞耻，其罪过将会背负一种持久的指摘？

33

“哦，当你谴责我行为如此龌龊，
那我该想出什么借口向他讨饶？
我的舌头会无言，软关节会哆嗦，
眼睛会一时失明，邪心会把血冒？
这罪行很大，惧怕还在加大，
　　极端的恐惧斗不能斗逃不能逃，
　　只会像懦夫一样活活地给吓倒。

【散文体】“哦，当他谴责我的行为如此邪恶时，我能想出什么借口对付他呢？我的舌头会说不出话，脆弱的关节会哆嗦，眼睛会暂时失明，险恶的心会流血吗？这桩罪行十分重大，担忧还在增大，

极端的恐惧斗争不得，躲不开，只会像懦夫一样活活地给吓死。

34

“若是科拉廷杀死我的儿或父，
或者暗中使手段把我的命谋求，
或者他本不是好朋友，这奸情
强加于他妻子也许还有说头，
说这种偷情是复仇或者报应，
　　可他是我的亲戚，是我的好朋友，
　　这丑行和过错就难有借口难有头。

【散文体】“如果科拉廷杀死了我的儿子或者父亲，或者暗中使用诡计把我的性命谋算，或者他根本不是我的好朋友，这淫欲强行加在他妻子身上，也许还有说头，称说这种偷情是复仇或者报应，

可是他和我是亲戚，是我的好朋友，这种丑行和罪过是找不到借口的，是没有缘由的。

35

“这就是丑行，唉，倘若真相大白；
这就让人恨；爱中本是没有恨的：
我向她求爱；可她不是她自己的：
最坏的结果不过是拒绝和申斥；
我的意志强大，无力的理智很无奈。
　　谁会害怕一句话或老人的劝辞，
　　让染色的布匹因为害怕而存起。”

【散文体】“这是可耻的；唉，如果真相大白的话：这是招人恨的；仁爱中是没有恨的：我会向她祈求爱；可是她不完全属于她自己：最坏的结果不过是拒绝和申斥；我的意志强大，无力的理智阻止不了。

惧怕一句话或者老人的名言的人，会被一块染色的彩布隐藏在敬畏之中。”

36

于是，冷静的良知和烧灼的肉欲，
他在两者之间进行堕落的论争，
最终还是把良善的思想晾一边，
让更坏的感觉占据了上风；
罪恶的念头瞬间作乱并清剿
　　正面的影响，就这样一意孤行，
　　让邪恶的东西像善行一样威风。

【散文体】就这样，甘居堕落，他的思想斗争介于冷静的良知和烧灼的肉欲之间，最后他把良善的念头放一边，让更糟糕的感觉占了上风；罪恶的念头一时间作祟并把纯正的

影响统统绞杀，并且这样越走越远，让邪恶的东西像善行一样畅行无阻。

37

他说："她亲善地握了我的手，
看着我急切的眼睛打问消息，
担忧前线会有无情的新闻，
因她深爱的科拉廷在那里。
啊，她的焦虑让她脸色大变！
　　好比我们先把玫瑰织在白布上，
　　随后又惨白如纱，玫瑰不知去向。

【散文体】他说："她温和地握住了我的手，看着我烧灼的两眼打听消息，担心前线会有残酷的噩耗，因为她深爱的科拉廷就在那里作战。哦，她因为害怕脸色多么通红！

起先好像我们把玫瑰织在白布上，随后又煞白得像薄纱一样，那些玫瑰不见了踪影。

38

“她的手在我的手中握得多么紧，
她忠诚的惧怕使她的手发颤，
这让她很难受，手抖得更厉害；
直到听说她的丈夫打仗平安，
她才微笑得那么甜蜜开心，
　　那喀索斯[29]若见她玉立如天仙，
　　自恋的他绝不至于在水中被淹。

【散文体】“她的手在我的手里握得多么美妙，她忠诚的惧怕令她的手一直颤抖，这让她很难受，手抖得更加厉害；直到听说她丈夫安然无恙，她才微笑起来，那么温和，那么开心，

那喀索斯如果看见她亭亭玉立如仙子，自恋的他绝不至于在水中淹死。

39

“为什么我要找幌子和借口？
美开口时所有演说家都无言：
可怜的人陷入可怜境地会后悔；
爱在阴影重重的心情里难繁衍，
爱是我的首领，在前把路指引，
　　当他的华丽的旗帜在前方招展，
　　懦夫也加入战斗，也会毫不胆战。

【散文体】“为什么我非要寻找幌子和借口呢？美开口申辩时，所有的演说家都闭上嘴巴：可怜的人在可怜的境地里感到无奈；爱在阴影蹿动的心境下不会蓬勃，爱是我的船长，在前面为船引航，

当他的耀眼的旗帜在前方展现，懦夫也会投入战斗，而且丝毫不会胆怯。

40

“走开，小孩家的害怕！还争辩，呸！
尊敬和理智，皱巴老翁的依仗，
我的心决不会给眼睛找别扭，
圣哲遇事才畏葸不前，念念不忘；
我的角色是青春，把其余赶出舞台：
　　欲望是我的引航人，美是我的奖赏，
　　那么谁会害怕在这宝库里深藏？”

【散文体】“那么，小孩子家的害怕，滚开！还在争辩，呸！尊重和理智，只能与多皱的老人为伍，我的心永远不会给我的眼睛找别扭，圣哲遇到事情才停下来深切忧虑；我的角色是青春，把其余的人统统赶下舞台：

欲望是我的引航人，美是我的奖赏，那么，谁还会害怕在这样的宝藏里躲藏呢？”

41

如同杂草把谷子欺负，过度的担忧
被毫无约束的肉欲几乎掐断气息。
他悄然起身离去，竖起耳朵聆听，
满腹邪恶的希望和无端的猜疑，
两样东西都在做失道者的仆役，
　　双双利用相悖的劝说将他刺激，
　　让他一时发誓，一时步步紧逼。

【散文体】好像杂草丛生，欺负禾苗，如此上心的担忧被没有约束的淫欲掐断呼吸。他悄没声地起身离去，把耳朵竖起，满脑子邪恶的希望和不信任的猜忌，这两样东西都做了失道者的奴婢，

双双利用相反的劝说把他搅扰，一会儿他大发盟誓，一会儿他迟疑入侵。

42

他心里端坐着她的仙姿，
一同在座的还有科拉廷：
看她的眼神令他神智迷乱；
看他的那目光则更显神圣，
没有迎合他如此淫荡的意愿，
　　但向他的心灵寻求纯洁回应，
　　可它一旦变质腐败便更难改正。

【散文体】他的心头端坐着卢克丽丝的英姿，坐在一起的还有科拉廷：他看卢克丽丝的眼神搅乱了心智；而看科拉廷的目光，好像更加神圣，丝毫没有迎合如此淫荡的意愿，

而是向他的心灵寻找纯洁的诉求，可它一旦变质腐败，就只会扮演更坏的角色。

43

他的心唤起了各种顺从的力量，
力量，因头领欢快的展示变嚣张，
怂恿他的情欲，如同分秒完成小时；
做了它们的头领，它们得意扬扬，
付出比它们自己更加恭顺的贡献。
　　被邪恶的欲念这般引导得疯狂，
　　罗马爵爷走向卢克丽丝的床旁。

【散文体】他用心激励了各种顺从的力量，而这力量，因为打头的欢快的展示而卖力，涨满他的情欲，好比分分秒秒走够了小时；因为领头的一马当先，各种力量都得跃跃欲试，纷纷做贡献，比它们自己还奴颜婢膝。

在邪恶的欲念如此这般疯狂的引导下，这个罗马爵爷走到了卢克丽丝的床边。

44

她的寝室与他的意志之间的锁头，
被他强行地打开了一把又一把；
但是，它们开启时，都怒斥他邪恶，
让这潜行的窃贼感到心虚害怕：
门槛碰响了屋门他都听得心惊，
　　夜游的鼬鼠看见他进门叽叽哇哇。
　　它们惊吓了他，他还接着找惊吓。

【散文体】卢克丽丝的寝室与他的意志之间的锁头，被他一把接一把强行打开，为他放行；但是，它们松开时，都怒目斜睨他的邪恶，让这个夜间潜行的毛贼收敛几分：门槛儿碰响了门板，都让他听得心跳；

夜间游荡的鼬鼠见他到来大叫起来，把他吓得不轻，可是他还在追寻恐惧。

45

每道门都不情愿给他让道，
通过这住房的孔隙和洞道，
夜风吹拂他的蜡烛阻止他，
把缕缕烛烟往他的脸上冒，
将他的烛光向导往暗地引；
　　可是他欲火攻心，被欲火炙烤，
　　喷出了另一股风又把蜡炬点着[30]。

【散文体】每一道门都不愿意给他开道，通过这住房的缝隙和洞口，风儿吹拂他的蜡烛阻止他，把缕缕烛烟吹向他的脸，把他的引路蜡烛一下子吹灭了；

可是他火烧火燎的心，被沉湎的欲望烧烤，冒出了另一股风又把蜡炬点燃。

46

蜡烛点上，借着点燃的烛光他看见
卢克丽丝的手套，里面有她的针插：
他从针插的灯芯草上去拿针，
抓住针时，银针把他的手指扎，
那针好像在说："这手套可不习惯
　　淫荡的诡计；还是仓皇滚回去；
　　你看我们女主人的用物也贞洁。"

【散文体】蜡烛点亮了，借着烛光，他看见了卢克丽丝的手套，里面有她的针插，他从插针的灯芯草上把针拿，那尖针却把他的指头扎破；那根针好像在说："这只手套可不喜欢

淫荡的诡计；赶快滚回去吧；你看看，我们女主人的用物都是十分贞洁的。"

47

但这些可怜的障碍都拦不住他；
他因此对它们的阻拦深恶痛绝：
那些门，那风，那手套，都阻拦他，
可他认为这些只是考验的事件，
就好比钟面刻线阻止行走的针，
　　它们运转的每一次停留，
　　只是每分钟把小时走够。

【散文体】但是，这些可怜的障碍物都阻拦不了他；他还对它们的处处阻拦记恨至极：那些门、那股风、那只手套，尽管都在阻拦他，可是他认为它们不过是一些制造磨难的东西，或者好比那些刻度阻止时针走动，

它们每一次停下运转，只是让每分钟把一个小时走完。

48

“所以嘛，”他说，“让它们也参与时间，
如同有时威胁到早春的小小寒霜，
正好为明媚的春光增加些生气，
让那些挨冻的鸟更有理由把歌唱。
好事多磨才会有可贵的结果；
　　磐石，大风，强梁，暗礁和沙滩，
　　商人惧怕，因此等发财后才把家还。”

【散文体】“所以，所以啊，”他说，“让它们也参与时间吧，好比有时候威胁到早春的轻微的霜冻，不过是为明媚的春光增添欢乐，让那些挨冻的鸟儿有更好的理由放喉唱歌。每一种珍贵东西的获得，都要经受坎坷；

巨石、大风、强大的海盗、暗礁和浅滩，商人见了都害怕，可随后发了财还是会衣锦还乡的。”

49

他这时来到她的卧室门边，
门把他关在他心中的天堂外，
门上有一个随时屈服的小门闩，
把他与他渴望的圣餐阻隔开。
淫邪的念头使他头脑发昏，
　　他开始暗中祈祷去把猎物追击，
　　仿佛苍天要成全他去犯下罪孽。

【散文体】这时候，他来到了卢克丽丝的寝室门口，一道门把他与他心中的天堂分隔开来，门上别无他物，只有一个随时屈从的门闩，暂时把他和他追寻的有福之物阻隔。邪念让他自己发昏，不管不顾，

他只是祈祷尽快把猎物逮住，仿佛老天爷都应该允许他去纵欲作乐。

50

他的祈祷虽然还没有结果，
却怂恿了那持久不断的威力，
让他的邪念去把那丽人搂抱，
它们在那个时刻会大吉大利，
这时他还清醒，说：“我必犯奸罪：
　　我祈求的各种神力憎恨这行为，
　　它们那时怎么会帮助我去作祟？

【散文体】不过就在他没有结果的祈祷中，已经触动了那永恒的威力，就是让他的种种坏念头可以把那个漂亮的丽人拥抱，它们会吉利地守住那一时刻，而就在这时他还清醒：他说：“我一定会犯下奸污罪：

我祈祷的各种神力都是憎恶这种行径的，怎么会在这样的行动中佑护我呢？

51

“爱情和命运是我的神灵，我的向导！
我的意愿得到了决心的支援：
思想只是梦，除非它们产生影响；
罪大恶极因为赦免得到了清算；
恐惧的冰霜在爱火旁可以化掉。
　　天眼[31]看不见了，模糊的夜阑
　　遮挡了颠鸾倒凤后的羞颜。”

【散文体】“那么，爱情和命运是我的神灵，我的向导！我的意愿得到了决心的支持：各种思想不过是一个又一个梦，除了把它们的影响付诸实践；罪大恶极因为赦免才可以得到清洗；惧怕的冰霜在爱火旁边便可以消融。

天眼落下去后，模糊不清的黑夜罩住了鱼水之欢后的羞颜。”

52

说完，他罪恶的手拉开门闩，
然后用他的膝盖顶开门缝。
鸽子睡得正酣时夜枭出猎：
奸贼未被逮住前阴谋便得逞。
谁见了潜行的毒蛇都会绕行，
　　可她，睡得正酣，对此毫无忌惮，
　　听凭它那致命的毒牙会垂怜。

【散文体】话说到此，他那罪恶的手拉开了门闩，然后用他的膝盖把门顶开。鸽子睡得正酣时夜枭正好下手：奸人在没有被捉住之前早把阴谋施展。谁见了潜伏的毒蛇都会绕道而行，

可是她，睡得正酣，没有担忧这样的事情，完全听凭毒蛇那致命的毒牙发慈悲。

53

他鬼鬼祟祟地潜入她的卧房，
紧盯着她那不曾玷辱的眠床。
床帷已经放下，他走来走去，
脑子里贪婪的眼睛在打转：
眼睛的险恶奸计把心迷惑，
　　奸心又把暗语向手指传达，
　　要它撩开包裹银月[32]的薄纱。

【散文体】他蹑手蹑脚地走进了她的寝室，目不转睛地看着她那不曾玷污的卧榻。床帷已经放下，他走来走去，脑子里那双贪婪的眼睛滴溜溜地转动：它们的险恶计谋把心来迷惑，

随后迷惑的心又把口令转达给手，命令罪恶的手把阻挡那银色月亮的云纱撩开。

54

看，仿佛灿烂的火红的太阳
升出云端，让我们的视力晕眩，
虽然眼花，床帷撩开，他的眼
还是直翻，因更亮的光芒刺眼。
不管是她光彩照射得太过耀眼，
　　把眼睛晃瞎，还是某种羞耻醒来；
　　可它们瞎了，只好不让它们睁开。

【散文体】看吧，好像美丽的火红的太阳，从云端一下照射下来，令我们视力眼前发黑；即便如此，床帷撩开，他的眼睛还是开始乱眨，因为被一道更炫目的光辉晃得厉害：不管是不是她的光彩照射得太刺目，

令人眼花缭乱，或者是某种羞耻在起作用；可是他的两只眼睛就是什么都看不见了，他只好把它们紧紧闭上。

55

哦，要是眼睛在黑牢里瞎掉多好！
那样它们会看到它们作孽的时刻；
那时科拉廷，还会守着卢克丽丝，
在他干净的床上拥有和谐的快乐。
但眼必会睁开，来杀死这神圣的情侣；
　　圣洁的卢克丽丝听任它们盯视，
　　只好出卖欢乐、生命和人间乐事。

【散文体】哦，但愿科拉廷的眼睛在黑黢黢的监牢里瞎掉！那时，它们就会看见它们作孽的那个时刻；那时，科拉廷还可以守在卢克丽丝的身旁，在他清洁的床上享有和谐的清静。但是科拉廷的眼睛一定会睁开，来毁掉这该诅咒的联盟；

思想圣洁的卢克丽丝暴露在这两只眼睛的逼视下，就只有出卖她的欢乐、她的生命和她世间的快活。

56

她的百合手枕在她的玫瑰腮下，
送上一个合法的虚吻哄骗枕头，
枕头，因此发怒，把气发向两头，
两头便鼓鼓地胀起把福气来求；
只见胀鼓的小山把她的头掩埋：
　　那里，如贞洁的碑石，她卧就，
　　那双淫邪的眼睛看得贼溜溜。

【散文体】她百合般白净的手枕在她玫瑰般鲜红的脸颊下，让枕头得到一个合法的亲吻，而枕头，却因此很生气，把气向两边发泄，两头便鼓胀起来乞求艳福；鼓包似的小山把她的头埋住：

在那里，好像贞洁的墓碑，她静静地卧着，那两只淫邪的眼睛看了又看。

57

她另一只玉手离开了眠床，
放在绿被上，那玉手无可挑剔
如同四月的菊花绽放在绿茵上，
粒粒细汗，如同静夜的露滴。
那美目，如金盏花，把目光收起，
　　静栖在黑暗中恢复神气，
　　等待睁开后与白昼相比。

【散文体】她的另一只白净的手离开眠床，放在了绿色的被子上；纤纤玉手美轮美奂，好像四月的菊花在芳草上绽放，细汗粒粒，好比夜里的小露水珠。她的眼睛，好像金盏花，把目光暂且收住，

静静地待在黑暗里把精神颐养，单等睁开后给白天增光。

58

她的秀发，如金丝，和气息嬉戏；
哦，最矜持的放浪，放浪得矜持！
在死亡的地图上展露生命的胜利，
在生命的不朽中把死亡暗中窥视：
她睡相中的生与死自身都很美，
　　仿佛生死相伴本无争执，
　　死亡中有生，生命里有死。

【散文体】她的秀发，好像金丝，在和气息调情；哦，最含蓄的放浪，放浪得含蓄！在死亡的地图上展现了生命的胜利，在生命的不朽中把死亡隐隐显示：她的睡相里生与死的本身都看上去很美，

仿佛生死相伴没有任何冲突，生命里有死亡，死亡里有生命。

59

她的乳房，如同蓝色环抱的象牙球，
一对未被征服的处女般的领域，
除了它们的主子从不颔首献媚，
只为亲爱的夫君守身如玉。
这些领域使塔昆顿生淫邪，
　　他，如篡位奸雄，走来走去，
　　要把原君主从王座上拉下去。

【散文体】她的两个乳房，好像蓝色薄纱包裹的象牙球，那是一对未被征服的处女般的领域，除了它们的老爷，从不点头献媚，只为他信守真实的贞节。这些领域令塔昆燃起新的欲火，

他，好像一个邪恶的篡位者，走来走去，决意把原来的君王从王座上赶下来。

60

他除了紧紧盯视还能做些什么？
除了满足强烈的肉欲还有何图？
他所看的，正是他梦寐以求的，
他肆无忌惮的凝视让视力模糊。
怀着不胜欣赏的心态还在欣赏
　　她的淡蓝脉管，她的玉白肌肤，
　　她的红唇，她雪白的带靥的下部[33]。

【散文体】塔昆除了直愣愣地凝视还能做什么？除了满足强烈的肉欲还有什么别求？他所看到的，正是他巴不得的，他放肆的盯视让他的眼睛模糊。欣赏了又欣赏总嫌不够地欣赏

她那淡蓝的脉管，她那洁白的肌肤，她那红唇，她那雪白的生有酒窝的下巴。

61

如凶狮把它的猎物戏耍，
强烈的饥渴因征服得到心欢，
塔昆端详着这睡熟的美人，
因为看得入迷欲火暂时舒缓，
暂舒缓，难平息；因为站在她身边，
　　他的眼，只是暂时扼住了叛乱，
　　却诱使血管酿造出更大动乱。

【散文体】好像冷峻的狮子把猎物耍弄，强烈的饥渴随着征服暂得满足，塔昆端详着睡得正香的丽人，因为看得入迷而欲火一时舒缓，可欲火暂时的舒缓，却终难彻底熄灭；因为他还站在她身边，

他的眼，暂时把这场动乱阻止，却引发了血管酝酿更大的骚动。

62

而血管，如同正在掠夺的散兵，
冷酷无情的兵卒就爱暴虐的军功，
在血腥的死亡和奸淫中寻求乐趣，
孩子的泪和母亲的呻吟不为所动，
骄横的膨胀，期待杀戮持续不断。
　　他跳动的心，怦然地涌动，
　　一往无前，要血管只管冲锋。

【散文体】这些血管，好像正在肆意劫掠的散兵，冷酷无情的奴卒最擅长暴虐的军功，在血腥的死亡和奸淫中寻求乐趣，孩子的哭叫和母亲的哀求不为所动，骄横一味膨胀，指望杀戮继续进行，

他跳动的心，通通地涌动，下达红火的冲锋，命令血管我行我素。

63

他剧跳的心使他燃烧的眼贼亮，
他的眼睛命令他的手做头领，
他的手，为这美差得意忘形，
冒着热气很得意，开拔去执行，
悬在她敞开的乳房上，沃土的心脏，
　　蓝脉管的网纹，随着那手步步紧迫，
　　离开它们的贫瘠而惨白的小圆波。[34]

【散文体】他那如鼓点敲击的心，让燃烧的眼睛发亮，他的眼睛命令他的手打头阵，而他的手，因这份庄严的美差而骄傲，得意得直冒热气，开拔去完成使命，悬在她裸露的酥胸上，她这块沃土的心脏，

蓝色脉管的细纹，随着他的手越靠越近，竟然撂下两个小鼓包不管，任凭它们变得赤贫，苍白。

64

血流，跳回那幽静的小阁楼，
它们的好主妇好夫人在休息，
禀告她处境不妙危机四伏，
大呼小叫地把她从梦中惊起。 445
她，一激灵，睡中惊醒的眼睁开。
　　他，透过床帷看见了这乱局，
　　在他的烛光下恍惚却难控制。

【散文体】血脉，怦怦地跳回了那幽静的小阁楼，它们的好主妇好夫人正在休息，便告诉她情况不好危机不小，大呼小叫乱作一团，把她从梦中惊醒。她，一激灵，睁开了眼睛。

他，透过床帷看见了这一乱象，但他的蜡烛光焰却一片模糊，难以掌控。

65

以为她如同某人身处深夜，
从昏睡中被可怕的幻觉吓醒，
以为自己看见了什么妖精，
那森森面孔让人战战兢兢。
多么恐怖！可她，身置更坏的处境，
　　从梦中惊醒后，目睹这般情景，
　　设想过的恐惧果然成了实情。

【散文体】想象一下，好像有人待在黑夜，从睡眠中被可怖的幻觉吓醒，以为看见了什么鬼怪妖精，那怪异的面孔让人浑身发抖。多么恐怖啊！可是她，面临的处境更加凶险，

从梦中惊醒后，战战兢兢地看见了这一幕，那情景竟是想到过的恐惧再现了。

66

为千种恐惧所困扰所迷幻，
她躺着簌簌发抖如鸟被宰杀，
她不敢看；可是，闭上眼，又见
变幻的影像，在她眼里十分丑恶：
这样的映像是软弱的脑子在作怪，
　　脑子，因为光亮逃离把气生，
　　在暗中因为种种怪相直发蒙。

【散文体】夹裹在一千种惧怕中深感混乱，她躺在床上瑟瑟发抖，好像被刚刚屠杀的鸟儿，她不敢看；可是，闭上眼睛，眼前立即出现快速变幻的影像，在她的眼睛里无比丑陋：这样的怪象是脑子受惊的臆造，

脑子，又因为眼睛看见一片漆黑而怒气冲冲，在黑暗中因为恐怖所见吓得不知所措。

67

他的手，悬留在她的乳房上，——
粗糙的大夯，要攻击一堵象牙壁，
也许觉得她的心——可怜的住民[35]——好压抑，
把自身撞得要死，站起又跌倒在地，
击中她的玉体，他的手因此抖动不已。
　　这让他内心的怒气更多怜悯更细，
　　终打开缺口并闯进这香馨的城池。

【散文体】他的手，这时正悬停在她的酥胸上，——如粗糙的石夯，撞击这样一堵象牙墙！可以感觉到她的心——可怜的住民——十分难受，把自身碰撞得要死要活，站起来又跌倒在地，冲击她的玉体，他的手因此而哆嗦。

这让他内心的怒气更多而怜悯更少，终于打开了缺口挺进了这香甜的城池。

68

开始，他的舌头如喇叭吹得急，
向他的慌乱的敌人吹响谈判号；
她从白床单间把洁白的下颏抬起，
要把这突然袭击的原因寻找，
看见他的淫态她终于明白了。
　　她连忙不停地祈祷把清白讨，
　　他打什么幌子使出这坏损招？

【散文体】一开始，好像一个喇叭，他的舌头开始吹响一个谈判的号声；她把煞白的下巴从白床单上微微抬起，似要找出这次突然袭击的理由，但看清了他无言的淫荡样子她终于明白了。

她连忙不停地求告，乞问他因为什么幌子做出这种恶劣的行为。

69

他回答道："幌子就是你的娇容；
它使百合生气让花色变得惨淡，
又使玫瑰自叹不如羞颜鲜红，
还使我开口把我的爱意谈谈：
在这样的幌子下我赶来攻占
　　你这从未攻占的城堡。是你的错，
　　因为你的眼睛把你出卖给我。

【散文体】他这样回答道："幌子就是你的美貌；你的娇容令百合生气，花色暗淡，又使玫瑰自叹不如，感到羞红，还让我来亲口把我的情思说说：在这样的幌子下我来攻占

你这从未攻克的城堡：过错都在你呀，因为你那两只眼睛背叛了你，让我难以忘怀。

70

"你若敢叫骂，我就栽赃在先：
你的美使你今夜深陷网窝，
因此你得安心接受我的意愿，
我决意要让你给我人间快活，
我要尽全力挖空心思征服它；
　　不过如若良知和理智判它死刑，
　　你的丽质却会使它获得新生。

【散文体】"你要是敢喊叫，我会先给你栽赃：是你的美让你今夜陷入这种境地，因此你还是耐下性子接受我的意愿，我就是要你给我人世的快活，我使出全身力气也要让我的意愿得逞；

可是如果良知和理智要我的意愿死掉的话，你的娇艳的美还会让我的意愿重生。

71

"我明白这企图会惹来什么祸患，
我知道活玫瑰有什么尖刺防守；
我想到蜜汁会有毒刺死死守住；
对这一切我早想了个前前后后：
可意愿聋了，不会听好朋友劝说。
　　意愿只有一只眼睛把美盯住，
　　为求它所见，法律责任全不顾。

【散文体】"我明白这一企图会惹来什么麻烦，也知道生长的玫瑰有尖刺防范，还想到蜂蜜会有毒刺守着；这一切我早想了又想：可是，意志聋了，不听好心朋友的劝说。

意愿只有一只死盯着美的眼睛，只要它所看见的，那就顾不得法律和责任了。

72

"我争辩过，甚至在灵魂里，
我会招来什么错，悲痛，和羞耻；
可什么也挡不住爱的通路，
或阻止它迅速蔓延的怒气。
我知道此行会产生悔恨的泪水，
　　以及谴责、鄙视和天大的敌意，
　　可我仍要奋力去拥抱我的恶事。"

【散文体】"我争辩了，甚至触及了灵魂，我究竟会招来什么错、什么羞耻和什么悲痛；可是什么也阻挡不了爱的路线，阻止不了它急速冲击的暴怒。我知道这种行径会引发悔恨的泪水，

带来谴责、鄙视和不共戴天的敌意，可我还是要不顾一切，去拥抱我的恶名。"

73

说完，他把罗马利剑高高挥舞，
那剑如猎鹰在天空上下飞行，
翅膀的阴影令下面的小禽畏缩，
那弯喙恐吓说：敢动就取性命。
于是在他那逼人的利剑下面
　　束手无助的卢克丽丝，把他的话听，
　　瑟瑟发抖的恐惧，如小禽听见鹰铃。

【散文体】说过这话，他把罗马利剑在高处摇晃，那剑好像猎鹰凌空翻飞，翅膀的阴影把下面的小鸟儿吓得哆嗦，鹰那弯钩喙威胁说：轻举妄动就丢性命。这样，在他凶险的利剑下面

浑身发软躺在床上的卢克丽丝，听他讲话，瑟瑟发抖的恐惧，好比小鸟儿听见了猎鹰的铃声。

74

“卢克丽丝，”他说，“我今夜定要搞你：
你要是抗拒，那我必用暴力袭击，
在你的眠床上我打算把你毁掉：
事毕，我会杀死你的某个奴隶，
既让你丢掉性命又搭上你的贞名；
　　我打算把奴仆放在你已死的怀里，
　　发誓说我杀了他，因搂抱他的是你。

【散文体】“卢克丽丝，”他说，“今夜我要好好地享用你一番：你要是反抗，那我必定用暴力开路，我会在你的床上把你弄死：事后，我会杀死你的一个贱奴，葬送你的贞洁，搭上你的性命；

我要把他放进你僵死的怀里，发誓说我看见你把他拥抱，就一刀将他杀死了。

75

“这样，你活着的丈夫将会忍受
众人眼里的那种公开的嘲弄，
你的亲戚因这污点抬不起头，
后人则会甘当无名的野种，
而你，他们丢人败兴的始宗，
　　你的丑事会当成童谣传诵
　　让孩童一茬一茬呀呀念咏。

【散文体】“这样，你活着的丈夫将会承受世人眼里那种公开的轻蔑，你的亲戚因为这污点也抬不起头来，你的后人则会枉担野种的名声，而你，他们羞耻的始作俑者，

你的丑事会传唱起来，让一茬茬孩子当作童谣口口相传。

76

“你要是依了，我是你的密友：
无闻之过不过是未施之念，
小小伤害换取完美的结局，
让世人认作是合法的手段。
单一的毒素有时可以配制
　　无毒的复方；在实践中治患，
　　毒素发作时会被净化转换。

【散文体】“你要是依从了，我认你为知心朋友：那种不为人知的过错好比没有实行的念头，小小的伤害成全大好的结局，保住了心照不宣的合法的举措。单一的毒素有时可以配制成

纯粹的复方，用于病人时，发作的毒素就被净化了。

77

“那么，为了你的丈夫你的儿女，
依了我的所求；别留给他们遭际，
臭名一旦形成，怎么也难去掉，
那种污点永远不会为人忘记，
比奴隶的印记或天生胎记还糟；
　　因为在人们出生时就有的斑记
　　是造化的失误，不是自己的过失。”

【散文体】“那么，为了你的丈夫和孩子，对我的要求顺从了吧：别给他们的命运留下无论什么办法都抹不掉的羞耻，这种污点是永远不会被世人忘掉的；这比奴隶的印记和天生的斑点都糟糕：

因为人们从娘胎带来的斑记是老天爷的过失，不是他们自己的过错。”

78

他这时露出魑魅[36]般恶毒目光，
把精神抖起却又稍停一时；
而她，纯洁虔诚的美人图，
如白鹿儿被尖利的爪子抓死，
不停求诉，在无法则的荒野中，
　　无奈恶禽不懂温和的法度，
　　他无章可循只有下流满腹。

【散文体】话说这里，他露出妖魔鬼怪般的致命目光，抖起精神又暂时停下，而她，纯洁虔诚的美人图画，好像白鹿在鹰爪下受苦，身处没有法律的蛮荒中，竟向

毫无怜悯之心的野兽申诉，可他只按下流的欲望我行我素。

79

黑脸般的乌云把人世威胁，
他阴暗的雾霾把大山遮掩，
从大地深处升起几许柔风，
把这黑云从隐蔽处彻底吹散，
此法可阻止云水瓢泼降落；
　　她用话语拖延了他不敬的仓促，
　　如俄菲厄斯[37]的演奏迷住普鲁托。

【散文体】但是，当黑脸一样的云块把世间威胁时，他阴沉的雾霾就能把大山罩住，从大地深处吹来少许柔和的阵风，把这些气息从隐身处吹散，总算暂时阻止了马上会降落的滂沱的大雨；

这样，她用话语延宕了他罪恶的仓促行动，好比俄菲厄斯的演奏把普鲁托迷住。

80

夜行的刁猫，喜欢玩弄把戏，
小鼠在它抓紧的利爪中喘息：
她悲泣的样子使他淫威更盛，
如贪得无厌的阴沟吞咽不止：
他耳听她祈求，心却不为所动，
　　任凭她苦苦哀诉却无法阻止：
　　眼泪激起肉欲，犹如滴水穿石。

【散文体】然而，夜间游荡的可恶的猫，喜欢逗弄戏耍，让小老鼠在它紧抓的利爪中喘息：她悲切的模样让他欲望更盛，好像贪得无厌的阴沟无休无止地吞咽；他的耳朵在听她苦苦祈求，心却一点不为所动，

她怎么哀诉都不起作用：虽然滴水可以穿石，但眼泪却令淫欲越来越旺盛。

81

塔昆冷酷无情一脸凶悍，
她用乞怜的眼苦苦注视；
她柔声细语夹杂着悲叹，
她哀哀倾诉使她更显雅姿；
她经常顺着他的立场插话；
　　话语至半她的诉说经常停止，
　　两次开口却没有说完一次。

【散文体】她可怜的哀告的两眼悲情地注视着他那张无情的凶恶的脸；她唯唯诺诺的叙述夹杂着叹息，这让她的倾诉别有韵味；她往往按着他的行止申辩；

话说到一半她的口气经常中断，她两次开口却连一次也没有说完。

82

她凭了万能的乔武[38]向他申诉，
又凭骑士、绅士、友谊的誓词，
还凭她对丈夫的爱和她的眼泪，
再凭神圣的人类法则和起码的忠实，
最后凭天凭地，凭天地共有的神力，
　　祈求塔昆回到他的客室，
　　服从名誉，别让恶欲得势。

【散文体】她向他恳求，凭借至高无上的朱庇特，凭借骑士精神、绅士气度、温馨的友好的誓言，凭借她不尽的眼泪、她对丈夫的爱，凭借神圣的人类法则、起码的忠诚，凭借天、凭借地以及二者共有的神力，

恳求他回到他的客床，真心珍惜他的名誉，别听任恶欲膨胀。

83

她说：“正如你说过的，你不应该
对我的款待报以如此恶劣的支付；
供你饮用的泉水不该弄进污泥；
也不可糟蹋无法修复的宝物，
在你射击完成前别把目标选错，
　　谁敢猎杀未成年的可怜的牝鹿，
　　这种人就不是森林养大的猎户。

【散文体】她说：“如同你过去说过的，你不应该对我的热情款待恩将仇报，回报竟然这般邪恶；供你饮用的水不该弄进污泥；难以修复的东西不能再弄坏，在你没有完成射击前，要把目标选对才是，

没有哪个猎人会搭箭拉弓，射向可怜的没有长成的母鹿。

84

“我的夫是你好友，为他也该高抬贵手；
你本人位高身贵，为你自己离开我；
我生来本就软弱，别再把我折磨：
你看来不像骗子：别用谎话欺骗我。
我的叹息，如旋风，把你送离此地：
　　男人若见女人悲叹顿生怜意，
　　那么可怜我的泪，呻吟和叹息。

【散文体】“我的丈夫是你的朋友；为他你也该放过我；你自己身居要位，为自己更应该离开我；我自己是一个软弱的人，那就别缠磨我才是：你看起来不像骗子：那就别欺骗我。我的叹息，像旋风，把你从这里吹走：

如果男人见女人悲叹就会心软，那就看看我的眼泪、我的叹息、我的呻吟吧。

85

“这些感情，如同汹涌的海洋，
能把你顽石一般的祸心挽回，
用它们的持续行动软化它；
因为溶解的石头能生成水。
哦，只要你不像顽石那样坚硬，
　　就为我的泪感化，心怀慈悲！
　　慈悲的怜悯能把铁门击退。

【散文体】“这一切都算上，好像汹涌的海洋，能把你顽石般的作乱的心肠软化，用它们持续的活动感化它；因为溶解的石头可以转化成水。哦，如果你不像顽石一样坚硬，

为我的泪水把心软下来，慈悲为怀吧！柔软的怜悯之心能把铁门推开。

86

“我款待你是把你当塔昆看待，
莫非你装成他的模样给他栽赃？
我向日月星辰诉说我的哀怨，
你毁他的名誉，把他的尊姓中伤。
你不像你应有的样子；你若是你，
　　你却不像真实的你，是神，是王；
　　诸王如同诸神，该让一切理顺成章。

【散文体】“我厚待你是把你当塔昆看，难道你装成他的样子给他丢人？我对上苍的主人倾诉我的怨气，你坏他的名誉，伤害他的尊名大姓。你看样子不是你应有的样子，如果是同一个人，

你可不像一个神，不像一个王；因为诸王和诸神应该把一切都治理好。

87

“你在春天前就让恶行发芽，
你老了那丑名会怎样结出恶果！
仅是你的希望就这般骄横霸道，
一旦成了王你还不无恶不作？
哦，请记住，臣仆胆敢作恶，
　　都不能够逃脱清算惩罚，
　　王者犯罪也会东窗事发。

【散文体】“你的臭名到了老年会繁衍多少恶果啊，因为你的恶行早在春天就发芽了！如果你想做国王时就这样作恶多端，那一旦称王你还不为所欲为？哦，记住吧，臣仆表现的

霸道行径都会遭到清算；王者犯法一样不能掩埋在烂泥里。

88

"这种行为只能靠淫威得到爱；
而好君主应该因爱为人敬慕：
你对男盗女娼必定会纵容，
因他们知道你犯过同样错误：
只为这忌讳，你也应幡然改悔；
　　君王似明镜，是学府，是书，
　　臣民照明镜，会上学，会读书。

【散文体】"这种行径只能靠淫威强求恩爱；而明君应该因为仁爱而为人敬畏：你对作奸犯科一定会姑息，因为他们知道你犯过同样的罪过；

君王应该是明镜，是学府，是书；臣民的眼睛看得见，会上学，会看书。

89

"你愿意做传授淫欲的学校吗？
在你身上听到如此可耻的科目？
你愿做镜子让淫欲去照一照，
认出罪孽的淫威，羞耻的证书？
以你的名义让羞耻大行其道？
　　你就是要对长久的赞美侮辱，
　　让美好名声成为刁钻的鸨母。

【散文体】"你愿意充当淫欲大行其道的学府吗？非要在你身上读到这样臭不可闻的课程吗？你要做镜子让淫欲去照一照罪孽的淫威、臭名的证书、在你的名声里看出诸多羞耻吗？

你这是鼓励人们对长久的赞美进行责难，把美好的名声折腾成拉皮条的鸨母。

90

“你下命令吗？凭着赐你权力的人，
让你纯洁的心指挥反叛的意志：
别抽出你的剑佑护不仁的东西，
因你得到剑是用来杀退邪恶的。
你如何把你的王命之职来履行？
　　仿照你的过错，恶罪这下有了说辞：
　　它学会了犯罪，你便是入门的老师。

【散文体】“你会下命令吗？凭着赐予你权力的神灵，用你纯洁的心掌控反叛的意志，别抽出你的剑守护邪恶，因为赐予你剑就是为了杀退恶行的。你肩负王命将如何来履行？

仿照你的过错，邪恶这下可就有话说了：它学会了犯罪，还不是你指出了门道吗？

91

“你的冒犯若是在别人身上，
想想那是多么可鄙的东西。
人犯了错自己很难感觉到，
人们总爱袒护自己的过失：
兄弟犯下此罪也该杀该剐。
　　啊，人们被种种罪行包裹严实，
　　他们的眼对自己的过错不以为意！

【散文体】“你的冒犯如果犯在别人身上，想一想那是多么不堪入目。人们的过错自己很少能看出来；他们袒护他们自己的过失：这种罪过就是犯在兄弟身上也该死罪。

哦，人们被各种恶行包裹起来，是多么容易对自己的罪孽视而不见啊！

92

“向你，向你，我伸出双手恳求，
别引诱肉欲，你那鲁莽的心腹。
我祈求被放逐的威严复归；
让威严回来，让奉承的思想退伍：
威严的真实尊重会把恶欲囚禁，
　　快给昏花的眼睛擦去那层迷雾，
　　认清你的身份，可怜我的苦处。”

【散文体】“对你，对你，我举起我的双手呼吁，别一味引逗淫欲——你那鲁莽的信赖者。我恳求把被放逐的威仪召回。快让威严回来吧，让谄媚的思想隐退吧：它真实的尊重会把下流的欲望囚禁的，

快给昏花的眼睛擦去迷雾，那时你就能看清你的身份，可怜我的苦境。”

93

“住口，”他说，“我失控的大潮已
返不回去，这一阻碍反倒更加高危。
弱火不禁多吹，大火不怕湿柴，
风刮得越大火焰愈乘势发威：
小小河水每日向它们的咸盐君主[39]
　　付上一笔债务，它们湍急的淡水，
　　增加了它的流量，却改不了咸味。”

【散文体】“说够了，”他说，“我失控的大潮积重难返。小的光焰一吹就灭，大火却只会燃烧不息，风刮得越大火焰越猛烈：小小河流每天向它们的

咸盐君主偿还债务，连同它们急匆匆的淡水，增加了它的流量，却改变不了咸味。”

94

“你就是，”她说，“大海，至尊的君王，
看吧，流入你那浩瀚大水的不外乎
黑色欲望，不名誉，羞耻，失控，
只会为你血液的海洋增添杂物。
如若让这些污质杂垢把好变坏，
　　你的大海定会和泥污共处，
　　而不是泥污在大海里淹没。

【散文体】她说：“你就是大海啊，至尊的君王，看看吧，流入你浩渺大水的不外乎黑色的欲望、不名誉、坏名声和无控制，只会为你血液的大海添加杂物。如果让这些残渣余孽改变你的优质，

你的大海只能在泥污里埋葬，而不是污泥淹没在你的大海里。

95

“所以，这些奴仆称王，而你做奴仆；
你卑贱得高贵，他们威严得卑贱；
你让他们好活，他们做你可恶的坟墓；
你枉担他们的臭名，他们因你而傲慢：
渺小的东西不该遮挡大的物件；
　　高杉树怎能向矮灌丛委曲求全，
　　低矮的灌木只能在杉树下枯烂。

【散文体】“所以，这些奴才做了王，而你当了差；你出身高贵却表现下流，他们则一味下流地显摆威严；你让他们好好生活，可他们是你可恶的坟墓；你沾上了他们的臭名，他们却因你而傲慢：更渺小的东西不应挡住更伟岸的目标；

杉树怎么会向矮小的灌木屈尊俯就，低矮的灌木丛只能在杉树的根下枯萎腐败。

96

“所以，让你的思想，你身份的臣仆——”
“住口，”他说，“天哪，我不听你再讲；
快接受我的爱吧，若不，加强的憎恨
会把爱的抚摸取代，对你肆意纵享。
事毕，我还会恶狠狠地把你弄到
　　某个下贱的奴仆的下流的床上，
　　与你双双在可耻的厄运里死亡。”

【散文体】“所以，让你的思想，你身份的臣仆——”“说够了，”他打断说，“老天爷，我不想听你多说了；快接受我的性爱吧，要是不干，增强的憎恨会取代性爱的羞涩抚摸，而对你恣意揉搓。事毕，我还要恶狠狠地把你弄到

某个下贱的奴仆的下流的床上，让你在这可耻的厄运里与他勾搭成奸，双双丧命。”

97

说完，他用脚把烛光踩灭；
因为光明与淫欲不共戴天：
羞耻隐藏在隐蔽的盲夜，
最隐蔽处，暴行最肆无忌惮。
狼抓住猎物时，羊羔叫得可怜；
　　它自己的白羊毛控制的叫喊，
　　终在它温和的嘴唇里埋掩。

【散文体】说过这话，他用脚狠狠地踩死烛光，因为光明和淫欲是死对头：羞耻藏身于遮掩一切的盲夜，在最掩蔽的地方，暴行最敢横行霸道。饿狼抓住猎物时，可怜的羊羔只有哀叫；

它的叫声随着白色的羊毛若隐若现，终于掩埋在温和的嘴瓣之间。

98

使用她夜里穿的亚麻布睡衣，
蒙住她的头不让她连连哀乞；
他的热脸在她的贞洁泪中乘凉，
因为那是端庄的眼睛把泪水滴。
哎，卑劣的欲望竟然把贞床玷污！
　　那污点要是会被泪水浸湿，
　　她的泪定会在把污点冲洗。

【散文体】使用她夜里穿的亚麻布睡衣，塔昆蒙住她的头不让她不断地求告；他火辣的脸在贞洁的泪水中变凉，那是她端庄的眼睛因为忧伤而流下的；哦，卑劣的欲望竟然把如此纯洁的眠床来弄脏！

那些污点要是会被泪水冲洗干净，她的泪水定会在污点上连续不断地滴落。

99

可她失去比生命更宝贵的东西，
而他所得到的却会再成泡影。
这逼迫的联盟[40]会引发进一步纷争，
短时的快活将导致数月的疼痛；
这火辣欲望要变成冰冷的轻蔑：
　　纯洁的贞节从她的珍藏中被劫空，
　　淫欲，这个窃贼，将比过去更贫穷。

【散文体】但是，她失去了比生命更加宝贵的东西，而他所得到的也会再次失去。这种强迫的联合只会引发进一步强烈的纷争，一时的快活却会带来数月的痛苦；这火辣的欲望会化成冷冰冰的鄙视：

纯洁的贞节从她的珍藏中被洗劫一空，淫欲，这个毛贼，将比过去变得更加贫穷。

100

看，似喂饱的猎犬和贪食的猎鹰，
敏锐嗅觉失灵，飞行变得迟缓，
追捕速度放慢，索性畏葸不前，
虽然它们生来对猎物十分贪恋；
塔昆一夜纵欲销魂不过如此这般：
　　他品尝到鲜美，却在消化中变酸，
　　他的愿意很贪婪，它活着就靠贪婪。

【散文体】看吧，好像喂饱的猎犬和吃多的猎鹰，敏锐的嗅觉迟钝了，飞行没有速度了，追逐猎物慢下来，或者索性不追逐它们生来喜欢的猎物了；塔昆这个夜晚就是这样饱餍了一番。

他享受到了美味，但是在消化过程中却会变酸变味，因为他的意志是贪婪的，就只能靠贪婪活着。

101

哦，罪孽深重远比无底的幻想
在想象世界里能领会的还深远！
昏醉的欲望看见自己的丑陋相，
一定会把他吞咽的东西往外翻。
淫欲得意忘形时，怎么大呼小叫
　　都难平息它的火气，难把烈欲紧拴，
　　除非像驽马那样驾驭自己的意愿。

【散文体】哦，这罪孽，远比无底的酝酿在安静的想象中想到的还要深重啊！醉醺醺的欲望一定会吐出喝下的东西，才能看清自己丑陋的样子。淫欲在它扬扬得意时任你怎么呼喊

都难以浇熄它的火焰，很难给冲动的欲望套上缰绳，除非像老马那样让自我的意志隐退。

102

随后褪色的脸颊憔悴而瘦削，
沉重的眼，拧起的眉，步履发软，
软弱的欲望，怯弱，贫穷，温顺，
如同潦倒的乞丐长吁短叹：
肉欲膨胀了，欲望与体面争斗，
　　无奈它正贪欢；等到淫欲糜烂，
　　负罪的逆徒才知道祈祷赦免。

【散文体】然后，消瘦的憔悴的煞白的脸颊，滞重的眼神，拧紧的眉头，发软的步子，微弱的欲望，怯懦，贫瘠，温顺，好像潦倒的乞丐悲叹自己的境遇：肉欲一时得到满足，欲望和体面争斗不休，

无奈它正在反叛；等到淫欲疲软，负罪的逆徒才祈祷赦免。

103

有罪的罗马爵爷碰上这种困境，
他曾经火辣辣地追求这个目标；
这时却对自己说他宣告厄运，
在很长的时期他要承受煎熬。
再说，他的灵魂殿堂已经塌倒，
　　贫乏的废墟上汇聚起无数心焦，
　　去问受侮辱的女神有什么见教。[41]

【散文体】罪孽的罗马爵爷这时就陷入这般境地，他曾经火烧火燎地追求这个目标；这时候，他对自己说他应该领受这一厄运，在很长的时期他只好承受煎熬。还有，他的灵魂的殿堂也已经倒塌，

穷困的废墟上聚集了无数焦虑，叩问饱受侮辱的女神生活得如何。

104

她说，她那些谋反叛逆的臣民，
摧毁了她那无比神圣的庙壁，
它们犯下了永劫不复的过失，
让她贞名丧失，身为奴婢，
虽生犹死，痛苦永无终止，
　　她预料到这样的情况竭力控制，
　　可她先知却预防不了它们的意志。

【散文体】她说，她的臣民心怀不轨图谋叛逆，把她神圣不可犯的庙墙摧毁，犯下了永劫不复的罪孽，让她的名节丧失，身为下贱，虽生犹死，苦难永远摆脱不了：

她明知道会陷入这样的境地，可她无能为力，她能预见，却预防不了它们的意志。

105

怀着这种心思他乘夜色溜走，
一个有得有失的被俘的赢家，
带着那个无法治愈的伤口，
那伤疤，即使治愈，也还会复发；
留下他的战利品[42]痛苦更大；
　　她承受的是他留下的淫欲大疤，
　　他担负的是愧疚心灵上的重枷。

【散文体】在这种心情下，他在漆黑的夜里溜走，一个在获取中损失的胜利者，带着那个无法治愈的伤口，那伤疤，就是治好了，也还会复发；留在身后的他的战利品痛苦更大；

她承受了他留下的淫欲的重载，而他担负了犯罪的心灵上的负担。

106

他如同一只偷嘴狗沮丧潜行；
她像一只困乏的卧羊把气喘；
他沮丧得憎恨自己铸成大错，
她，绝望，用指甲把肉皮撕烂。
他压抑中潜逃，罪恶感让他流冷汗；
　　她待在床上，把可怕的黑夜呼喊，
　　他逃在路上，詈骂消失的可恶快感。

【散文体】他像一只偷吃的狗儿沮丧地从这里潜逃，她则像一只困厄的羔羊躺在床上喘息；他愁眉苦脸只恨自己犯下大错，她，心如死灰，用指甲拧掐自己的皮肉；他浑身发软，步履艰难，惴惴不安，不停地出虚汗；

她留下，不停地冲这不祥的黑夜呼喊；他逃走，咒骂那消失的可恶的快活。

107

他由此躲离一个沉重的忏悔者；
她留在这里却是个绝望的弃儿；
他急行中盼着晨光尽快升起；
她祈求她永远别再看见白日，
“白天，”她说，“让夜里的龌龊曝光，
　　我真实的眼睛从来不会维持
　　一副狡猾的脸面来把罪孽掩饰。

【散文体】他从此留在身后一个沉重的忏悔者；她留在此地却是一个心死的弃儿；他在赶路中盼望那晨光马上来临；她祈求她永远别见到白天，“白天，”她说，“会把夜里的丑行公开，

我真实的两眼从来不会做出一副虚假的面孔，把罪过掩藏。

108

“眼睛总以为别人眼睛看得见
它们自己看到的同样的羞愧；
所以它们宁愿躲在黑暗的地方，
让那黑暗中的罪过暗中隐退，
因它们流泪就等于把罪孽告人，
　　凝重神色，如那腐蚀钢铁的水，
　　我感觉脸上无异于无奈的丑罪。”

【散文体】“眼睛总会认为别的眼睛看得见它们自己看见的同样丑行；所以它们宁愿躲在黑暗的地方，让黑暗中犯下的罪过还待在暗中，因为眼睛流泪就是在把罪过告诉别人，

凝重的神色，好比腐蚀生铁的水，我感觉就是把无助的羞耻弄在了脸上。”

109

这时她大声责问宁静与休息，
吩咐她的眼睛以后变成盲目，
她狠狠擂击胸膛把心灵惊起，
吩咐它跳出去另寻一块净土，
把一颗纯洁的心灵权且护住。
　　她痛苦得抓狂一声声诉苦，
　　对黑夜犯下的丑行恨之入骨：

【散文体】这时，她大声责问宁静和栖息，嘱咐她的眼睛今后索性瞎了，不停地捶击胸膛，把心灵惊醒，却嘱咐心灵快跳出去寻找另一块洁净的胸膛，把一颗洁净的心暂且保护起来。

她痛苦得无所适从，因此向那看不见的黑夜的秘密倾诉她的一腔怨恨。

110

“哦，绞杀舒适的黑夜，地狱的化身！
主簿和证人对羞辱总是袒护！
黑色舞台专为悲剧和谋杀而设！
匿藏大罪的混沌！罪责之母！
瞎眼的蒙面的老鸨！纳垢的黑库，
　　死神的幽府！碎语的同谋！
　　扼住舌头的叛逆和沉默的强虏。

【散文体】“哦，扼杀舒服的黑夜，你是地狱的化身！主簿和证人对羞耻睁一只眼闭一只眼！黑色舞台专为悲剧和谋杀而修建！是藏匿罪孽的混沌！是罪责的保姆！是瞎眼的蒙面的鸨母！是藏污纳垢的黑库！

是死神的森森坟墓！还是捆住舌头的背叛交头接耳的阴谋家，强盗！

111

“噢，可恨，模糊，雾沉沉的夜！
既然你是我难治愈的犯罪的罪魁，
就应该借雾霾把晨光笼罩起来，
与时间周而复始的轨道针锋相对。
你若是允许太阳照常升上天际，
　　高高升起，那就在它上床前干脆
　　编结有毒的云块把它的金头包围。

【散文体】“哦，可恶，模糊，雾气缭绕的黑夜！既然你是我治愈不了的罪孽的罪魁，就应该用你的雾霾把东方的光亮罩起，与有条不紊的时间轨道作战。你要是让太阳爬上

它应有的高度，你就赶在它上床之前，编织有毒的云块，把它的金色头颅包裹起来。

112

“用腐湿潮气抢占清晨空气，
让阴霾的霉味儿四下弥漫，
把纯洁生命和绝色佳丽扼杀，
还需赶在太阳悬挂中天之前；
让雾霾浊气浓密地滚滚而来，
　　浑浊的黑气将阳光遮掩，
　　在正午搞定并让黑夜永远。

【散文体】“用不洁的湿气把早上的新鲜空气驱赶；让潮气呼出的腐败的气息，赶在太阳悬挂在中天之前，把清纯的生命、绝色的佳丽弄成病秧子，并让雾霾浊气遮天蔽日地到来，

浑浊的黑气这下就能把阳光遮掩，在正午遮挡严实，让黑夜漫漫无尽。

113

“若塔昆这夜生子就是黑夜，
那他定会把银色的月后污染；
闪亮的星婢，一同被他渎亵，
穿过黑色夜幕都不再窥探：
这样我在悲痛中便有了陪伴，
　　患难同当会使患难得到和缓，
　　如香客一路攀谈让路程缩短。

【散文体】“如果塔昆就是黑夜，他是一个黑夜生产的孩子，那么他定会把银色月后霸占；月后那些闪烁的星婢，也会被他亵渎，穿过那黑色胸脯都看不见人影：我就这样在悲痛中有了做伴的，

患难同当会让患难得到缓解，好比朝圣者一路交谈，会感觉他们朝圣的漫漫长路缩短了。

114

“如今这里无人与我一起脸红，
和我拥抱双臂一块儿把头垂，
遮住她们的额头把丑陋遮挡，
我如此独自坐着耗得憔悴，
用银色泪珠让大地得到滋润。
　　让话与泪交织，忧愁和呻吟相随，
　　持续的呜咽在可怜地损耗墓碑。

【散文体】“我这里现在没有人和我一起羞愧得脸红，和我交臂相拥，把头相抵，遮挡住她们的额头就遮挡了丑陋，我只好一个人坐着干耗着，用晶莹的泪珠给大地来一点调味。

让话语和泪水交织吧，忧愁和呻吟相伴，呜咽一声接一声可怜地消耗着墓碑。

115

“夜啊，你这黑烟翻滚的火炉，
别让眼红的白昼看到那张脸，
在你这黑色的覆盖一切的斗篷下，
它竟然敢躺下忍受羞辱苦难！
赶快坚守你这块阴沉的地盘，
　　让你治理下的所有罪愆
　　也葬身于你黑色的阴暗。

【散文体】“哦，黑夜，你这浓烟翻滚的炼炉，别让嫉妒的白天看见这张脸，在你黑色的涵盖一切的大幕下，它竟会贸然躺下羞耻地献身！还是坚守你这块阴沉的地盘吧，

让你统治下的一切罪过同样埋葬在你黑色的幕布下！

116

“别让我做暴露一切的白日的目标；
光线会展现，我愁容里的特写，
还有温柔的贞德败落的情况，
以及我神圣的婚姻的誓约：
是啊，文盲，当然大字不识几个，
　　怎能读懂渊博的书中的所写，
　　将会辨别出我脸色里的罪孽。

【散文体】“别让我成为暴露一切的白昼的目标；我的愁容是什么样子，光线都会把可贵的贞节堕落的情形暴露出来，那神圣的婚宴的誓约也藏不住：是的，不识字的人，看不懂

渊博的书里写了些什么，却会在我的面色里弄明白我可耻的罪过。

117

“奶娘，哄孩子，会讲我的故事，
用塔昆的恶名把啼哭小儿恐吓；
演说家，为演说得绘声绘色，
会把我与塔昆的是非一块混合，
宴席上的艺人，会说唱我的丑闻，
　　让聆听者听清楚每一句诉说，
　　科拉廷，看塔昆给我怎样嫁祸。

【散文体】“保姆，为了哄孩子，会讲起我的故事，用塔昆的恶名吓唬哭闹的小孩；演说家，为讲演得绘声绘色，会把我的罪责和塔昆的丑行混在一起；宴席上的卖艺人，会把我的丑事说唱，

让聆听者把每一句话听清楚，看看塔昆如何把罪名转嫁给我，我的科拉廷。

118

“让我的好名，无意义的名声，
为科拉廷的珍爱保持清廉：
若是把这当作争议的主题，
另一根须的枝杈会遭腐烂，
他会受到莫须有的责难，
　　可我受凌辱与他毫不相干，
　　我以前对科拉廷绝无污点。

【散文体】“让我的美好名声，尽管这好名声已没有意义，仍为科拉廷宝贵的爱保持纯洁吧：如果把这点当作争议的题目，那另一根须的枝杈就会受到摧残，他会受到莫须有的株连，

我受到凌辱与他毫不相干，因为我，这之前，对科拉廷是忠诚的。

119

“哦，看不见的奇耻，隐形的大辱！
哦，摸不到的灼痛！隆起来的隐伤！
科拉廷的脸上已打上了金印，
塔昆的眼很远就看到这辞章：
他受创伤不在战时在平时。
　　哎呀，多少人受过如此的诽谤，
　　自己不知道，肇事者却了解周详！

【散文体】“哦，看不见的丢丑，隐形的耻辱！哦，摸不到的灼痛！伤及名誉的隐伤！科拉廷的脸上打上了饱受谴责的印记，塔昆的眼睛老远就能看见这样的流言：他在和平时期受伤，而不是在战争中挂彩。

哎呀，多少人受过这种羞辱的打击，可他们自己还不知道，肇事者却早心知肚明了！

120

“科拉廷，你若是寄于我名誉，
已经因为强行盗窃而名存实亡；
我的甜蜜已丢失，如同一只雄蜂，
夏日留下的收获已全部丢光，
被害人的盗贼劫掠和扫荡：
　　游荡的黄蜂潜入你的软弱的蜂房，
　　把你贞节的蜜蜂守护的蜂蜜品尝。

【散文体】“科拉廷，你要是在我身上寄予名誉，那它已经被强行偷走，不复存在；我的蜂蜜已经丢失，而我，如同一只雄峰，我夏天留下的东西已经不完美，因为被有害的盗贼偷盗和蹂躏了：

夜游的黄蜂潜入了你软弱的蜂房，把你守节的蜜蜂的蜂蜜吮吸一空。

121

“你的名誉被毁掉我有过错，
可是因为你我才把他款待；
他自你身边来，我不能赶他走，
因为把他冷落名誉会败坏；
再说，他抱怨他累得疲惫不堪。
　　他还谈贤德：哦，料想不到的鬼怪，
　　名节握在撒旦手里只会被祸害。

【散文体】“你的名誉被毁坏是我的罪过；不过还是为你的名誉我才把他款待；他从你那里来，我不能把他轰赶，因为冷落他是会败坏名声的；另外，他诉苦说他累得疲惫不堪，

他还谈起道德：哦，出于难以察觉的鬼胎，在这样的恶魔那里，道德只会受辱。

122

“为什么害虫要侵犯处女蕾？
为什么坏杜鹃要占雀窝孵卵？
为什么蟾蜍用污泥糟蹋清水？
为什么暴君偏爱往暖胸里钻？
为什么国王会把圣旨篡改？
　　可真是十全十美不会太合算，
　　因此一些杂质才不会被污染。

【散文体】“为什么害虫偏要侵害处女般的花蕾？为什么可恨的杜鹃会霸占雀窝来孵卵？为什么癞蛤蟆用毒泥把清泉祸害？为什么暴君愚蠢地潜入温柔的胸膛？为什么国王要做他们自己圣旨的篡改者？

真可谓十全十美不能太绝对，有些杂质才不怕被污染。

123

“那个把金子装入箱的老人[43]，
忍受着抽搐，痛风以及痉挛，
对他的宝贝不想多看一眼，
如同坦塔罗斯[44]水中受熬煎，
他心智的收获是无用的粮仓；
　　从他的收获里丝毫得不到快感，
　　只有无法治愈他那病痛的心烦。

【散文体】“那个把金子放弃的老人，身患抽搐、痛风和痉挛，对他的宝贝很少再看，他坐着如同坦塔罗斯在水中饱受煎熬，他费尽心智收获的是无用的粮仓；

他从收获里再得不到快乐，只有治不了的病痛让他心烦。

124

“他拥有宝物却不能享用，
只好把它留给后人分享，
后人身强体壮坐享其成：
为父的太弱，为儿的太强，
都不能长久享受该死的财产。
　　我们企望的甜食会变质发酸，
　　就在我们拥有的刹那时光里。

【散文体】“这个老人拥有财宝时却不能享受了，只好留给后人支配；后辈正在好年华，挥霍起来毫不心痛：父亲老迈年高，后辈们又精力太充沛，因此他们都不能长久地拥有该死的好时运。

我希望的甜食会变酸臭，哪怕就在我们称它们是我们的那个时刻。

125

“乱风专拣柔弱的嫩枝欺负，
杂草偏爱与好花一起扎根，
鸟儿欢叫处总有毒蛇嗞鸣，
美德所蕴育的，邪恶来侵吞：
我们没有好东西能说是自己的，
　　只有福祸相依相克的命运，
　　要不会搭上性命或把寿命损。

【散文体】“乱吹的风专吹鲜嫩的枝条，讨厌的杂草喜欢和珍贵的花儿生长在一起，悦耳的鸟儿啾啾乱叫的地方，毒蛇一定在嗞嗞鸣响，美德培育的东西，邪恶会霸占：我们能声称是自己的东西，又都没有什么好结果，

只有邪恶乘机捣乱的机会，或者谋取其性命，或者破坏生命的质量。

126

“噢，机会，你的罪过非同寻常！
是你对叛贼变节网开一面，
是你让饿狼知道何处偷羊；
谁造罪，你就为谁安排时间；
是你蔑视权力、法律和理性；
　　是在你的暗穴里，无人看得见，
　　罪恶稳坐，把它身边的游魂招揽。

【散文体】“哦，机会，你的罪孽非同寻常！是你姑息奸佞的背叛行径；是你让豺狼知道偷吃羔羊的方法；谁犯罪，你就为谁制造时运；还是你，藐视权力、法律和理性；

藏身在你的隐蔽的小窝里，别人都看不见，让罪孽稳稳地坐着，见有游魂路过便抓住不放。

127

“你[45]让贞女把她的誓言违反，
只要节欲松懈，你就让欲火燃烧，
你让诚实窒息，又把忠诚谋杀，
你这个煽动者，还会拉皮条！
你谋划丑闻，又把赞美随意更换：
　　你是淫棍，奸贼，奸邪的偷盗，
　　你让蜜汁变苦汁，欢乐成苦恼。

【散文体】“你让贞洁的烈女把自己的誓言违反，一旦节欲你就煽风点火；你让诚实无法喘息，又把忠诚谋杀；你这教唆犯，还会把皮条来充当！你制造丑闻却滥用赞扬：

你是淫棍、奸贼、邪恶的窃贼；你让蜜汁变成苦汁，让欢乐变成瘀滞。

128

“你把私下快活变成公开耻辱，
你让私家宴席变成公众禁食，
你让头衔变成乱糟糟的名字，
你让甜舌头品尝苦艾的苦汁：
你那强烈的虚荣再不会长久。
　　下流的机会，你竟刁钻如此，
　　如此刁钻，为什么还有人捧你？

【散文体】“你把隐秘的快活变成公开的耻辱，你让私家的宴席变成公众的禁食，你让头衔变成破乱的名字，你让香甜的舌头去品尝苦艾的苦汁：你那极度的虚荣还能维持多久。

你怎么变成这样，可恶的机会，如此刁蛮，怎么那么多人还喜欢你？

129

“你何时会做恳求者的朋友，
并带他到有求必应的地方？
你选什么时辰终止恶性争斗？
或让受难的灵魂得到解放？
让致残者平安，让生病者健康？
　　穷的，跛的，瞎的，爬的，都把你喊，
　　然而他们永远和机会不能谋面。

【散文体】“你什么时候会做恳求者的朋友，并带着他到有求必应的地方去？你会在什么时辰终止重大的争斗？或者让苦难的灵魂得到自由？让患者健康，让痛苦者缓解？

让穷的、跛的、瞎的、爬的，都把你呼唤，可是，他们永远和机会难谋一面。

130

“病人垂危时医生睡得正酣，
孤儿挨饿时压迫者在贪吃，
寡妇哭泣时判官在纵享欢宴，
瘟疫流行时巡视者当儿戏，
你不让人享有闲暇做善事：
　　发怒，妒嫉，奸诈，淫乱，凶手怒斥，
　　你却让可恶的时辰给它们当童子。

【散文体】“病人要死了医生却在睡觉，孤儿挨饿了压迫者却在饕餮，寡妇哭泣时法官在享乐，瘟疫流行时医生的告诫是儿戏：你不让人们有闲暇时间做善事：

怒气、嫉妒、奸诈、淫乱和凶手的暴怒，你这些可恶的时辰甘为这些东西充当童仆。

131

“忠诚和美德双双与你套近乎，
成千的阻隔不让它们承你的情：
它们买你的援助；可罪孽不缴费，
罪孽空手来；你却什么都应承，
不管它要什么，你都会一一答应。
　　塔昆作孽时，我的科拉廷
　　可以到我身边却被你阻行。

【散文体】“忠诚和美德不得已与你交往，成千的阻隔不让它们得到你的帮助：它们要购买你的帮助；但是罪孽却从来不掏钱，它不花钱就来了；你却什么钱都愿意出，如同它说什么你都听，它要什么你都给。

我的科拉廷可以到我身边来，就在塔昆作孽时也能赶来，可是他却被你拦下了。

132

“有罪于谋杀和偷窃，你有罪[46]，
有罪于伪证和伪证教唆罪，
有罪于变节、欺诈和伪造罪，
有罪于令人憎恶的乱伦罪，
你的取向造就了一个帮凶，
　　从创世伊始到最后审判大会，
　　胁从了古往今来所有的大罪。

【散文体】“你有罪于谋杀和偷盗，有罪于伪证和伪证的教唆，有罪于变节、欺诈和伪造，有罪于令人不齿的乱伦，你的嗜好造就了一个帮凶，

胁从所有过去的罪戾，所有未来的罪戾，从创世洪荒到最后审判日一贯如此。

133

“错置的时间，丑陋夜晚的同谋，
敏捷的哨兵，邪恶关怀的传送官，
青春的食者，虚假乐欢的奸奴，
悲苦的守护，罪的驮马，德的套圈，
你养育出一切又统统置于死地：
　　哦，那听我说，害人的移动时间！
　　既让我犯了罪，我死你应有罪愆。

【散文体】“不幸的时间，丑陋夜晚的同谋，迅捷的敏感的传递员，青春的吃货，虚假欢乐的虚假奴仆，苦难的下流的守护，罪恶的驮马，美德的陷阱，你养育出一切又一一把它们绞杀：

哦，那么听我说，有害的、移动的时间！对我的死你有罪，因为你让我犯了罪。

134

“为什么让你的奴仆——机会，
出卖了你给我安睡的时光，
妨碍我的命运，把我束缚在
无尽的悲苦的无尽的日期上？
时间的用途是把仇恨终止，
　　是吞噬舆论造成的荒谬思想，
　　不是把合法婚床的财礼铺张。

【散文体】“为什么你那个奴仆——机会，背叛了你赐予我睡觉的时光，划掉了我的命运，把我捆绑在无尽头的悲苦的无尽头的日期上？时间的职能是把仇恨终止，

是把舆论造成的错误一一消灭，而不是把合法婚床的彩礼花光。

135

“时间的荣耀是令[47]国王息戈，
令谎言揭穿并让真理见光，
令衰老的物件盖上时间封印，
令早晨醒来并为夜晚站岗，
令罪人受罪直至向正义垂头，
　　令时辰把骄傲的大殿削光，
　　令灰尘把闪光的塔楼埋葬。

【散文体】“时间的光荣是平息征战的国王，是揭穿骗局并让真理见到光明，是为衰老的东西盖上时间的封印，是唤醒晨曦并且为夜晚站岗，是让罪人受罪直到向正义低头，

是让时辰把傲慢的大殿消耗了，是让灰尘把闪烁的金色的塔楼淹没。

136

“令庄严的纪念馆布满蛀洞，
令腐朽的东西与忘却消亡，
令古书改写出崭新的内容，
令老乌鸦翅膀的羽毛脱光，
令老橡树液汁枯干滋养新枝。
　　令锻制的铁古董锈迹发黄，
　　令命运的轮子转错了方向。

【散文体】“让庄严的纪念馆到处是裂缝，让腐朽的东西沉没在遗忘之中，让古书涂改得内容面目全非，让老乌鸦翅膀的羽毛统统拔光，让老橡树的汁液耗干，崭新的枝条焕发，

让铁锤锻制的古迹生锈风化，让命运的轮子转得令人眼花。

137

“令老妪看见女儿生女儿，
令儿童长成大人，大人把儿童变，
令弱肉强食的猛虎被射杀，
令独角兽和凶狮听从使唤，
令自欺欺人的奸佞遭到嘲弄，
　　令农人好收成心里喜欢，
　　令滴落的水珠把巨石洞穿。

【散文体】“让老太婆看见女儿把女儿生，让儿童长成大人，大人变成儿童，让依靠屠杀生存的老虎遭到猎捕，让独角兽和野蛮的狮子遭到杀戮，让自欺欺人的奸佞被人嘲弄，

让农人五谷丰登心里喜欢，让小小水滴把巨石滴穿。

138

“为甚在朝拜途中恶作剧，
既然不能回来把补偿交代？
一生中倒退可怜的一分钟，
就会为你把千万朋友收买，
借给他智慧，再转借给赖账人。
　　哦，这鬼夜，如若晚一小时来，
　　我就可以防止风暴让你避灾。

【散文体】“既然你不能回来挽回局面，为什么在朝拜途中挑拨离间？哪怕一辈子倒退回来可怜的一分钟，就会为你赢得千万个朋友，借给他智慧，好转借给赖账的借债人。

哦，这狰狞的夜晚，如果晚来一个小时，我就可以防止暴风雨，让你躲过灾难。

139

“你这永远的无止境的奴隶，
快用什么灾难阻止塔昆逃窜：
使出许多超越极端的极端手段，
让他咒骂这该诅咒的夜晚，
让狰狞的鬼影震住他的眼；
　　让他犯下罪孽的惊悚悬念
　　怀疑每丛灌木把鬼影重现。

【散文体】“你这个直到永远的不停歇的跟班，赶快用什么不幸阻止塔昆逃窜：使出各种极端又极端的手段，让他诅咒这该诅咒的夜晚，让恐怖的影子震慑他淫荡的恶眼；

让他犯下的罪孽的惴惴不安的念头，把每个灌木丛幻变成可怖的无形的魑魅魍魉。

140

“用不歇的迷睡扰乱他歇息；
让他在床上满床打滚儿呻吟；
让厄运利用厄运令他变可鄙，
令他悲叹，却不可怜他的悲叹：
以磐石心肠对他，比磐石还狠，
　　让温婉女人接近他失去温婉，
　　对待他比野地的老虎更野蛮。

【散文体】“利用不歇息的昏睡搅乱他的歇息；让他在床上满床打滚，不停地呻吟；让厄运调动厄运把他折磨得可怜，让他悲叹，可对他的悲叹无人可怜：用磐石心肠对待他，要比磐石还要狠，

让温柔的女人接近他时失去温柔，对待他比荒野的猛虎还野蛮。

141

“让[48]他有时间揪他的卷发，
让他有时间对自己泄怒，
让他有时间绝望于时间的援助，
让他有时间活个讨厌的奴仆，
让他有时间乞求乞丐的残物，
　　让他看见靠吃救济生活的人物
　　都不屑扔给他不屑一看的废物。

【散文体】“让他有时间揪扯他鬈曲的头发，让他有时间对自己脾气大发，让他有时间老人的时间帮助人时还感到绝望，让他有时间活一个可恶的奴仆，让他有时间乞求乞丐的食物，

让他有时间看见那靠救济生活的人都不屑扔给他看不上眼的残羹剩菜。

142

“让他有时间看见朋友变敌人，
让他有时间目睹傻瓜拿他取乐，
让他有时间铭记时光如何难熬
又走得多么缓慢，时间又如何
在欢闹的时候时间会转眼即逝；
　　让他还有时间挽回罪恶，
　　有时间哭泣时光的虚过。

【散文体】“让他有时间看到朋友变成敌人，目睹快活的傻瓜嘲笑他祈求帮助，让他有时间记住人在郁闷时时间走得多么缓慢，而在寻欢作乐时时间又过得多么短暂；

让他永远无法挽回的罪状，还有时间哀叹他浪掷的时光。

143

“哦时间[49]，你让人行善又作恶，
教导我咒那个你怂恿作恶的人！
让窃贼看见自己的阴影仓皇逃走，
他自己寻求每个谋杀自己的时辰！
如此脏手应该流出如此脏的血，
　　谁如此下流会去干如此行径，
　　像杀手给如此的贱奴仆行刑？

【散文体】“哦，时间，你教导人行善也教导人作孽，教导我诅咒那个你叫他作恶的人！让小偷看见自己的影子就发疯地逃跑，自己寻找每个小时谋杀自己！这种可恶的双手应该溅出这样可恶的血；

因为谁竟然这般卑鄙下流，干出如此勾当，如同心毒手狠的刽子手对如此下贱的奴仆砍头。

144

“他身为国王更显他的龌龊，
劣迹给他的希望带来羞辱，
权位显赫的人，行事更逞威风，
或让他赢得名誉，或让他招人厌恶，
最大的丑闻等待最大的人物。
　　月亮只是瞬间被乌云遮住，
　　小星只要愿意也能把身掩护。

【散文体】“他更下流，尤其作为一国之王，各种下流的行径让他的希望蒙羞，权威更显赫的人，让他赢得名誉的事情显得更引人注目，要么就给他招来憎恨；因为最大的丑闻就在服侍[50]最大的人物。

月亮被云块遮挡了很快会过去，而小星星高兴时则会在云块后面躲藏很久。

145

“乌鸦在污泥中打滚不见黑，
身带污泥飞去也不易看见；
如若白天鹅把乌鸦来学习，
污迹沾在银羽上十分扎眼。
苦役好比夜黑，国王好比昼白。
　　蚊虫四处飞行不易被人注意，
　　鹰翔长空时众人都看在眼里。

【散文体】“乌鸦在污泥里翻滚自己的黑翅膀，展翅远飞时看不见污迹；如果雪白的天鹅像乌鸦一样在污泥里翻滚，那它银色翅膀上的污泥就很显眼。可怜的男仆好比看不见的黑夜，国王好比灿烂的白天：

蚊虫乱飞不容易被人逮住，苍鹰翱翔蓝天却谁都看得见。

146

“出去，闲话，浅薄之徒的奴仆，
无益的噪音，软弱的公断！
在练口技的学府忙着学舌，
闲人在那里学习无聊的狡辩；
向发抖的客户做你的嚼舌人；
　　而我，对这种辩论不问不管，
　　因为我这冤案法律没有支援。

【散文体】“去吧，闲话，浅薄的蠢人的奴隶，没有益处的噪音，软弱无力的公断人！去锻炼口技的学校忙着锻炼舌头吧，闲人在那里学习无聊的狡辩；向瑟瑟打战的客户做你的嚼舌人；

而我，对这种嚼舌毫无兴致，因为我这冤案断定时没有得到法律的支持。

147

“徒然[51]，我对机会破口大骂，
徒然，咒骂时间、塔昆与昏夜；
徒然，我对我的丑行吹毛求疵，
徒然，我唾弃铁定的世人轻蔑：
话语的无助空谈给不了我公道；
　　对我大有好处的唯一补救，
　　是让我那被污染的血流走。

【散文体】“我对机会大骂也是白费口舌，对时间、塔昆、扫兴的黑夜诅咒无异于白费唾沫；我对我的丑事苛求也枉然，对我铁定的鄙夷视而不见也没用：这语词的无助的空谈给不了我公道。

对我确实有益处的补救法子是让我被污染的血液流掉。

148

“苦手，你为什么因此言发抖？
你让我蒙羞耻你得到荣誉，
因为我若死了，荣誉归你所有，
可我若活着，你活在我的臭名里：
因为你未能把女主人保护好，
　　害怕去把那邪恶的敌人扯撕，
　　为此屈服把自己和她都杀死。”

【散文体】“可怜的手，听了这话你为什么发抖？你让我蒙上羞耻而你得到荣誉，因为如果我死了，我的名誉在你身上；可是如果我活着，你就得活在我的耻辱里：因为你不能捍卫你忠诚的主妇，

害怕去把你邪恶的敌人抓挠，只好为了这样认输把你自己和她都杀死。”

149

话到此，她从纷乱的床上爬下，
去寻找某种可以致命的凶器：
可这里不是屠场找不见屠刀，
就是把气孔捅得更大都不容易。
闷气，吐出她的嘴唇，四处弥漫，
　　如埃特纳火山[52]喷发，在空中飘溢，
　　或如大炮发怒放射的一股火气。

【散文体】说到这里，她从乱糟糟的床榻上下来，去寻找某种可以致人死命的凶器：但是这里不是屠宰场，没有利器捅开更大的出气孔让她出口气；她的嘴在一口接一口叹息，四下飘散，

好像埃特纳火山喷发，浓烟在空中翻滚，或者如同大炮怒射出一股火气。

150

"徒劳啊，"她说，"我活着，却徒劳地
寻找有福的工具把无福的命杀死。
我原怕塔昆的利刀把人杀死，
如今却为同样目的寻找刀具：
可是我害怕时我还是个良妻；
　　现在我还是我：噢不，不是的，
　　因塔昆抢夺了我真实的样子。

【散文体】"白费劲哪，"她说，"我活着，却徒劳地寻摸有幸的工具来结束我不幸的生命。我原来害怕塔昆的利剑把我刺杀，如今我却为了同样的目的寻找刀具：可是我惧怕时我还是个忠诚的妻子；我现在还是我：哦不，不是原本的我，因为塔昆早已经把我真实的珍贵东西剥夺了。

151

“噢，我寻求活着的东西已失去，
所以我现在用不着害怕死掉。
以死洗掉这个污点，我至少
为诽谤的号衣佩戴名节的名号，
垂死的生命抵消流传的诽谤：
　　可怜无助的补救，珠宝已被盗，
　　把无罪的装珠宝的匣子焚烧！

【散文体】“哦，我一心珍惜的东西已经失去，因此现在我不必害怕死亡。为了以死清洗这个污点，至少我给诽谤者的号衣上送去一枚名节的勋章；一条将死的生命可以抵消流传的诽谤：

可怜的无助的帮助，珠宝已经被盗，把珠宝藏身的无罪的匣子烧掉吧！

152

“好了，科拉廷，你决不会知道，
毁掉婚誓的滋味是多么可恨；
我不愿把你的忠实情感毁掉，
用已经毁掉的誓言向你奉承；
这种杂种移接植物绝难长成：
　　毁你家族血统的人没法宣称：
　　你是他的种子的糊涂的父亲。

【散文体】“好了，亲爱的科拉廷，你很难理解，葬送婚誓的滋味是多么苦涩；我不愿意把你的忠实情感欺骗，用已经毁掉的誓言让你高兴；这种杂种嫁接物绝难生长：

破坏你家族血统的人无法宣布：你是他的种子的糊涂的生父。

153

“他不会心怀鬼胎对你微笑，
也不会与伙伴取笑你戴绿帽；
但是你该知道你的利益丢失，
不是用金买走而是破门而盗。
就我说，我是自己命运的主人，
　　我决不会对我的过失轻饶，
　　我被迫的罪过至死一了百了。

【散文体】“他不会怀着诡秘的念头对你笑脸相迎，也不会和伙伴取笑你的情形；但是你应该知道你的利益不是用金子买掉，而是破门而盗。对我来说，我要做我命运的主人，

我永远不会放过我的过失，知道只有一死了之我才能清算我被迫的罪戾。

154

“我不愿让我的污点毒害你，
不会强词夺理遮掩我的过失；
不用彩色涂抹罪孽的黑底，
去隐藏那荒唐夜晚的真实，
我的舌要说出一切，眼睛，如闸门，
　　释放出灌满谷底的淙淙山溪，
　　让清澈溪水冲洗我不洁的故事。”

【散文体】“我不愿意让我的污点毒害你，不会用精心编造的借口遮掩我的过失；不会用色彩涂抹罪孽的黑色底子，好把那邪恶夜晚的真实掩盖起来，我的舌头会说出一切，我的眼睛，好像闸门，

会排放出灌满谷底的清澈见底的山泉，让纯净的溪流把我不洁的身世洗涮。”

155

到此，悲诉的夜莺[53]停止了歌唱，
不再喁喁地倾吐夜间心事，
黑夜迈着缓慢郁闷的步子
走下阴森地狱；看，羞红的晨曦
把光芒送给一切借光的美目。
　　可阴郁的卢克丽丝羞于看自己，
　　因此仍躲在黑夜里隐身遁世。

【散文体】说到这里，诉苦的夜莺停下了歌唱，不再幽幽地倾诉夜里的悲哀心事，森严的夜晚步子缓慢而郁闷，走向丑陋的地狱；这时，看，红红的晨曦把光芒借给所有光芒也会去借给美丽的眼睛：

但是，郁闷的卢克丽丝为自己害羞，不愿看自己，因此宁愿躲在黑夜里隐身遁世。

156

亮起的白昼透过每个缝隙窥探，
似乎让人知道她坐那里哭泣；
她哽噎着对白天说："眼睛的光亮，
你为何从我的窗缝窥视不止?
用你调皮的光线把睡眼调笑，
　　别用你的刺光往我额头刺字，
　　因为白昼不该多管夜里的事。"

【散文体】渐渐亮起来的白天透过每个缝隙在窥视，好像让人知道她坐在那里哭泣；她抽噎着对白天说道："众多眼睛的眼睛哦，你为什么从我的窗户一直窥视？别窥探了：

别用你的刺透的光线在我的额头刺字，因为白天不应该多管夜间发生的事儿。"

157

她见东西就想这样吹毛求疵；
真实的忧愁如孩童易恼易喜，
一旦任性起来，总会惹是生非；
旧悲苦，不如新愁，忍受得容易：
一个煎熬过去，另一个更粗野，
　　如同游泳生手一下子跳进水里，
　　因为功夫差怎么挣扎都要淹死。

【散文体】她每见东西就这样挑剔数落一通；真实的忧愁像孩子一会儿高兴一会儿恼怒，一旦任性起来，总会惹是生非；忍受起来还算温和的，是旧痛苦，而不是新忧愁：一个煎熬过去，另一个会更野蛮，

好比练习游泳的人一下子跳进水里，因为泳技不行怎么扑腾都会淹死的。

158

这样，她沉浸在愁绪的海底，
看见每一样东西都会争辩，
将所有的忧愁和自己对比；
只有她的情绪在不断更换，
一阵忧愁过去；一阵立即袭击。
　　有时她的忧愁哑然无言，
　　有时抓狂便唠叨个没完。

【散文体】就这样，她陷入了愁绪的深深的海底，看见每一样东西都会挑剔一番，把所有的愁绪都和自己的愁绪作对比；可只有她自己的情绪在更新，一阵忧愁过去，另一阵立刻接上。

有时她的忧愁不吭声，无话可讲；有时忧愁就抓狂，诉说起来喋喋绵长。

159

小鸟在晨曦里欢快地啁啾，
它们的好声音令她连连叫苦，
因为欢乐触及痛苦的根底；
悲魂由快活陪伴会遭杀戮；
愁绪在愁绪世界里最易冲淡。
　　真正的愁绪得到同类的安抚，
　　那时它才会感到安慰得舒服。

【散文体】小鸟在晨曦里欢快地唱歌，它们悦耳的曲子更让她有苦难诉，因为欢乐碰到了痛苦的根底；悲哀的灵魂在快活的陪伴下会被杀死；愁绪在愁绪的世界里才最容易被缓释。

真正的愁绪得到了同类的同情时，它才会感到彻底的满意。

160

眼见到岸了却淹死等于死两次；
渴望见到食物会感觉十倍饥饿；
看到药膏会觉得伤口更加疼痛；
大悲快要得到抚慰时悲痛最多；
深度悲苦如缓缓流水向前滚动，
　　它若受到阻拦，大水会漫过；
　　法律和界线都难容悲伤蹉跎。

【散文体】岸边就在眼前却淹死了，好比死了两次；一心想看见食物时会倍觉饥饿；看到药膏时伤口倍感疼痛；巨大悲痛就要得到安抚时悲痛最深；深度悲苦像缓缓流水向前滚动，

流水如果受到阻拦，大水会漫过堤坝；悲伤拖延下去连法律和界线都一筹莫展。

161

“取笑的鸟，”她说，“欢叫会掩埋
在你们蓬松的羽毛的胸脯里，
让我的耳边感觉清静和无声；
我心绪烦躁没有停歇没有休息；
悲苦的主人难容快乐的房客。
　　请给欢乐的耳朵唱响欢乐曲子，
　　苦难爱上沮丧，时间相伴泪水时。

【散文体】“笑话人的鸟儿啊，”她说，“让欢叫掩埋在你们那羽毛蓬松的胸脯里吧，让我的耳边感到一些清静和无声；我心烦意乱，不停息，不休眠；悲苦的主人难容欢乐的房客。

请把欢乐的曲子唱给欢乐的耳朵吧，时间相伴泪水时，苦难会喜欢沮丧的。

162

“来吧，夜莺，只会给施暴唱歌，
在我的乱发里筑起你的荒窝：
如同湿土让你的倦容得到滋润，
我会在你的每支哀歌上把泪落，
伴随深深的呻吟承受你的哀曲；
　　我似吟似唱揭露塔昆的罪恶。
　　你如泣如诉把特鲁斯[54]诉说。

【散文体】“来吧，夜莺，只会给施暴的行径唱歌助兴，在我的乱发里筑起你悲哀的树丛。好像湿漉漉的土给你的倦态浇灌泪水，我也会在你的每支哀歌上落泪，伴随深重的呻吟忍受你的哀曲；

我要用叠句把塔昆的罪恶揭露，而你用更高的口技把特鲁斯诉说。

163

“为使你的钻心痛苦保持清醒，
你有时会将身体往尖刺上顶，
为学你的样子，我也把心胸挺，
我眼睁睁对准一把尖刀往上冲；
只要眨眼工夫，我就会倒地毙命。
　　这些凶器，如同乐器的档子，
　　会调整心弦演奏真实的哀事。

【散文体】“你把胸膛对准尖刺时，是为了保持强烈的悲哀的清醒，可怜的我，学你的样子，也睁大眼，把心胸对准一把快刀使劲顶去；我，眨眼工夫，就会倒地身亡。

这些凶器，如同乐器的档子，会调整心弦，演奏真实的哀事。

164

“可怜的鸟，你白天不把歌儿唱，
是羞于看见那注视你的目光，
某块又黑又深的野地，离道路很远，
没有焦灼的暑热也没有寒霜，
就在那里；我们会放开喉咙对着
　　鸟兽唱起苦曲，把它们的种类改良：
　　世人既然是禽兽，让禽兽有副好心肠。”

【散文体】“还有，可怜的鸟，你在白天不唱歌，因为你羞于看见那端详你的目光，某块黑暗的纵深的荒地，离开大路很远，没有烤人的炎热，没有冰冻的寒冷，我们会找到那里；我们会放开喉咙对着

鸟兽唱起严厉的悲伤的曲子，改良它们的类别：因为世人表明不过是禽兽，那就让禽兽也怀有柔软的心肠吧。”

165

如同可怜的惊鹿站定呆看，
慌乱得不知从哪条路逃生，
又如人在迷津里左右为难，
不能立刻把出路分辨清明；
她就这样和自己过不去，
　　是生是死这二者孰重孰轻，
　　活着蒙羞耻，死了债务也难清。

【散文体】好像可怜的受惊的小鹿站着观望，惊慌失措，不知从哪条路逃脱，又像人误入歧途左右不是，不能马上把路认出；她就这样和自己搞哗变，

是生是死这二者哪个更可取，活着背负耻辱，死了又会欠下责任的债务。

166

“杀死自己吧，”她说，“那又会如何？
只会让肉体和可怜的灵魂同担罪过！
财产损半的人承受的隐痛更大，
乱世中财产丧尽的人倒更洒脱。
做母亲的试图做出残忍的决断：
　　两个婴儿不幸夭折了一个，
　　索性杀死另一个，都不养活。

【散文体】“把自己杀死吧，”她说，“唉，那又会怎样？只能让肉体和可怜的灵魂同担污名！财产损半的人比乱世中完全丧失财产的人要受更大的煎熬。做母亲的试图做出一个狠心的决断：

自己有两个婴儿，死神夺走一个，索性弄死另一个，落个干净利落。

167

“肉体和灵魂，哪个更珍贵？
一个本纯正，一个亦圣洁，
二者都属于天堂和科拉廷，
谁的爱对我自己更亲切？
哎，挺拔松树上剥下的树皮，
　　叶子会枯干，树汁会干瘪；
　　我的魂也这般，皮已被撕裂。

【散文体】“我的肉体和我的灵魂，哪个更珍贵，要知道一个很纯净，另一个很神圣？哪个的爱对我自己更亲近，两个本都是天堂和科拉廷的？唉，我呀！高高松树上剥下的树皮，

树的叶子会枯干、树汁会流失，我的灵魂就是这样，因为皮已经被剥下来了。

168

“她的屋子遭了劫，安静被扰乱，
她的大厦被敌人肆意摧毁，
她的神庙被玷辱、糟蹋、蛀烂，
让鲁莽难缠的臭名层层包围：
随后还不能说是不敬的行为，
　　如若我在这残旧堡垒把洞敲碎，
　　那能让我受难的灵魂穿出洞隧。

【散文体】“她的屋子遭受了劫难，她的宁静已被扰乱，她的大厦被敌人捣毁，她的神庙被玷辱，被劫掠，被拆毁，让鲁莽颟顸的臭名层层包围：然后还不能说是不敬的行为，

如果我在这残破的堡垒里把洞口凿出，那可以让我受难的灵魂穿越而出。

169

“可是我寻死也要让科拉廷
知道我不幸寻死的真正缘由；
那样他会发誓，在我受难的时刻，
对那让我丧命的人一定报仇。
我要把我的污血回赠塔昆，
　　他污染的血应该让他看清，
　　我在遗嘱里记下他的恶行。

【散文体】“可是我就是死了，也一定要让科拉廷知道我不幸早死的真实原因，好让他在我死去的那个时刻对天发誓，向那造成我短命的人报仇雪恨。我要把我被玷污的血返回给塔昆，

他污染的血让他处理得当，因为他亏欠我的，应该写进我的遗书里。

170

“我要把我的贞名赠给那把刀，
让它刺进我这如此失节的身躯。
这是剥夺失节的生命的名誉；
一个活着，另一个应该死去，
这样的贞名会在污灰里哺育，
　　我死我要让羞辱的讽刺一起死，
　　耻辱既死，我的贞名就是新生的。

【散文体】“我要把我的贞名交给这把利刀，让它深深刺进我这如此失节的肉体。这就是剥夺失节的生命的名誉；一个活着，另一个应该死去，这样的贞名会在耻辱的灰烬里得到哺育，

我死了也要让耻辱的讽刺跟我一起死掉，我的耻辱这样死去了，我的贞名才会新生。

171

“亲爱的主公，我的贞节已失去
我应该赠给你什么样的遗产？
我的决定，亲夫，是让你有面子，
照我的榜样你能报仇申冤。
怎么对付塔昆，好好把我阅读：
　　我自己，你的朋友，会自杀，你的仇冤，
　　为我的缘故，你也要讨伐可恶的塔昆。

【散文体】“我失去珍宝的亲爱的老爷，我将会留给你什么遗产呢？我的决定，亲爱的，将会还你的面子，照我的样子你一定要把仇报。如何处置塔昆这个人，我就是样子：

我自己，你的朋友，会把自己杀死，你的敌人，为我的缘故，你也要向奸邪的塔昆这样报仇雪恨。

172

“我的[55]遗嘱简单地交代一遍：
我的灵与肉会上天堂入地道，
我的决定，良人，你定要照办；
我的名誉要归那把刺我的刀，
我的羞耻应由坏我名誉的人承担；
　　把我身后的一切名誉都分交
　　那活着的人，别认为我不好。

【散文体】这里是我遗嘱的扼要交代：我的灵魂会进天堂，我的肉体要地下掩埋，我的决定，我的夫，你要照办；我的名节要归于那把刺杀我的刀，我的耻辱应该由坏我名誉的人承担；

我所有活着的名声都要分发给那些活着而且认为我没有丢人的人们。

173

“科拉廷，你要审查这份遗言；
我是如何受辱的你定要明察！
我的血会洗涤对我过错的诽谤；
我命中的丑行，我好死会把它冲刷。
别软弱，柔弱的心，该说‘这样就好’。
　　顺从我的心；我的手把你刺杀，
　　你死，二者都死，两个都是赢家。”

【散文体】“科拉廷，你要好好看看我的遗言；我是如何被欺骗你一定要弄清楚！我的血会洗掉对我过错的诽谤；我命中的丑行，我生命的美好结束会把它冲洗。别软弱，软弱的心，应该勇敢地说‘这样很好’。

顺从我的心；我的手会把你征服，你死了，两个人都死了，两个人都是胜利者。”

174

她把寻死之策悲切地想好，
从她的亮眼把咸泪珠抹掉，
她用跑调的舌头干涩地叫侍女，
侍女喏喏应声忙把女主人找；
展翅疾飞的责任随思想羽毛翻飞。
　　侍女看见卢克丽丝脸色很不好，
　　如太阳化雪后露出冬日的干草[56]。

【散文体】她悲情地把这寻思的法子前思后想，把明亮的眼睛上的咸咸的泪滴擦掉，她用发硬的舌头干巴巴地把侍女喊来，侍女应声急忙把女主人寻找；翅膀飘飞的责任随着思想羽毛翻飞[57]。

侍女看见卢克丽丝的脸色好像冬天的太阳化掉积雪露出的草地。

175

侍女庄重地向女主人问早安，
柔和的舌头，真心轻声问好，
从女主人脸上看出一片忧愁，
瞧她脸色比忧愁的黑衣还糟糕；
但是没敢冒昧打问什么缘由，
　　为什么那两个太阳让云映罩，
　　为什么她的两颊让苦汁浸泡？

【散文体】她庄重地向女主人问声早安，柔和的舌头，轻声地真心地问好，从女主人的脸上看出一片忧愁，因她的脸色比忧愁的黑衣颜色还难看；但是她没有贸然打探什么原因：

为什么她那两个太阳般的眼睛阴云多多，为什么她俏丽的脸颊布满苦涩。

176

如大地在哭泣，太阳在西落，
每朵花儿潮湿如蓄泪的眼睛；
这侍女泪水涌起把两眼泡湿，
她睁圆的眼睛，满含着同情
看着女主人天庭那美丽的眼睛，
　　浸泡在咸海里淹灭了光明；
　　惹得侍女啼哭如夜露陡生。

【散文体】好像大地在哭泣，太阳在缓缓西下，每一朵花儿都湿漉漉的如含泪的眼睛；这侍女泪水潸然把两眼打湿，她大睁眼睛，饱含着同情向女主人天庭上那两只美丽的眼睛看去，

只见它们泡在咸海里没有了光芒；这让侍女哭得像夜里的露水满地。

177

一对俏丽人站了好一会儿，
如同象牙管给珊瑚瓮灌水：
一个哭冤屈，另一个泪涟涟，
而缘由，只是做伴，自顾垂泪：
她们生为女人一贯多愁善感；
　　想着别人遭受苦难心下生悲，
　　随即她们潸然泪下把心伤碎。

【散文体】两个俏丽的女人站了好一会儿，好像象牙导管为珊瑚水瓮里灌水：一个为冤枉哭泣，另一个诉苦却没有什么道理，只是作陪，却不断泪水：她们生为女人经常把泪垂；

想着别人的悲苦自己也难过，随后竟然潸然泪下，伤心欲碎。

178

男人心如石头，女人心如蜡，
因此她们被石头意志改变模样。
弱者被压制，这异类的压制
让她们变形，依靠力量，欺骗，伎俩；
所以不能说她们是过错的祸首，
　　恰似软蜡上刻上了魔鬼形象，
　　不能因此说这软蜡变坏形状。

【散文体】男人的心如石头，女人的心像软蜡。因此，女人会被石头般的意志改造；女人受压制，各种奇怪的类型的形成，是靠力量、欺骗、技巧把她们改造；因此不能说她们就是过错的祸首，

这好比软蜡上雕刻了魔兽的样子，不能说是蜡烛变成了魔兽。

179

她们平滑，如一马平川的原野，
把所有爬行的小虫暴露无遗；
男人，如在枝杈交错的树林里，
身上还有暗处睡眠的穴居邪气：
透过水晶墙壁可以窥见小爬虫。
　　男人能用粗粝相貌把罪孽遮蔽，
　　苦女人的脸却是自己过错的笔记[58]。

【散文体】她们光洁平滑，好像一马平川的平原，把所有爬行的小虫子都暴露出来；男人，好比藏身于盘根错节的小树林里，身上保留了暗处睡眠的穴居邪恶：透过水晶墙壁，能看见小爬虫。

男人可用粗犷的相貌把罪过掩盖，可怜的女人脸上都是她们自己过错的记录。

180

没有人会痛骂枯萎的花朵，
只会怒斥严冬把花朵摧残。
受害者无过，过错在肇事者，
哦，快别抓着可怜的女人摧残，
她们是受男人欺侮才露出缺陷。
　　那些骄横的财主才该清算，
　　让弱女子做租户枉担罪愆。

【散文体】没有人会责骂枯萎的花朵，只会怒斥寒冬把花儿摧残。不是被吞噬的一方，而是大口吞噬的一方，应该受到指责。哦，快别揪住可怜的女人的过错追究，因她们完全是

让男人祸害的，那些骄横的老爷罪责难脱，让弱女子做租户枉担罪过。

181

卢克丽丝的遭遇是个先例，
深夜遭到强暴只因环境太坏，
当场会死亡，还落可耻的名声，
她的死，会让她的丈夫委屈担待。
如若反抗就会面临这样的危险：
　　垂死的恐惧传遍了整个身子，
　　谁不会对一具尸体横加指责？

【散文体】先例在卢克丽丝身上能看到，黑夜被强暴，环境凶险到了当场就死的地步，她虽死却还有耻辱紧随其后，她的死只会让她的丈夫饱受冤枉：如若反抗就面临这样的险情：

将死的恐惧传遍了整个身子，有谁不会对一具遗体说三道四？

182

这时，温和的忍耐的卢克丽丝，
对受她传染而泣的可怜侍女说：
“我的姑娘，”她说，“你哭为何事？
看你的两颊泪珠如雨滴下落。
你若为我这般处境不停哭泣，
　　要知道，好姑娘，对我的情绪没效果，
　　泪水要是管用，我自己的泪流得更多。

【散文体】这时，卢克丽丝表现得温和而有耐性，面对学她的样子痛哭的可怜侍女，她说：“我的姑娘，你为什么这样痛哭流涕呢？瞧你两颊都泪如雨下了。如果你是为我的忧伤处境哭泣，

好姑娘，你要知道对我的情绪是不管用的：如果泪水能管用，我自己的泪水就足够了。

183

“跟我说，姑娘。”话到此她停下，
深深叹一声——“塔昆何时走的？”
“夫人，我起床前，”侍女回答道，
“我怠懈疏忽更该担些不是；
只是这过错我还有些缘由：
　　我起床时天色还没有晨曦，
　　等我穿戴上，塔昆已早离去。

【散文体】“不过，告诉我，姑娘。”问到这里她停下，深深叹息一声，又道，“塔昆什么时候走的？”“夫人，在我起床前，”侍女答道，“我慵懒疏忽，更应该受到指责；不过这过错还不完全因为我：

我起床时天色还没有大亮，等我起来时，塔昆已经走了。

184

“可夫人，您的侍女要是胆壮，
她应该把你的沉重心事问到。”
“安静！”卢克丽丝说，“即使讲了，
这种重复也不能减轻煎熬。
因为这苦楚我也不能尽述；
　　那种深重的折磨如地狱走一遭，
　　感受得越深刻越没力量交代好。

【散文体】“不过，夫人，你的侍女要是真够胆大，她应该把你的沉重心事问清楚。”“快别问了！”卢克丽丝说，“就是讲出来了，这样重复一遍也不能减轻痛苦；因为说得再多，我还是讲不清楚。

那种深重的折磨真好比下地狱，感受越深刻越没有力量说出来。

185

“快去，为我拿来纸，墨和笔；
不过你别去拿，我这里都不少。
我该讲些什么？我丈夫的一个仆人，
你要他准备上路，还有，还要捎
一封信给我的爷，我的爱，我亲爱的。
　　吩咐他准备带上信一路快跑；
　　事情很紧迫，我这就把信写好。”

【散文体】“去吧，为我拿来纸、墨水和笔；不过你别跑一趟了，我这里什么都有。我应该说些什么呢？去叫我丈夫的一个仆人，你要他赶快准备上路，还有，捎上我的一封信送给我家老爷，我的爱人，我那亲爱的。

吩咐仆人带上信一路赶去；事情很紧急，我这就赶紧把信写好。”

186

侍女离去后，她就着手写信，
起先只是在纸上悬着羽毛笔；
思绪和痛苦在剧烈地打架；
才思敲定一句却被意志抹去；
这句话太矫揉，那句话也不好：
　　恰似人们堵在门前硬往里拥挤，
　　她心里很乱，前面像有千言万语。

【散文体】侍女离开后，她准备写信，开始却只是把手中的羽毛笔悬在信纸上；思绪和痛苦在剧烈地斗争；费心写出一句，意志却立即打消；这句话太矫情，而这句话愚钝还很病态；

真好像人们在门前争先恐后地往里闯，她的思绪乱作一团，千言万语都向前涌去。

187

她最终写下开头：“尊贵的夫君，
卑贱的妻子去信先问候你，
身体安康！其次望你慷慨应允——
如若，亲爱的，想见你的卢克丽丝——
速速赶回家来见我一面。
　　因为，我从家里悲伤地向你致意：
　　我悲痛满怀，尽管我只交代几句。”

【散文体】她终于开始写道：“尊贵的夫君，卑贱的妻子今日去信，先问候你身体安好！再有是希望你慷慨答应——如果，亲爱的，你想见到你的卢克丽丝的话——速速赶回家中见我一面。

因此，我从家里忧愤地发出此意：我的悲苦很难受，尽管我的话写得很简单。”

188

她把满纸的愁绪折叠起来，
她确定的愁绪写得不确定。
科拉廷凭这短信应该明白
她的悲伤，不过不知道究竟：
她不便贸然把事情说清楚，
　　生怕他猜测她有越轨行径，
　　她要先用血把她的污点洗清。

【散文体】她把她诉苦的通告信折叠起来，她确定的忧愁却写得不太明确。科拉廷看了这封短信，应该明白她的忧伤，却不会知道真正的缘由：她还不敢把底儿全都抖搂出来，

担心他认定是她自己行为不端，她要先用她的血洗清她的被玷污的理由。

189

再说，不如把生命和情绪的感触
她先藏起，等他在身边时再说，
那时叹息呻吟泪水表达得庄重，
可以把她的耻辱清除得更利落，
免得世人对她的怀疑向她压来。
　　为清除这污点，她不能把信写多，
　　少用话语，用行动也许更有效果。

【散文体】另外，还是把生命和情感的感触先积聚起来，等他在身边聆听时再全部说出来，那时的叹息、呻吟和泪水更有说服力，可以把她的污点清除得更干净，不让她枉担的怀疑让世人夸大。

为清除这个污点，她不能把信写得很乱，少用话语，多用行动也许更可取。

190

眼见惨状远比听来的更动人，
因为眼睛总是会把耳朵干扰
把看见的重大活动传给耳朵，
各个器官只承担部分苦恼。
我们听到的忧愁只是一部分：
　　深沉的海啸不敌浅滩的吵闹，
　　因话语的风吹得紧，愁绪退潮。

【散文体】眼睛看见的情景比听到的更动人，因为眼睛会把耳朵来干扰，把看见的重大活动都转达给耳朵听，各个部分只承担各部分的苦恼，因此我们听到的忧愁只是一部分：

深沉的响声要比肤浅的吵闹更少噪音，忧愁退潮，是话语的风在吹。

191

她把信封好在封面写道：
“速往阿迪亚，面交我的亲夫。”
信差垂立一旁，她把信交上，
告诉严肃的仆人速速赶路，
如同落伍飞雁赶在北风前。
　　快上加快她认为还是迟缓，
　　极端事情才引发这种极端。

【散文体】她的信这时封好了，在上面又写上：“十万火急，赶往阿迪亚，面交我的主公。”邮差一旁恭候，她把信交给他，吩咐一脸严肃的仆人日夜兼程，好像落伍的大雁要赶在北风到来之前。

快速再提速她还嫌延误和缓慢；极端的心情促成了这样极端的行为。

192

朴实的仆人向她深深把礼行；
可是，定睛看她时，她脸上一片红，
伸手接过信没说成还是不成，
带着一脸的清白连忙把身动。
但是心中愧疚的人表现大不同，
总以为每一个眼神都看出了漏洞，
卢克丽丝以为他看出耻辱才脸红。

【散文体】质朴的仆人向她鞠躬告辞，可是，定睛看了她一眼，她一下子红了脸，他伸手接过信没有应承行还是不行，一脸无辜地连忙出发上路了。但是心中有事的人

总以为每只眼睛都表露着责怪；因为卢克丽丝以为他看出她的过失才红了脸。

193

憨仆人哪！天知道，只是缺少
精神，活力，生气和明显的颟顸。
这样无害的人才怀有真实的尊敬，
用行动来说话，而另一种人活泛，
嘴上比行动快，做事却懒懒散散。
就是这样一个过去时代的翻版，
士卒般诚实相貌，不用语言挑战。

【散文体】憨憨的仆人！老天知道，只是少了些精神气儿、活力和敢说敢做的劲头。这样无害的人才会心怀真正的尊敬，用行动说话，而另一种人表现机灵，嘴上比行动快，做事却得过且过。

就是这样一个过去时代的翻版人物，士卒般诚实的相貌，不用语言作保证。

194

他内向的责任感让她生疑，
两片红晕在两边脸颊燃烧；
以为他脸红，是知道塔昆施淫，
随后，因他而红脸，盯着他瞧；
她急切的眼神又使他更惊诧。
　　她愈见他脸上的血色加深，
　　她愈信他看出了她的污点。

【散文体】他心怀责任不多言，这让她生疑，两堆红红的火在两边脸颊上燃烧；她以为他脸红，是知道了塔昆的淫欲得逞，随后因为他而红了脸，盯着他一直打量；她焦虑的眼神让他更加感到惊讶：

她越看见他脸上的血色增多，她越相信他看出了她的过错。

195

她心想他需要很久才能回家，
而这尽职的仆人才刚刚上道。
这无聊的时光真是难打发，
因现在叹息哭泣呻吟是老一套。
悲痛消耗悲痛，叹息累坏叹息，
　　她于是把哀怨暂且放下，
　　缓口气另寻泄愁的方法。

【散文体】她想他很久才能返回来，可这尽职的奴仆不过刚刚离去。这无聊的时间真是难打发，因为现在叹息、哭泣、呻吟，不过是老调重弹；悲痛把悲痛消耗，叹息累坏了叹息，

她因此把一肚子哀怨暂且放开，停下来另找一个消愁的方法。

196

她终于想到有一幅画儿悬挂着，
画技非凡，是普利安[59]的特洛伊，
特洛伊城前画了希腊的军队，
因海伦被强奸来把这城围袭，
威胁高巍的伊利昂感到懊恼；
　　胸有笔墨的画家把画画得很得意，
　　好像苍天，它似乎，能吻着那城池。

【散文体】她最后想到哪里挂了一幅画儿，画面精彩，画上是普利安的特洛伊，只见城前驻满了希腊人的军队，因为海伦被强奸来讨伐这城池，把城墙高耸的伊利昂威胁得十分懊恼；

构思巧妙的画家把画儿画得气势不凡，好像老天，它似乎，都能亲吻到那城楼。

197

画中有千百个悲哀的形象，
讥诮造化，艺术赋予无命之命。
许多干点看去好像哭泣的泪，
为妻的因丈夫被戮泪水晶莹。
红血冒热气，显示画家的笔力，
　　垂死的眼睛露出如灰的光明，
　　如垂死的炭火在闷夜里燃尽。

【散文体】画面上有千百个悲哀的形象，艺术对造化不恭，画出没有生命的生命。许多干画点看上去好像哭泣的眼泪，是妻子为遇害的丈夫在流泪。殷红的血冒着热气，显示了画家的下笔如神，

垂死的眼睛闪着灰烬般的光，好像快要熄灭的炭火在烦闷的夜里或明或暗。

198

画中还看到劳作的工兵，
汗流满面，身上布满了灰尘，
从特洛伊城楼的射箭孔，
能看到士兵的清晰的眼神，
正在无精打采地注视希腊人。
　　这画作竟然这般传神逼真，
　　你能从老远的眼睛看出悲情。

【散文体】画中还看到劳作的工兵，他们汗流满面，灰尘满身，从特洛伊城头的射箭孔，能看见士兵逼真的眼睛，正在呆呆地注视希腊人。

这幅画儿具有如此清晰的表达力，你能从那些很远的眼睛看出来悲观的神情。

199

从几位威风凛凛的大将领那里，
你可以看到，他们脸上得意忘形；
年轻人，举止敏捷且反应灵敏；
画家还这里一下那里一下添增
脸色苍白的懦夫，脚步蹀躞地行军，
　　这些无情的村夫画得栩栩如生，
　　谁见了都会说眼见他们抖得发疯。

【散文体】从那些身姿洒脱、威严森森的大将领身上，你可以看到，他们一脸不可一世的表情；青年们，举止轻灵，反应迅速；画家还这里一处那里一处添加了脸色煞白的懦夫，他们走路的脚步都在瑟瑟发抖，

这些表情茫然的村夫画得活灵活现，谁看见了都会说亲眼看见他们颤抖如筛糠。

200

阿贾克斯[60]和尤利西斯[61]，哦，艺术
把面相表现得多么活灵活现！
两张脸都把各自的心灵反映，
他们的脸又把举止如实彰显：
阿贾克斯眼睛翻动出怒气和活力，
　　而狡猾的尤利西斯那柔和的一眼，
　　把深度注视和微笑克制一一呈现。

【散文体】阿贾克斯和尤利西斯，哦，你会看见什么样的脸部表现的高超技艺！他们两个的脸都被各自的心灵所左右，他们的脸则把各自的举动如实地交代清楚：阿贾克斯的眼睛翻动出怒气和活力，

而狡猾的尤利西斯只温和地一瞥，便把深度的注视和微笑的克制充分展示。

201

你可见严肃的内斯特[62]站着把话讲，
仿佛是在鼓励希腊人去打仗；
一展手做出一个清醒的动作，
吸引来注意力，迷住众人目光。
讲话中，似乎，他的胡须，如银霜，
　　或上或下在舞动，从那双唇中央
　　飞出微微气息，袅袅向天空飘扬。

【散文体】你可以看见一脸严肃的内斯特站着说话，仿佛是在鼓动希腊人去打仗；一伸手做出一个清醒的动作，引来了大家的注意力，迷住了众人的目光。讲话中，似乎，他的胡须，雪白如银霜，

上上下下地摆动，从两唇间飞出微微的气息，袅袅地向天空升去。

202

他周围是一群张口的脸盘，
看去像要把他的声音鲸吞，
只是在聆听，但是姿势各异，
仿佛鲛人唱歌令他们耳朵入神；
有的高，有的矮，画家功夫了得；
　　还有许多头脸，几乎掩藏很深，
　　好像在往高跳，来把心情欺骗。

【散文体】他周遭是一组张口结舌的面孔，看上去仿佛要把他的声音吞下，他们都在聆听，但是姿势各不相同，仿佛美人鱼把他们的耳朵迷住了；有的高，有的矮，画家功夫是如此传神：

还有许多头脸，几乎相掩得难以辨认，好像都在往高蹿，把心情来调节。

203

这人的手倚在那人的头上，
邻人的耳朵把他的鼻子遮掩；
有人在人群里挤，愁眉苦脸相，
有人感到窒息似乎在打人骂人。
大家都愤怒得怒不可遏的模样，
　　若不是怕听不清内斯特良言，
　　看样子会怒剑相向拼死争辩。

【散文体】一个人的手压在另一个人的头上，一个人的鼻子被邻人的耳朵遮住；有人在人群里挤得难受，脸红脖子粗，有人难以喘息似乎在打人骂人。大家都怒气满腔，一个个怒气冲冲的样子，

要是不怕听不清内斯特的精彩讲演，看样子大家会拔剑相向，争个你死我活。

204

画中的想象之笔多不可数，
构思奇妙，那么紧凑，那么有致，
阿基里斯[63]的形象用竖矛代替，
紧紧握在带甲的手中，他自己
隐在后面不露面，露出心智的眼；
　　一手一脚一脸一腿一头留画纸，
　　却把一个大整人留给了想象力。

【散文体】画面上的让人想象的妙处多不可数，构思巧妙，那么紧凑，那么得体，阿基里斯的形象只用一根竖立的长矛代替，紧紧地握在带甲的手中，他本人隐藏在后面难以窥视，任凭智慧之眼去审视；

一只手、一只脚、一张脸、一条腿、一个脑袋，却把一个完整人留给想象力去完成。

205

被围困的特洛伊城墙的另一边，
她们的奢望，赫克托[64]走向战场，
特洛伊母亲们站一旁，怀着喜悦，
望着年轻的儿子挥舞闪闪的刀枪；
如此奇特的行动只为她们的希望，
　　透过她们轻松的喜悦似乎难藏，
　　如玷污的好东西，一种沉重的恐慌。

【散文体】在被围困的特洛伊城墙的另一边，母亲们勇敢的希望，英勇的赫克托，在奔赴战场，众多母亲站立一旁，心怀喜悦，望着年轻的儿子们舞动闪亮的刀枪；这样少见的举动只是为了她们的希望，

可透过她们轻松的喜悦，好像表露出一种深重的恐慌，好比明亮的物件被弄脏。

206

从达丹[65]沙场，他们打仗的地方，
通红的热血流向西摩伊斯河，
河中的波涛似乎在学人打仗，
汹涌的湍流；它们的河岸险恶，
开始冲击破损的岸边，而随后，
　　节节后退，直至，遭遇更汹涌的大波，
　　一起冲向西摩伊斯河傲慢的角落。

【散文体】从达丹沙场，他们打仗的地方，通红的热血流向西摩伊斯河，河中的波浪看样子在学人打仗，暴涨的浪头；它们的河岸开始决堤，冲向破损的河岸，

而后又倒退，直到，遇到更汹涌的大浪，一起冲向西摩伊斯河的高傲的河床。

207

卢克丽丝走向这幅精妙的画作，
从中寻找一张满是悲情的脸。
上面有痛苦的脸她发现许多，
但没有一张脸上满是愁与难，
直至她看见赫卡柏[66]不同一般，
　　正两眼注视普利安[67]的伤斑，
　　在皮赫斯[68]大脚下热血淌完。

【散文体】卢克丽丝走近了这幅画工精当的画作，从中寻找一张悲情的脸，她发现面露痛苦的脸有的是，但是没有一张脸既有痛苦又有忧伤，直到她发现了赫卡柏不同一般的脸，

两眼注视着普利安的伤口，在皮赫斯的大脚下热血外流。

208

画家把赫卡柏描绘得很到位，
时间破坏，美色不再，姿色凋零。
她的面颊生出了皱纹和老皮；
她昔日的风采已经残影仅剩，
蓝色的脉管已经变成乌青色，
　　脉管依赖的泉水已经耗净，
　　将生命在一具僵尸里囚禁。

【散文体】画家把赫卡柏描画得很传神，时间的腐蚀，美色破坏，姿色凋残。她的面颊出现了皱纹和老皮；她已是明日黄花，徐娘半老，蓝色的脉管已经变得乌青，

那些萎缩的血管依赖的清泉已经耗干，表明生命已囚禁在一具僵尸里。

209

卢克丽丝望着这苦女人的身影，
深深地同情这老妪的苦患，
对她做出回应的只有哭泣，
还有向她的敌人送出的恶言。
画家不是神，不能给她那些。
　　卢克丽丝因此说他让她含冤，
　　让她吃很多苦却无舌头抱怨。

【散文体】卢克丽丝望着这个悲哀的女人的身影，对这个老太婆的苦楚深表同情，对她没有别的只有哭泣，还有对她的敌人的咒骂。画家不是神灵，不能给她这些东西。

卢克丽丝因此抱怨画家让她饱受冤枉，让她吃这么多苦却不给她一条舌头诉说。

210

“可怜的工具，”她说，“你没把话讲，
我用苦涩的舌头为你倾诉悲伤，
把香膏滴在普利安的画伤上，
咒骂皮赫斯让他吃尽冤枉。
用泪浇灭特洛伊长久的燃烧。
　　用刀把那些生气的眼睛刮光，
　　因所有希腊人都是你们的敌方。

【散文体】“可怜的工具，”她说，“你一言不发，我用苦涩的舌头来为你诉诉悲苦吧，并且把香膏滴在普利安的画伤上，又咒骂皮赫斯让他受了冤枉。用泪水浇灭特洛伊燃烧这么长久的火焰；

用我的小刀把所有那些怒气冲冲的眼睛刮掉，因为所有希腊人都是你们的敌人。

211

“让我看看那惹起祸患的妖婆[69]，
好用我的指甲抓破她的美貌。
淫欲的头领，淫荡帕里斯[70]，他惹起
众怒让特洛伊城惨遭大火烧；
你的眼神点燃烧掉这里的大火，
　　这特洛伊城里，因你的眼睛勾人，
　　父亲，儿子，母亲与女儿都丧魂。

【散文体】“让我看看那个招惹祸端的娼妇，我好用指甲抓破她的美貌。淫欲的头领，淫荡的帕里斯，他引发了众怒，结果让特洛伊城被大火焚烧；你的眼神点燃了大火，把这里烧掉，

这特洛伊城里，因为你的眼睛惹是生非，那父亲、那儿子、那母亲和女儿，统统都丧命了。

212

“为什么一个人私下寻欢作乐
竟成为那么多人承受的天罚？
让那罪孽，单独犯下，只对准
他那招来这场大乱的坏脑瓜；
让那些清白的灵魂别遭受罪过。
　　一个人冒犯为什么让众人倒下？
　　为什么把私人的过失摊给大家？

【散文体】“为什么一个人私下的快活成了许多人公开的惩罚？让那桩罪过，因是他单独犯下，只落在他那招惹是非的脑袋上；那些清白的灵魂别因此遭受祸殃。

一个人的冒犯为什么让大家受惩罚？为什么把私人的过错分摊给大家？

213

“看，赫卡柏在哀泣，普利安殁了，
好汉赫克托倒下，特洛伊罗斯[71]死亡，
朋友挨着朋友红血流淌中丧命，
朋友对着朋友莫名地送上创伤，
一个人的淫欲让众人为此送命。
　　普利安如果阻止儿子的欲望，
　　特洛伊只有好名声没有祸殃。”

【散文体】“看吧，赫卡柏在哭泣，普利安死了，好汉赫克托倒下，特洛伊罗斯毙命，朋友挨着朋友在血流中死去，朋友对着朋友挥舞刀枪砍伤对方，一个人的淫欲为什么让这么多人搭上性命：

普利安如果阻止儿子的欲望，特洛伊城会一直威名在外，没有战火来犯。”

214

她为特洛伊画上的祸患悲泣，
因为愁绪，如同悬挂的沉钟，
一旦敲响，便深沉地隆隆鸣响，
随后微振的响声把哀声远送。
卢克丽丝，提起神，这样讲述衷肠，
　　对着画中的忧伤和色彩的悲痛，
　　她先送它们话语，后借它们的愁容。

【散文体】她为特洛伊城画中的祸患悲痛地哭泣，因为愁绪，好像悬挂的沉重的钟，一旦敲响，就会隆隆地不断鸣响，后来微弱的振动的响声把哀声向远处发送。卢克丽丝，就这打起精神，把衷肠一一道来，

对着画中的忧伤和色彩的悲痛，她送给它们话语，然后借来它们的愁容。

215

她翻动两眼在画上四下细看，
看见谁绝望她就为谁悲戚。
最后她见一个受难者被拴住，
如弗里吉亚[72]牧人可怜兮兮：
他的面，充满忧患，却含着满意，
　　他同村夫们走向特洛伊，
　　那种坦然让神都望尘莫及。

【散文体】她转动眼睛把画面四下细看，看见谁绝望她就为谁悲叹。最后，她看见一个受难者被拴住，好像弗里吉亚牧人面露悲戚的神情：他的脸，满是忧虑，却含着满意，

他和那些粗朴的村夫走向特洛伊城，那么温和，连耐心之神都似乎讥讽他的悲哀。

216

画家在他身上利用技巧描绘
隐藏的心机，只表现无害的表面，
胆怯步子，平静神色，眼睛恸哭，
眉头松弛，似乎要去迎接苦患；
脸颊不红不白，却又红白相间，
　　脸红不像把犯罪的隐情表现，
　　脸白不像奸诈的心怀有的危险。

【散文体】画家在他身上利用技巧描绘隐藏的用心，只画出无害的表面、怯怯的步子、平静的神色、恸哭的眼睛；眉头松弛，似乎要迎接苦恼；脸颊不红不白，混杂得难分，

因此脸红得没有犯罪的隐情，脸白得又不像狡诈的心会有的鬼胎。

217

可是，像屡屡作恶的惯犯撒旦，
他表露出光明磊落的一面，
却把秘密的罪孽深藏不露，
连嫉妒本身都无法不相信
奸邪潜伏的狡猾与假誓行为
　　也会让黑色暴风取代朗日晴天，
　　或用地狱般的罪尤涂抹圣徒容颜。

【散文体】可是，如同一贯的屡犯的恶魔，他总是表露出公正的一面，而把秘密罪孽深深地包藏起来，连嫉妒本身都无法不相信奸邪潜在的狡猾行径，连假誓

都能让黑色暴风取代晴天朗日，或者用地狱诞生的罪孽涂抹圣徒的面子。

218

高明的画家画出这幅好肖像，
发假誓的西农[73]，他迷人的传说
后来让容易受骗的普利安送命；
他的话语如野火让伊利昂[74]闪烁
雄伟的建筑焚烧，苍天深为遗憾，
　　而且小星从它们固定地掉落，
　　因为用来照脸的镜子掉落了。

【散文体】技艺高超的画家为发假誓的西农画出了这种温和的形象，他迷惑人的传说后来把轻信的普利安断送；他的话语像野火把修建讲究的伊利昂城的辉煌毁于一旦，连苍天都因此深感遗憾。

众多小星也因此从它们悬挂的地方脱落，因为它们照脸的镜子坠落了。

219

她注视着这幅图画思忖良久，
对画家的高超技巧产生微词，
说，西农的一些形体画得不对，
如此好样子不会有太恶的心事；
她仍然注视着他；看了又看，
　　发现他坦率的脸上藏着真实，
　　她因此断定画中有虚假伏笔。

【散文体】她满腹心事地仔细端详这幅图画，对画家的巧夺天工产生怨言，说：西农的一些形体画得走了样，这样的好貌相不会有太邪恶的心；她一直注视着他；看了又看，

发现他坦率的脸上隐藏着真实，因此她下结论说这画儿有虚假的东西。

220

“不能的，”她说，“这么画人也太阴损”——
她本想说：“如此相貌会隐藏东西”，
可是塔昆的样子在脑海里出现；
她的舌头便不再说什么能不能的，
到底没有把“不能的”痛快说出口，
　　连忙把话改成“我看来是不能的，
　　可这样一张脸真会隐藏龌龊心计。

【散文体】“不能够吧，”她说道，“那样描画的人物心计太过分”——她本来要说“这样一种长相是会隐藏东西的”；可是塔昆的样子在脑中浮现，她的舌头忙把“能隐藏”改成了“不能够”，

赶紧改口说“我看来是不能够，可是这样一张脸还真的会隐藏邪恶的心计。

221

"这画也能表现如此阴险的西农，
看上去是那么持重，疲乏，温和，
仿佛因为忧伤或痛苦他昏倒了，
塔昆一身盔甲来找我，伪装得那么
外表诚实，可一肚子坏水早在
　　内心深处窝藏：如同普利安那么好客，
　　我也善待塔昆；我的特洛伊因此惹祸。

【散文体】"因为一张画儿都能描绘出如此阴险的西农，他看上去是那么凝重、疲劳和温和，仿佛他因为忧伤或痛苦昏倒了，塔昆一身盔甲来找我，表面伪装得那么诚实，但是满腹祸心早

在内心深处隐藏：如同普利安那么热情好客，我也善待塔昆；我的特洛伊城因此坠落。

222

"看，普利安如何听得两眼流泪，
看看西农流出了那些借来的泪花，
普利安，为什么你老了却不智慧？
他流的每滴泪都让特洛伊血洒，
他的眼睛滴火，流下的不是泪水；
　　他那清冷的圆泪珠，让你把慈悲发，
　　那些是难灭的火把你的城池烧塌。

【散文体】"看哪，快看，普利安听得如何两眼流泪，看看西农流出了那些借来的假泪；普利安啊，为什么你老了却没有智慧？他流的每滴泪都让特洛伊城喋血，

他那晶莹的圆圆的泪珠，虽让你心生怜悯，可都是些扑不灭的烧毁特洛伊城的大火。

223

“魔鬼从黑色地狱里偷窃妖法，
西农身在大火中却又冷又冻，
熊熊燃烧的烈火藏于冰冻；
水火本不容这下却水火交融，
却只奉承傻子让他们胆子壮大：
　　阴鸷的西农用泪让普利安信赖，
　　他找到手段用水把特洛伊烧坏。”[75]

【散文体】“魔鬼们把妖法从黢黑的地狱偷了出来，西农在大火中却冷得发抖，燃烧的大火隐藏在冷冻里；水火不相容的两种东西却彼此相拥，不过是讨好傻子让他们壮起胆子：

于是，心怀叵测的西农用眼泪讨得普利安的相信，他因此找到用水的手段焚烧特洛伊城。”[76]

224

这时，一腔怒火，激情如此袭来，
卢克丽丝胸中的耐性全然消散，
她用指甲把没感觉的西农撕碎，
将他与那晦气的客人比较一番，
他的恶行使她对自己低看：
　　她苦笑着最终放弃这种蛮干：
　　“傻瓜，”她说，“他的伤口哪能抓烂。”

【散文体】这时，怒火满腔，情绪来得那么凶，卢克丽丝心里的耐性一下子失去了，她用指甲把没有感觉的西农抓挠，把他和那个不幸的客人比较一番，他的恶行倒让她对自己小看：

她苦笑一下，最后放弃了这种蛮干：“傻瓜呀傻瓜，”她说，“他的伤口哪能抓疼。”

225

她的愁绪如潮涌起又落下，
她不停地哀诉让时间疲劳。
她盼来黑夜，又向往明天，
她又嫌二者缠住她没完没了：
愁绪煎熬中瞬间也好像太长：
　　悲苦虽然沉重，却很难睡着觉，
　　守更的人会觉得时间那么难熬。

【散文体】她的愁绪好像海潮涌来又落下，她一直抱怨，把时间都弄疲劳了。她盼来了黑夜，接着又渴望明天，随后又觉得两者把她缠得没完没了，赖着不去：在愁绪的煎熬中短时间也好像很漫长：

尽管悲苦很沉重，却一时难以入睡，守更人盯着时间总觉得时间那么难熬。

226

她和画中人这样消耗时光，
时光却已经从她心头溜走，
离开了她自己苦涩的感觉，
是对他人的痛苦感同身受，
展露幽怨时她减少了悲苦。
　　想到别人也曾遭受过忧愁，
　　自己缓解不少，尽管不能治好。

【散文体】她这样和画上的人打发时间时，时间便从她思绪里悄悄溜走，对别人的痛苦设身处地思考，也就让自己避开了对自己愁绪的感受。把不满展示出来，她的悲苦随之减少。

想到别人也曾遭受过大苦大难，自己的悲痛减去不少，尽管不能一劳永逸地治好。

227

这时尽心尽意的信差，回来了，
把他的老爷和同伴一起带回，
看见卢克丽丝穿戴着丧服，
她泪水婆娑的眼睛周围
是蓝雾圈儿，如同天空的彩虹：
　　她朦胧情愫中的这些泪水
　　预示暴风过后新风暴紧随。

【散文体】这时候，认真而尽职的信差回来了，把他家老爷和同伴一起带了回来，他们看见卢克丽丝身穿黑色服装，她的泪水濡湿的眼睛周围布满了蓝雾般的圆圈儿，如同天空的彩虹；

她暗淡的要素中的这些水汽预示着暴风雨过后新的风暴会紧随其后。

228

她神情难过的丈夫见此情景，
注视着她的哀容备感惊骇，
她的眼，既浸透泪水又红肿，
她滋润的肤色被惊忧破坏。
他没有勇气问她生活的情形。
　　二人站立着，如老相识发呆，
　　远离家庭，为各自命运乱猜。

【散文体】她脸色悲切的丈夫见到这样子，打量着她的哀容感到惊诧，她的眼睛，虽然浸满泪水却是红肿的，她滋润的肤色因为刻骨铭心的焦虑而变色。他没有力量打问她生活如何。

两个人相对无言，好像老相识一时发蒙，远离家门，为各自的机运感到纳闷。

229

他终于拉住她那无血色的手。
开口问道："有什么不测之灾
落在你头上，你站着这样发抖？
亲爱的，什么愁绪让你娇容灰白？
为什么你满脸忧愁把丧服穿上？
　　亲爱的，快把这深藏的愁绪说出来，
　　说说你的忧伤，我们好帮你消灾。"

【散文体】他最后拉起她没有血色的手，开口问道："什么可怕的坏事落在了你的头上，看你站着还在发抖？亲爱的，你这晶莹的肌肤怎么这样难看？你为什么郁郁不乐，还穿上了这身丧服？

快说出来，亲爱的，这抑郁的沉重心事，说说你的忧伤，我们来帮你排解。"

230

她连叹三次把忧愁火气呼出来，
可没一次能把痛苦说得分明，
最后她打算回答他提的问题，
她吞吞吐吐地让他们渐渐弄清
她的贞名让敌人强行霸占；
　　科拉廷和他一起来的头领，
　　这时神情肃穆地把她聆听。

【散文体】她连着叹息三次把愁火排解，可是没有一次能把痛苦说成一句整话，最后她拿定主意回答他的问题，她很有节制地让他们慢慢听出来，她的贞洁被坏人强行剥夺了；

科拉廷和一起来的头领，这时心情悲哀地注意倾听她的话语。

231

这浸泡在泪窝的苍白天鹅，
为天数将尽唱起悲哀的歌。
“没有话语，”她说，“能表达这罪过，
也没理由能为罪过彻底开脱。
我的苦难如今难用词句表述；
　　我的悔恨说起来很长很多，
　　一条苦累的舌头难以尽说。

【散文体】这只泡在泪水窝窝里的苍白的天鹅，因为时日不多开始唱起悲哀的歌。“没有什么话，”她说，“能把这罪过说清楚，也没有理由能为它真正开脱。我的苦难现在不是语言能表述的；

我的悔恨说起来很长很长，一条可怜的舌头说累了也说不完。

232

“那么下面是我不得已说的内容：
亲爱的夫君，你利益切身的床上
一个陌生人闯来，用过这个枕头，
那可是你放疲劳的头的地方；
别的冤屈你就完全能想象得到，
　　肮脏的强暴把我肆意欺罔
　　哎，你的卢克丽丝从此变脏。

【散文体】“以下就是我不得已要说的话：亲爱的老公，你利害攸关的床上闯来了一个陌生人，用过了这个枕头，那可是你放置你疲惫的头颅的地方；别的冤枉你就完全能够想象出来了，

肮脏的强暴把我肆意凌辱，唉，你的卢克丽丝从此不再是清白自由的了。

233

“漆黑的午夜阴森森一片死寂，
一把闪亮短刀在我的卧室里横行，
一个潜入者，持有闪光的物件，
并低声说：‘你这罗马丽人，快醒，
领受我的爱；否则今夜我会
　　让你和你家族担上永久臭名，
　　如果你胆敢和我的情欲抗衡。

【散文体】“漆黑的午夜阴森可怖，一把闪光的短刀闯进我的寝室，一个人潜进来，拿着闪烁的光亮，并且低声地说：‘你这罗马贵妇，快醒来，好生接受我的性爱；要不我今夜一定会

让你和你的家族担上永久的羞耻，要是你胆敢拒绝我的情欲的话。

234

“‘选中你家某个粗陋的奴仆，’他说，
‘除非你对我的意愿完全服从，
那我就先杀了他，再抹你的脖子，
向外人发誓说我撞见你们把那
男盗女娼丑事干，因此把狗男女
　　杀死在淫行中：这一壮举会让我
　　名声鹊起，却让你永远担罪恶。’

【散文体】“‘选中你家的某个粗鲁的奴仆，’他说，‘除非你完全服从我的意愿，那么我就先杀了他，再割断你的脖子，向外面放风说，我撞见你们把那淫欲之事做，因此在一对狗男女及时行乐中

把他们结果：这一举动能让我名声远播，却让你永远担负罪过。’

235

“听这话，我开始挣扎和呼叫，
他却用他的刀顶住我的胸脯，
扬言说，除非我悄声忍受一切，
我就活不到把第二句话说出；
这样我的耻辱就载入了史册，
　　在强大的罗马永远为人铭记
　　卢克丽丝和奴仆通奸时死去。

【散文体】“听了这话，我开始反抗和呼叫，随后他却用他的利刀顶住我的心脏，宣称说，除非我默然忍受一切，我就活不到把第二句话说出来；这样一来，我的羞耻就会记录在案：

在强大的罗马永远为人记住卢克丽丝和她的奴仆因为通奸而死。

236

“我的敌人很强悍，可怜我生性软，
面对如此强烈的恐惧成了软泥：
我这凶残的法官不许我申说；
没有正义的申辩为我伸张正义：
他火热的情欲作为目击者硬说
　　我可怜的丽质勾引了他的眼神，
　　法官被劫持了，犯人就等死神。

【散文体】“我的敌人气焰嚣张，可怜我生性软弱，面对这样强大的恐惧我就更不知所措了；我这凶残的法官不许我申辩；有没有正义的申辩为我主持正义：他火热的情欲就是见证人，发誓说

我可怜的丽质把他的眼睛勾引，当法官被劫持时，那囚犯也只有死了。

237

“哦，教我如何为自己寻找借口，
或者至少让我寻个避身之处；
虽然我的污血把这耻辱接受，
可是我的心依然清白无辜；
心没被强暴；也从来没有想到
　　要接受屈辱，它依然清纯楚楚，
　　仍在她那被践踏的闺房里借住。”

【散文体】“哦，告诉我如何为我自己寻找借口，或者至少让我找到一个避身的地方；虽然我肮脏的血被这次奸污弄脏，但是我的心依然是清白的，没有污点；心没有被强暴，也从来没有想到

要接受屈辱，它依然是纯洁的，依然在她那被践踏的闺房里苟且。”

238

看，如同蚀本的无希望的商人，
垂头丧气，话里话外满是愁绪，
眼巴巴坐着，可怜地紧抱双臂，
如涂新蜡的苍白嘴唇开始吹气，
把阻止她如此回答的忧愁吹掉；
　　但是，虽然倒霉，却徒然地努力，
　　他吹出的叹息又接着吸进肚里。

【散文体】看吧，好像赔本的心灰意冷的商人，垂头丧气，嗓子眼儿里壅塞了悲哀，眼巴巴地坐着，可怜地紧抱着双臂，从涂了新蜡的苍白的嘴唇倾吐阻塞她做出回答的忧愁；

然而，他尽管很可怜，却徒然在努力，他呼出的叹息又一口气吸进了肚里。

239

如同咆哮的潮头冲过石拱，
跃过观看它匆匆穿行的目光，
却在浪尖上钻进了漩涡中，
回到强迫它发怒的石拱旁；
愤怒冲出，愤怒召回，穿过了石拱：
　　这样，他的叹息，忧愁，如同拉锯，
　　把胸中的郁闷排解，又原样吸回去。

【散文体】好像咆哮的海潮冲过石拱，超越观看它急匆匆穿过的目光，在它扬扬得意时钻进了漩涡，返回到强迫它如此着急的石拱旁，怒冲冲出去，怒冲冲回来，来回穿行：

就这样，他的声声叹息，他的种种忧愁，如同拉锯，把胸中块垒排解，又原样吸回来。

240

她看到他可怜的无言的哀痛，
这种时时发作的疯狂这样呼唤：
“亲爱主公，你的愁让我的愁
重生力量；大雨不会让洪水减缓。
我的悲苦让你的情绪如此敏感，
　　痛上加痛：那就索性让它满足
　　于淹掉痛苦，一双泪眼的痛苦。

【散文体】她看见了他可怜的无言的痛苦，这种随时会发作的疯狂这样招呼说：“亲爱的老爷，你的忧愁让我的忧愁产生了力量；大雨不会让洪水减缓。我的悲苦让你的情绪这般感同身受，

痛上加痛：那就索性满足它，淹没一种痛苦，一双哭泣的眼睛的痛苦。

241

“为了我，那时我还能深深吸引你，
为了你的卢克丽丝，现在听我说：
立即行动起来把我的仇人惩罚，
我的、你的和他自己：假如你帮我
摆脱过去的污名：你给我的帮助
　　来得太晚了，但是让那奸人死去；
　　因为节省下公正只会姑息罪戾。

【散文体】“在我还能深深地吸引你因此我还是你的卢克丽丝时，为了我，现在听我说：赶快行动起来对我的仇人复仇，他是我的仇人、你的仇人、他自己的仇人；如果你保护我摆脱过去的污名，那你给我的帮助

来得太晚了，但是让那奸人去死；因为懈怠了公正，只会助长罪戾。

242

“列位，我说出他的名字前，”她说，
对着陪同科拉廷一起来的人讲，
“你们一定要向我发誓讲实话，
请尽快为我清算我的冤枉；
因为这是两全其美的好举措，
　　用复仇的臂膊驱逐人间的不公：
　　骑士，发誓，矫正苦女人的伤痛。”

【散文体】“公正的各位大人，在我说出他的名字之前，”她对着陪同科拉廷来的人说道，“你们一定要以你们的名誉向我发誓，尽快为我清算我的冤枉；因为这是功德无量的好举措，

用复仇的臂膊驱逐不公正：骑士们，凭你们的誓言，应该矫正可怜的淑女们的伤害。”

243

听了此要求，出自高贵的品行，
在场的各位贵族答应主持公道，
一定用骑士精神为她申冤屈，
很想听到那可恶仇敌的根苗。
可她，这可悲之事还是难出口。
　　把话又停下。“唉，请讲，”她又道，
　　“这强加给我的污点如何除掉？

【散文体】听了这一要求，出自高贵的品行，在场的各位贵族答应伸张正义，一定用骑士精神为她申冤报仇，一心想听到那可恶仇敌的底细。可她，这苦涩的难事还是说不出口。

欲说又停下。“唉，诸位请讲，”她又道，“这强加给我的污点如何除掉？

244

“我的罪过究竟该怎么定性？
这分明是恶劣的环境所造成！
我纯洁的心怎能抵消那丑行？
彻底拯救我那被污染的贞名？，
有什么条约能改变我的不幸？
　　有毒的泉水能自己清理干净，
　　为什么我不能摆脱强加的罪行？”

【散文体】“我的过失究竟应该是什么性质？这可是可怕的环境造成的。我纯洁的心可以抵消那桩丑行吗？可以让我那被败坏的名节洗涮吗？有什么条约能改变我的命运吗？

有毒的泉水能自己净化；我为什么不能摆脱这强加的污点？”

245

对此，他们全都立即一致开口说：
她身上的污点能由纯洁心灵清除。
带着苦涩的笑容她转向一旁，
这张脸，一张布满忧愁的地图，
上面有厄运，泪水冲出道道沟壑。
　　“不，”她说，“活在世上的主妇不必
　　凭我的借口要求借口所赐的权利。”

【散文体】对这番话，他们全都立即一致开口说：她身上的污点可以由干净的心灵清洗。带着苦涩的微笑她扭过身去，这张脸，如同印有大灾大难的图像的地图，上面有深深的泪水痕迹。

“不，不，”她说，“没有贵妇人，以后活在世上，会按我这借口要求借口赋予的权利。”

246

又一声叹息，仿佛她的心要爆裂，
她说出塔昆的名字：“他，他，”她说，
可她只说出“他”可怜舌头便不再说；
直到口气换了又换拖了又拖，
气息一次次，呼吸得无力而短促，
　　“他，他，各位大人，是他，”她说道，
　　“引导着这只手对我刺来这一刀。”

【散文体】说到这里又叹息一声，仿佛她的心要碎裂，她把塔昆的名字说了出来：“他，他，”她说，但是只说出“他”字，她可怜的舌头就说不下去了；直到口气换了又换，时间拖了又拖，喘息一口接一口，无力而短促，喘得很艰难，

“他，他，各位大人，”她终于接着说，“是他引导这只手把我的命刺杀。”

247

话音未落她向她无害的心
刺入有害的刀，她的灵魂出窍。
这下使灵魂结束了深深的不安，
逃出那呼吸不畅的污染的囚牢。
她悔罪的声声叹息飞向了云端，
　　赐予她带翅精灵，从她的伤口逃去，
　　从删除的命运飞向生命的长久日期。

【散文体】话音刚落，她向无害的心刺入有害的利刀，她的灵魂如剑出鞘。这一刀把灵魂从那它呼吸的污染的囚室的深深不安中保释出来：她悔罪的一声声叹息飞向赐予

她有翅膀的精灵的云端，穿越她的伤口，从抹去的命运飞向生命永恒的日期。

248

静如石，都因这赴死的举动吓呆，
科拉廷和大小将领在一旁站立，
直至卢克丽丝的父亲，见她流血，
一下子扑向她自戕了的身体；
布鲁特斯赶紧从血泉拔出利刀，
　　那杀人的刀，随着它离开原地，
　　她的血，只为了复仇，随刀往外溢；

【散文体】寂静如石头，每人都因为这赴死的行为吓呆了，科拉廷和将领们站立不动，直到卢克丽丝的老父亲，看见她血流如注，奋不顾身扑向了她那自裁的尸体；布鲁特斯赶紧从血涌的地方拔出利刀，

那杀人的刀啊，随着它离开原地，她的血，带着可怜的复仇情绪，随着刀往外喷溅。

249

鲜血汩汩地冒出胸膛，分成了
两股小缓流，那殷红的血河
从两侧把她的身体环绕，
她，如同孤岛刚刚被劫掠过，
浸泡在可怕的血中人烟绝迹。
　　她的血有的又鲜红又纯洁，
　　有的变黑，那是坏塔昆的污迹。

【散文体】鲜血突突地从胸膛往外冒，分成了两条缓缓的血流，那红红的血流从两侧把她的身体围起来，而她，好像刚刚被劫掠一空的孤岛，浸泡在可怕的血泊中孤零零的，无人陪同。

她的血有的纯洁，鲜红，有的血发黑，那是奸邪的塔昆污染的。

250

她那哀伤的脸上凝起黑血，
一股纯净的水环还在流动，
似把那污染的地方清洗干净；
迄今，像同情卢克丽丝的悲痛，
一些清水从污血中分离出来；
　　没有污染的净血仍如新涌，
　　那是因太肮的污血而羞红。

【散文体】她那悲哀的凝血的脸，一股纯净的水环在流动，好像把那污染的地方清洗一遍；直到这时，仿佛是同情卢克丽丝的悲痛，一些清水从污染的血里渗了出来；

没有污染的干净红血仍像新鲜的血一样，那是因为太脏的污血而变得羞红了。

251

“爱女呀，”老卢克利修斯哭道，
“这命是我生的，你却把它结果。
如果子女把父亲的形象传承，
卢克丽丝你死了我怎么生活？
我传给你的命不该是这结果。
　　如若孩子们比父辈们都早死，
　　那我辈成后人，后人不是我辈的。

【散文体】“女儿，可爱的女儿，”老卢克利修斯哭喊道，“这命是我的，你却把它杀死。如果子女把父亲的形象继承，卢克丽丝你死了，我可怎么活下去？我给你生命不该是这个结果。

如果孩子们比父辈们早早死亡，那么我们做了子孙，他们倒不给我们把后人当。

252

“可怜的碎镜，我经常能看见
映出的好影像是我老迈而新生；
可如今这明镜，破碎又模糊，
映出我时间磨去的瘦骨死影，
哦，你从脸上撕毁我的形象，
　　还揉碎了我镜中的美形，
　　我再难看到我曾经的靓影。

【散文体】“可怜的破镜，我过去经常能看见你映出的好影子是我老迈而新生；可如今这明镜，破碎，模糊，只能映出我时间磨去的老骨头的死样子，哦，你从脸上撕毁了我镜中的美丽，

我镜中的一切美丽都打碎了，我不再能看到我曾经的美丽了！

253

“哦，时间，若该活着的早早死去，
那你也该停止你的轨道和运转。
难道腐臭的死神非要强壮人的性命，
却让年迈体弱的人苟延残喘？
老蜂死掉，幼蜂才能占领蜂巢。
　　那么活着，好卢克丽丝，活着看看
　　你的老父死掉，别让老父看你命短。”

【散文体】“哦，时间，停止你的轨道别再行走了，如果应该活着的人反而早死的话。难道腐臭的死神要索取更加强壮的人生命，却让年老体弱的人苟且残生吗？老蜂死了，幼蜂才能占据蜂窝哟。

那么活过来吧，可爱的卢克丽丝，活过来看着你的老父死去，别让老父为你送行。”

254

这时，科拉廷方如梦中醒来，
要卢克利修斯给他忧愤的位置；
接着他扑倒在卢克丽丝的
冷血中，脸上的惧色在泪里清洗，
一下子昏过去要随她离去，
　　直到男子的羞耻心让他缓气，
　　活下去报仇雪恨只为她的死。

【散文体】这时，科拉廷方好像从梦中醒来，要卢克利修斯让开，他来诉说悲哀；接着他扑倒在卢克丽丝的冷血里，脸上的惊恐之色在泪里洗涮，一下子昏死过去要随她而去，

直到男子的羞耻心让他定下神来，决心活下去为她的冤死复仇。

255

他内心深处生起的深深苦恼，
使他的舌头麻木，无法讲话；
舌头，因发愁控制功能而发疯，
久久不让他把心里话表达，
一开口说话；话到嘴边却只是
　　几个弱弱的词，在可怜的心里壅堵，
　　他到底在说什么没有人能听清楚。

【散文体】他内心深处产生的深深苦恼，让他的舌头麻木难把舌头翻动；而舌头，愁闷又让它不能运用自如而失控，久久不能把他的心里话好好表白，随后才开始说话；可话到嘴边却只吐出

一些微弱的词儿，满腹的话语只在心里打转，他到底说了些什么，没有人能听出。

256

但有时“塔昆”二字说得分明，
从牙齿间挤出，似要咬碎那名字。
这场大风暴，直到把大雨吹起，
暂时把愁绪拦住，只为更多积蓄。
最终大雨来时，乱吹的风才会减缓。
　　女婿和岳丈彼此比着把泪泣，
　　谁哭得最凶，为女儿还是为妻？

【散文体】不过，有时“塔昆”二字说得很清楚，只是通过牙齿时，好像要咬碎那个名字。这场大风暴，在没有把大雨吹来之前，暂时把愁闷拦住，只为积累更多东西。最后大雨来了，又急又乱的风就会减缓。

女婿和岳父互相比着哭泣，看谁哭得最厉害，为女儿还是为妻子？

257

一个说她归自己，一个说是他的，
可谁都没法享到应有的权利。
为父的说“她是我的”。“哦，她是我的，”
丈夫忙说，“千万别无情地夺去
我忧愁的权益；别让哀悼者说
　　他为她哭泣，因为她只是我的，
　　只有科拉廷在为她哀恸不已。”

【散文体】一个说她应该归自己，另一个说她应该是他的，可谁都没有办法得到声称的权利。做父亲的说“她是我的”。“哦，她是我的，”丈夫马上抢着说，“可别无情地夺走我忧愁的权利；别让哀悼者说

他是为她哭泣，因为她只是我的，只有科拉廷为她伤心不已。”

258

“哦，我给她命，”卢克利修斯说，
“她把它杀害得太早又太迟。”
“苦，苦，”科拉廷说，“她是我的妻子，
我欠她的，她把我的生命杀死。”
“我女儿”和“我妻子”的呼叫声
　　响彻天空，那里悬浮着卢克丽丝，
　　回应他们道：“我女儿”和“我的妻”。

【散文体】“哦，我给了她生命，”卢克利修斯说，“她把这条命结束得太早又太迟。”“苦啊，苦啊，”科拉廷说，“她是我的妻子，我感谢她，她把我的生命杀死了。”“我的女儿”和“我的妻子”呼叫声此起彼伏，

冲向天空，那里掌握着卢克丽丝的生命，把他们的呼叫“我的女儿”和“我的妻子”一一回应。

259

布鲁特斯，曾拔出她胸中的刀，
看到他们在悲哀中这样纷争，
庄重而傲气地把智慧隐藏住，
在卢克丽丝伤口前装傻充愣。
罗马人就把他当傻瓜看待，
　　像给国王寻找乐子的傻子，
　　插科打诨并说些愚蠢的事。

【散文体】布鲁特斯，他曾从卢克丽丝的胸侧拔出了尖刀，看到他们在悲哀中这样争执，开始做出庄严和自尊的样子，把智慧包藏起来，在卢克丽丝的伤口前面做出傻里傻气的表演。他在罗马人看来就

像给国王寻找乐子的小丑，插科打诨，把那愚蠢的事情说笑。

260

不过现在他把那肤浅习惯抛开
那种外表下伪装着绝好的策略，
把他久藏的智慧明智地用起来，
把科拉廷眼中的泪水及时遏止。
“冤枉的罗马爵爷，”他说，“振作起来：
　　看我这不可靠的人，虽被认作傻子，
　　如今却要你这有阅历的人长长见识。

【散文体】但是，现在，他要把那肤浅的习惯撇一边，因为那种外表下伪装着深谋远虑，巧妙地把他那久藏不露的智慧派上用场，把科拉廷眼中的泪水及时制止。“冤枉的罗马爵爷，”他说，“振作起来吧：

让我这有毛病的人，虽然一贯被别人看作一个傻子，如今却要让你这阅历丰富的人长长见识。

261

“喂，科拉廷，喊苦能把痛苦治愈？
伤能医好伤，或愁能把愁绪排走？
他的恶行使你的娇妻流血，
让你自己遭受一刀就能复仇？
这样小孩的心性出自软弱的脑子：
　　你那可怜的妻子颠倒了事理，
　　杀死自己，那刀本该刺向仇敌。

【散文体】“喂，科拉廷，你叫喊痛苦能把痛苦治疗吗？伤口能治好伤口，或者忧愁能把忧伤情绪治好吗？他的恶行使你的美丽的妻子洒血，你给自己一刀能算作复仇吗？这样小孩家的心性是脑子软弱的结果。

你那命苦的妻子把事情做反了，杀死了自己，那行动本该用来向仇人复仇。

262

“勇敢的罗马，别将你的心
浸泡在这悲泣的泪滴里，
快和我同跪并把角色扮演，
用祈祷把罗马诸神唤起：
他们会面临如下痛苦境地——
　　只因罗马自身在遭受羞耻——
　　用巨臂让他们在净土终止。

【散文体】“勇敢的罗马，请别把你的雄心装进这样悲戚的泪水里，快和我一起跪下，担起你的角色，用祈祷唤起罗马诸神：让敌人尝尝这些憎恶的苦果，

因为罗马本身在痛苦中失去尊严，我们就用强有力的臂膊，把他们从罗马洁净的漂亮街道上赶走。

263

"现在，凭[77]我们敬仰的主神大庙，
凭这如此玷污的纯洁的血迹，
凭养育沃土丰收的晴天朗日，
凭罗马维护的所有国家权利，
凭贞女卢克丽丝的灵魂刚刚
　　对我们的怨诉，凭这沾血的刀子，
　　我们大举复仇就为这良妻的死。"

【散文体】"现在，凭借我们敬奉的卡皮托[78]神庙，凭借如此不公正地玷辱的纯洁的血统，凭借养育沃土丰收的晴天朗日，凭借罗马维护的所有我们的权利，凭借贞洁卢克丽丝的灵魂先前

向我们历数的冤屈，凭借这沾血的尖刀，我们要为这位良妻的冤死进行复仇。"

264

说完，他把手展放在胸脯上，
吻着那把利刃，把誓词说完；
他力劝众人同意他的主张，
大家都仰视他，赞同他的誓言；
随后他们一起跪下垂首表态，
　　那个深沉誓言，布鲁特斯刚说的，
　　大家重说一遍，算大家郑重宣誓。

【散文体】说过，他把手展放在胸膛上，吻了吻那把利刃，把誓词说出来；他劝众人同意他的主张，而大家对他刮目相看，一致同意他的誓言；然后他们一起跪下垂首顿拜，

那个深沉的誓言，布鲁特斯刚刚说过，大家复述一次，那就是他们的郑重的起誓。

265

对这项重大决定发过重誓后，
他们决定抬着死去的卢克丽丝，
在罗马全城出示那具血尸，
把塔昆的恶劣行径公开揭示；
人们迅速地努力把尸体示众，
　　罗马人全城激愤，一致同意
　　把塔昆家族永久流放外地。

【散文体】对这项重大决定起誓后，他们决定抬着死去的卢克丽丝，在罗马全城展示了那具沥血的尸体，把塔昆的恶劣行径公布于众；人们说干就干，不辞辛苦，走遍大街小巷，

罗马人义愤填膺，全城一致同意把塔昆家族驱逐，永远地流放。

十四行诗

背景与提要

在十四行诗中欲望看去像爱情，
彼特拉克随后把这种诗歌定型。
劳拉是他在诗中设计好的淑女。
他与她巧在普罗旺斯不期而遇，
诗人按定型的韵律演练出诗句，
欧洲诗人步后尘纷纷埋头写起。
古代无韵诗歌却渐渐露出败迹。
游吟诗人一千二百年左右得势。
彼特拉克的十四行诗匀称简洁，
先是八行诗体后面增加六行诗，
即如本诗样子后才合二为一体。
他流放在阿维尼翁活得好失意。
英国人如莎士比亚韵律来得迟。
他们写成三段四行诗两行压边。

这是英国著名学者科里·贝尔撰写的《文学》一书对十四行诗的描述，它的原型、发展和定型，作者都在一首十四行诗里巧妙地提到，捎带把英国的十四行诗也交代清楚了。十四行诗最重要的两位贡献者——彼特拉克和莎士比亚——都写进了诗里，颇有些才气。

没错，莎士比亚的十四行诗近四百年来已经成了一门专门的学问，然而莎士比亚的一些十四行诗却始终具有令人费解的传记成分，因为看起来他把大多数诗歌写给一个“美貌的男子”，其余的则写给一个“黑皮肤的女郎”。在十四行诗中他把“爱”的各种表达献给双方，因而各路批评家，均认为他不外乎以下几种情况：A. 同性恋，B. 两性恋，C. 一个有女人气的男人，或者 D. 上述三种情况都不排除。前一百二十六首十四行诗看起来是针对一位富有魅力的青年而写，而且写明献给一个名姓为“W.H.”的人。在这些诗中，莎士比亚对这位年轻人表达了爱戴和景仰之情，尽管他没有写明他是否结婚，有没有孩子。其余的多数十四行诗是写给那个有名的长着黑头发和黑眼睛的女郎。谁都不敢肯定这两个人究竟是谁，虽然说那个女人据信是一个名叫玛丽·费顿的，在宫廷里当女侍从官。从 W.H. 这两个开头的字母看，那个青年要么是亨利·赖奥瑟斯利 (Henry Wriothesley)，即南安普顿伯爵，莎士比亚的唯一庇护人，要么是威廉·赫伯特（William Herbert)，即彭布罗克伯爵。

经过三百多年的研究，国内外莎学学者和批评家，把莎士比亚的十四行诗的内容基本归结为四点：A. 歌颂友谊和爱情，赞美爱情和幸福；B. 揭示社会发展中一些罪恶现象；C. 探索时间、死亡、幻想、希望究竟是什么，人应该如何对待；D. 反映作者的情感以及演员的舞台生活。至于艺术成就，如上所提及的，仅仅因为它创造了莎士比亚的十四行诗体，就足够了。诗歌中的比喻、形象、意象，都具有超时代的影响力；诗歌中的真善美的统一，达到了很高的水平，让读者领略到美的情怀和享受；真实和艺术的升华也结合到了很高水平。莎士比亚生前对他几十个剧本不放在心上，却对他为数不多的诗歌创作念念不忘，说明他对诗歌创作付出了不一般的心血，对诗歌的质量充满了非凡的信心。

1

我们渴望最美的生物昌盛，
以便美丽的玫瑰永不凋零，
但是盛期的花朵到时就要枯毙，
只有新嫩的后裔会秉承其记忆：
但你，只和自己明亮的眼睛传感，
用自身当燃料养育你明眸的火焰，
让蕴藏了沃土的地方变成了荒田，
你与自己为敌，待甘美的自己太惨。
你如今是这世界光鲜的彩衣，
却又是这争艳的春天的先驱，
在你自己的花蕾里埋藏你的精髓，
而且，柔软的凡夫，却在吝啬中浪费：
　　可怜这世界吧，要不你就是这种贪夫，
　　吞噬这世界的所有，由坟墓和你辅助。

【散文体】从最亮丽的生物那里，我们渴望多多为善，这样，美的玫瑰就永远不会开败了，但是花朵开到时候就会掉落，花儿娇嫩的新籽才会秉承花朵的记忆：然而你呢，只是把自己交与你自己明亮的双目，用自身耐用的燃料填充你明眸的火焰，让蕴藏丰饶的地方饥荒成灾，你是自己的敌人，对待可爱的自己太狠毒。你现在是这个世界的光鲜的装饰物，是繁花似锦的春天的报春人，在你自己的花蕾里埋藏着你的含量，而且，柔弱的凡夫哦，一边抠门儿，一边挥霍：

可怜这个世界吧，要不然你就是这种贪婪小气之人，把这世界的份额吞食，你和坟墓都助纣为虐。

2

当四十个冬季[79]围住你的额头，
在你美丽的田地上挖掘深沟，
你现在被人凝视你青春的美服
将会被视为廉价的破旧的衣裤：
那时会被问起，你的俊美在哪里，
你风光日子的一切财宝都在哪里，
若说就在你自己深陷的眼睛中
那里有通吃的羞耻，浪费的赞颂。
要多少赞美才与你的美丽相匹，
如果你能回答：“我这漂亮孩子，
将给我结算总账，让我老得在理。”
因得了我血脉而证明他的美丽。
　　这会在你衰老时还备感新鲜，
　　在你感觉血冷时又见到血暖。

【散文体】就在四十个寒冬把你的额头围困时，在你美的田野上深深地挖掘壕沟，你青春的骄傲的华美服装现在让人羡慕不已，终将会成为只值几文小钱的骑墙茅草：那时候，人家会问，你的美究竟在哪里，你肥美日子的一切宝贵东西都在哪里，如果说就在你深陷的眼睛里，其实那里只有通吃的羞耻，只有不节俭的赞美，如果你能够回答：“这是我的俊朗的孩子，那就是我的成本核算，我所以老去的理由。”那是因为继承了我的血肉，才成就了他的美。

这点在你衰老时会有新生的感触，在你觉得血液变冷时仍然可见你的血脉还热乎乎的。

3

在你的镜子里照照并对脸说说所见，
现在这张脸应该再捏造出另一副脸，
如若你现在不把这脸上皮肉重塑，
你会欺瞒这世界，令某个母亲无福。
因为哪里有未孕的子宫的良母，
会阻拦擅于耕耘的你打理沃土？
或者哪有耕夫不谙耕耘而掘荒坟，
埋葬自己的爱恋而停止繁育后人？
你是你母亲的镜子，并用你的肉血，
召唤她正当年的春意盎然的四月；
因此你透过岁月的窗户会望见，
除却皱纹，还有你这黄金的光阴。
　　不过如若你活着不愿意让人记起，
　　那就死一个，同你的音容一起逝去。

【散文体】在你的镜子里瞧一瞧，跟你的脸蛋说一说你看见了什么，眼下正是这张脸应该另造一张的时候，如果你现在不赶紧重新打造这张脸的血肉，那么你就会欺罔这个世界，让某个母亲得不到幸福。因为哪有贤淑的母亲，还没有开怀，会阻挡你这耕耘好手施展身手？抑或还有哪个男子那么不开窍，会甘当自己爱恋的坟墓，停止繁衍后代？你就是你母亲的镜子，而她在你身上会召唤她当年繁花似锦的四月天；因此，通过你岁月的道道窗户，哪怕一道道皱纹阻隔，你仍会看见你那黄金时光。

不过，如果你不想让人记住你，那么就孤单单地死，你的音容相貌会随你一起逝去。

4

虚掷光阴的美妞，为什么你非要
把你美的遗产在你自己身上虚耗？
造化的馈赠是虚的，但是愿意出借，
她对那些自由人出借不藏不掖：
那么，美丽的悭吝人，为什么你乱弃
送给你而你又送人的丰厚的大礼？
无利可图的高利贷者，为什么你挥霍
如此巨大的巨款而不好好把日子过？
因为你只跟自己做糊涂的生意，
你只能欺骗你那个甜腻的自己：
那么在造化召唤你离去的那刻，
你能把什么可接受的账本交割？
　　你那未用的美一定会与你同进冢坟，
　　那善用者会活着做你遗产的执行人。

【散文体】不会节俭的美人儿哦，为什么你要把你美丽的遗产花费在你自己身上？大自然的赠予不能给予任何东西，但是她出借东西，而且心胸坦荡，对那些自由自在的人出手阔绰：那么，美丽的小气鬼哦，为什么你要滥用那笔出借给你的丰富的大资本，你转手就送人？得不到利息的高利贷者哦，为什么你会滥用这样巨大的一笔资本，为什么不用它好好过日子？因为，你就只会跟自己做买卖，你就会欺骗你这个温婉的自己：那么，在大自然召唤你离去时，你怎样才能留下可以接受的来往账目呢？

你没有使用的美哦，一定会和你一起进入坟墓，而使用过美的人会好好活着，做你的遗产的执行人。

5

那些不惜工本精耕细作的时辰，
造就那万众瞩目的可爱的颜面，
以后又会对这同一颜面践踏，
把丽人彻底地糟蹋成老干妈；
因为永不停止的时间会把夏天引向
难挨的冬季并且就地让它立即消亡，
汁液被严霜摧残因此肥叶变枯黄，
美被白雪覆盖因此到处一片荒凉：
这时倘若夏天的精华没有留住，
装在严实的玻璃瓶里好生保护，
那么美与美的醇香都会消尽，
美与美的记忆都将不知所云。
　　然而提炼过的花，尽管难免遭遇严冬，
　　丧失了花容；但是花的芬芳依然很浓。

【散文体】那些用柔韧的功夫把万众瞩目的可爱颜容铸造出来的时辰，将会对这同一颜容扮演暴君角色，把俊美的形象肆意糟蹋殆尽；因为永不歇息的时光会把夏季引向冬天，并在寒冬里摧残夏天，活力饱受霜雪的蹂躏，鲜活的叶子纷纷凋零，美覆盖在冰雪下，荒凉无处不在：这时候，夏天的精华要是没有留下，没有提炼成香水装在壁垒的玻璃瓶里，那么美和美的辉煌就没有人记得是什么样了。

不过，花朵只要提炼过了，哪怕它们和冬季撞了个满怀，因此丧失了它们的花容，可它们的真身依然会活得滋润。

6

那么在你还未被提取精华以前，
别让冬天的糙手毁坏你的夏天：
给瓶子装上芳香；把你的宝贝看护，
在美的宝贝没有自杀前把美藏住：
那样使用并非被禁止的非法牟利，
这会让那些愿借贷的人满心欢喜；
那就是为你自己生出另一个你，
或者十个顶一个心下十倍欣喜；
你身价十倍时你就更乐不可支，
倘若你的十个孩子十倍地像你，
那么即便你辞世了死神又能怎样？
正好听任你生活在那些后代身上。
　　可不要一意孤行，因为你生得太过美丽，
　　死神拿你无解，无法让虫子做你的子嗣。

【散文体】那么，别让冬天的糙手糟蹋你，在你还未被提炼之前毁掉你的夏天：把瓶子装满香气；在某地把你当作宝贝雪藏起来，赶在自己被杀戮之前把美的宝贝当作宝贝：这样的用法不是被禁止的高利贷，可以让那些愿意放款的人心下舒坦；那等于你为你自己生育出另一个你，或者十个算作一个时十倍地高兴；你自己身价十倍时高兴得不知所以，如果你的十个孩子十倍地与你相像：那么假如你离去了死亡又能怎么样？只好让你活在子孙们的身上。

别使性子，因为你太过俊美，死神拿你没办法，无法让小爬虫做你的后裔。

7

在恩泽普惠的阳光抬起燃烧的头时，
趁机向东方眺望，眼前的每一样东西
都在向冉冉升起的景观表示尊敬，
目光炯炯地迎候太阳神圣的东升；
爬上那陡峭的天堂般的山巅，
已届中年却像强有力的青年，
众人的眼睛还在仰视他的美，
向他蓬勃的远途的朝圣去追：
不过疲惫的马车从巅峰下来
如同衰老的年龄把白天离开，
顺从的眼睛现在都在纷纷转移
离开他浅显的踪迹向别处看去：
　　所以你啊，你自己在正午时间撤离，
　　除非你有儿，就是死了也无人挂记。

【散文体】远眺东方，这时庄严的太阳光抬起了他那燃烧的头，目光下每样东西都在向冉冉升起的太阳致敬，对他神圣的大驾行注目礼；爬上那陡峭的苍天般高耸的山峦，人到中年却像强壮的青年人，世人的目光还在注视他的美，目送他的流金溢彩的朝圣：不过在疲劳的马车走下至高的顶点时，如同羸弱的老人从白天走向黄昏，顺从的眼睛现在都转移了目标，离开了他浅显的轨道，向另一个方向看去了：

因此你呢，自己正值中午时离开，除非你有儿子，你死就死吧，没有人关心你的死活。

8

声音像音乐，为什么你要悲伤地听歌？
甜与甜并不为敌，快活只会感染快活：
为什么要喜爱你不愿接受的东西？
为什么要接受你备感厌烦的乐趣？
如果好听的声音真的很和谐，
弦键配合协调你却听不下去，
那它们不过婉转地责备你寡合，
孤独地对抗你应该聆听的段落；
看这一根弦，另一根弦的夫婿，
互相吩咐着你弹罢了我弹起；
如同父亲，如同孩子，如同幸福的亲娘，
大家都来唱，点一支悦耳的歌一起唱响；
　　这无言的歌好多，听来如同一支歌，
　　把这歌唱给你："你独身只会是一个。"

【散文体】音乐是为人听的，可你听音乐为什么要悲伤呢？悦耳就是悦耳，不会相互抵触，欢乐听来就是欢乐：你为什么喜爱你不高兴接受的东西？为什么乐于接受你恼恨的东西？如果十分合拍的声音真的和谐一致，那它们只是委婉地责备你，不让你孤单地对抗你应该承受的部分；看看吧，一根弦，是另一根弦的丈夫，互相照应着你弹过了我来弹；如同父亲，如同孩子，如同幸福的母亲，大家一起来，唱起一支令人欢快的曲子。

这些没有言辞的歌有很多，却好像一支歌，把这支歌唱给你听："你要独身，到头来身后无人。"

9

是因为怕把一个寡妇的眼睛弄湿，
你才独身生活白白地消耗你自己？
啊！倘若你身后无人不幸死去，
这人世会像寡妇一样把你哭泣，
这人世是你的寡妇并哭泣不止，
只因你去后没有留下你的遗迹，
每个正常的寡妇都生育过子嗣，
儿女的眼睛，脑子里有丈夫的影子：
看看一个挥霍者如何在世上挥霍，
只让钱财转手，而这人世倒更快活，
但是美的浪掷在人世终有个尽头，
你留着不用，使用的人会把它用够：
　　那种心胸里的爱不会对别人怎样，
　　只是对自己犯下了很丢人的祸殃。

【散文体】只是因为害怕让寡妇流泪，你就要独身生活，生生地耗尽一生吗？唉！如果你一生没有子女，凄惨地死去，这世界会像丧偶的未亡人把你哭泣，这世界就是你的寡妇，不停地哭诉，你孤独地死去后没留下任何身影，而每个正常的寡妇都会生养子女，从子女的眼睛里看见她丈夫的身影还在脑海里：看吧，这世上有一个奢侈之人如何花费钱财，只是让钱财挪了挪地儿，世人见了倒更待见，然而，美的浪费在这人世却是有尽头的，你留着不用，那用的人却会把它挥霍净尽：

在那种心胸里，爱不会惠及他人，因为他对待自己都不知廉耻，无异于自杀。

10

因为羞耻便否认你对人并非无爱，
可你对自己却是那样的没有担待。
应该说，随你便，你被许多人爱戴，
但你不爱别人却是谁都明白；
因为你心头萦绕那样恶毒的恨，
以至于你算计自己都又狠又准，
就想破坏那美不胜收的府邸，
可是那本该是你渴望修盖的：
哦，改变念头吧，那样我也痛改！
难道恨比温馨的爱看来更美哉？
与你的外貌相符，厚道温和地处世，
起码对待你自己要有一腔柔情蜜意：
　　为了爱我你也该再造另一个自己，
　　那样美仍会寄生于你的后人或你。

【散文体】因为害羞了，你才否认你对任何人不是没有爱心，可是你对你自己却一点打算也没有。不管你是不是承认，我得说你是有许多人在爱戴，但是你没有爱过什么人却是再明白不过的；因为你心头满是可恶的恨，你针对自己会毫不犹豫地虐待，一心想毁掉那座高贵的大宅邸，可那宅邸本来是你应该心心念念去修缮的：哦，转变你的思想吧，那样我会改变对你的看法！难道恨比温馨的爱会更正当吗？像你的长相一样，要宽宏仁善，要么至少对你自己表现得充满爱意：

为了爱我，你定要制造另一个自己，那样，美依旧会活在你的后人身上，或者你的身上。

11

如同你会很快衰老，你也生长飞快
在你儿子身上，因那是你栽种出来，
那新鲜血液是你年轻时亲自催生，
你可以说是你的，哪怕你远离年轻：
这里生活着智慧，美，还有昌盛，
没有这，就是愚蠢，衰老和僵冷；
倘若大家都如此在意，那时间会终止，
六十年时间就能让这个世界消失。
让那些造化没有钟情的人别生育；
粗糙，平庸，鲁钝，赤条条地死去：
造化对青睐的人出手格外慷慨；
你对这种惠泽应该加倍地珍爱：
　　造化把你雕刻在她的印章上，那就是要
　　你印出更多东西，不是要你把原件毁掉。

【散文体】如同你会消亡得很快，你生长得也一样迅猛，只是要在你的后人身上体现出来，因为那是你生养出来的，是你青春焕发时传下来的新鲜血肉，你当然可以称作自己的，哪怕你渐渐告别青春：这里生活着智慧，美和多子多孙，没有这个过程，那就只有愚蠢、衰老和冰冷的腐朽；如果大家都这样用心用意，那么时光就会停下，六十年的时间就可以让这个世界旧貌换新颜。让那些造化没有制造出来繁衍的人变得粗糙，难看，鲁钝，无儿无女地死去：让造化青睐的人造化恩赐更多东西；你对这份丰厚的礼物应该加倍爱惜：

造化把你雕刻在她的玉玺上，那意思是让你借此印制出更多的东西，不是让那原件早早逝去。

12

当我看一看那标明时间的时钟，
知道美丽的一天落入长夜之中，
当我看见紫罗兰盛装已卸，
黑色的鬈发染上斑白霜雪；
当我看见高耸的树残枝败叶，
不久前却还给牛羊遮阳避热，
夏日的青绿一丛丛相拥相遇，
抬上棺架还带着硬硬的白须：
这时我禁不住问起你的美，
你迟早会进入时间的废堆，
因为芳香和美都会抛弃自己，
看见别人成长自己甘愿死去，
　　什么东西都抵挡不住时光的长镰刀，
　　只有生育能抵挡它，哪怕它把你放倒。

【散文体】我看了看报时的钟表指明的时间，知道这美丽的一天落入了可怕的黑夜，我看见紫罗兰盛开的花朵已经败落，又看见青丝变成了斑白的霜雪；我看见高大的树木落叶纷飞，可不久前还在给牛羊遮阴挡暑，夏天里还青翠欲滴，一簇簇，一束束，就是抬上殓床还带着硬刷刷的白须。这时候，我不禁对构成你的美产生疑问，知道你迟早要进入时间的垃圾堆，因为芳香和美都会抛弃自己，看见别人蓬勃生长，自己迅速地死去。

什么东西都不能和时间的长镰刀抗衡，除非养育出后代，面对它，哪怕它来把你带走。

13

哦，但愿你只是自己！可是，爱，与你
自己活在这里相比不只是你自己的；
对这走来的终点你应该有所准备，
把你俊朗的样子交给某个别的谁：
这样，你暂时租用的这美应当
不会有终期；那时候你还酷像
你自己，纵然你自己已与世长辞，
这时你可爱的后人沿袭你的样子。
是谁听任这样壮美的大厦倒地？
它得到维护本来可以傲然耸立，
任凭严冬的暴风雨不断侵蚀，
何惧僵冷的死神把愤怒滥施？
　　哦，除非你是挥霍之人：我的爱，你清楚
　　你有一个父亲，让你的儿子也这样宣布。

【散文体】啊，但愿一辈子都做自己！然而，爱，不会像你生活在这里一样总是你的；要对付这到来的终点，你应该准备起来，把你这甜美的形象交给某个别的什么人：这样一来，那个你租借来的美就不会有终了的一天；在你死了的时候，你就又是你自己了，因为那时候你可爱的子孙承袭了你英俊的样子。谁让如此壮美的府邸坍塌腐败，本来细心呵护就可以长久挺立，任凭冬日的暴风雨阵阵来袭，何惧永远冰冷的死神的暴怒狰狞？

哦，除非你是挥霍之人！我亲爱的，你知道你有一个父亲，那就让你的儿子说他也有一个父亲吧。

14

不是靠星辰我做出我的判断，
不过我承认对星象也还懂点，
但不预测好运气或者坏运气，
是否有瘟疫，饥荒，或四季利弊；
我也不能预测命运的瞬间变动，
说出每个瞬间的雷电，雨，还有风，
也不靠我常从上苍得到的预告，
告诉帝王命运是否会吉星高照：
但从你的眼睛我获取我的诀窍，
而且，从两颗恒星那里，我更知道
真和美将会一起大行其道，
只要你迷途知返前程看好。
　　否则我将会这样预示你的前程，
　　你的末日就是真理和美的厄运。

【散文体】不是从星辰那里，我采取了我的判断力，而且我敢说我对星象也有相当造诣，但是我却不会乱说什么好运气或者坏运气，不会预测瘟疫、饥馑和一年四季的黄道吉日；我也不会三言两语把命运讲清楚，向每个人指明他的雷、雨和风，或者凭借我经常从苍天获得的预测，索性和帝王交代什么命运是否顺逆：然而从你的眼睛里我倒是获益匪浅，而且，那两颗永恒的星星，我从它们那里明白了真和美这样的好东西会一起大放光彩，只要你改变自己，生儿育女：

要不然我在你那里只能预测这点，那就是你的终点也是真和美的厄运和终期。

15

当我细想每样蓬勃生长的东西，
呈现美轮美奂的样子不过一时，
这巨大的舞台只是演出一幕戏，
神秘的星辰正好从中左右形势；
当我发现人和植物一样繁衍，
由这同一苍天欢呼或者阻拦。
在青春气息里欢叫，盛极而衰，
把壮丽的景象从记忆里涂改；
于是这时断时续的多彩变幻，
让我看见了你青年时的最炫，
挥霍的时间和腐败勾搭成奸
把你青春的白昼与黑夜交换，
　　为了你的爱不惜和时间为敌，
　　他整残你，我来给你重接新肢。

【散文体】我发现每样东西长势良好，都是在很短的时间里美轮美奂，你看这巨大的舞台只是在送上各种表演，神秘的星辰趁机施加影响；当我发现人和植物一样繁衍生息，由这同一个老天催生或者摧残，在它们精力旺盛时呐喊喝彩，到了顶点就走向衰落，把它们绚丽的外衣从记忆里磨烂；那时这种飘忽不定的沉浮人生，在我眼前展现了你最丰富的一面，看见挥霍的时间在和腐败争辩，要把你青春的白昼交换给阴沉的黑夜。

为了你的爱，我要和时间开战，它把你砍伐倒了，我来给你培植新的肢体。

16

但是你为什么不用更强大的办法，
和这个残忍的暴君，时间，叫板开打？
在你的腐败中自新加强自己，
依靠比我的拙诗更灵的法子？
现在你站在幸福时光的顶点，
而且许多处女花园还未耕耘，
情窦初开盼望栽种你的鲜花，
比描抹你的肖像还要笔画到家：
生命的线条也应这样构造人体，
借用，时间的画笔，或者我的拙笔，
不管内心的秀慧还是外表的美丽，
都不能在世人的眼中造出你自己：
　　把你自己放弃的同时保有你自己，
　　你好好活着，一定要用自己的巧技。

【散文体】可是，为什么你不用一种更强大的方法，和这个嗜血的暴君，时间，开战？为什么不在你行将腐败之时幡然醒悟，增强自己，不要靠我那贫瘠的诗句，要用更圣洁的手段？现在你站在幸福时光的制高点，许多处女的花园还没有开垦，都满怀贞洁，希望种上你鲜活的花朵，比你被描画出来的假像还要逼真：生命的命脉就应该这样把生命构造，这支时间的画笔或者我幼稚的画笔，都无法从内心的秀慧到外在的美丽，把你描画成世人眼中的你自己真正的样子。

放弃你自己的同时仍要保留你自己，而且你一定要好好生活，用你自己的纯熟的技巧把自己呈现出来。

17

谁会相信我的诗迟早会问世，
如果它写满了你最高的价值？
尽管，天知道，它不过如同荒坟
藏了你的命又展示你的部分，
如果我能写出你眼睛的美，
把你所有的优美尽数归类，
时代到头来会说："这个诗人尽写谎言；
这样上天般的笔触从不画凡间的脸。"
那么我的诗卷因时代远久而变黄，
被人们讥诮像老人少实话多说诳，
你真正的权利被说成诗人的愤怒，
只是把一首古老的歌延伸了长度：
　　但是如果你的孩子那时还生活在世，
　　你就活了两次；在他命里和我的诗里。

【散文体】谁会相信我的诗作到时还会为人所知，如果诗里所写都是你最高贵的美德？尽管，老天知道，它只不过是一座坟墓，掩埋了你的生命，连你一半都没有展露，如果我能描绘出你眼睛的美丽，又把你所有的优美尽数陈列的话；时代到时候会说："这个诗人在撒谎，这样上天般的笔触从来不会描摹凡间的脸面。"这样，我的诗卷会随着时代变黄，被世人讥讽为老人的饶舌，实话少废话多，你真正的权利被说成是诗人的愤怒，只是把一首古老的歌拉长节拍而已。

可是，如果你有个孩子活在世上，那你就活了两次；在他身上同时也在我的诗里。

18

我能把你和夏日做一番掂掇?
你可比夏天更可爱也更温和：
疾风把五月的可爱的嫩芽摇撼，
夏天的租期让一切都日期太短；
有时天眼[80]照耀得过分炎酷，
它金色的脸往往变得模糊；
每一种美丽都终会变得不美丽，
因机会或自然改变着无常轨迹：
但你永久的夏日不会消逝，
也不会失去你拥有的艳丽；
死神也难说你在它的阴影里徘徊，
只因你在永恒的诗行里活得自在。
　　只要人们还呼吸、眼睛还能看清，
　　只要这诗作传世并且给你生命。

【散文诗】我可以把你和夏天做一番比较吗?你要比夏天更可爱、更温和；粗粝的风把五月可爱的萌芽摧折，夏季的租约令一切东西都只有太短的日期。天眼太阳有时照得过分炎热，而它那金色的脸往往显得模糊；由于机会和自然在改变无常的轨迹，每一种美好东西到时候都会盛极而衰；你的永恒的夏天不会消退，你拥有的美丽也不会失去；当你在永久的诗行里与时间生长，死神也不敢夸说你在它的阴影里蹒跚。

只要世人还呼吸，眼睛还能看见，只要这诗作长命，它就会给你生命。

19

吞噬的时间，你磨钝雄狮的利爪，
让大地把自己可爱的孩子吞掉；
从凶猛的老虎口里拔出尖牙，
令长命的凤凰在其血里焚化；
让季节在你飞逝间喜欢或伤感，
你为所欲为吧，捷足先登的时间，
糟蹋这大千世界和所有的落红：
可我禁止你干一件最可恨的罪行，
哦，别让你的时辰作践我爱的美额，
也别用你过时的羽毛笔写作诗歌；
让它在你的运转里保持清静，
把美的图案留给继承的众生。
　　可，你穷凶极恶吧，老时间：凭你犯浑，
　　我的爱仍会在我的诗歌里永葆青春。

【散文体】吞噬的时间，你磨秃了雄狮的利爪，让大地吞食它自己可爱的娃娃；你从凶猛的老虎口中拔去尖利的牙齿，并令长命的凤凰在它的血液里焚烧；在你飞逝时让四季高兴和伤感，捷足先登的时间哦，对这大千世界和一切凋谢的芳香想干什么就干什么；可是，我不许你干一件极其恶劣的事情：哦，别在我爱的美丽额头刻下你的时辰，也别用你过时的羽毛笔写作诗歌；为了美的图案留给继承的众生，让它在你的运转中享受一份安静。

不过，你尽管痛下狠手吧，老时间：尽管你一错再错，可我的爱会在我的诗歌里一直年轻地活着。

20

一张女人脸蛋由造化亲手描摹，
你呢，又是我激情的情郎与情妇；
还有一颗女人温柔的心，却从不
朝秦暮楚，不像虚伪女人的衣服；
眼光比她们的明亮，转动不虚晃，
目光所及都会让目标镀上金光；
有色彩的男人，把所有色彩掌控，
窃走男人目光又让女人灵魂惊恐。
造化本要把你创造成一个女人，
等捏造你时却被你迷得丢了魂，
通过为你添加东西让我失意，
那是件对我毫无目的的东西。
　　但是造化为女人快活挑选了你，
　　你给我爱而你的爱让她们着迷。

【散文体】你拥有一张女人的脸，造化亲手化妆，成了我的激情的主子和情妇；你有一颗女人的温婉的心，但是却不会像虚假女人的时装，更换频繁；你的眼光比她们的更明亮，转动起来也不虚假，目光所及都会让目标镀上一层金光；你是一个有色彩的男人，能把所有的色彩尽握手中，盗走男人的目光，又让女人的灵魂震惊。造化最初要把你造成女人，等到造化捏造你时被你慑服，为你增添东西却让我受挫，给你增添一样东西就让我目的全无。

不过，既然造化为了女人的快活挑选了你，那么把你的爱给我，而你的爱去利用她们的宝物吧。

21

所以我的状况不同于那个缪斯，
她被一个荡妇煽动起来而写诗，
把老天本身都利用来做修饰，
借每个佳丽与她的佳丽对比，
用自负的比拟写出对偶的诗句，
太阳和月亮，大地和海都罗列，
还有四月初绽的花，以及所有珍奇，
统统囊括在这浩渺圆环的大气里。
哦，让我，既爱得真也写得真诚，
然后相信我，我的爱美丽纯净，
如同母亲的孩子，虽然不那么太炫，
也如悬在天空的那些金色蜡烛[81]鲜艳：
　　让那些喜欢传闻的人说得更多吧，
　　我不屑对那个不出售的目的多夸。

【散文体】因此，我和那个被一个荡妇搅动起来写诗的缪斯的情况不一样，她把老天自身都用来做修饰，利用每个佳人和她的佳人做比拟，弄出些狂妄的对偶做修饰，比如太阳和月亮，大地和海洋，统统用上，也不放过四月初绽的花朵，还包括了所有在这浩渺圆环下大气养育出来的珍稀物品。哦，不仅让我的爱真实也让我的爱像任何母亲怀里的孩子一样娇美，哪怕不像那些固定在天空的金色蜡烛那么灿烂耀眼。

让那些喜欢道听途说的人说得更多，我可不会赞扬那个不会出售的目的。

22

我的镜子无法说服我老迈，
只要青春和你还一起同在，
但当我看见你脸上有了时间沟壑，
我就看见死神来把我的日子挥霍：
因那所有覆盖了你的美丽，
不过是我的心表面的花衣，
我的心活在你胸里，如你也在我心中：
那样我怎么能比你更加老而无用?
哦，所以，亲爱的，自己务必十分珍惜，
如同我不为自己而为你爱惜自己，
护好你的心，我定会对它加倍呵护，
如同慈母不让她的婴儿生病受苦：
　　别以为我的心受伤时你的心会无灾；
　　你把心给了我不是为了再交还回来。

【散文体】我的镜子不会让我相信我老了，只要青春和你还捆绑在同期，不过当我看见时间的沟壑在你脸上出现时，我以为死亡就要划掉我的许多日子了：因为所有把你覆盖的美只不过是我的心的外在盛装，我的心活在你胸间，如同你的心活在我胸中：那样的话，我怎么能比你更加老迈呢?所以啊，亲爱的，自己一定要加倍爱护自己，如同我为了你而不是为了自己也会好好活着一样，保护好你的心，我会对它悉心照料，如同温柔的母亲看护她的婴儿，免受灾病侵袭。

别以为我的心被捅破时你的心会安然无恙；你把心交托给我，可不是为了再交回去的。

23

如同舞台上一个生涩的戏子，
因为害怕把戏演得颠三倒四，
要么像凶猛的东西怒不可遏，
便浑身力气把自己的心震慑；
我也如此，因对忠诚惧怕，忘记说清
爱的仪式上那套千篇一律的辞令，
因为我自己爱的力量好像要腐烂，
只因不堪负重自己爱的巨大承担；
哦，让我的书到时变得词句汪洋，
像哑剧演员说出我胸中的深藏，
为爱情痛快陈说并盼望有所得，
要比巧舌说得天花乱坠还要多。
　　哦，快学会阅读默默的爱所写的言辞，
　　用眼睛聆听那些属于爱的敏锐才智。

【散文体】像舞台上演技青涩的演员，因为心里害怕便把角色演砸了，或者像某个十分凶猛的东西怒气满满，一身充沛的力量反把自己的心削弱了；我就是这个样子，因为担心别人信不过，就忘记了把爱的仪式的完美庆典描述一番，自己浑身的力气好像要腐败，让我自己的爱的力量压得喘不过气来：哦，快让我的诗篇到时候能滔滔不绝，哪怕像无言的预言者那样把胸中的所想尽情诉说，为爱情说尽好话，还希望得到报偿，比那巧舌如簧的舌头还说得更多。

哦，学会阅读无言的爱情所写下的词句，用两眼辨别属于爱的敏锐智慧的东西。

24

我的眼睛扮演了画家并且将
你的美貌画在我心的木匾上；
我的身体是那画作的画布，
透视是画家最拿手的艺术。
你透过画家必能看见他的手艺，
从而发现你真的形象画在哪里。
它就挂在我心胸的商店墙上，
由他的橱窗反射出你的目光。
看眼睛对眼睛干出了什么好事：
我的眼睛画出你的样子，而你的
给我打开我心中窗户，太阳从那里
欢快地窥探，对那里的你定睛审视。
　　可是这眼睛缺乏这点熟练让艺术雅馨，
　　它们只能画出你的眼睛，却不懂你的心。

【散文体】我的眼睛扮演了那个画家，已经把你的美的形体描绘在我心灵的木匾上；我的身体是装了画儿的框架。你通过画家一定能看见他的技巧，发现你真实的样子画在什么地方，那画儿挂在我胸中的店铺里，橱窗映出了你的眼睛。这下看看眼睛对眼睛能做出什么好事儿吧：我的眼睛把你的样子画了出来，而你的眼睛对我来说就是我心胸的橱窗，太阳从窗户活泼泼地照进来，对那里的你审视了又审视。

但是眼睛缺少这种让它们的艺术变得高雅的纯熟，它们只能画到它们所看见的，却并不懂你的心。

25

让那些在星辰面前深得宠幸的人，
占尽公家名誉并吹嘘傲气的头衔，
而我，命运无情阻挡了这样的光荣，
让我对最心仪的快活暗暗享用。
王公的宠臣把他们的绣叶炫夸，
也不过如同太阳眼中的金盏花，
他们的傲慢埋没在他们自身里，
稍皱眉头他们就在荣光里消失。
伤痕累累的武士为功名去打仗，
成千次的胜利总难免一次逃亡，
功劳簿因此会把他的名字划去，
他身经百战的经历会被人忘记：
　　那我是幸福的，因我爱别人别人爱我，
　　我也许不挪动地方也不会被人乱挪。

【散文体】让那些深得星辰眷顾的人吹嘘他们的官场荣誉和得意的头衔吧，而我，命运阻拦了这样的功名，就私下享受那份我最在乎的快活了。王公贵族的宠幸们炫耀他们的俏丽的叶子，其实也不过像太阳眼中的金盏花，他们的傲气在他们自己身上藏着，人家稍皱眉头就能把他们那份荣光吓没了。伤疤累累的武士因为打仗名声显赫，可成千次的胜利总难免一次溃退，功劳簿因此会把他的名字抹掉，他身经百战的经历会被人忘记：

这样说来我是幸福的，因为我爱别人，别人也爱我，我在一地也许不想挪动，可我也不会被人挪来挪去。

26

我爱的主，我一心做你的奴才，
你的功劳让我对你责无旁贷，
我向你送上这书写的信使，
向你尽责，非展示我的拙诗：
责任很重大，我的诗才却很可怜，
看起来也许赤裸，缺少华丽语言。
可我奢望由你的超凡才华，
你灵魂的思想，全裸，指点它；
直到某颗星辰指引我的运行，
依靠奇特轨迹对我惠顾拨正，
在我蹒跚的爱情上套上华服，
向我露出你高贵的温馨垂顾：
　　那时我也许才敢向你说我是多么爱你；
　　要不然我不会仰起脸让你仔细地审视。

【散文体】我亲爱的老爷，我一生都是你的奴仆，你的恩德把我的责任强有力地拧在一起，我因此向你送上这写出来的诗，充当使臣，向你述职，而不是显露我的才华：责任如此重大，我写诗的能力如此可怜，也许让诗句读来赤裸，没有达意的词汇，但是我一心希望你的超凡才华，你的灵魂深度，赤条条的，对拙诗指点；直到某颗辰星来引导我的行迹，用奇特的轨迹惠顾我指导我，在我蹒跚的爱情上穿上华丽的服装，对我表露你高贵的温馨的关怀。

那时，我也许才敢向你表露我是多么爱你；要不然我不会抬起这张脸，怕你细细审查。

27

辛苦而疲惫，我急忙上床停歇
让奔波的腿得到可贵的缓解；
然而我脑子又登上一次旅途，
身体困乏了，脑子却开始走路：
因这时思绪活跃，与我远远离开，
打算向你进行一次热情的朝拜，
迫使我沉沉的眼睛睁大睁圆，
凝视那盲人才看得见的黑暗：
除了我灵魂的想象力的所见，
便是你的影子在我眼前闪现，
如同黢黑的夜幕上悬着的宝链，
令黑夜变得美丽旧貌换了新颜。
　　看！这样，白天用我的腿，黑夜用我的脑，
　　为了你也为了我自己难把安静寻找。

【散文体】辛苦得浑身无力，我赶忙上床休息，让奔波劳顿的两腿得到舒缓；可是我的脑子又开始上路，不顾身体疲惫不堪，进行漫长的旅行：我这时思绪活跃，离开我远远的，对你要来一次激情洋溢的朝拜，强迫我那沉重的眼皮睁得大大的，向只有盲人才看得见的黑暗注视：除了我灵魂的想象的景致，我看不见的风景前就是你的影子，像一枚珠宝悬挂在黑漆漆的夜幕上，把黑夜映衬得格外美丽，旧貌换了新颜。

快瞧！白天劳累我的腿，夜里劳累我的脑，为了你也为了我自己，寻找安静并不容易。

28

那么我怎么才能兴致勃勃地回去，
因为我的身和脑都不得好生休息？
白天的压迫不能被黑夜缓和，
就听凭这样日日夜夜地逼迫？
尽管日夜各行其是不搞联盟，
可一致同意联手把我来折腾；
一个拖累没完，一个满腹怨言，
说我辛苦多多，应该离你更远。
我跟白天讲，为取悦它说你亮堂，
在乌云满天时你能带给它光芒；
我也这样把黑脸的黑夜赞美，
在星光暗淡时你给夜晚光辉：
　　但是白昼每日都把我的忧愁拉长，
　　而黑夜又夜夜让愁绪的力量加强。

【散文体】既然我不能好生休息，我怎么才能心绪开朗地归来？当白天的逼迫不能被黑夜化解时，就听凭这样白天赶黑夜、黑夜逼白天地赶来赶去吗？尽管白天和黑夜没有同盟，却同意联手把我折腾；一个劳累辛苦了，一个就会抱怨我如何辛苦，非让我躲得远远的。我跟白天讲，为让它开心我说你浑身是光，在乌云把天空遮挡时能给它带来光亮；就这样，我对黑脸的黑夜一番奉承，说天空繁星无光时你能给夜空光辉。

但是白日每天都把我的忧愁拉长，而黑夜又夜夜把愁绪的力量似乎加强了。

29

当我饱受命运和世人的白眼时，
我独自为我的被排挤身份哭泣，
纷乱的聋老天不理我无望的呼喊，
只好顾影自怜并诅咒自己的命运，
愿我能像一个富人有望高就，
长相像他，像他一样广交朋友，
渴望这人的手艺和那人的天地，
我最拿手的却反让我最不满意；
可是这些想法又让我小看自己，
幸亏我想到了你，随后我的意气
像天亮时分的百灵从幽暗的大地
展翅高飞，对着天庭的门高歌一曲；
　　为牢记你的厚爱带给我如此的福分，
　　我不屑和帝王们交换国君的身份。

【散文体】当我饱受命运和世人的白眼时，我只能孤单地悲叹自己无依无托的身世，向耳朵聋掉的老天爷无望地呼喊，希望我像一个更富有的人前景看好，像他一样五官端正，像他一样拥有朋友，渴求这个人的手艺，羡慕那个人的才华，对我最拿手的东西都感到最不满意；可是这些想法反倒让我小看自己，多亏我想到了你，随后我的精神便像拂晓时分的百灵鸟从幽暗的大地展翅飞翔，对着天庭的大门放喉高歌。

只因记起你温情的爱带给我如此的富裕，我便不屑和帝王们交换一国之君的地位了。

30

面对清洁的安静思想的法庭[82]，
我把过去的事情的记忆唤醒，
我感叹我追求的许多事情都缺失，
带着旧憾哭泣我的好时光在虚掷；
于是我用泪水浸泡我干涩的眼睛，
只为了好友在死亡的长夜里孤行，
哭泣挚爱长期勾销的难言忧伤，
痛悼许多消失的倩影不再风光。
于是我为已逝去的忧伤而忧伤，
从悲苦到悲苦沉重地清理旧账，
把哭泣过的哭泣苦账逐一盘点，
若过去没有偿还如今旧账新还。
　　不过如若等到我想起好友你的那时，
　　所有失却都会补上，种种悲苦都停止。

【散文体】在对着清洁的安静的思考的治安法庭时，我会把关于过去诸多事情的记忆唤起，我叹息缺失了我苦苦追求的许多事情，各种旧的悲苦犹在，又为我宝贵的时光的虚掷而懊悔；那时我只能用泪水浸泡我干涩的眼睛，因为珍贵的朋友已经隐藏在死亡的漫漫长夜里，重新哭泣挚爱长久以来删去的悲苦，为许多消失的倩影一去不复返而心酸。于是，我为已去的悲伤而悲伤，沉重地从悲苦到悲苦整理思绪，把这笔曾经哀叹过的哀叹账目整理清楚，如果我过去不曾偿还，如今我把旧账立马还上。

然而如果我想起你这个挚友的时刻到来，那么所有的悲苦都得到补偿，各种忧伤都会有终期。

31

你的心胸操尽了心因而更被爱慕，
我因为缺失便以为它们都已亡故，
那里保留爱和所有爱的爱恋部分，
还有我以为已经埋葬的那些友人。
多少圣洁的顺从的涟涟泪流，
把虔诚的挚爱从我眼里偷走，
作为死者的利益，现在豁然呈现，
却不过是藏于你身的挪动的物件。
你是掩埋了活生生的爱的坟地，
将我逝去的挚友的纪念品挂起，
我身上所有他们的部分都给了你；
现在你独享许多应该得到的东西。
　　我爱恋的他们的映像我在你身上领略，
　　代表他们大家的你，会得到我的一切。

【散文体】你的心胸装下了所有的心，令人亲近，而我没有所有的心，我便以为所有的心都死了，可那里拥有爱，拥有所有爱的爱意，拥有所有那些我以为埋葬的朋友。多少圣洁的顺从的泪滴从我的眼里偷走了亲切的虔诚的爱，好比死者的利益，现在呈现的不过是藏在你内心的挪走的东西。你是掩埋了鲜活的爱的坟冢，挂起了我逝去的至交们的纪念品，他们把我身上所有他们的东西都交给你；许多应得的东西都让你独自享有。

我深爱的他们的映像，我在你身上看见了，代表他们大伙儿的你，会得到我的一切。

32

如你活得比我深为满足的日子还久，
那个粗人死神用黄土埋了我的骨头，
碰巧吉星高照你再次浏览这些
你死去的挚友的粗浅的诗作，
拿它们和当下流行的诗句比较，
尽管它们在每一诗作前都见笑，
那也为我的爱留着，别管他们的诗，
别在意他们凭天分写诗多么得意。
哦，那时对我就用这样爱的思想：
“如果我朋友的缪斯与时代生长，
他的爱带来了更可贵的身世，
在更高贵的马车行列里行驶：
　　不过既然他死了而诗人都进步更快，
　　那我读他们是读诗风，读他却为了爱。”

【散文体】倘若你活得比我甚为满足的日子还长，当死神这个粗人将用黄土把我的遗骨埋上，而你幸好再次阅读你已故的挚友这些可怜的粗浅诗行，拿它们与时下更时兴的诗作比较，而且尽管它们比每支笔下的作品都大为逊色，那也为了我的爱而保留着，别为了他们的韵诗扔掉我的拙作，哪怕那些更幸运的人天赋不凡。哦，那时只管用这样爱的思想对待我：“如果我朋友的缪斯与这蒸蒸日上的时代一起长成，他的爱已经产生比这更可贵的出身，那就在更加华丽的马车行列里一起阔步而行吧：

不过既然他死了，诗人们实际证明更好，那我就为了他们的诗风阅读他们的作品，却为了对他的爱阅读他的作品。”

33

我见识过许多明媚的早晨
用那君主的目光俯瞰山巅，
用金色的脸庞亲吻那碧绿的草场，
用超凡的魔力为灰暗的河流上光；
又立刻允许最寡淡的云彩飞来，
给他神圣的脸上涂抹残碎云块，
让他的脸躲开这荒凉的人世，
带着这种羞辱偷偷地向西去：
我的太阳一天早上就这样照耀，
在我的额头上洒下胜利的光照；
但是咦，他只是我瞬间的荣光，
那下界的云现在把我与他阻挡。
　　然而我的爱不会为此把他小看，
　　天上的太阳有污点，更别说人间。

【散文体】我看见过一个个阳光灿烂的早晨，用君主般的眼神欣赏崇山峻岭，用金色的脸面亲吻那些绿油油的草地，用天神一样的魔力给灰色的河流涂上金色；即刻便允许最猥琐的碎云扑来，让他那俊容躲开这荒凉的人世间，带着这种耻辱偷偷地向西潜行：我的太阳一天早上也这样升起照耀，在我的额头闪烁胜利的光芒；然而，天哪，他只是我一个时辰的荣光，那下界的云彩这时已经把他和我隔开。

可是我的爱不会因此对他怠慢，天空的太阳还有污点斑斑，更何况人世间的太阳了。

34

为何你允诺这样一个美丽的日子，
让我匆匆赶路而未来得及穿外衣，
让那卑贱的云块在我的旅途汹涌，
把你的光芒遮蔽在它们的阴霾中？
你穿过云层晒我挨淋的脸上的雨，
这区区小恩小惠不足以功过补齐，
因为没有人会赞美这样的药膏，
它能医治伤口却难把耻辱抵消：
你的羞耻对我的忧伤毫无裨益；
你尽管后悔，我的损失却是损失：
对背负沉重过错的十字架的人
冒犯者的难过只是微弱的垂仁。
　　唉，你的爱留下的那些泪滴是珍珠，
　　它们虽贵，可补救所有不良的错误。

【散文体】为什么你应允了这样一个明媚的日子，而且让我来不及穿外衣就匆匆上路，却让可恶的乌云在我的路上突袭我，把你的灿烂光亮遮挡在它们腐臭的烟雾后面？你穿过云层把我暴雨打湿的脸晒干，这根本算不上什么，因为没有人会对这样的医治大加赞赏，那样可以医治伤口，而对那种羞辱却于事无补：你的羞耻对我的忧伤也没有作用；尽管你感到后悔，可我的损失依旧是损失：冒犯者的痛心，对背负沉重过错的十字架的人来说，只不过是小小不言的安慰。

啊，你的爱流淌的那些泪水是珍珠，它们很宝贵，能补赎所有的不良行为。

35

你所造成的伤害没什么可难过的：
玫瑰花长刺，晶亮的清泉难免淤泥，
乌云和蚀食能够遮挡月亮和太阳，
恶心的害虫活在最香甜的嫩芽上。
所有的人都犯过错，我也有过，
通过比较来为你的过错开脱，
让自己腐化来救赎你的罪过，
原谅你那些超过常罪的大恶；
因为对你的常罪我可以原谅——
你的原告方就是你的辩护方——
一次法律的起诉最终起诉了自己：
这样的内战在我的爱与恨中交替，
　　因此我不得已成了一个同谋，
　　帮助那小毛贼把我狠狠劫偷。

【散文体】别再为你已经造成的冒犯感到难过：玫瑰花长刺，银光般的泉水下有淤泥，乌云和蚀食遮挡月亮也遮挡太阳，讨厌的害虫存活在最可口的嫩叶里。是人就有过错，就是我也一样，通过比较来确认你的罪过，把我糟践一番减缓你的过错，原谅你的那些比一般罪过更大的大恶；因为我对你的一般罪过在所不计——你的原告方就是你的辩护方——一次合法的起诉最后落到了自己身上，这样的内战在我的爱与恨中交火不断。

因此我必须做一个胁从同谋，为了那个温和的小偷，我狠狠地对自己下手。

36

让我坦白说我俩就是两个人，
尽管我们专一的爱却难解难分：
因此那些我承受的污点依然保留
没有你的分担，我一个人独挑在肩。
在我们的爱里只有一种重视，
尽管离间的恨存在我们命里，
哪怕它未改变爱的唯一影响，
但是它窃走了爱意的好时光，
我永远不会再与你心有灵犀，
怕我可悲的罪让你感到羞耻，
你也不能公开对我曲意逢迎，
除非你让你的名字不干不净：
　　但是别这样做；我以某种方式爱你，
　　如同你就是我的，我的也就是你的。

【散文体】让我坦白地说，我们两个只能是两个独立的人，尽管我们分不开的爱只是一个：所以，那些加在我头上的污点还让它们留着吧，没有你的成全，我只能单独承担起来。我们两个的爱里只有一种尊重，哪怕我们的生命里存了一种分离的怨气，哪怕它改变不了爱的唯一效力，但是却能盗走爱的快乐的甜美的时光。我也许不会再认准你不放，害怕我的哀恸的罪过会给你带来耻辱，而你也不能在公开场合为我大唱赞歌，除非你牺牲了你名声的赞誉：

但是别这样做；我以某种方式爱着你，如同你是我的，我的自然也是你的。

37

像一个老迈的父亲喜上眉梢，
眼见他活泼的孩子青春洒抛，
我也一样，被命运的毒素摧毁，
把你的贵与真视为所有的安慰；
因为不管美，出身，或富贵，或巧智，
或这些的任何一种，或所有，或更多，
只要是你的东西，我就尊为至极，
将我的爱安放在这个聚宝盆里：
那时我就不再残破，贫穷，被人看不起，
就连这个影子都能给予如此的实质，
那么我在你的宝盆里定会感到满意，
并且靠你所有光荣的部分安心度日：
　　看看什么为最好，我愿你一切如此；
　　我只要有这愿望，我就十倍地欣喜。

【散文体】如同一个老迈年高的父亲，看见他活力四射的孩子处处青春激荡，就从心眼儿里高兴，我就是这样的，尽管命运最严厉的歹毒把我摧残，但是我可以从你的尊贵和真实里得到我所有的慰藉；因为，不管美，出身，或者财富，或者才智，或者所有这些之中的任何一种，或者所有，或者更多的东西，只要和你的东西密切相关，我就要尊如王冠，把我的爱嫁接在这个聚宝盆上：这样一来，就是我残破了，贫穷了，被人小看了，就连这个影子都能给予如此实质性的好东西，那我身置你的宝盆里就感到特别充实，哪怕依靠你所有光荣的任何部分，我都会好好地生活下去：

瞧一瞧什么是最佳吧，我就希望最佳的东西都在你身上；我有了这样的心愿，那么我就会感到十倍的幸福。

38

我的缪斯怎么能缺乏创作题目，
瞧你呼吸欢快，给我的诗作倾注。
你自己的好辩才，是那么才华横溢，
令平淡无奇的白纸不敢坦然受益？
哦，感谢你自己吧，如果我的诗里
真有值得你的慧眼品读的东西。
当你自己放射出了创造的光亮时，
哪还有谁装聋作哑不能为你献诗？
做第十个缪斯吧，比起那九个前辈，
即便诗人都尊崇他们你也强出十倍，
有人向你呼唤，那就让他献上
可以超越时代的永久的诗章。
　　若我的巧缪斯让这些少有的日子欢喜，
　　那么痛苦是我的，世人的赞扬应是你的。

【散文体】当你呼吸欢快，把你自己甜美的辩才倾倒进我的诗作里，你的才华是那么咄咄逼人，区区白纸一张简直擎受不起，我的缪斯怎么能缺乏创作的题材呢？哦，如果我的诗作里还有值得一读的东西受你青睐，那么感谢你自己吧，因为谁就是笨如聋子哑巴，只要你自己赐予创作的灵光，怎么能不写给你诗看？你就做第十个缪斯吧，比起诗人们津津乐道的那九个老前辈，你要强出十倍，因此有人向你呼唤，那就让他拿出可以超越时代的不朽的诗作吧。

如果我轻飘的缪斯让这些罕见的日子喜兴，那么痛苦都是我的，赞扬都归你享有。

39

哦，我如何礼数周全地歌唱你的优势，
当你就是我所有更优秀的品质时？
我自己的赞美能给我自己带来什么，
我赞扬你时所说的还不是美化自我？
即便为这点，也让我们各自过日子，
我们的亲切的爱失去独处的名义，
通过这种剥离我才可以放手
你该得到的那份最配的享有。
别缺席哦，那样你会带来什么离绪，
如果你的苦悠闲不能给我甜应许，
用真爱的种种情思好好款待时间，
这样好把时间和思绪温柔地欺骗；
　　你就传授如何让一个分成两个，
　　赞扬这里的他从此以坚守为乐。[83]

【散文体】哦，当你就是我所有的更优质的部分时，我如何才能礼数周到地赞美你的真正价值呢？我在赞美你时所说的只是赞美自己，我自己的赞扬能给自己带来什么呢？即便为了这点，那也让我们分开生活，我们珍贵的爱丢失了独自的名义，通过这种分离我才可以给你应得的东西，就是你独自配有的那部分东西。哦，要是你苦涩的闲暇不能给我甜蜜的准许，用爱的种种情思款待时间，并特别温柔地欺骗时间和思绪，就生生地离去，你走了会产生什么样的折磨啊；

你放手传授如何把一个人分成两个，只管赞扬他在这里，从此就守候下来吧。

40

把我的爱都拿去，亲爱的，统统褫夺；
看你那时比已经拥有的多些什么？
没有爱，亲爱的，能称得上真实的；
因你索取之前我的爱早已属于你，
那么，为了我的爱，你接受我的爱，
我不会因为你利用我的爱而责怪；
可又难免责怪，因你就是要欺骗自己，
不管不顾地品尝你自己拒绝的东西。
我宽宥你的劫掠，温柔的小偷，
哪怕你把我所有的财物偷走；
可是，爱知道，更了不起的窃贼，
宁要爱的冤枉也不理睬恨的损毁。
　　好色的恩宠，你身上确实露出了劣迹，
　　用各种恶毒杀死我，可我们不是死敌。

【散文体】请把我全部的爱拿走吧，亲爱的，都拿走吧；就是你都拿走了，你比过去所拥有的能多些什么呢？亲爱的，没有什么爱你可以称之为真正的爱；所有我的爱在你强取这些爱之前就早已经是你的了。那么，如果为了我的爱，你接受了我的爱，我不会因为你利用我的爱而责怪你；然而，你还是躲不过责怪，如果你就是要任性地品尝自己所拒绝的东西，自己欺骗自己的话。我会原谅你的劫掠行为，你这温柔的窃贼，尽管你偷走了我所有的财产；然而，爱很清楚，敢于承担爱的冤枉，而对恨的伤害不理不睬，那才是一个更加了不起的小偷。

淫荡的恩宠，你身上清楚地显露了所有的劣迹，会用各种狠毒把我整死，但是我们一定不会成为敌人。

41

那些因你荒淫所犯下的小小过错，
是我有时没有占据你空落的心窝，
你的美和你的岁月相当匹配，
因你到哪里诱惑都形影相随。
你很温柔，因此很容易被人赢去，
你很美，因此你总是会被人袭击；
当一个女人穷追时，女人的儿子
怎么会置之不理，不投向其怀里？
哎呀！你不妨把我的位置暂存，
斥责你的美和你长驻的青春，
它们引导你放荡不羁狼狈为奸，
你因此不得已毁掉了双重誓言，
　　她的，是你的美把她勾引到你那里，
　　我的，是你的美对我一直虚情假意。

【散文体】你滥用自由犯下的那些小小的荒唐事儿，是我有时不在你心房时犯下的过错，你的美和你的岁月是相得益彰的，因为不论你在哪里，诱惑都会找到你的头上。你温柔，因此你总是会被人征服，你俊美，因此你总是会被人围追；当一个女人懂得求爱了，一个女人的儿子怎么会乖戾地离去而不落入她的怀抱？唉，是啊，可你还是对我的位置高抬贵手吧，对你的美和你长驻的青春追查一番，是它们把你引向荒唐的行为，你被迫无奈，不得已把双重的誓言都置之不理。

她的，是你的美把她引诱到了你身边，而我的，又是你的美对我虚情假意的结果。

42

你把她搞了，这不能让我彻底心冷，
可是说我对她爱得很深却是实情；
而她缠住你，才是我至深的悲哀，
爱的丧失让我感到更多的失败。
亲爱的冒犯者，我这样为你开脱吧：
你爱上了她，是因为你知道我爱她；
为了我的缘故她把我欺罔，
让我的朋友为我把她爱上。
我若失去你，损失可让我亲爱的受益，
而失去她，我朋友却找到失去的东西；
你俩都有所得，我却失去了你们两个，
两个又都为我的缘故让我受尽折磨。
　　可这是快乐；我的朋友和我不分彼此：
　　甜美的奉承！那时她只对我钟爱不弃。

【散文体】你把她霸占了，我对这事儿并不感到完全伤心，可是我得说我对她爱得专心。她对你倾心，我感到了莫大的悲哀，爱的丧失令我深感心寒。亲爱的冒犯者啊，我为你这样开脱吧：你爱上了她，那是因为你很清楚我爱她；为了我的缘故，她待我这般恶劣，让我的朋友也为我把她爱上。倘若我失去了你，我的损失让我亲爱的得到了好处；你们两个各得其所，可我一下子失去了你们两个，你们两个又都因为我的缘故让我饱受折磨。

但是，这就是快乐；我的朋友和我原本就是一个人，多么温馨的奉承哦！那时她就独独对我爱怜有加了。

43

当我闭眼时，我的眼睛看得最清楚，
白天它们会看见各种无聊的事物；
可当我睡觉时，它们在梦里看见了你，
幽黑的光亮在暗地里放射得很亮丽。
那时你哦，你的影子把各种影子照亮，
你影子的形状如何露出幸福的形状，
用你更亮的光让白日更清朗，
对看不见的眼睛也送去亮光！
我的眼睛，我说，会享尽何等福气，
在鲜活的白日能把你一览无余，
在死寂的夜里你残缺的倩影，
穿过酣睡留在无光的眼睛里。
　　所有的白日都是黑夜，直到能看见你，
　　所有的黑夜都是白日，让我梦里见你。

【散文体】当我紧紧地闭上两眼时，我的眼睛则看得最清楚，因为白天都在看那些无聊的东西；可是当我入睡了，眼睛在梦里却能看见你，黝黑的目光在暗地里看得很清楚。那么你哦，你的影子让重重影子毕露无遗时，你影子的样子如何显露出幸福的样子呢？叫你更清澈的光亮让清澈的白日受益，叫你的影子也给看不见的眼睛送去光明！在活生生的白日里，我说，只要能看见你，我的眼睛会因此享受多么大的福气？在死寂的黑夜里，你不完美的倩影穿越沉睡的梦，停留在没有光亮的眼睛上！

所有的白日都是可视的黑夜，直到我把你看见，而所有的黑夜又都是明亮的白天，睡梦里让我把你看个够。

44

如果我肉体的钝质就是思想，
恶搞的距离不该阻止我路上；
因为尽管空间阻隔我仍会被带到
你所在的地方，哪怕相距万里之遥。
那时哪怕我的两脚站在
离你最远的地方也无碍，
因轻灵的思想能越过海和地，
只要想起他生活的那片地域。
可是，唉！思想谋杀不是思想的我，
因你离去时我相距遥远紧追不舍，
哪怕是土捏的水做的也不在话下，
我一定要用悲伤养护时光的闲暇，
　　用如此缓慢的元素得不到任何东西，
　　只能是沉沉的眼泪，两者悲伤的标志。

【散文体】如果我肉体愚钝的实质是思想的话，那么可恶的距离也无法阻止我上路；因为那时尽管空间阻隔，遥远的种种限制很多，我也会被带到你所在的地方。哪怕我的两脚站在离你最遥远的地方，那也没有什么关系；因为灵便的思想可以越过海洋也可以跨过大地，只要想起你所在的地方就所向披靡。但是，哎呀！思想绞杀不是思想的我，你离去时无法跨越千山万水的阻隔，只是我是泥土和清水做的，我一定要用我的悲伤陪伴时光的闲暇，

依靠如此迟钝的元素什么都得不到，只能得到沉甸甸的眼泪，土和水这两种悲伤的标志。

45

另两种元素，轻盈的空气和净化的火，
都和你紧密相连，不管我在哪里生活；
一个是我的思想，一个是我的欲望，
这两样忽隐忽现，敏捷地来来往往。
因为这两样更迅捷的元素离去，
只为带了爱的使命去把你追击，
我的生命本来是由四种元素制作，
却只留两样沉向土地，阴郁地压迫；
直到生命的构成得到保障，
由那两个快捷的使者护航，
因它们来自你，哪怕是迟迟归来，
也带来了你的安康，向我一一交代：
　　这番交代，我快活，可惜没有快活多久，
　　我打发它们回去，立刻变得满腔忧愁。

【散文体】另外两种元素是轻飘的空气和净化的火，都和你息息相关，不管我生活在什么地方；第一种是我的思想，另一种是我的欲望，这两样东西一会儿在一会儿不在，行动敏捷来去自由。因为在那些更快捷的元素离去时，肩负爱的使命去找你，而我的生命本来是由四种元素构成的，如今却只和两种元素沉向大地，阴郁地一再压迫；直到生命的构成得到保障，由从你那里来的那两个使者保护，哪怕现在才回来，保证你平安健康，向我一一交代：

这番交代，我听得喜欢；但是随后我便高兴不起来了，我把它们打发走，马上感到悲从中来。

46

我的眼和心在进行一场殊死征战，
看看如何抢先得到你的另眼相看；
我的眼阻拦我的心与你的图像在一起，
我的心不愿我的眼自由支配这权利。
我的心恳求你紧附在他的身体里，
成为一个锐眼再无法透视的机体，
可那被告却一口否认那个恳请，
争辩说他身上只有你的好外形。
要裁定这一权利就得挑选陪审团，
一个思想陪审团，我心里的住员，
由他们的裁决把这纠纷排解，
明眸和善心获取它们的应得，
　　判决如下：我的眼睛得到你的外在，
　　而我的心的权利则是你心里的仁爱。

【散文体】我的眼睛和心灵在进行一场你死我活的战争，解决如何分割你的青睐的纷争；我的眼睛不要我的心灵得到你形象的样子，可我的心灵不愿意我的眼睛独享那份权利的自由。我的心恳请你潜伏在他的内里，——一个火眼金睛都永远无法透视的隐蔽所——然而被告矢口否认了这一请求，辩称说你的外貌藏在他身上。为了决定这一案件，就得请来陪审团，一个思想陪审团，我心里的住户，由它们的裁决来解决清澈的眼睛和亲切的心灵各自的所得：

判决是这样的：我的眼睛应得的是你外在的貌相，而我的心灵的权利则是你心灵内在的爱。

47

我的眼睛和心灵结成了联盟，
每方都向对方付出慷慨恩情：
当我的眼睛渴望一睹你的貌相时，
或我仁爱的心灵窒息得连连叹息，
那时我的眼睛想领略我爱的图片，
也邀请我的心灵出席多彩的盛宴；
有时我的眼睛又是我心灵的宾客，
在它仁爱的思想里扮演一个角色。
于是，不管靠我的图还是我的心，
远处的你依然和我紧紧地相邻。
因为你不会比我的思想放飞得更远，
只要我和思想在一起你就近在身边。
　　或者如果思想睡眠了，你的图像在我眼前，
　　便会唤醒我的心，让心灵和眼睛双双舒坦。

【散文体】我的眼睛和心灵结成了一个联盟，现在每一方都会为对方考虑周全：当我的眼睛渴望一睹你的风采时，或者我爱的心灵憋闷得不住叹息时，我的爱的图画就会款待我的眼睛，也吩咐我的心灵来共享多彩的宴席；另有时候，我的眼睛是我心灵的客人，在它爱的思想里扮演一个角色。于是，只要我的图画或者我的爱在，远方的你就会一直和我在一起；因为你不会有我的思想飞翔得更远，只要我和思想在一起，思想就和你在一起；

或者，如果它们入睡了，你的图像在我眼前唤醒我的心灵，让心灵和眼睛一起高兴。

48

我是多么小心，在我上路之时，
每样棘手的小件都严加控制，
为了我使用便利一概不让别人乱动，
避开诡异的手藏在万无一失的柜中！
可你，我的珠宝相对你来说都不值钱，
曾是最可贵的慰藉，现在最令我心寒。
你哦，亲密中的亲密和我唯一的牵挂，
如今却让每个小小窃贼惦记在心下。
我没有把你锁在随便什么箱子里，
除非你有去处，我觉得你无处可去，
只能待在我胸口那温柔的心房里，
在这里你尽可以快活地来来去去；
　　我担心，就是在这里你也会被人偷走，
　　因为一旦价值连城，忠信也会成小偷。

【散文体】当我走上旅途时，我是多么小心谨慎，每样棘手的小东西都要控制得滴水不漏，为了我使用方便将之保留不用，远离那不老实的手，置于万无一失的保险柜里！然而你哦，我的珠宝在你跟前都是贱货，你就是最贵重的安慰，现在又是我最大的悲伤。你啊，最亲近的最佳和我唯一的牵挂，这下成了凡间窃贼的惦记。我没有把你锁进任何箱子里，除非你不在我胸间那温柔的心房里，尽管我觉得你别无去处，因你在这里享尽快活，来去两便。

我害怕，即便在这里你也会被人偷去，因为一旦价值连城，忠信也会转变成偷盗行为。

49

针对那个时刻，那个时刻若真的会有，
那时我看见你对我的缺点紧锁眉头，
那时你的爱花净了最后的款项，
经过周密的考虑来清算往来账；
针对那个你奇怪地走过的时刻，
几乎不屑用太阳，你的眼，迎住我，
爱，转变成了截然不同的样子，
只是寻找种种理由毅然别离：
针对那个时刻我会躲在这里，
对我自己的身价仔细审视，
举起我的这只手维护自己，
抵挡你那方面法律的说辞：
　　你有法律的力量把可怜的我遗弃，
　　只因为什么我没有信服爱的道理。

【散文体】如果那个时刻果真会到来，我对那个时刻要有所准备，因为那时我会看见你对我的各种过错皱起眉头，你的爱也会把最后一笔积蓄花完，经过周密盘算后把账目清算；针对那个你像陌生人一样走过的时刻，几乎不屑用那太阳，你的眼，对我审视，而爱也全然转变成了不同的东西，只是找到各种理由分道扬镳，——针对那个时刻我只能躲在这里，对自己的身份了解一番，并且举起这只手维护自己，提防你那方面提出的法律上的理由：

你有法律的力量把可怜的我撇开，只因为什么要爱，我说不出公开的道理。

50

我在旅途跋涉是多么步履艰难，
我疲惫旅行的终点，即我的期盼，
却教导安逸和宁静这样召唤：
“你离开你的朋友千里万里远！”
驮我的牲口，都厌烦了我的苦楚，
走得无精打采，又把我这重身背负，
仿佛这畜生凭某种本能便清楚，
因了远离你，它的主人不要速度：
那该死的马刺无法让它加快步子，
尽管有一时来气刺痛了它的毛皮；
它因此痛苦得做出沉重的回应，
我听得比刺痛它的皮毛还心痛；
　　因为这哀鸣在我的脑海里滞留：
　　我的愁肠在前，而我的快活在后。

【散文体】我行走在路上是多么步履艰难啊，尽管我所期盼的，是疲惫不堪的终点，而我享受到的安逸和宁静却这样说：“这样行走离开你的朋友成千上万里了！”这牲口驮着我，对我的哀伤也深感厌烦，行走得枯燥无味，驮了我这身重量，仿佛这畜生凭借某种本能了解到它的骑主不喜欢速度，那是因为在离你远去：这嗜血的马刺无法驱赶它加快步子，尽管有时我来气了会刺痛它的皮肤，让它发出沉重的哀鸣，我听见那鸣叫比刺痛它还难受；

因为这同样的哀鸣刺入我的脑海；我的忧伤立即袭来，可我的快活却迟迟不见。

51

就这样，我的爱原谅了这迟缓的冒犯，
我的坐骑虽迟钝却知道我离你渐远：
既然在远离你我为什么要着急前行？
除了登上返途，根本不需要加快行程。
哦，随后我可怜的坐骑会发现什么借口，
本可以日行千里却似乎慢慢悠悠？
随后我又踢蹬马刺，哪怕狂奔如风；
在添翼的速度中我却不知在前行：
那时没有骏马能与我的欲望赛跑；
因此欲望，应该由完美的爱来构造，
由此可不似凡胎地长啸并一路长驱；
但是爱，为了爱，会如此原谅我的坐骑；
　　自从离开你它就故意缓慢地行走，
　　返回时我会向你跑去，还给它自由。

【散文体】由此看来，我的爱原谅了我呆钝的坐骑行走缓慢的冒犯，因为我在离开你远行：既然离开了你，为什么我要着急赶路呢？直到我返回时，匆匆赶路是不需要的。哦，那时，我这可怜的马匹会发现什么缘由呢？本来可以疾奔如飞，四蹄腾空，却似乎只能慢慢行走。那时即便我用马刺乱踢，骑马如同御风飞奔；在展翅的飞奔中却不觉得在行走：那时，没有骏马能与我的欲望赛跑，因此这欲望，应是完美的爱所构成的，可以嘶鸣长啸——不只是肉身凡骨——一路狂奔；但是，爱，为了爱，应该这样原谅我的坐骑；

既然离开你后它任由自己缓步行走，那么返回的路上，我要奔跑，听任它自由行走。

52

所以我如同富者，他那有福的钥匙，
能给他打开那可爱的紧锁的宝池，
他不会每个时刻都在宝池边打探，
生怕弄钝了那少有的快活的触尖。
所以宴席总是极少有极稀罕的，
因为一年到头都难得举办几次，
如同珍贵的宝石总是镶嵌几粒，
又如同大珠宝只吊在链子端底。
因此时间如同我的宝匣把你藏起，
又如同大衣柜把大氅严实地隐匿，
只是在某个特殊的场合才穿戴，
晒晒他久藏不露的崭新的光彩。
　　你是有福的，你的高贵令人向往，
　　拥有你，气昂昂，没有你，一心希望。

【散文体】由此说来我就像那富人，他那好运气的钥匙，能把他带到他可爱的紧锁的宝藏旁，可他不会每时每刻都守在旁边看视，为的是不把少有的快活的敏感点糟蹋了。因此，宴席终归是很少有很罕见的，因为一年到头也难得举办几次，如同珍贵的宝石只是镶嵌几颗，又如同大珠宝只悬吊在链子头上。如此说来，时间如同我的宝匣把你珍藏，又如同大衣柜把大氅深深锁起来，只是在某个特殊的场合才穿戴，崭新地展露他久藏不露的风采。

你是有福的，你的各种高贵品质天高地厚，拥有你，很是得意，没有你，一心希望得到你。

53

你的实质是什么，是什么把你造就，
数百万怪异的影子都围着你转悠？
因为每个人，每个人，只有一个身影，
而你，也只是一个，却能让百万现形：
描绘一番阿多尼[84]吧，那肖像，
只是拙劣地学着你进行模仿；
让海伦[85]的脸颊上尽显美丽，
也只是你新披希腊装而已；
说到那春光和一年的果实：
春光是你的美显露的影子，
秋实是你慷慨布施的细粮；
我们知道你化身各种形状。
　　所有外在的恩惠里都有你的一份，
　　可谁都不像你那样有颗恒久的心。

【散文体】你的实质是什么，是什么东西把你造就，成百万个影子竟然追随你转悠？因为每个人只有，每个人，一个影子，而你，虽只一个，却能引领每一个影子。描绘一下阿多尼吧，看看他那幅肖像只不过是穷兮兮地模仿你的结果；不妨把所有的美都堆砌在海伦的脸上，那也不过是你穿上希腊盛装的样子：说到无限春光和一年的收获，一个是你的美展现的影子，一个是你慷慨布施的恩惠，我们知道是你化身成了每一种形状。

在所有的外在形态里都有你一份，可是你不是任何人，任何人也不是你，只有你有一颗恒久的心。

54

哦，美看起来要多美有多美，
尤其真送上的那件可爱的点缀！
玫瑰看去亮丽，可我们相信它更漂亮，
因为它花瓣里包含了那醉人的芬芳。
野玫瑰拥有同样深沉醉人的色料，
如同玫瑰那馥郁的颜色一样美好，
悬挂在那同样的尖刺上争奇斗艳，
鲜嫩的花蕾在夏日的气息里展现；
但它们的美德是它们仅有的表象，
因它们生活在灌木丛下暗自凋殇。
花开花落自己知。香玫瑰却属另类；
它们芳香的死亡酿成了最香的气味：
　　你就是这样的，美丽的可爱的青春，
　　当青春逝去，我的诗提取你的纯真。

【散文体】啊，美看上去美丽得美不胜收，尤其真给美添加上那层装饰！玫瑰看起来很亮丽，可是我们认为玫瑰更亮丽，因为芳香的气味就蕴藏在花朵里。野玫瑰也具有一样深沉的香气，如同玫瑰一样具有馥郁的品质，在夏日里嫩嫩的蓓蕾绽放时，悬垂在那样尖刺上争奇斗艳：不过，它们的美德是它们唯一的表现，因为它们生活在灌木丛下，花开花落空自悲。香气四溢的玫瑰却不一样，它们的香醇死亡后却酿成了最佳的香气。

你就是这样的情形，美丽而可爱的青春，当青春逝去时，我用诗歌来描写你的纯真。

55

没有石头，也没有王公们镀金的墓石，
可以和这强大的诗歌比一比高低；
因你在这些词句里会更显异彩，
比顽劣时间侵蚀的石头更加永在。
杀戮的战争会把雕像打碎，
大火焚烧会把建筑物摧毁，
但没有战神的战刀和战火
会抹掉你记忆的生动生活。
拒绝死亡和淹没一切的仇恨，
你一往无前；对你的赞扬会长存，
在子孙万代的眼里绽放光芒，
直到世界末日来时依然明亮。
　　因此，直到最后审判你再雄起，
　　你都活在这诗里，活在情人眼里。

【散文体】没有石头，也没有帝王们镀金的墓碑会比这强大的诗歌更具生命力；但是你在这些诗句里会更有光辉，比慵懒的时光侵蚀的为人忽略的石头更不朽。当破坏的战争把雕像摧毁时，当一场场大火把石头修建的房屋焚烧时，战神的战刀和战争蔓延的大火却不能烧毁你记忆的生动记录。拒绝死神和毁灭一切的仇恨吧，你会阔步前行；你获得的赞扬即使在所有子孙后代的眼睛里也会占有一席之地，与这个世界同在，直到世界末日。

所以，直到你雄起的最后审判，你都会活在这诗里，活在挚友们的眼睛里。

56

甜蜜的爱，重振你的力量；别让人问
你的利刃竟然会比食欲还要滞钝。
食欲今天满足了会感到一时舒服，
明天还会如前一样感到饥肠辘辘。
所以，爱哦，如你；虽然今天你满足
你那双饥饿的眼睛，闭眼养目，
明天又要看，别让长久的懈怠
把爱的勃勃生机生生地杀害：
让这伤感的间隔如同海洋
被陆地阻隔，情人各据一方，
每天都会来到岸边，在他们目睹
爱的回归时，那番景象更加有福；
　　否则就把它叫作冬天，到处是忧虑，
　　让夏天三倍受欢迎，因此倍加稀奇。

【散文体】甜美的爱，重振你的力量吧；别让人家说你的锋刃比食欲还迟钝，因为食欲今天满足了今天感到舒服，而明天又会像前日一样感到饥饿难耐。所以，爱哦，好比你；尽管今天你把饥饿的眼睛满足了，满足得闭目养神，可是明天眼睛还会观看，别让这种习以为常的懈怠绞杀了爱的精神。让这种伤感的间隔像海岸阻隔的海洋，两个相约百年的情侣各据一方，每天都来到这海岸上，当他们看见爱的回归，那种景象会带来更多幸福。

要么把它叫作冬季，到处都是忧虑，让夏天三倍地受到欢迎，显得更加可贵。

57

既然是你的奴隶，我还能够做什么，
焉能不时刻对你的欲望好生护着？
我没有什么宝贵的时光打发，
也没有服务可做，单等你发话。
我也不敢抱怨这没有尽头的世间，
因为我，我的君主，为你看守时辰，
不敢对别离的心酸的苦楚有怨气，
甘心领受你对你的仆人的呵斥。
也不敢因为妒忌的念头问一声
你会在哪里，或者你忙什么事情，
只会像悲伤的奴隶，不多想只是干坐，
除了想到你所在的地方让人们好过。
　　爱就像傻瓜那般真实，由你指使，
　　尽管你为所欲为，可他不以为意。

【散文体】既然是你的奴隶，我别无所能，怎能不为你的欲望守好时时刻刻？我没有什么珍贵的时间可以打发，也没有事情可做，只等你的召唤。我不敢抱怨这没有时间尽头的世界，因为我，我的君主，一直在看守你的时光，而且在你对你的仆人说辞退时，也不会想到别离的心酸的痛苦；我也不敢因为嫉妒的心思问一问你会在哪里，或者你会忙些什么事情，只会像一个奴隶，待着什么都不想，只想着你所在的地方，人们是多么有福气。

所以，爱是一个真正的傻子，甘受你指使，尽管你随意做任何事情，他并不认为有什么不对。

58

那让我首先做你的奴隶的神，
禁止我想控制你快活的时辰，
或者在你跟前弄清时间的情况，
既做你的奴隶，就把你的闲暇延长！
哦，既然受你的支使，让我忍受
你的自由的如同坐牢般的疏漏[86]；
忍受，顺从地忍受，忍受每次训斥，
对你的任意伤害毫无怨言可说。
你去哪里都行，你的特权那么大，
你自己有权力对你的时间挥洒，
为所欲为地支配；那本来就是你的，
你对你自己犯下的罪过处置随意。
　　我只是等待，尽管等待如同坐以待毙，
　　我不会怨你行乐，不管是善还是恶意。

【散文体】那个让我生来就做你的奴隶的神，不让我想到去控制你行乐的时光，也不让我在你跟前清算你渴望的时时刻刻，既然做了你的奴仆，就要听任你及时行乐！哦，一直在听你支使，那就让我忍受你自由的陷入监禁地步的缺席吧；忍吧，一忍再忍吧，忍受每一次的呵斥，对你的伤害毫无怨言。你爱去哪里去哪里，你的特权是那么强大，你自己完全有特权支配你的时间，可以为所欲为；时间本来属于你自己，你犯下罪过你宽恕好了。

我会等待下去，尽管等待如同进地狱；我不会抱怨你的行乐，不管你行乐是恶行还是善行。

59

如果什么事情都不新鲜，什么事情
都如前，那我们的脑子被如何折腾，
脑子本为发明而苦思，却因为失误，
担起一个过去的孩子的第二次负重[87]！
哦，但愿记录能回目一看，
哪怕太阳运行了五百转，
在旧书里让我看见你的画图，
因为心灵第一次用字词描述！。
我因此能看见旧世界的所载，
把你的形态的神奇之处交代：
不管我们是否进步，还是他们更好，
或者进化是否始终沿了一条轨道。
　　哦，我敢肯定，过去日月的才子，
　　把溢美之词送给了错误的主题。

【散文体】如果什么事情都不是新的，都是过去曾经有过的，那么我们的脑子受过多少欺骗啊，脑子劳作是为了发明，却误育了过去的孩子，领受了第二次负担！哦，要是记录能回头看看多好，哪怕太阳转了五百圈，让我在某本古老的书里看见了你的形象，我因此可以了解古老的世界说了些什么，对你身躯的构成的神奇之处了解一番；我们是否有所进步，或者古人更胜一筹，或者进化始终是一个样子。

哦，我敢说，过去日月的才子们把赞扬的词句，用在了错误的目标上。

60

像海浪冲向布满鹅卵石的海岸，
我们的时时刻刻也在走向终点；
每个浪头都压住前一个浪头，
所有浪头一浪一浪争先恐后。
生成了，一旦进入明亮的海域，
便走向成熟，终会把王冠戴起，
欺骗的蚀食把绽放的光明遮挡，
给予的时间也把它的礼品毁光。
时间把青春的靓丽扮装撕破，
在美的额头挖下一道道沟壑，
还把造化的真理的珍品吞噬，
什么都难挡时间镰刀的砍劈。
　　然而我的诗歌有望与时间一争高下，
　　热情赞美你的高贵，不惧时间的苦手。

【散文体】如同波浪冲向铺满鹅卵石的海岸，我们的时时刻刻就是这样赶往终点；每一个浪头和前一个浪头交换位置，后浪推动前浪不辞辛苦，拥拥挤挤向前冲去。降生了，一旦进入光明的辽阔海域，就会走向成熟，戴上成熟的桂冠，捣鬼的日食会破坏时间绽放的光辉，布施的时间这下也把礼物毁掉。时间把青春装扮的华丽彩衣撕破，又把美的额头挖出道道沟壑，还会吞噬造化的真理的珍品，什么东西都经不起时间的镰刀的砍杀。

然而我的诗歌有希望经受住时间的侵蚀，只管赞扬你的高贵，不把时间的苦手放在眼里。

61

真是你的意志让你的形象把
我沉沉睡眼打开瞭望长夜吗?
是你一心要把我的睡眠破坏,
而影子如你一样来把我虐待?
是你的精神从你那里发送,
远离家园来打探我的行踪,
在我这里发现羞耻和闲荡,
满足你妒忌的见识和思想?
哦,不!你的爱,尽管多,却很一般;
是我的爱让我的眼睛一直无眠,
我自己的真爱让我的歇息受阻,
为了你充当了彻夜不眠的更夫。
　　我为你来守夜,你却在别处熬夜,
　　远远地躲开我,和别人打得火热。

【散文体】难道是你的意志让你的映像促使我沉重的眼皮睁开,面对难熬的黑夜吗?是你非要我的睡眠被搅乱,而重重影子又像你一样来哄骗我的样子吗?是你从你那里派遣你的精神,不惜远离家门前来刺探我的行踪,在我身上发现羞耻和无聊的时光,满足你嫉妒的见识和心胸吗?哦,不!你的爱,尽管够多的,但却没有那么了不起:倒是我的爱让我的两眼睁开;我自己真实的爱把我的睡眠搅乱,为了你的缘故扮演了一个彻夜未眠的更夫:

我在一心为你守夜,而你在别的地方不睡觉,躲开我远远的,和别人在一起打得火热。

62

自恋的罪过占用了我全部的眼神，
还占用了我的灵魂和我所有部分；
为赎这一罪过毫无补救办法，
只因在我心里把根深深扎下。
我以为没有脸相像我的一样仁义，
身段又如此真实，真实得难以记叙，
我自己的价值为我自己来界定，
那就是我比别人各方面都能行。
我在镜子里把我自己照出时，
黝黑的古人相貌怎么都不如意，
我对自恋因此产生了相反观点；
如此过分地爱恋自己真是罪愆。
　　这就是你，我自己，我才把自己赞扬，
　　用你岁月的美为我的岁数来增光。

【散文体】自恋的罪过用尽了我的眼神，还占用了我的灵魂和身体的所有部分；没有什么办法能救赎这种罪过，因为这罪过埋在我内心的深处。我认为没有什么脸面像我的一样仁厚，身段如此真实，真实得难以尽述；我为自己把身价来界定，总觉得方方面面都比别人强。但是，等我在镜子里照见自己的样子，一副黑黝黝的古人相惨不忍睹，我因此对自恋产生了相反的看法，如此过分地爱恋自己真是罪过。

都因为你，我自己才把自己赞美，用你岁月的美为我的岁数增添光彩。

63

为了不让我亲爱的像我现在一样，
让时间粗糙的手恣意蹂躏和重创；
当时辰吸干他的血让他的脸颊
纹路毕现；当他青春活力的朝霞
已经走到了老年的陡峭的黑夜，
现在所有那些称王称霸的美丽，
都正在失去并从眼前退去，
把他春天带来的宝贝偷窃；
我为了这样的时刻现在修建碉堡，
对抗岁月那残忍的利刀不屈不挠，
哪怕他会把我爱人的性命谋取，
也决不能砍断我对美的记忆。
　　他的美会在这些墨色的诗里被看见，
　　它们会活下去，他将在诗句里长青。

【散文体】为了防止我亲爱的，如同我现在一样，遭受时间那糙手的蹂躏和糟蹋；当时间吸尽他的红血，让他的脸颊生出纹路和皱褶；这时，他年轻的朝气走向岁月老去的沉沉黑夜，所有那些现在称王称霸的美丽就会消失，或者从眼前退隐，偷去他春天的宝贝；为了这样的时刻我把碉堡修建，对付惶惑的岁月的残忍的刀剑，这样他就永远剪不断对我可爱的爱人的美丽的记忆，哪怕不在乎我爱人的生命。

他写在这墨色诗行里的美将会被人阅读，它们会长命，那么他也会随之长青。

64

我看见了被时间的快手毁掉
以前尘封的年岁的贵重珍宝；
有时我看见高塔坍塌成了瓦砾，
结实的黄铜被致死的怒潮所欺；
我看见了饥饿的海洋侵占
陆地上的王国的有利条件，
坚实的土地又夺取汪洋的领地，
失去的得以积累而积累又失去；
我看见这样的情况反复无常，
或者这样的情况也难免遭殃；
这时毁灭教会我辩证地思想：
时间终究要来把我的爱抹光。
　　这种念头如同死亡，没有什么可获取，
　　只能哭着得到时刻担心失去的东西。

【散文体】当我看见被时间砍伐的手毁掉过去淹没的时代引以为傲的大好东西时；当我看见高耸的大厦坍塌在地、不烂的青铜也经不起致命的劫掠的侵蚀时；当我看见饥饿的海洋占尽了陆地王国的良田，而坚实的土地也能把汪洋大水围住，失去的转化成了积累，积累起来的也难免失去时；当我看见这样交替变化发生时，或者这样的情况也会腐败时，毁灭教会了我这样去思考：那就是时间迟早会把我的爱夺走。

这样的想法如同死亡，没有选择余地，只能哭泣着去争取害怕失去的东西。

65

既然铜、石头、土壤和无际的海洋，
无不在可悲的死亡前失去力量，
那么美如何在这种愤怒前抗辩，
何况美的行为还不如花朵强劲？
哦，夏季甜甜的呼吸怎能经得起
大水磅礴的日子那残暴的冲击？
那时连顽固的岩石都不那么结实，
铁门也不那么强壮，会被时间腐蚀。
哦，可怕的沉思：哎呀，难道时光
最贵的珠宝会不藏入时间宝箱？
什么强壮的手能把快脚紧攥？
谁又能禁止自己不把美霸占？
　　哦，没有，除非这样的奇迹有无穷力量，
　　我用墨水写成的爱依然能放出光芒。

【散文体】既然铜、石头、土地和广袤的大海，在死亡的力量前都甘拜下风，那么，美如何在这种破坏面前进行抗辩，何况美的行动还不如花朵强壮有力？哦，夏天甜美的气息如何能和暴雨的日子那种无情的袭击对抗，连顽强的岩石都不堪一击，钢铁大门也毫无胜机，经不起时间腐蚀？哦，可怕的沉思！想一想吧，时间的珠宝怎么能不藏在时间的匣子里？什么强有力的手能够抓住敏捷的快足？谁又能禁止不把美据为己有？

哦，没有人，除非这样的奇迹具备力量，我用墨水写成的爱也许仍然大放光彩。

66

厌烦所有这些，我向歇息的死亡哭泣，
只因，看见有用之才托生成了要饭的，
又见无用蠢人穿戴得人模狗样，
又见最纯的信义不幸被人欺罔，
又见金色的荣誉被胡乱颠倒，
又见处女的贞洁被粗鲁强暴，
又见纯粹的完美被无情搅和，
又见力量被肢解得七瘸八跛，
又见艺术被权威压制得无声，
又见蠢笨的博士把手艺逞能，
又见简单的真理被说成戏言，
又见好俘虏伺候作恶的小宦：
　　厌烦了所有这些，我要远离这些乱象，
　　只是，人死了，留下我亲爱的好凄凉。

【散文体】对所有这些都厌倦了，我只得向安息的死亡哭喊，只因看见了有用之才生来做了乞丐，还看见空虚的蠢材穿戴得人模狗样，还看见最真的信义不幸被人滥用，还看见金灿灿的荣誉被安错了地方，还看见处女的贞洁被强人野蛮地霸占，还看见十全十美的东西被搞得一塌糊涂，还看见力量被支使得七瘸八跛，还看见艺术被权威压制得千人一面，还看见愚蠢的博士一般的人物在手艺上逞能，还看见显而易见的真理被说成戏言，还看见好心的俘虏悉心伺候作恶万端的头儿。

对所有这一切都厌烦了，我要远离这些乱象，只是，人死了，我把我亲爱的留下很孤寂。

67

啊，他为何还要和这些乱象共处，
让他文雅的形容举止遭受亵渎，
使得罪过也能因他得到好处，
竟让精致的蕾丝与俗人相处？
为什么虚假的涂抹能打扮肖像，
在他活生生的肤色上偷窃死相？
为什么穷兮兮的美要绕弯暗追
玫瑰的影子，既然他是真玫瑰？
为什么他好生活着，而造化已经破产，
还需乞讨鲜血来补充他跳动的脉管？
因为造化除了他没有别的资本，
只能虚张声势，靠他的资本生存。
　　哦，造化把他储备起，显示其财资
　　在它穷困时还吹嘘曾经的好日子。

【散文体】哦，他为什么还要和这残缺不堪的世界相处，他文雅的举止被俗世亵渎，罪过的东西因为他享受到好处，精致的蕾丝也可以让俗人佩戴？为什么虚假的化妆把俊相乱抹，在他有活力的肤色上偷窃死相？为什么穷兮兮的美要拐弯来追随玫瑰的影子，因为他才是真正的玫瑰，又活得好好的，可造化已经难以支撑，他不得已乞讨血液来补充他鲜活的血管？因为造化除了他已经没有别的资源，只能自吹自擂，其实是靠他的所有生存。

哦，造化把他储藏起来，显露自己的财富，在它一无所有时还夸耀很久以前的好日子。

68

他的脸颊因此成了过去岁月的地图，
那时的美如今日花朵般生长和凋枯。
美的这些劣质标志那时还没有名分，
要么灰尘还没有栖居在鲜活的脑门；
那时死人的一绺绺金黄色头发，
仍为墓穴的专有，还没有被剪下，
在第二个人的头上再来活一次；
美的死者的美发还没显耀价值：
在他身上可见那些古老的时辰，
没有丝毫装饰，只有本身和纯真，
无须他人的青翠充当夏日葳蕤，
抢夺旧装来为美穿上充作新美；
　　造化像收集地图一样把他收藏，
　　让虚假艺术看看古代美的真相。

【散文体】就这样，当美像现在的花朵生长和死亡时，他的脸颊成了往昔岁月的图谱，这些美的劣质的标志还没有产生，灰尘也还没有栖居在鲜活的额头；死者那些金色头发还没有被剪下来，在第二个人的头上再活一次，因为死者的头发只能埋在棺材里；死者金发的美还不会让另一个人如获至宝；在他身上这些神圣的古代时辰还依稀可见，没有一点装饰，只有本人和真实，无须用另一种青翠来打扮夏天，把古老的东西抢来把美人装扮一新。

造化把他藏起来，如同收集一幅地图，让虚假的艺术看看过去的美是什么模样。

69

你的那些东西被世俗眼光看仔细，
心灵的思想能改进的东西都多余；
众人舌头，灵魂的声音，都赞扬你，
说尽了真相，就是敌人也极尽美意。
你的外貌得到了外在的最高赞誉；
不过那些同样的舌头这样夸你时，
你自己用别的口气赞美就难尽意，
因为看到的远远超过眼睛的显示。
那是他们看见了你心灵的美，
想必他们是在掂量你的行为；
凡夫，他们的思想，尽管他们眼睛友好，
为你思考的鲜花却添加了野草的味道。
　　但为什么你的气味配不上你的表象，
　　只因土壤就这样，你只能生长得平常。

【散文体】这世界的俗眼看得见的你那些部分，不缺任何心灵的思想能改进的东西；众人的舌头，灵魂的声音，都给你应有的说法，说出了赤裸的真相，连敌人也没有别的话可说。因此你外貌赢得的外在赞扬是无可挑剔的；但是，那些给你如此的赞扬同样的舌头，你用别的口气说来就是另一种味道，因为所探寻的要比眼睛看得远。它们看见了你心灵的美，想来它们是根据你的行动来衡量的。凡夫，他们的思想，哪怕他们的眼睛很和善，可对你的漂亮花朵来说却是添加了茅草的青气。

但是为什么你的气味和你的外表不一致，因为土壤就这个样子，你就只能平庸地生长。

70

你受到的责怪并非你的缺陷，
因为诽谤者的话总对着俊男；
美的华丽装饰应该受到质疑，
如一只乌鸦飞过明朗的大气。
你只要好自为之，诽谤都得改口气，
说你生来不一般，时间只好垂青你；
因为小爬虫专吃最嫩的花蕾，
你正好充当了那纯洁的花蕊。
你已经度过年轻时期的埋伏，
不但未受袭击还让敌手臣服，
可这赞美还不足以赞美你，
还不能把嫉妒的大口捆紧：
　　倘若没有险恶猜忌屏蔽你的优秀，
　　那么心灵的王国你应该独自享有。

【散文体】你所受到的指摘并不是你的弱点，因为诽谤者的话一贯针对俊美的人进行攻击；美的华丽装点应该受到怀疑，好比一只乌鸦飞过天空最清新的空气。只要你好好表现，一切诽谤都会不了了之，还得说你生来就有过人之处，连时间都对你另眼相看；因为作恶的害虫最喜爱鲜嫩的花蕊，你正好提供了最可口的食材。好在你已经度过了你年轻时的埋伏期，没有受到袭击也没有让得意者得逞，所以对你的称赞算不上名副其实，还不足以让嫉妒大张的恶口从此紧闭：

如果险恶的猜忌没有诋毁你的展示，那么你应该独自享有心灵的王国。

71

我要是死了不要再为我悲痛，
你不如听听阴沉迟缓的丧钟，
向这世界警告说我已逃离，
离开这尘世去和害虫同居；
不，如果你读到这诗行，别想起
那写下诗句的手；因我那么爱你，
我不应留在你温馨的思想里，
要是你想起我就会悲哀不已。
哦，如果，我说，你看见了这诗句，
那时我也许和泥土化在一起，
我这名字叫得贱不值得念怀，
但是让你的爱和我的命同在，
　　不然这明智的世界会探视你的悲哀，
　　嘲笑你在我离开人世后还和我同在。

【散文体】当我死掉时你不必再哀悼，还是聆听那低沉的缓慢的丧钟，听它告诫这个我已经逃离的肮脏的世界，去和最肮脏的蛆虫为伍：不，如果你读到这诗行，不必记起写下这诗的手；因为我爱你是那么深，我应该被你温馨的思想忘记，如果你想起我就感到难过的话。哦，如果，我说，你看见了这诗作，那时我已经化作了泥土，那么别多提起我这可怜的名字，只需让你的爱和我的生命一起腐烂就好。

别让这明智的世界打探你的悲伤，取笑你在我离开了这个世界时还和我同在。

72

哦，别让这世界强求你提起
我有什么好，让你在我死去时
还爱我，亲爱的，快把我忘掉，
因为我没有什么值得你念叨；
除非你杜撰出什么道德的谎言，
言过其实地虚夸我的应有身份，
对死去的我编造更多的好话，
超出小气的真实愿给的评价：
哦，别让你的真爱窥见其中的虚饰，
你为了爱而称赞我的话不真实。
我的名字已经和我的尸体同朽，
不再活在世上让你我一起蒙羞。
　　因为我为带到世上的东西感到羞耻，
　　你也应该害羞，爱了不值得爱的东西。

【散文体】啊，可别让这个世界劳驾你重提我有什么可贵之处，竟然让你在我死后还爱着我，亲爱的，快把我忘掉吧，因为我没有什么值得让你惦念的；除非你编造出什么善意的谎言，对我应有的名分过分地夸耀，对死去的我杜撰更多的赞美话，比小气的真实愿意给出的评价超出很多：哦，别让你真实的爱看透了这中间的虚假，你出于爱对我的夸赞都是不实之词。我的名字已经和我的尸体一起掩埋，不再在这世上苟且，让我和你都感到没有颜面。

因为我为自己带到这个世上的东西感到难为情，而且你也应该感到羞耻，因你爱了不值得爱的东西。

73

你也许看见我身上一年的这个时间，
黄的树叶，或没有，或很少，挂在树巅
那些树枝上迎着寒风瑟瑟打战，
凄凉的歌坛，群鸟曾在那里鸣啭。
你可见我身上如此日子的黄昏，
当太阳在西边徐徐落下时再现。
黑夜一步步把太阳的余晖取代，
那就是死亡，会让一切安静下来。
你在我身上看见火焰的闪亮，
他青春的灰烬就在火焰之上，
如同在灵床上一定会断气，
和滋养过的东西一起归西。
　　你看见了这个，让你的爱有力深沉
　　去爱那不久一定会溘然逝去的人。

【散文体】一年的这个时间，你也许在我身上看见黄色的叶子，或者没有，或者寥寥，悬挂在那些在寒冷中抖动的树枝上，犹如简陋的荒凉的歌坛，甜美的鸟儿不久前还在那里鸣叫。你在我身上可见这种日子的黄昏，夕阳在西边下落，黑夜步步紧逼，把光亮熄灭，就像死亡本身，把一切都不动声色地灭绝。你在我身上看见他青春的灰烬藏身的火焰的光辉，像在灵床上一定会熄灭，与滋养过他的东西一起耗尽。

你看见了这点，这让你的爱更强壮，去爱那你不久一定会辞别的人。

74

不过死神最终来临时还是满意，
毫无保释余地就把我干脆带离，
我们的生命在诗里部分残留，
依然为人记着与你一起厮守。
当你重读这诗，你就会重温
专门献给你的那可贵部分：
尘土只能拥有尘土，那是他的应得；
我的精神就是你的，那是我更好的。
那时你失去的只是生命的糟粕，
蛆虫的嗜好，因为我的肉体没了，
不过是无赖刀下的弱小的砧肉，
对你来说太低劣不配记忆保留：
　　它的价值只是它包含了东西，
　　那就是诗，诗歌会和它在一起。

【散文体】不过，当死期最终到来时，还是感到满意吧，根本不要保释就会把我带走，我的生命只在这诗行里还活着，因为有人纪念还能和你待在一起。当你重读这诗歌时，你便会重温奉献给你的那部分：尘土只能与尘土为伍，那就是他的应得部分；我的灵魂就是你的，那可是我身上更可取的部分。因此到那时你失去的只是糟粕，蛆虫的最爱，因为我的肉体死了，成了无赖刀下的任人宰割的软肉，对你来说过于低劣，根本不值得记住。

它的可贵之处只是它包含了有用的东西，那就是诗歌，诗歌会和它待在一起。

75

你对我的思想来说是生命的食物，
好比土地渴望那滋润万物的雨露；
为了你的安宁我是如此地努力，
在小气鬼和财富之间备感不易：
这时如同享有者一样扬扬自得，
转而又怕偷窃的时代宝贝被窃；
这时一心想和你单独待在一起，
转而又想让世人分享我的得意：
有时见你过频繁心里难免会腻歪，
过一会儿却渴望把你一睹为快；
拥有和追求都没有了快活，
除非快活是你亲自赏给我。
　　就这样我要么饥饿要么天天吃喝，
　　要么饕餮无度，要么看见食物就躲。

【散文体】因此，你对我的思想来说好比生命的食粮，又好比大地渴望温馨的季节的阵雨；而且为了你的宁静我坚持如此的奋斗，就像在小气鬼和大富豪之间纠结；一会儿像一个享有者一样扬扬自得，一会儿却担心这毛贼横行的时代把我的财宝偷窃；一会儿心心念念想和你单独待着，一会儿又觉得还是让世人分享我的快活为好；有时看你看得够够的感到腻烦，有时却巴望立即看你一眼；拥有和追逐都失去了快活，除非得到所得或者一定从你那里得到些什么。

就这样，我要么节食减肥要么天天足吃足喝，要么饕餮无度，要么看见食物就躲开。

76

为什么我的诗缺乏全新的豪气，
全然没有变化也无流行的新异?
为什么我不会放眼这个时代，
求助新方法求助综合的多彩?
为什么我写同一题材老调重弹，
始终利用一个调子来求新求变，
每一个用词几乎在说我的名字，
告知它们的身世以及来自哪里?
哦，知道吧，亲爱的，我总是在写你，
你和爱仍然是我喜爱的主题；
因此我最擅长的是旧词新用，
已经使用过的再次获得新宠：
　　因为如同太阳每天亦新亦旧，
　　我的爱一样能讲出全新感受。

【散文体】为什么我的诗歌缺乏新的豪情，是那样没有新异也没有敏捷的变化？为什么我不会对时代多多打量，求助新颖的文法和异常的组合？为什么我还是围绕一个主题，始终一个主题，用一种众所周知的风格求新求变，每个词儿几乎在讲我的名字，告诉它们的身世以及来自哪里？哦，要知道，亲爱的，我是一直在写你呀，而且你和爱仍然是我的主题；因此，我最喜爱的是给旧词穿上新衣，把已经用过的东西再次启用：

因为如同太阳每天是崭新的也是老旧的，所以我的爱仍然在讲述已经讲过的。

77

你的镜子会告诉你的风采如何消耗，
你的日晷如何走完宝贵的分分秒秒；
这些白纸将会留下你心灵的印纹，
从这书你也许会品尝到这点学问：
你的镜子会真实地映出你的纹路，
叫你很容易想起来那开口的坟墓；
你通过日晷阴影不知不觉地移动，
可以知道时间悄然移动走向永恒。
看吧，你的记忆不能容纳的事情，
交给这些白纸好了，你将会看清
那些孩子得到抚养，来自你的脑子，
却对你的脑子产生了全新的认识。
　　这些良策，如果你常把它们阅读，
　　那你会受益并且把你的书本丰富。

【散文体】你的镜子会让你看见你的美如何磨损，你的日晷如何走完你宝贵的分分秒秒；那些空白的书页会记下你脑海的印迹，你从这本书里也许会品尝到这一学问。你的镜子逼真地照出的纹路，会让你想到那开口的坟墓；看见日晷的阴影悄然移动，你也许会知道时间偷偷摸摸地走向了永恒。瞧吧，你的记忆所不能容纳的，交给这些空空的纸页吧，你会发现那些断奶的孩子，从你脑海交付出来后，有人抚养起来，对你的脑子产生全新的认识。

这些功能，只要你经常温习，那么你就会受益，让你的书得到很多丰富的东西。

78

我经常把你当作我的缪斯守护，
在我的诗里发现很有效的帮助，
每支庸常的笔因此都来模仿我，
在你的英名下散布他们的劣作。
你的眼睛教会哑巴放喉歌唱，
还教会沉重的愚昧高高飞翔，
给博学的翅膀添加羽毛，
给文雅送上双倍的崇高。
不过你最应该骄傲的是我写的诗，
我所受的影响是你的并且源自你：
你只是促使别人作品的风格纯粹，
你的高雅让艺术变得格外优美；
　　但是你就是我的艺术而且帮助最笃，
　　让我粗糙的无知升华到了博学程度。

【散文体】因此，我经常祈求你做我的缪斯，并且在我的诗里发现如此漂亮的援助，以至于每支陌生的笔都来模仿我的写作，因了你他们才到处发表他们的诗作。你的眼睛教会哑巴高声唱歌，让沉重的愚昧也能高高飞翔，给博学的翅膀添加了羽毛，又给文雅送上了双倍的崇高。不过我写出的诗歌你应该感到最自豪，因为我的影响就是你的，也源自你：你对别人的作品只是改进一点风格，你的优美却让艺术变得更加优美。

但是你就是我的艺术，帮助我最诚心诚意，让我粗糙的无知升华到了博学的程度。

79

在我独自一人向你呼唤援助时，
只有我的诗独具你温婉的雅致，
但现在我优美的诗句开始变质，
我的病缪斯让出了另一个位置。
我知道，亲爱的，你这可爱的主题，
配得上一支更高贵的笔来努力，
但是你的诗人对你所描绘的，
只是把你劫掠后再偿还给你：
他给你美德却从你的德行里
窃取这个词儿；他给你美丽，
是在你的脸上发现；他无力
赞美你只是寄生在你的身体里。
　　那么你感谢他不是因为他对你称赞，
　　因为他所欠你的还得你自己来偿还。

【散文体】当我独自向你求救时，只有我的诗歌具备你温和的优美，可是我优美的诗歌开始陈旧了，我那生病的缪斯把位置让给了别人。我认定，亲爱的，你这个可爱的主题应该用一支更加高贵的笔来刻意描写，然而你的诗人对你别出心裁地描写，只是把你掠夺一番之后再把所掠夺的还给你，他把美德给你却从你的德行里把这字眼偷窃；他赋予你美丽，只是在你的脸上看出了这点；他无意赞美你，只寄生在你的身上活命而已。

那么你感谢他不是因为他对你的称赞，因为他所欠你的还得你自己来归还。

80

哦，我写到你时感到多么没有心情，
知道更好的心灵在使用你的大名，
他使出所有的力气把你赞美，
让我无言以对，难说你的高贵。
不过你的高贵如同海洋浩渺，
那种谦卑如同在巨帆上浮漂，
我的小舟比他的大船寒碜，
偏要在你浩大水域上亮身。
你最肤浅的援助都让我浮游，
他却在你的深水里悄悄行走；
或者，即便触礁，我不过一叶小舟，
他却是高墙大宅并且显示富有。
　　那么如果他大获成功，我就被甩，
　　最坏的如此；我的爱就是我的腐败。

【散文体】啊，当我描写你时感到多么信心不足，知道更优秀的心灵在使用你的名字，赞扬你时因此会使出最大的力道，让我张口结舌，说不出你的杰出所在。不过由于你的高贵如海洋一般浩渺，你的卑微如最豪迈的帆船承载，那我的小舟正好可以在你浩瀚的大海上任意漂浮，你举手之劳都能让我自由行走，让他在你的深水里无声行驶好了；或者，就是触礁遇难，那我也不过一叶小舟，他却是高墙大宅，一副得意气派。

那时，如果他得意非凡，我会被遗弃一旁，最坏的不过如此；我的爱就是我的腐败。

81

或者我活着为你撰写墓志铭，
或你活着我在土里腐烂无形，
死神无法从那里剥夺你的记忆，
哪怕我身上的各部分被你忘记。
你的名字从此会拥有不朽生命，
尽管，我一走，势必与世人两清；
大地能给我一座普通的坟墓，
而你则会在世人眼睛中永驻：
你的纪念碑就是我的小小短诗，
当时尚未造出的眼睛将会凝视，
那些舌头也会把你一遍遍传扬，
哪怕这世界的呼吸者统统死光；
　　你仍会活着——我的笔具备这样的德行——
　　笔下呼吸最畅通，哪怕在人们的口中。

【散文体】或者我会活下去给你写墓志铭，或者你会活下去而我在土里腐烂；死神不能从诗里把你的记忆剥夺，尽管我的各个部分你会忘记。你的名字在诗里会永垂不朽，尽管我，一旦死了，在所有世人看来一定就是完蛋了：大地会留给我一座普通的坟墓，而你会在人们的眼睛里掩埋。我的温馨的诗行将会是你的纪念碑，那些当时没有造出来的眼睛将会一遍遍阅读，人们的舌头也会把你一次次传诵，哪怕这世界的所有呼吸者都已经断气。

你会仍然活着——我的笔具备这样的功力——呼吸在笔下会进行得最舒畅，哪怕呼吸在人们的口里进行。

82

我清楚你没有和我的缪斯结婚，
因此可以公然读诗而不觉丢人，
作者们使用各种各样的赞扬词组
描绘他们的好主题，为每本书赐福。
你胸中的知识渊博，相貌同样不凡，
发觉你的高贵超过我赞美的高限，
因此被迫到处去寻找新东西，
那时代更好的日子的新笔迹。
这样做了，亲爱的；当他们毫不吝惜
各种有张力的修辞笔触来写诗时，
你真实的俊美会被真实记录下来，
是你真实的朋友用真实的词记载；
　　他们的重彩浓墨也许用得更到位，
　　如同脸颊需要血色；给你却是累赘。

【散文体】我得承认你没有和我的缪斯结婚，因此对奉承的词句尽兴阅读而不觉得难为情，那些词儿是作者们用来描写他们的主题，给每本书带来福音。你在知识上很渊博，在相貌上也不凡，我发现你的高贵令我的赞语望尘莫及，因此不得不重新寻找更好时代的日子里某种更新鲜的记录。这样做了，亲爱的；可是在他们寻求更有张力的修辞笔触来表达时，你的真实俊朗就会被真实地再现，由你讲真话的朋友用真实平易的词句写就。

他们浓重的描摹也许会得到更好的使用，用在没有血色的脸上；用在你脸上就是滥用了。

83

我从来不认为你真需要化妆，
因此你的俊美无须脂粉加强；
我发现，或以为我发现，你超级，
令诗人的秃笔愈发软弱无力：
因此我在描写你时昏昏欲眠，
由你自己的好状态充分展现，
让一支现代的羽毛笔显得多余
要说那高贵，你的高贵何等大气。
你把这种无言视为我的罪愆，
其实我应大放异彩，不是无言，
因为我的无言不会让美肃穆，
别人要给你性命却带来坟墓。
　　你的一只俏眼滋养着更多生命，
　　令你的两个诗人的赞美都生冷。

【散文体】我从来看不出来你需要涂抹华彩，因此你的靓丽是不需要化妆的；我发现，或者我认为我发现，你真的超出了一个诗人债务的偿还能力；因此我在描写你时睡过去了，听由你自己的现有状态尽情展露，让一支现代的鹅毛笔鞭长莫及，说到高贵，你身上生出了什么样的高贵啊。你把我的无语看作我的罪责，其实我的无语是在绽放光荣；因为我保持无语对美毫无贬损，而别人要赋予生命却带来坟墓。

你的一只眼睛便滋育了更多活力，让你的两个诗人都赞美得很不得体。

84

谁说得最得体？哪种说法更加达意，
能超出这种丰富的赞美：你就是你？
你的范围正是一切蕴藏的保障，
因此树起的榜样只是你的模样。
那支鹅毛笔里只有贫乏的词库，
写到他这个主题只能穷于应付；
不过他要写你，如果他能讲述精当，
说你就是你，他的故事会不同凡响：
让他复制你本来的俊相就是描绘，
不致把造化的精当创造糟蹋一回，
这样的仿品是他才华的名声，
让他的风格每到一处备受追捧。
　　你对你的美的祝福说一个咒词，
　　因为腻烦赞美，让你的赞美贬值。

【散文体】谁说的话最到位？说得再多就堪比这句话丰富：你就是你？在你的范围里蕴藏得应有尽有，你自己的生长就是别人的榜样。那支鹅毛笔里只有贫瘠的词汇，要描写他这个主题，不能只是把光荣写得小有异彩；如果他敢写你，能说出“你就是你”这句话，那他就把故事写得很精彩了，让他把你本来的模样复制出来，别把造化捏造得如此清晰的模样丑化了，这样的仿品令他的才智扬名，能让他的风格到处受到人们的赞扬。

你对你的种种美丽祝福说一声诅咒，因为不喜欢赞扬，对你的各种赞美便会大打折扣。

85

我缄口的缪斯不言不语很端庄，
而对你的赞美的说法，丰富多样，
用金笔保留下那些说法的性质，
还保存所有缪斯说的宝贵赞词。
我想到好思想而别人写下好学问，
如同不识字的牧师只会高喊“阿门”，
回应有才华的诗人写的每一首诗，
修炼到家的文笔提供了温柔形式。
听到对你赞美，我说“是的，真的”，
而对最高赞美还会添加些东西；
不过只在我的思想里，对你的爱，
尽管词句迟钝，但心意总是先来。
　　那么对别人因文字的气息而尊敬，
　　为我却是我无语的思想，掷地有声。

【散文体】我三缄其口的缪斯举止端庄，静默不语，而对你赞扬的评说，编纂庞杂，用金笔留住它们的性质，以及所有缪斯积攒的所有宝贵赞词。我想起好思想，别人写下好文章，如同不识字的牧师只是高喊“阿门”，对才情不凡的诗人写出的每一首诗歌都会响应，欣赏优美文笔提供的润色的文字。听见你被人称赞，我会说“没错，就这样”，而对最高的赞美我还会添加几句；不过这只在我的思想里，我从心里爱你，尽管语词滞后，但心意总是抢先一步。

那么，对别人只为语词的气息而尊敬，对我却是为了我的无语的思想，讲来铿锵有力。

86

难道他伟大诗篇张满高扬的大帆，
直奔你所有宝贵无比的捕获敌船，
让我成熟的思想深埋在我的脑中，
让它们依赖的子宫做它们的荒冢？
难道他的心灵，由精灵对写作授意，
超越凡间的高度，而将我置于死地？
不，不是他，也不是夜来的伙伴
给他帮助，让我的诗篇感到惊叹。
他，或是那个慈祥的熟悉幽灵，
利用智慧在深夜里把他耍弄，
如同我安静的胜者无法自夸；
我一点不怕来自那里的惧怕。
　　但是等你的鼓励充满他的诗行，
　　那会缺乏我所看重的，使我无能。

【散文体】难道他伟大的诗篇张满了自豪的风帆，直取你所有宝贵无比的捕获物，让我成熟的思想在我脑子里深埋，让它们在其中成长的子宫变成它们的坟墓？难道他的心灵，由很多精灵授意写作，超越激昂的高调，将我置于死地吗？不，不是他，也不是夜间到来的同伴给他援助，让我的诗篇无地自容。他，或者是那个和蔼的熟悉的幽灵，利用智慧把他哄骗，如同我的静默的胜利者都无法夸说；我不害怕那里来的任何恐惧。

不过当你的鼓励充满他的诗篇，那我就会失却我所倚重的；让我的诗篇空洞无物。

87

再会了，你太贵重我无法分享，
极有可能你很明白你的声望；
你高贵的特权给你自主：
我跟你的契约全部解除。
因为没有你的同意怎能留住你?
面对那般富有我哪里消受得起?
我享有这一重礼的理由不够，
因此我重获的专利只好转手。
你出让你自己，或因不懂你的身价，
或因你不知我无身价错给我砝码；
所以你的重礼，因为错误而送去，
那就物归原主，不失为明智之举。
　　我就这样占有了你，如同一场美梦，
　　梦中做了国王，醒来不过是一场空。

【散文体】再会了，你太贵重了让我无法拥有你，极有可能你知道你的估价；你高贵的特权让你享有自由；我在你身上的契约统统失效。因为，没有你的认可怎么把你留住呢?面对这样的富足我如何消受得起?我拥有这一漂亮的礼物的理由是不充足的，因此我重新得到的专利只好转手他人。你把自己给人，只因当时不知道你自身的高贵，或者我，你不知道我不高贵，错把你给我；所以你这份重礼，是因为错误而给人的，那就应该物归原主，这才是明智之举。

这样，我占有了你，如同做了一场美梦，在梦中做了一国之君，醒来不过一场空。

88

当你有朝一日开始把我小视，
并且另眼相看我的身份价值，
我会在你的身边与自己斗争，
证明你的德行，尽管你已背盟：
我对自己的弱点再清楚不过，
会站在你一边把故事来掂掇，
说出暗藏的过错，把我老底抖搂，
证明你丢开我会赢得光荣多多；
我这样做还是会多方面受益，
因为能把我所有的情思给你，
把各种伤害都留给我自己，
好处给你，双倍好处是我的。
　　这就是我的爱，我就是要把我交给你，
　　为了你的权利，一切冤枉都属我自己。

【散文体】当你哪天有意把我晾出来并且把我的长处置于鄙视的目光下，那我会在你跟前与自己斗争并且证明你的品行，哪怕你说话不算数了。我很清楚我有什么样的弱点，我可以站在你一边把隐藏的过错的情况记下，因我责无旁贷，说明没有我拖累，你会赢得无上荣光；我这样做了，还是一个受益者；因为把所有的情思给你，把各种伤害留给我自己，好处让你享有，双倍好处却是我的。

这就是我的爱，我就是这样属于你，为了成全你，我宁愿担起所有的冤枉。

89

说你抛弃我是因为某个过错，
我会说那个过错是错误多多；
说我腿瘸，我会立刻两条腿全跛，
你说什么理由我都不进行反驳。
你尽管损我，亲爱的，那也无法
对你所要求的标准产生变化，
因为我贬损自己；知道你的意愿，
我会扼杀熟人并和陌生人相攀，
在路上躲开你，在我的舌头上
不会让你甜美的大名再作徜徉，
生怕我，过分猥琐，把你名字亵渎，
稍不留心再把我们的旧情泄露。
　　为了你，我会跟自己来个势不两立，
　　因为我对你所恨的永远不再爱惜。

【散文体】如果说你和我断交是因为什么过错，那么我会对那个过错添加更多的理由；如果你说我是瘸子，那么我立刻会两条腿都跛起来，你说的什么理由我都不会反驳。你尽管数落我的不是，亲爱的，那也不能对你所要求的带来什么变化，因为我对自己就一贬再贬；我知道你的心思，我会躲避熟人，瞅着生人，与你行走如同陌路，我的舌头也再不会叫起你亲切的可爱的名字，生怕我亵渎过分，把你的名字玷污，一不小心会把我们过去的交情泄漏。

为了你，我得跟自己斗争到底，因为我对你所憎恨的人，永远不会去爱惜。

90

那就恨我，只要你愿意；要恨，立马开始，
现在，这个世界都专门和我势不两立，
与命运的毒手联手吧，让我低头，
别因为我遭受过打击就出缓手。
啊，别价，要知我的心已经摆脱忧伤，
随后快来为克服的忧伤翻翻旧账；
别给下雨的明天带来有风的夜晚，
让一个蓄谋已久的动乱再有拖延。
如果你要离开我，别做最后一个，
眼看着别的小小不快肆意发作，
而要趁早赶来；这样我会一开始
就尝到命运带来的最坏的恶事；
　　其他悲苦的张力，现在似乎只是悲苦，
　　与失去你的哀伤相比似乎不算苦楚。

【散文体】那么，当你想恨的时候，你就恨我吧；如果迟早要恨，那就马上憎恨起来；现在，正当这个世界在存心和我过不去时，你正好和命运的毒手联起手来，逼着我低头，而且在别人都出狠手时别因此出缓手：啊，当我的心挺过去这场悲伤时，你别在人家克服伤痛时做殿后的；别把大风的黑夜带给有雨的明天，让一场蓄谋已久的动乱往后拖延。当别的小小不快把人折磨时，如果你要离我而去，那就别做最后一个，而要趁早赶来；这样我便会一开始就品尝到命运带来的最坏的结果。

其他悲苦的折磨，现在好像只是悲苦，与失去你的悲苦相比，那似乎算不得痛苦了。

91

有人夸耀门第，有人夸耀手艺，
有人夸耀财富，有人夸耀体力，
有人夸耀新装，尽管只是丑陋的新潮，
有人夸耀猎鹰和猎犬，有人把马夸耀；
每个人的胃口各有不同的乐趣，
别人的胃口上总能发现自己的；
但是这些特殊胃口不是我的尺度：
我更愿选取一种大众最爱的食物。
你的爱对我来说比门第更可贵，
比财富更富有，比华服更有品位，
比猎鹰和骏马能带来更多的乐趣；
拥有你，我就有了所有男人的得意：
　　只是在这点上失意，你可以剥夺这一切，让我感
　　到无比的失意。

【散文体】有人显摆出身，有人显摆手艺，有人夸耀财富，有人夸耀一身蛮力，有人炫耀身上的新衣，哪怕样式流行却一点也不好看，有人把猎鹰和猎犬在众人面前炫耀，有人把骏马牵来晒一晒，各人的胃口都有各自的取向，其他的胃口中总能找到自己的那种；但是这些特殊胃口都不合我的取舍，因我更倾向一种大众最爱的东西。你的爱对我来说比门第更重要，比财富更富有，比华服更有气派，比猎鹰和骏马能带来更多的快活；拥有了你，我就拥有了所有男人的自豪。

只是在这点上失意，你可以也把这点失意都拿走，让我成为世上最可怜的人。

92

可是你偷走自己是最坏的一招，
你活一辈子的生命都向我提交，
生命不会比你的爱延续更多，
因为生命是依赖你的爱活着。
那么我无须害怕冤枉的最坏结果，
因最小的冤枉都会让我性命难活；
我看见更好的情况是属于我的，
要比你的情绪所依赖的更有利，
你不能用多变的心灵来麻烦我，
既然我的命取决于你变化更多：
哦，我发现了一种多么幸福的权利，
幸福地拥有了你的爱，幸福地死去：
　　可什么东西受到如此祝福不怕乱搞？
　　你可以虚伪，可我对此却一点不知道。

【散文体】但是你把自己盗去是最坏的表现，因为生命的期限都交给了我，生命不会有你的爱留存得更久长，因生命活的正是你的爱，那么在最微不足道的冤枉都能置我于死地时，我就无须害怕种种冤枉的最坏结果了。我看见更好的情况是属于我的，要比你的情绪所依赖的情况强很多；你用不稳定的情绪让我烦恼，既然我的命取决于你变化多寡。哦，我发现了一种多么幸福的权利，幸福地拥有了你的爱，然后幸福地死去。

但是什么东西受到如此的美好祝福不怕乱来？你也许为人虚伪，可是我知道不是你表露的那样。

93

因此我会活着，认定你很可靠，
如同被欺骗的丈夫；爱的面貌
似乎还爱着我，其实心已另有所图：
你的面貌在我跟前，你的心在别处。
因为你的眼里存不住憎恨，
因此我不能了解你的变阵。
许多的貌相里都有花心的历史，
在情绪和眉宇和纹路上多诡异，
但是上天创造你时已经独裁，
在你的脸上留住了温馨的爱；
不管你的思想或心灵怎样活动，
它们的面貌应露出甜美的面容。
　　你的美丽如何像夏娃的苹果生成，
　　如果你的美德与你的表现不相应！

【散文体】因此我将会活着，设定你忠实可靠，像一个被欺骗的丈夫；这样看，爱的面相也许依然爱我，可实际上发生了新的变化；你的面相和我在一起，而你的心却在别处：因为你的眼里存不住恨，我因此看不出你的变化。在很多人的面相里都不乏花心的来历，怪怪地写在情绪、额头和纹路里，然而上天创造你时已经判定，要在你的面相上让温馨的爱留住；不管你的思想或者你的心灵怎样活动，你的面相应该只把温馨表露。

你的美怎么样才能长成夏娃的苹果，要是你的德行与你的表现不配合如何是好！

94

他们有力量伤害而没有付诸行动，
他们没有完成他们最擅长的行踪，
他们，运动别人，自己却稳如石头，
岿然不动，冷冰冰，迟迟面对引诱——
他们恰当地继承了上天的恩宠，
在花销上尽显管家本质的厚重；
他们是自己脸面的主子和主人，
别人只是他们杰出表现的映衬。
夏天的花朵送出夏天的芬芳，
哪怕只对自己活着并且死亡，
但是如果这花儿受到卑劣的感染，
最卑劣的野草都能侵犯它的威严：
　　因为最芳香的东西烂了最难闻；
　　腐烂的百合闻起来比野草都更甚。

【散文体】他们有力量伤害却不会去伤害人，他们最擅长的事情却不屑一为，虽然运动别人，自己却像石头，不动，冰冷，对引诱反应迟钝，他们正好继承了上天的种种好处，在花销上尽显管家的高超本领；他们是他们脸面的主子和主人，别人只能充当他们杰出才能的下人。夏季的鲜花放出夏天的醇香，尽管只是为自己活着并死去，但是如果那花朵受到低劣的感染，那么最低劣的野草都会挑战它的威严：

因为最醇香的东西一旦腐烂变质，便会臭不可闻；腐烂的百合花闻起来比野草还难闻。

95

你把羞耻搞得多么甜蜜和可爱，
如同一只寄生芬芳玫瑰的虫怪，
把你含苞待放的名字之美肆意挥霍！
哦，你把你的罪过在什么芬芳里包裹！
那舌头把你的日子的故事搬弄，
对你的娱乐做出了淫荡的肯定，
不想赞美却用一种赞美来说；
提及你的名字就是一通抖搂。
哦，那些恶行获得了什么样的宅邸，
把你挑选来做恶行的寄居的载体，
美的面纱把每个污点覆盖严实，
所有东西都在人眼里显得美丽。
　　注意吧，亲爱的，警惕这硕大特权，
　　最锋利的刀子使用不当都会刃断。

【散文体】你竟然把羞耻都搞得甜蜜和可爱，好像一只在芬芳的玫瑰里寄生的毛毛虫，把你苞蕾般的芳名的美糟蹋得面目全非！哦，你在诸多芬芳里夹裹了你的种种罪过！你对你的正当娱乐用淫荡的言辞评论，不可用赞美却用了一种赞美的口吻；一说到你名字就是一通恶评。哦，那些恶行得到了什么样的豪宅，偏挑选你来做恶行的遮挡，恰如美的面纱把每一个污点都盖上，令所有东西在人看来都异常美丽。

注意吧，亲爱的，警惕这种特大的特权吧，最锋利的刀子使用不当都会把锋刃毁掉。

96

有说你的过错是年轻，有说是乖戾，
有说你的优雅是年轻与温和的游戏；
优雅与过错都受到各色各样的爱：
你把过错弄成优雅甚于寻求愉快。
要是戴在宝座上女王的手上，
最便宜的珠宝都会受人仰望，
因此你身上谁都看得见的毛病，
竟然变成真理并当作真理推崇。
多少羔羊会让凶残的狼算计，
如果羔羊换上了恶狼的样子！
多少粉丝会让你领着乱动，
如果你把所有的力量运用！
　　但是别这样做；我爱你爱得那样深笃，
　　你就是我的，我的也是你良好的记录。

【散文体】有人说你的过错是年轻，有人说你的过错是乖戾；有人说你的优美是年轻和温和的娱乐；优美和过错都为人喜爱，不论身份高低；你让过错变成了种种趋之若鹜的优美。如同坐在宝座上的女王手指上的珠宝，哪怕最低贱的玩意儿都能广受推崇。这样一来，你让大家看得见的毛病，竟然转成真理，还尊为真实的东西。如果羔羊可以换上恶狼的模样，那么多少羔羊都会被狼哄骗！如果你把你身份的力量全都用上，那会有多少粉丝跟上你一走了之！

但是别这样干；我用那样的方式爱着你，如同你是我的，我的又是你绝好的写照。

97

我离开你多么像一个冬天，
因你，就是转瞬一年的期盼！
我感到如此冰冷，目睹如此的暗日，
到处都是陈旧的腊月的荒凉贫瘠！
不过这次别离赶上了夏天时期，
还有涨满的秋天，丰富的增益，
挂满春天传粉杂交的负重，
像丧夫的寡妇遗子的子宫：
但是在我看来这丰富的子嗣，
只是孤儿的希望和丧父之子，
因为夏天和快活在等你享受，
而且，你去了，那些小鸟也闭口；
　　或者，如果小鸟歌唱，也是如此沉闷，
　　以致树叶看去都苍白，害怕冬天来临。

【散文体】我离开你多么像面对一个冬季，好比转瞬一年的期盼！我感到了什么样的寒意，目睹了什么样的阴暗日子！到处都是腊月的贫瘠荒芜！不过这次别离赶上了夏天的时光，还有涨满的秋天，因为丰沛的增益而硕大，挂满了春天乱花传粉的负重，如同丧夫的寡妇有了遗子的子宫：但是这丰富的子嗣在我看来不过是孤儿的希望，丧父的孩子；因为夏天和种种快活在等你享受，而且，你去了，那些小鸟也不再歌唱；

或者，即便它们唱了，也只有那么沉闷的调子，让树叶看去都显苍白，担心寒冬不期而至。

98

我在春天的时候就已经离你而去，
烂漫的四月穿起所有整洁的彩衣，
让万物产生了一种青春的活力，
那沉重的土星[88]也来跳跃和嬉戏。
可不管是鸟的歌或百花的味，
尽管四处飘香而且色彩丰沛，
都无法让我讲述夏天的故事，
或从生长的自豪花池里采集：
我对百合花的雪白也不惊艳，
对玫瑰花的深红也不会夸赞；
它们只有芳香，以及夺目的形象，
只是仿造了你，你是它们的模样。
　　然而这时好像还是冬天，而且，你去了，
　　好像与你的影子同在，我与它们同乐。

【散文体】我离开你是在春上，那时万物复苏的四月穿戴得整整齐齐，给万物带来了青春的活力，连沉重的土星都来和它欢笑和欢跳。但是，不管百鸟的歌还是百花的香醇的气息，很浓郁，很斑斓，但是不能让我讲述夏天的故事，也不能让我从它们生长的骄傲的花池里采摘它们，我也不会对百合花的雪白感到惊奇，也不会对玫瑰的嫣红进行赞美：它们不过芳香而已，不过摇曳多姿而已，却都是仿造了你，你才是这些奇花异草的模子。

可是，这时候好像还是冬天，而且，你去了，我仿佛还与你的影子在一起，我在和这些东西戏耍。

99

我对鲁莽的紫罗兰这样出言不逊：
温柔的贼，你何处偷得好闻的香醇，
如果不是从我爱的气息里？这贵紫
给你柔软的面颊增添了几许美丽，
你在我爱的血管里浸染得太稠。
我指责百合花借用了你的素手，
茉乔兰[89]的花蕾窃走了你的头发；
玫瑰花站立在尖刺上心里害怕，
一朵羞得通红，另一朵洁白得绝望；
第三朵，不红也不白，却窃走了两样，
还在赃物上留下了你的气息，
但是，既然偷了，它生长得傲气，
一条复仇的毛虫能把它吞噬。
　　我见到了更多的花，可是我看不出
　　它从你那里偷窃来的芳香和颜色。[90]

【散文体】我对鲁莽的紫罗兰呵斥道：你这温柔的窃贼，如果你没有偷到我爱的气息，你从哪里偷得这芳香，闻起来沁人肺腑？你柔软的脸上这紫色的傲气在颜面上逗留，应是在我爱的血管里浸染得太放肆了吧。我因为你的手而谴责百合花，茉乔兰的花蕾偷走了你的青丝；玫瑰花战兢兢地站立在尖刺上，一朵羞得红艳艳，另一朵白得令人绝望；第三朵呢，不红也不白，却把两样都偷走，在赃物上留下了你的气息；但是，既然偷走了，它生长得很得意，一只复仇的毛虫能把它祸害致死。

我看见了更多的花，可是我看不出它从你那里偷来的芳香和颜色。

100

你在哪里，缪斯，这么久忘记
讲讲给你所有的力量的才气？
你把才情发泄在没有价值的歌曲上，
为了让低俗题材闪光挥霍你的力量？
回来吧，健忘的缪斯，赶紧轻弹
温和的曲子赎回浪掷的时间；
给那只对你尊敬有加的耳朵唱歌，
因它赐给你的鹅毛笔技巧和轮廓。
起来，歇息的缪斯，查看我亲爱的脸，
看看时间在那里留下了什么皱纹；
如果留下什么皱纹，那就嘲弄衰老，
让时间的劫掠到处遭人们的小瞧。
　　给我的爱名声，在时间消耗生命之前；
　　这样你会阻止时间镰刀和残酷利剑。

【散文体】你在哪里，缪斯，居然这么长时间没有提及赋予你一切力量的源泉？你把你的一腔豪情都用在了廉价的歌曲上，为让低俗的题材闪亮而消耗你的力量？回来吧，健忘的缪斯，赶紧补救如此轻易挥霍的还不算多的时间；有只耳朵对你尊重，给你的涩笔技巧和思辨，你快对着它唱起来吧。起来，歇息的缪斯，把我亲爱的秀脸审视一番，看看时间是否在那里留下了纹路；如果留下了，那就对衰老嘲笑吧，让时间老人的劫掠到处遭到人们的耻笑。

请比时间消耗生命的步子快一些让我的爱声名鹊起；这样你就阻止了时间的镰刀和残酷的利剑。

101

哦，闲荡的缪斯，你要怎样补救
你对那被美染色的真理的疏漏？
我的爱依靠真理也要依靠美；
你也一样的，有依靠才有权威。
回答，缪斯；难道你不会这样讲：
“真理无须色彩，自有颜色模样，
美不需要彩笔，美有真实铺垫；
最佳就是最佳，永远无须杂陈？”
因为它不需要赞美，你还用多说吗？
不用为沉默解释；因为你无须多话，
就能让他比镀金的坟墓活得还长，
到了未来的年代还能受到人赞扬。
　　那就恪尽职守，缪斯；我来教你良方，
　　让他像现在一样以后也长受景仰。

【散文体】哦，闲散的缪斯，你要怎样补救你对美染过色的真理的忽略呢？我的爱依赖真理也依赖美；你也一样，要依靠这两样才能有威严。做出回答吧，缪斯；难道你或许不会说：“真理不需要色彩，它自有本色在；美不需要彩笔，美的真理做底色；只要永远不乱掺杂，最好的就是最好的？”因为他不需要赞美，你就不愿说话吗？所以用不着为沉默开脱；因为你不用说话就能让他比镀金的坟墓还长在，而且在以后的年代还会受人赞扬。

那就做好你的本职吧，缪斯；我教给你如何让他像现在一样，以后也长久受人热捧。

102

我的爱得到加强，尽管表面还虚弱；
我爱得不少，尽管表面上看来不多：
爱成了广受热捧的商品，
主人到处夸赞它的优点。
我们的爱很新，那时正当春天，
我正好要用歌声去和它相见，
像夜莺在夏初便展喉长吟，
在盛夏时节则会收住嗓音：
不是因为夏天不如现在快活
是它的哀鸣给夜晚快活不多，
可是野外的乐曲挂满了每根树枝，
处处可闻的好乐曲就会失去快意。
　　因此我像它有时会管住舌尖，
　　因为我不想用歌声让你心烦。

【散文体】我的爱得到了加强，虽然表面看来更弱了；我的爱没有更少，尽管表露出来的更少了：好比爱成了商品，它的品质广受尊重，商品的拥有者到处嚼舌夸赞。我们的爱是崭新的，也正赶上春季，那时我总是用歌声把它迎接，如同夜莺在夏天的初始便放歌，到了盛夏时节歌喉便停下：不是因为夏天不如眼下快活，而是它那哀唱让夜间寂静，但是野外的啭鸣响彻每一根树枝，甜美的曲调处处可闻，它们可贵的快活反倒失去。

因此，像它，我有时会管住我的舌头，因为我不想让我的歌声给您带去无聊。

103

呀，我的缪斯带来什么穷困，
本有如此的良机展示她的自尊，
具备的所有题材都更显高贵，
我的赞美再多也不会到位。
哦，别责怪我，要是我写不下去！
在镜子里照照，一张脸展露无遗，
要比我愚钝的描述更胜一筹，
让我的诗行失色，颜面又丢。
要是那不算罪过，就快去弥补，
怎能让原来的好题材退步？
因我的诗句没有其他用意，
只想说出你的风度和才气；
　　更多，还有更多，我的诗都没有写出
　　你在镜子里端详时的你的俊美面目。

【散文体】哎呀，我的缪斯带来了什么样的贫瘠，本来有这样好的机会展现她的精华，已具备的所有题材都更有价值，岂容我再置喙赞美！哦，如果我再写不出东西，请别责怪我！只需在镜子里看看，那里出现的一张脸，远比我的钝笔描绘得生动，让我的诗行现眼，让我颜面扫地。要是这还不是罪过，那就努力弥补吧，怎么也别让曾经很好的题材变坏吧？因为我的诗没有别的目的，只是要说出你的风度和天赋；

更多，还有更多，我的诗歌都没有表现出你在镜子里看见的你的那副样子。

104

在我看来，漂亮朋友，你永远不老，
因为自从我第一次看见你的眉梢，
你的美丽就一直这样。三冬的寒冷
在树木间摧折了三个夏季的常青；
三个美丽的阳春变成老黄的秋天，
在春夏秋冬的转换中我亲眼看见，
三个四月的芬芳被六月三度烤焦，
我第一次见你靓丽，如今依然俊俏。
哎呀！不过美呢，如同一支表针，
悄悄溜过表上字数，不见步痕；
因此你的亮色，我以为长存永驻，
其实有变，只是我的眼睛被蒙住；
　　因害怕这个，你未来的时代，听听这话：
　　在你还没出生前，美的夏天就悄然去了。

【散文体】对我来说，漂亮的朋友，你永远不会老去，因为你还是我第一次看见你的眼睛的样子，好像你的美还是老样子。三个冬天的严寒在树林中把三个夏天的葱翠摧折，在四季转变的过程中我目睹了三个四月的芳香，在三个炎热的六月里烧毁，我第一次看见你让人耳目一新，如今依旧光彩照人。啊！可是美这东西，好比表针，在数字间悄然游动，难见步幅，因此你的俊美，我以为依然故我，实际上发生了变化，只是我的眼睛被欺骗了。

因为害怕这点，你这未孕育的时代，不妨听听这样的话：在你还没有出生之前，美的夏天就消失了。

105

别让我的爱被人称为偶像崇拜，
也别让我亲爱的当作偶像对待，
因我所有的歌声和赞美都是呈向
一个人，为一个人，今如此，将来一样。
我的爱如今和善，明天同样和善，
在特立独行的善行中始终不变：
因此我的诗始终讴歌一个目标，
表达一种事物，枝枝杈杈全省掉。
“美，善和真”是我所有的主题，
“美，善和真”用别的字词变异，
在这种变化中我施展我的创造，
三主题合一，提供的天地很奇妙。
　　“美，善和真”，以往常是各居一方，
　　如今三位再不独守一个位置上。

【散文体】可别让我的爱被人认作是对偶像的崇拜，也别让人把我亲爱的当作偶像对待，因为我所有的歌词和赞美都是献给一个人，为了一个人，现在是这样的，将来也是一样的。我的爱今天是善良的，明天也是善良的，在非凡的善行中始终都一样；因此我的诗歌始终在一个范围里写作。“美、善和真”是我所有的主题，“美、善和真”只是用不同的词语表达；在这种变化中，我的创造尽情发挥，三个主题合而为一，提供了美妙的天地。

“美、善和真”过去经常生活在各自的地方，如今三样东西再也不会独守在一个位置上了。

106

在消磨的时间的漫长记事里，
我见了关于最美的古人的记叙，
美创造出了美丽的古老的韵诗，
赞美亡故的佳人和可爱的骑士，
随后，关于绝代佳人的描绘，
关于手，脚，嘴，眼，眉头的赞美，
我从中发现古人的妙笔表达巧妙，
能把美挖掘得比现在还惟妙惟肖。
因此他们的一切赞美都是预言，
你尽管学着把我们的时代照搬；
不过他们所见只靠预见的眼，
他们没有值得歌唱你的语言：
　　对我们，我们现在看见眼前的日子，
　　亲眼领略奇观，却没有巧舌来致辞。

【散文体】在淹没的时间的记叙中，我看见了关于最美丽的古人的描述，美把美丽的古老韵文发挥得淋漓尽致，赞美亡故的佳人和可爱的骑士，还把国色天香的美人写得活灵活现，关于玉手，关于美足，关于香唇，关于俏眼，关于蛾眉，我看见古老的妙笔表达得惟妙惟肖，就是今天你能描写的也不过如此。因此，他们所有的赞美都无异于预言，你要是报道今天，只用仿造他们就行了，可他们要是歌唱你，技巧却还稍逊一筹：

对我们来说，现在看见了目前日子，亲眼领略日新月异，但是却没有舌头表达赞美之词。

107

我自己的惧怕，或这浩瀚人间
梦想未来的万物的先知灵魂，
都还不能控制我的真爱的深浅，
认定是一种有限的厄运的罚金。
凡间的月亮历经过蚀食的侵犯，
可悲的预言官嘲弄自己的预言，
种种无常这时给自己稳戴王冠，
和平宣称永久世纪的橄榄枝。
赶上这太平盛世的甘露垂滴，
我的爱焕然一新，而死神臣服，
因为，它尽管很恶，我将活在这贫诗里，
听由它恣意糟蹋愚钝的无言的群体。
　　你在这诗里会找到你的纪念碑，
　　君主的王冠和铜墓都将被损毁。

【散文体】不论我的惧怕，还是这个梦想未来的万物的浩渺世界的先知灵魂，都不能掌握我的真实的爱的尺度，只能对一种有限的厄运设定代替品。凡间的月亮经历过月食的欺凌，那些可悲的预言官对自己的预言自取其辱；各种无常如今给它们自己戴上了王冠，而和平之神亮出永久时代的橄榄枝。恰逢这太平盛世的甘露滴落人间，我的爱焕然一新，死神对我臣服，因为，尽管它用心歹毒，我会活在这瘦瘠的诗里，任凭它对愚钝的无言的群体进行欺凌。

你在这诗里会找到你的纪念碑，而暴君的王冠和铜墓终究会化为泥土。

108

墨水可以把脑子的什么东西尽述，
却不能把我的真实灵魂对你倾诉？
可以讲出什么新意，记下什么新意，
可以表达我的爱或你的崇高价值？
没有，好伙计；可是，如神圣的祷告词，
我一定要每天反复念叨同样的东西，
不说旧是旧的，你是我的，我是你的，
如同我在第一天就祈祷你的名字。
所以永恒的爱在爱的新鲜盒子里，
不会遭受尘土和陈年旧日的侵蚀，
也不会让不必要的皱纹占据位置，
而要把旧时光当作他永远的奴隶，
　　找到最早养育爱的奇想的地方，
　　因时间和外表都亮出爱的死亡。

【散文体】墨水可以把脑子里的什么东西描绘出来，而不会把我的真实的灵魂一一告诉你？可以说出什么新意，可以记下什么新意，从而可以表达我的爱或者你的可贵灵魂？没有，温和的伙计；可是，如同神圣的祈祷词，我一定会每天反复默念同样的内容。不说旧东西是旧的，你是我的，我是你的，就像我第一次祝福你的名字。因此，永恒的爱放在保鲜的匣子里，不受尘土和日月的侵蚀，也不给不必要的皱纹让出位置，而要把陈旧的时间当作他永远的奴才。

找到最早养育爱的奇想的地方，因为时间和外表都亮出了爱的死期。

109

哦，永远别说我过去用心有错，
尽管离别似乎熄灭我一腔烈火；
如同我也许告别自己一样容易，
告别我的灵魂，它就倚在你胸里：
那是我爱的家；如果我流浪过，
像到处游荡的他我又回来了，
回来得正是时候，未随时间改变，
我自己因此用水洗涤我的污点。
千万别相信，哪怕我的天性沾满
所有包围各种人性堕落的弱点，
天性能如此反常地被玷污，
徒然抛离了所有你的好处：
　　我把这茫茫宇宙称为空空如也，
　　除了你，我的玫瑰；你是我的一切。

【散文体】啊，千万别说我曾经用心虚假，哪怕我因为离开你好像把情感烈焰熄灭。好像我离开自己一样容易，我离开我的灵魂，那本是活在你的胸中的。那是我爱的家园；如果我漫游四方的话，那我像到处流浪的游子又回来了，而且回来得正是时候，没有随着时间发生变化，我因此还带来了洗涤我的污点的净水。千万别相信，哪怕我的天性真有浸染各种人性堕落的弱点。天性竟然如此反常地被玷污，抛弃了所有你的优点，却什么也没有得到。

我认定这茫茫宇宙什么都没有，只有你，我的玫瑰；你是我的所有。

110

啊呀，我真的这里那里漂流过，
让自己如同彩衣小丑让人取乐，
遗弃了自己的思想，把最珍贵的贱卖，
为了新的情感把旧的友谊不断抛开。
我曾盯着真理这是千真万确的，
只是冷眼看新奇；但是，大感惊奇，
这些怪象给我的心灵另一个青春，
最糟的考验到头来是我爱得最真。
现在一切都完，接受无终点的东西：
我的胃口以后再也不会故意吊起，
去迎合新东西，去考验我的旧情谊，
我爱中的神灵，我会一心拜倒在地。
　　那就欢迎我吧，就算迎接我进入天国，
　　让我进入你纯粹的最最纯爱的胸脯。

【散文体】哎呀，我的确云游过四方，让自己充当彩衣小丑让人家从中取乐，把自己的思想搞得支离破碎，把最宝贵的糟蹋得最廉价，把新的种种情感，用旧手段冒犯；千真万确的是我盯着真理，不怎么认真而且觉得奇怪；但是，出乎所有意料的是，更坏的考验却证明是我爱得最好的。现在一切都尝试过了，以后所拥有的是没有终点的东西：我的胃口我再也不会滥用，对新的尝试念念不忘，对老朋友却只是考验，爱的神灵，我就托付给你了。

那么，欢迎我吧，欢迎我进入仅次于天国的地方，那就是你纯洁的最可爱的胸间。

111

哦，为了我你可以把命运女神责问，
我的诸多坏行为都是女神的责任。
她为我生命提供的不过是
养成大众行为的大众粮食。
结果是我的名字打上了烙印，
由此我的本性出于工作原因
而几乎被抑制，如同染色的手。
那就可怜我，愿我能更新辞旧；
像一个听话的病人，我会吞服
酸醋来把我的重大感染消除；
我丝毫不会感到一点涩苦，
也不会双倍悔意，只有心服。
　　那就可怜我，亲爱的朋友，我向你保证，
　　你的怜悯多少都能让我健康无病。

【散文体】啊，为了我，你尽可以把命运女神谴责，我的种种坏毛病都是女神的过错。她为我的生命提供的不过是培养大众行为的大众粮食。就是因为这个，我的名字落下了耻辱的印痕，我的本性也因为所做的工作差不多被扭曲，如同染了颜色的糙手。那么，可怜我吧，希望我能改造一新；如同一个听话的病人，我愿意吞服酸醋来抑制我的重大感染；我一点不会感到药苦，也不会一再后悔，不知好歹。

所以，可怜我吧，亲爱的朋友，我给你担保，你的可怜之情多少都能让我健康起来。

112

你的爱和怜悯能把烙印填平，
那是打在我额头的低俗丑行，
他们说我好坏你为何还在乎，
护我的短处，又承认我的长处？
你是我的整个世界，我很愿意
知道出自你口的谴责和赞词；
我不管别人死活，别人也别管我，
别理我的坚守或变化是好是错。
别人的评说我扔进了无底深渊，
至于其他声音，我如同聋蛇一般
面对批评或恭维置之不理。
注意我如何执行我的忽视：
　　你如此强烈地左右我的言辞，
　　此外的整个世界我认为已死。

【散文体】你的爱和怜悯把我额头的低俗丑陋的烙印磨平了；他们说好说坏我都不在乎，你却袒护我的短处，夸说我的长处吗？你是我的整个世界，我一定要努力了解你亲口说出的责怪和赞扬；我不在乎别人说什么，也不管世人怎么样，只介意你的评价，不管我钢化的感触或变化是对的还是错的。因此，我把别人的说法统统抛进了万丈深渊，我像蝮蛇一样没有听觉，挑剔和奉承就都戛然而止了。请看我如何对待我的坦然态度吧：

你如此强烈地在我心中存在着，除此之外，我觉得整个世界都死了。

113

自从我离开你，我的眼嵌入我的心，
这两只眼因此便支使我出出进进，
部分功能如常，部分如同盲眼，
好像还看得见，其实视而不见；
因进入它们的心里再无形象，
关于鸟，花朵，姿态，都无具象；
转瞬即逝的物体在心里留不住，
自己视力捕捉到的东西也模糊；
倘若眼睛看见最俗或最雅的景致，
例如最悦目的偏爱或畸形的东西，
又比如高山或大海，白昼或黑夜，
乌鸦或鸽子，只会搬照你的特写。
　　不能够容纳更多，只因全部装了你，
　　我最真实的心因此让我的眼失真。

【散文体】自从我离开了你，我的眼就装进我的心里了；我的眼从此掌控我到处走动，发挥其部分功能，部分功能却如瞎子，好像还看得见，实际上视而不见；因为没有形状发送到心里，像鸟儿，像花朵，像姿态，都留不住它们的全部形象；就是迅速抓住的物体在心里也没有全影，他自己视力所捕捉的东西也留不住；因为如果看见了最粗鄙的景致或者最温馨的景致，最悦目的最爱或者畸形的丑八怪，大山或者大海，白天或者夜晚，乌鸦或者鸽子，都只会按照你的模样捏圆捏扁。

所以不能够容纳更多的东西，只因全部装进了你，我最真实的心却因此让我的眼睛失去真实。

114

或者是否我的心，只因把你当王冠戴，
便饮下了君主的烦恼，把这奉承承载？
或者我应该说，我的眼睛说得靠谱，
是你的爱教会它这种点铁成金术，
可以把奇奇怪怪的怪物和万象，
变成天使像你自己的甜美模样，
把每种丑陋的东西都变得完美无缺，
如同物体遇到光线便有影子般快捷？
哦，这是前者；你见了这奉承的特殊，
我非凡的心灵要把它君王般吞服；
我亲眼见什么最适合个体的口味，
早为那口味准备下了合适的水杯。
　　如果杯中是毒药，罪过倒是比较小，
　　我的眼睛喜爱它并会第一个瞧瞧。

【散文体】或者是不是我的心灵，因为把你当作王冠戴上，饮下了君主的烦恼，把帝王的威风显摆？或者我是不是应该说，我的眼睛说得对，你的爱教会了它这点铁成金的高招，能把各种各样的怪物和万物点化成像你一样甜美的俊俏模样，把每种丑陋的东西都变得完美无缺，如同物体遇到光线便有了影子一样迅速？哦，这是第一次；我见识了这帝王般的奉承，我伟大的心灵会君王般地把它吞服；我看见了什么最适合个体的口味，早为那口味准备下了合适的杯盘：

如果杯中盛的是毒药，罪过倒是比较小，我的眼睛喜爱它，并且抢先接近了它。

115

那些我过去写下的诗行都在撒谎，
连我说我不能爱你更深都是假装；
但那时我的见识还没有理由想象
我们最充足的火焰还能烧得更旺。
只是算计时间，还有成百万的事件，
溜进誓约间把帝王的律令来改变，
晒黑神圣的美，磨秃锐利的意图，
让强大的心变为万物交替的路途——
哎呀，为什么，惧怕时间这个君主，
那我就不会说“现在我爱你最笃”，
当我对无把握的事情很有把握时，
就可以为现世戴王冠，对未来怀疑？
　　爱是一个婴儿；难道我不可以这样讲，
　　让那还未充分生长的东西好好生长？

【散文体】我过去写下的那些诗行都是在撒谎，连说我不能对你爱得更深的话都是瞎说；不过那时我的见识还没有根底，不懂为什么我燃烧正旺的火焰后来还会燃烧得更明亮。只是算计时间，害怕它造成百万桩事件，悄悄地钻进誓约之间把帝王的律令篡改，晒黑神圣的美，弄钝锐利的意图，把强壮的心转变成改变万物的流程；哎呀，为什么，惧怕时间这个暴君，难道我不可以说“现在我爱你至深”，当我对没有把握的东西有了把握时，就给现在戴上王冠，怀疑未来吗？

爱是一个小婴儿；那么我难道不可以这样说，让没有成长的充分成长吗？

116

别让我对真实的心灵的婚姻
承认什么障碍；爱不是那种爱，
即一遇到环境变化就有变化，
或者一见爱动的人就动作大。
哦，不！爱应是永远牢靠的标号，
就是面对暴风雨也永不动摇；
爱是每只漂流的小船的恒星，
它的价值无限，尽管它悬在天空。
爱不是时间的傻瓜，尽管红唇和红颜
就在那时间镰刀的挥舞下饱受蹂躏；
爱不会因短暂的时辰和星期而改变，
爱即便面对厄运的利刃也承受时间。
　　如果这是过错那就让我来证明，
　　我从来不写作，也就没有人爱上。

【散文体】别让我对真实心灵的婚姻承认什么障碍；爱不是那种一遇到变化的机会就会发生变故的爱，或者一见到见异思迁的人就水性杨花。哦，不！爱是一个永远牢固的标志，哪怕面对暴风雨也永远不会动摇；爱是每只漂流的小舟的恒星，它的价值无法知道，尽管它高高地挂在天空。爱不是时间的傻瓜，尽管红唇和红颜躲不过时间镰刀的挥舞下的凌辱；爱不会因为短暂的时辰和星期发生改变，爱就是面对厄运的锋刃也敢与时间对峙。

如果这是错误那就让我来证明吧，我从来不写什么，也就没有什么人爱戴。

117

这样控诉我吧：我这人不识好歹，
对所有我应感恩的都不理不睬，
忘记对你最珍贵的爱召唤，
而所有关怀日日把我照看；
我频繁地与不了解的心灵交换，
把你重金购买的权利交给时间；
我对所有的劲风都会扬起风帆，
把我从最远的地方带到你跟前。
请把我的任性和错误都记清，
从零开始一笔笔把清单写明；
把我带到你眼瞄准的地方，
不过别一时愤恨向我开枪：
　　因为我申诉说我曾努力证明
　　你的爱始终如一并且有德行。

【散文体】你这样控诉我吧：说我对所有我应该偿还的大恩大德都视而不见，说我忘记召唤你最珍贵的爱，因为所有爱的纽带都日复一日地包围着我；说我总是和不了解的心灵来往，而把你重金购买的权利交给时间；说我对所有的风都鼓起船帆，把我从遥远的地方带到你跟前。快把我的任性和错误都记下来，一笔笔积累起来列成清单；把我带到你眼睛瞄准的高度，但是别一时来气向我开枪：

因为我的申诉说，我过去努力要证明你的爱始终如一，你的爱有道德。

118

像是，为把我们的胃口吊得更高，
用种种调味剂迎合我们的嗜好，
好比，为防止我们看不见的疾病，
我们喝泻药只是为了回避重症：
同样，喝足了你那不腻口的甜汁，
我用苦酱油来把我的饮食调制，
而且厌烦健康了，就没病找病，
还未到生病的份上就把病生。
这样，爱的策略，为了提前防止
我们未患的病，成为真的过失，
让一种健康的状况去把药吃，
本来健康无比，却靠病来维持。
　　但是我由此学到了真正的教训；
　　药物把人毒害只因如此思念你。

【散文体】好像是，为了让我们的胃口更加刁钻，我们用更刺激的调味剂来迎合我们的口味，这好比，为了防止我们看不见的种种疾病，我们喝些泻药来遮掩我们的重大病症；同样道理，因为饮足了你可口的甜汁，我得用苦酱油来把我的饮食调节，而且对健康不耐烦了，就没病找病，还没有到生病的程度就会把病生起来了。因此，为了提前防止我们还没有生的病，爱的策略倒成了真正的过失，让好好的健康人拿药来吃，顶呱呱的身体，却要靠病来维持。

但是我由此长见识，找到了真正的教训，药物能把人毒死，只因对你太痴迷了。

119

我喝下了什么样的海妖的泪滴，
从地狱般的恶臭的蒸锅里提取，
把恐惧当希望，把希望当眼泪，
在眼见我要赢时却大败而归！
我的心犯下了什么样的可怜错误，
还自以为享受到了从未有的幸福！
我的眼睛怎么脱离习惯的气氛，
在这种发疯的狂热中头脑发昏！
哦，生病反得好处：现在我真的知道，
靠邪恶变得更好的东西还能更好，
而且毁掉的爱，一旦它搭起新构架，
会比当初变得更漂亮，更强，更伟大。
　　因此我被人谴责反会感到满意，
　　我为生病花的钱多出三倍利益。

【散文体】我喝下了多少海妖的眼泪，那些可是从地狱般恶臭的蒸锅里提取到的，把恐惧当成希望，把希望当成眼泪，就在我看见自己胜利在握时却大败而归！我的心犯下了什么样可怜的过错，还以为享受到了从未享受过的幸福！我的眼睛怎么掉出了早已习惯的眼眶，在发疯的狂热中心神不定！啊，生病的利息：现在我总算真的发现依靠邪恶变得更好的东西还能更好；而且毁掉的爱，当它重新建立时，会变得比当初更漂亮，更强大，更了不起。

因此，我受到人们的指责时会感到满足，生命得到的好处比我花费的多出三倍。

120

你对我曾经的不友善现在成了帮助，
我当时因此体会到了那种苦楚，
我不得不因我的过失屈背弓腰，
除非我的神经是铜是钢铁锻造。
因为如果你被我的无情所摇撼，
像我被你震动，那你已熬过时间，
而我，一个暴君，没有空闲忖度
我曾因你犯罪如何饱受痛苦。
哦，我们的痛苦之夜也许记住
我最深的感受，忧伤如此深入，
很快传到你，如你传我，随后
那贴小膏药贴在受伤的胸口！
　　但你的冒犯现在变成了一种收获；
　　我的赎金是你的，而你的也要赎我。

【散文体】你过去对我不好，这事儿现在对我倒大有好处了，因为我当时感受的那种痛苦一定逼着我在我的过失前低下了头颅，要不然我的神经就是铜铸铁造的。因为如果你被我的不友善而震撼，如同我因你而震惊，那么你已经挺过时间的煎熬，而我，一个暴君，没有闲工夫用来考虑因为你犯罪我曾经如何受苦。哦，我们的悲哀之夜也许还记得我最深切的感受，记得真实的忧伤如何袭来，而且很快转给你，如同你转给我，随后炮制那贴小小的膏药，正好用在受伤的胸口！

但是你那冒犯如今成了一种赏金；我的赎金是你的，而你的赎金也必须用来赎我。

121

作恶比恶行受到尊重更可取，
尤其还没有受到别人的抨击，
如此被看好的正当快活消失殆尽
与我们的感情无关却因别人眼见。[91]
为什么别人虚假淫荡的眼睛
对我的欢腾的血液妄加点评？
为什么孱头们专盯我的弱点，
把我认为好的随意算作不端？
不行，我就是我，他们一直抓牢
我的过错而把他们自己抬高；
我是直肠子，可他们的绕来绕去；
他们的坏思想把我的行为歪曲，
　　除非他们主张这种笼统的邪恶：
　　所有人都坏，他们的坏并不为过。

【散文体】在没有恶行却饱受人们的指责时，作恶要比犯罪更为人们看重，这是正常的，正当的快活都没有了，这种快活备受人尊敬不是因为我们的感情，而是别人的眼睛。这时候为什么别人虚假的淫荡的眼睛对我活跃的精血妄加评论？为什么软蛋专门盯着我的不足，把我认为好的行为主观地视作坏行为？不，我就是我，他们一直瞄着我的过失是为了给他们自己增添光彩；我喜欢直来直去，可他们自己阳奉阴违；他们的思想腐败堕落，对我的行为一定看不惯；

除非他们主张这种笼统的邪恶，认为所有的人都坏，他们的坏行为才可以畅通无阻。

122

你的礼物，你的笔记，都在我脑里，
因为特点鲜明而长久地被记忆，
它们超出了那种无聊的水平，
超越所有时代，甚至致远致恒；
或者至少，只要脑子和心能行，
按照造化规律一直保持功能；
直到每人按角色把他部分交还
遗忘，你的记录都永不会失散。
因那个可怜的笔记本不能长存，
我无须把你可贵的爱登记在内；
因此我大胆放开那些无用东西，
托付那些能接受你更多的笔记：
　　为记住你保存下一个备忘录，
　　正好说明我的记性严重不足。

【散文体】你的礼物，你的笔记本，都在我的脑子里，特点鲜明，长久难忘，它们超过了那种无聊的水平，超过所有时代，甚至致远致恒；或者至少，只要脑子和心有功能，按照造化规律一直有效，直到脑子或者心把你那部分还给遗忘，你的记录都不会失散。因为那个可怜的笔记本不可能不破不烂，我就没有必要把你可贵的爱记在里面了；因此我放胆把那些东西抛开，托付给那些可以接受你更多东西的笔记本。

为了把你记住我保存了一个备忘录，这也表明我的记忆是靠不住的。

123

不！时间，你不能说我有了变化：
你的金字塔虽建得更加宏大，
对我来说却不新奇，没异样；
它们不过是旧物穿了新装。
我们的岁月短暂，因此我们羡慕
你强塞给我们的那些陈旧货物，
还把它们当成我们渴求的东西，
不想想只是我们过去听说过的。
你的记录和你我都不屑多看
对你的过去和现在也早习惯，
因你的记录和我们所见都虚假，
只是你或多或少不断胡乱添加。
　　我对此真的敢发誓而且信誓旦旦：
　　我很真实，敢向你的镰刀和你挑战。

【散文体】不，时间老人，你不能说我真的有了变化：你的金字塔修建得更新更宏伟，可在我看来一点不新奇，一点不怪异；它们只是旧物穿上了新装。我们的生命时日是短暂的，因此我们看重你弄虚作假强塞给我们的旧东西，还把它们当作我们生来渴望的东西，也不想想我过去早听人家说起。我对你的记录和你都看不上，对你的现在和过去也都不觉新奇，因为你的记录和我们所见都是虚假的，是你不断或多或少仓促添加的。

我对此敢发誓而且这誓言始终如一，我会信守誓言，对你的镰刀和你不以为然。

124

如果我的真爱只是环境的果实，
那爱不过是命运无父的私生子，
为时间之爱或时间之恨所支撑，
野草惜野草，鲜花为鲜花所再生。
不，爱远不是偶然事件所建造；
爱不该迎合微笑的浮华，也不要
遭受奴役般不满情绪的蛊惑撺掇，
听凭我们的时尚迎合时间的诱惑。
爱不惧怕计谋，也不怕邪门歪道，
不害怕短时间的租期产生的干扰，
爱独自一个却巍然挺立，兵来将挡，
不随炎热而生长，不因阴雨而不长。
　　我对此敢做证，与时代的傻瓜们呼应，
　　傻瓜死就死了，活着却是积下罪行。

【散文体】倘若我的可贵的爱只是环境的孩子，那它也许是命运的私生子，没有父亲，受到时间的爱或者时间的恨的支配。野草认野花，鲜花只会为鲜花所生。不，爱不是偶然事件建立起来的；爱不受微笑的浮华的拨弄，也不甘在奴役般的不满情绪下堕落，听凭我们时尚和诱惑的时间勾勾搭搭：爱不害怕计谋，不害怕邪门歪道，不害怕短暂租期带来的干扰，爱孤身一个却巍然挺立，兵来将挡，在炎热下不疯长，在阴雨里不委顿。

对这点我来做证，号召时间的傻瓜，不要活着时遭罪，死就死了。

125

如果我应该擎受那帝王的华盖，
配上我外在的炫人眼目的光彩，
或打下种种根基为了千秋万代，
岂不证明荒废或毁灭更加厉害？
难道我没看见讲究形式和偏爱的人，
付出过多租金却失去所有，或更甚，
只为馥郁的甜蜜而丧失简单的风味，
充当了可怜的得利者，在注视中花费？
不，让我对你的心灵百依百归，
把你当作我的供奉，贫穷却免费，
没有掺杂次品，也会拒绝赝品，
只要彼此的谦让，只是我和你。
　　去吧，你这受贿的告密者！真实灵魂
　　在最困难的时至少可以受你指挥。

【散文体】倘若我应该站在帝王的华盖下，还需穿戴上让人炫目的衣服和勋章，或者为万世不朽而打下基石，那不是正好证明荒废和毁灭更短暂吗？难道我们亲眼目睹拘泥形式和嗜好的人，花费过多，却失去一切，或者更多，为了浓郁的甜味而丢弃了简单的风味，充当了可怜的得利者，只是过过眼瘾而不惜花费吗？不，让我对你的心灵百依百顺吧，把你当作我的贡品，贫瘠却免费，没有掺杂次品，没有滥用艺术，只是互相谦让，只是在你和我之间。

去吧，你这被收买的告密者！一个真实的灵魂在最困苦的时刻，至少还在你的支配之下。

126

你啊，我可爱的伙计，谁受你权力支使
握住时间的流畅沙漏，它的镰刀，小时；
在沙子流失中增加时辰，从此让人看清
你的亲友在你的甜蜜浓郁时纷纷凋零；
如果造化，你这掌控盈亏的主宰，
你在向前走时，仍在向后把你拽，
她让你服务这一目的，她的手腕
可以让时间丢人却把分秒走完。
但害怕她，哦你，她快活的小甜心，
她可以挽留，但不是久留，她的珍品！
她的账目，尽管拖延，却必须交割，
她清理账目就会把你一起囊括。[92]
（ ）
（ ）

【散文体】你哦，我可爱的伙计，谁在你的权力中把时间的快速沙漏掌握，它的镰刀，时辰；谁在沙子流失的同时却在增长，而且以此展现你的亲朋好友纷纷凋谢，而你甜蜜的自己却在生长；如果造化，掌管盈亏的威严君主，在你向前行走时，仍在把你往回拉，她留住你只为这一目的，那就是她的手腕可以让时间丢脸却把分分秒秒扼杀。但是害怕她，哦，你啊，她寻求开心的宠儿啊！她也许截留你，但是不会一直保留，她的宝贝：她的账目，尽管拖延，却一定要偿还，她清理账目是要把你算上的。

（ ）

127

在古代黑是不能算漂亮的，
即使算，也沾不上美的名字；
然而现在黑是美的继承子嗣，
美因此被诽谤为狗崽般羞耻：
因为自从每只手利用造化的力量，
用艺术的虚假面具来为丑陋增光，
温婉的美便无名分，没有神圣楼阁，
只有亵渎，如果还没有耻辱地生活。
因此我的情妇面容黑如乌鸦，
她的两眼很俏，它们像是要把
那生来不俏、看去不美的人哀悼，
用虚假的尊重对造化进行嘲笑：
　　可她们只有哀泣，与她们的悲情呼应，
　　每条舌头都说美看去应是这个德行。

【散文体】在古代，黑是不会被认为漂亮的，或者就是算作漂亮，也不能和美的名字沾边；但是现在黑色成了美的继承人，美因此受到攻击，说是狗杂种般可耻：因为自从每只手可以借助造化的力量，把丑陋用艺术的虚假借来的脸美化后，甜美的美就没有了名分，没有了神圣的殿堂，只会受到亵渎，如果还没有生活在羞辱之中的话。因此，我的情妇的面容黑如乌鸦，她的两眼那么般配，它们好像在哀悼那种生来不漂亮、长得不美丽的人，对造化的造物用一种虚假的尊重进行诽谤：

可是，她们就这样哀悼，还带上了悲哀之色，以致每条舌头都说：美看上去就应该是这个样子。

128

多么经常地，我的音乐，把音乐弹起，
在那有福的木头上让音符有了生机，
你的纤纤十指，在你文雅地弹拨时，
我的耳际便响起弦丝的和谐调子，
我真羡慕那些敏捷跳动的琴键，
能够亲吻到你手指内侧的柔软，
而我可怜的嘴唇，本应把好事分享，
却脸红地在你身旁对着木键妄想！
受到如此逗弄，嘴唇多愿变一变，
适应环境做那些跳动的小木键，
你的手指好在上面轻轻起落，
让死木头比活嘴唇福气更多。
　　既然活泼的琴键因此获得如此快活，
　　那给它们你的手指，把你的嘴唇给我。

【散文体】你，我的音乐，演奏乐曲，你甜美的手指在那有福的木头上弹出活泼的声音，你轻轻摇动细细的和弦让我的耳朵聆听，这时，我真羡慕那些敏捷跳动的木键能够亲吻到你柔软的手掌，而我可怜的嘴唇，本应该享受这一福气，却羞红地站在你身旁看着那木头放肆！受到这样深度的刺激，我的嘴唇多愿换换身份，和那些舞动的小木键调一调位置，等你的手指在上面漫步轻缓，让死木头比活嘴唇享受更多的福气。

既然活泼的琴键在这方面享受到如此幸福，那给它们手指，把嘴唇给我亲吻。

129

在羞耻的浪费中消耗精力，
是性欲在进行，在未行动时，
性欲耍诈、谋算，嗜血、孽念累累，
耍野蛮、走极端、来粗野、失信威；
一旦享尽风流，立马翻了胃口，
毫无道理地狂追；可一旦得手，
便无道理地憎恶，像吞下了鱼饵，
故意暗中下饵让上钩的人发痴：
疯狂地追逐，一旦占有就发疯；
有过、享有、尚未品尝，都走偏锋；
风流着如进天国；风流过，备感恶心；
事前，猴急的玄想；事毕，一个梦而已。
　　这一切世人皆知，可无人想想
　　躲避这个领人去地狱的天堂。

【散文体】在可耻的浪费中耗费精力，就是交媾正欢，而在无法入港时，性欲会耍诈，谋算，嗜血，满脑子孽念，来横蛮，走极端，逞粗野，一点不牢靠；一经快感地发泄，立马会有无聊的感觉，理由十足地追逐，一旦得手，竟然又会毫无道理地厌恶，如同吞下一个故意下饵让人上钩发狂的鱼钩：疯狂地追逐，一旦得逞就会疯狂；交欢了，正交欢，未交欢，都来得极端；体验时摄魂夺魄；体验过，恶心得想吐；事前，一种想入非非的欲念；事毕，一个梦做过而已。

这一切世人皆知，可是没有人知道躲避这个领人去地狱的天堂。

130

我的情妇的眼睛一点不像太阳；
珊瑚远比她嘴唇的红色更红亮；
雪若是白的，为甚她的胸脯是褐色；
头发若是铁丝，她的头长满黑铁丝。
我见过玫瑰花色彩斑斓，红白相随，
却没见过她脸颊上那样的玫瑰，
那里的香气香飘四溢令人陶醉，
比我情妇呼出的气要香十倍。
我喜欢听她说话，可我很明白
音乐具有更令人入迷的天籁；
我承认从未见过女神步下生香——
却知我的情妇，走路时，步履如夯。
　　但是，对天发誓，我认为我的爱人稀罕，
　　不比那被人捧得天仙般的美人少见。

【散文体】我的情妇的两眼一点不像太阳明亮，珊瑚也比她红嘴唇的红色鲜艳得多；如果雪是白的，为什么她的胸脯是褐色的；如果头发如铁丝，那她头上可长满了黑铁丝。我见过玫瑰花多姿多彩，有红的也有白的，但没有见过她脸颊上那种玫瑰色；那些玫瑰的某些香气具有更令人陶醉的芳香，比我的情妇呼出的气息好闻得多；我喜欢听她说话，不过我很清楚音乐具有更加悦耳的声音；我承认我没有见过女神慢步轻抬——但是我的情人走路步履夯实：

然而，对天发誓，我认为我的爱人实属稀罕，比起那被人吹嘘得如花似玉的美人，一点也不逊色。

131

你好像暴君专横，你的做派一贯张狂，
恰似那些以美色自豪的人心地不良；
因为你很清楚我的心对你牢靠，
你就是那天仙就是无价的珠宝。
可是说真的，那些见过你的人讲
你的脸上没有让爱呻吟的力量[93]；
若说他们错了我没有这么胆大，
尽管我发誓我对自己这么讲了。
而且，可以肯定我发誓一点不假，
千万次呻吟，只是想到你的脸颊，
一个紧跟着另一个，都可以证明，
你的黑在我看来就是天仙降生。
　　你其实一点不黑，除了你的举止，
　　诽谤因此而起，我想这才是根底。

【散文体】正如同暴君的做派，你也一贯如此，像那些以美色自得的人心地残忍；因为你很清楚在我这颗糊涂心看来，你是绝色佳人，无价的珍宝。但是，说实话，有些见过你面的人说你的脸上没有让爱人呻吟的力量；说人家这话有错，我还没有那个胆量，尽管我发誓我跟自己单独说过这话。并且，可以肯定，我这样发誓没有虚假，成千次的呻吟，只要想起你的脸，一个接着另一个，都能见证你的黑在我看来就是最美的色彩。

除了你的行为举止，你一点也不黑。诽谤也正是因此而起，如同我想的，还会继续。

132

我爱你的眼睛，而它们，也怜悯我，
知道你的心在用轻蔑把我折磨，
既有黑色的悲悼也有爱意的悲悼，
对我的痛苦用很可怜的眼色小瞧。
确实不是天空早上的太阳
更和东方灰白的面颊相当，
也不是夜晚满天的繁星
把清朗的西方照得通亮，
都不如你悲情的眼睛和脸相配。
哦，那就让它和你的心形影相随
为我哀悼，既然悲情赋予你风韵，
那就让你的怜悯配合每一个部分。
　　那时我就发誓说美本身就是黑，
　　没有你的黑脸色的人都很污秽。

【散文体】我爱你的眼睛，而它们，同样怜悯我，知道你的心鄙视我，折磨我，一会儿是黑色的悲哀，一会儿是爱意的悲哀，用同情的眼色打量我的痛苦。一点没错，不是天空早上的太阳，更和东方灰暗的脸颊相得益彰，也不是晚间出现的明星能给清朗的西方带来一半的绽放，这些都没有那两只眼睛和你的脸那般绝配。哦，让它与你的心息息相通吧，为我哀悼，因为悲情之色让你风情万种，在每一个部分都与你的怜悯相配。

那么，我就可以发誓说：美本身就是黑，而且所有那些没有你的黑肤色的人，都毛病多多。

133

该死的，那颗让我的心呻吟的心，
就是它给我和朋友造成的伤痕；
把我一个人往死折磨还嫌不坏，
还把我的好友像奴隶一样对待?
你残忍的眼已经把我自己毒瞅，
又把另一个我更狠地据为己有；
被他，被我自己，被你，我给抛弃；
这是经受一种三倍的三重敌意。
把我的心拘捕在你钢铁般胸脯里，
让我可怜的心把我朋友的心保释；
不管谁看守我，让我的心护着他，
那你就无法在我的心牢里称霸。
　　然而你还会称霸，因我，是你的囚徒，
　　我是你的，我的一切都听任你摆布。

【散文体】那颗让我的心呻吟的心，真该死，就是它给我和我的朋友造成了重伤；它把我一个人苦苦折磨还嫌不够，还把我的莫逆之交当奴隶看待吗?你残酷的眼已经把我占有，还把另一个我更狠地霸占：我被他，被我自己，被你，统统抛弃；这是在饱受一种三倍三重的虐待。把我的心生生地关进了你铁一般的胸膛，可是让我可怜的心把我的朋友保释吧；不管谁看守着我，都让我的心来把他保护；那样你就无法在我的心牢里把他残害了。

可是，你还会咄咄逼人；因为我，已被你囚禁，我只能是你的，我的一切都会由你支配。

134

因此，现在我承认你得到了他，
而我自己成了你意志的抵押，
我愿把自己搭上，这样另一个我
你就会获得，让我还有几许快活：
但是你不会的，你也不会有自由，
因为你格外贪婪而他心底宽宥；
他只是以担保人身份为我签字，
按照那份保金牢牢地拴住自己。
你会把你的美的特权抓住，
你这高利贷者，把利息赚足，
并为我控告已成负债人的朋友；
于是我因自己的失当把他弄丢。
　　我失去了他；你得到了他也得到了我；
　　他付出全部，可是我并未把自由获得。

【散文体】就这样，我现在承认你得到了他，可我自己成了你意志的抵押品，我愿意把自己白白搭上，这样你就能得到另一个我，让我得到一些安慰：但是你不干，而他不会获得自由，因为你很贪婪，而他很善良。他为了我以担保人身份签字，按着那份保金条约把他自己牢牢拴住。你会充分利用你的美的法规，你这个高利贷者，把一切都充分盘剥的家伙，因为我的缘故去控告一个成了负债人的朋友，因此，我因为自己不地道的受骗而失去了他。

我失去了他；你却得到了他也得到了我；他付出了全部，可我还不是自由的。

135

只要你女人有心愿，就会称“愿”，
而且“愿”会加码，而且“愿”会频繁；
让你享用足够的我还是会烦你，
对你愉悦的愿还会把愿再升级。
你的愿可是又硕大又肥壮，真难道
你不愿让我的愿在你的愿里逍遥？
别人的愿似乎那般慷慨又大方，
而我的愿就得不到公道的阳光？
大海，所有水，还在接受大雨，
储存丰富还是要接受多余；
所以你，“愿”虽很足，还要为你的“愿”
增加我一个愿，助你大“愿”更方便。
　　别让不善的人让公道的求爱者蒙冤；
　　那么你深爱我吧，因我的名字就是“愿”[94]。

【散文体】只要女人有心愿，你就会如愿以偿，那愿还会如鱼得水，那愿还会浑水摸鱼；我跟你如鱼得水足够多，可还是要跟你鱼水承欢多多，对你可心的愿还会层层加码。你的愿硕大而阔绰，难道你不愿意让我的愿在你的愿里暗自逍遥？别人的愿似乎恩泽普惠，来客不拒，我的愿难道就得不到公道的阳光？大海，所有大水，还是见雨就收，汪洋大水了还求大水汪洋；所以你啊，尽管心愿很阔气，还是把我这个愿加上去，让你的大“愿”更得意吧。

别让不善的人再让公道的求爱者遭到扼杀；只惦记着一个，我的名字就是那个“愿”。

136

如果你的灵魂阻止你因我走得过繁，
骂你的灵魂瞎眼认不出我是你的“愿”，
那你的灵魂知道，心愿在那里已得逞；
因此只为爱，亲爱的，让我求爱别落空。
“愿”很愿意让你爱的宝藏隐在深渊，
咦，让多个愿如你所愿，多要我一个愿。
我们知道容纳百川的万物很平易，
万物再多接受一个本该不以为意：
那就让我不声不响充当一个数，
在你的储藏中一定算上我一注；
因为我无牵无挂，你就正好接受
我这无名小卒，带给你小小甜头。
　　快把我的名字当作你的爱，让爱久远，
　　随后你一声如愿，因我的名字就是“愿”。

【散文体】如果你的灵魂不让我走得过分频繁，责怪你的灵魂瞎了眼，认不出我是你的“愿”，那么你的灵魂知道，心愿在那里已经接受了；因此只为爱，亲爱的，那也让我的爱得逞一次吧。“愿”会让你的爱的宝藏深藏不露的，啊哈，让你宝藏雪藏许多愿，还加上我的一个愿。我们知道囊括一切的万物接受东西很容易，接受一样东西小菜一碟：那么让我在其中不声不响地充当一个数，在你的储藏中一定算我一个；因为什么东西都没有留住我，因此你巴不得留下我这无名小卒，给你多少带来一些甜蜜的东西。

请把我的名字充作你的爱，爱因此还在，随后你如愿以偿，因为我的名字叫“愿”。

137

你这瞎傻子，爱神，你怎么糟践我的眼，
它们看得见，对它们所见的却视而不见？
它们知道什么是美，知道美在哪里，
可是却能把最坏的当成了最好的。
如果眼睛因为过分偏见而败坏，
那就在大家航行的海湾里停摆，
为何让眼睛的错觉把锚爪看错，
那正是我心灵的判断准确之所？
为什么我的心认定一处私邸，
却又很清楚那分明是一公地？
要不我的眼睛看得清，嘴却胡吣，
非把确切的真实当作一张假脸？
　　我的心把事情看透，眼睛却错觉连连，
　　它们现在终走进了这一虚妄的灾难。

【散文体】你这瞎眼的傻瓜，爱神，你对我的眼睛干了些什么，它们看得分明，却对亲眼看见的总是看不清楚？它们知道什么是美，知道美在哪里，但是却会把最坏的看成最好的。如果眼睛因为偏见而败坏，那么就在所有人航行的海湾下锚吧，为什么眼睛的错觉伪造锚钉，我心灵的判断早把目标锁定？为什么我的心认准一处私宅，却又很清楚那分明是一处公地？要不就是我的眼睛看到了，嘴却另有说法，把分明的真相遮上了一张丑陋的脸？

我的心把事情看透彻了，眼睛却总出错觉，它们现在被转变成了这场可怕的瘟疫。

138

我的爱人发誓说她是再造真身，
尽管我知道她是瞎说，可我相信，
她认为我是一个青年不谙世事，
对这世界的欺罔作假一无所知。
我就真以为她把我看成小年轻，
尽管她知道我的韶华早已凋零，
我一味相信她那瞎说的舌头；
因此双方都只是把真相曲扭：
可是为什么她不认为她说瞎话？
而我为什么不承认我已经老了？
哦，爱最好的习惯是表面的信任[95]，
恋爱中的老人不愿把年龄承认。
　　因此我对她撒谎而她对我欺骗。
　　我们在错误中靠谎言以乖相见。

【散文体】当我的情人信誓旦旦，说她就是真实再世时，我就真的相信了她，虽然我知道她在撒谎，她满以为我是一个不谙世事的毛头小伙，对这个世界的坑蒙拐骗一无所知。因此我便真的以为她把我当作小青年，实际上她很清楚我最好的年华已经过去了，我只是天真地相信她那瞎话连篇的舌头：双方因此都把简单的真相掩盖了。然而，为什么她不说她只是信口胡说？而我为什么不说我已年纪一把？哦，爱最好的习惯就是表面上相信，而一把年纪的人谈情说爱不喜欢把年龄透露。

因此我跟她说假话，她跟我把假话说，我们以假骗假，从作假中互相讨巧卖乖。

139

哦，别让我对你的虚假视为正当，
你的欺骗行为让我的心灵受伤；
不仅用眼睛还用舌头把我伤害；
用力量对付力量，别用花招骗我。
跟我说你另有所爱，但在我面前，
亲爱的，别把你的眼睛向别处看；
你的花招本来足够把人伤害，
为什么你还要对我倚强凌弱？
让我为你开脱：啊！我的情人明知
她俊俏的相貌一直是我的大敌，
因此她当着我的面把敌人扭转，
要不它们不会向别处射出毒箭。
　　但是别这样啊，既然我已经鳞伤遍体，
　　就直接用眼把我谋杀，让我一死了之。

【散文体】啊，别让我对你的欺骗行为说好话，你的卑鄙伎俩已经伤透我的心；你不只用眼睛伤害我，还用舌头攻击我；你用力量打击力量，别用花招蒙骗我。告诉我你的爱别有所寄，但是别当着我的面，亲爱的，别把你的目光投向别的地方：你的力量本来可以把我不堪一击的抵抗化为乌有，为什么你还要用花招伤害我？让我为你开脱几句：啊！我的情人很清楚她那俏丽的貌相一直是我的敌人，因此当着我的面把我的敌人扭转，他们因此向别处射出乱箭。

可是别这样；既然我已经遍体鳞伤，那就用目光把我直接杀死，让我摆脱痛苦好了。

140

你因为心狠就该机灵些；别逼人太甚，
我久不吭气是因为我根本不屑发问，
免得忧愁借我词句让我表述
我可怜的痛苦到了何种程度。
如果我教你智慧，那再好不过，
哪怕不爱，可，亲爱的，告诉爱我——
如同暴躁的病人，死亡就要来了，
却喜欢听医生把健康消息传送。
因为如果要绝望了，那我会发疯，
一旦抓狂我就会对你恶语相迎；
现在这扭曲的世界是如此遭殃，
发疯的耳朵就相信发疯的诽谤。
　　我还没有疯狂，你也还未被打敲，
　　你让眼睛直视，尽管你心高气傲。

【散文体】由于你心地残忍，你应表现得明智才是；别对我沉默的耐性逼得太紧；要不然郁闷会让我说话，开口就把我可怜的痛苦状况向人诉说。如果我可以教你智慧，那再好不过，哪怕不爱，可是，亲爱的，告诉你爱我；如同焦虑的病人眼看他们的死亡迫近，最爱听到他们的医生带来健康的消息；因为如果我绝望了，我就会发疯，而在我抓狂时我也许会对你大爆粗口；现在这个扭曲的世界已经变得很坏，发疯的耳朵就相信发疯的诽谤。

我还没有发疯，你也还没被人误解，那你让眼睛目不斜视，哪怕你傲气的心会意马心猿。

141

其实，我的眼睛并不喜爱你，
只因看出你身上成千问题，
但是我的心喜爱眼睛看不上的，
尽管无法看视却真是一心痴迷。
我的耳朵也不高兴听你的口气，
柔和的感觉，即便迁就低俗意趣，
味觉，嗅觉，都不愿受诱惑
单独和你任何感官一起搅和；
可我的五种机智和五种感觉
都难一改痴心去讨你的取悦，
毅然决然与一个男子汉形象别离，
甘心做你傲慢之心的仆人和奴隶。
　　我因此能算作收获的远不止我的灾难，
　　她让我造孽却也让我学会对痛苦忍耐。

【散文体】实际上，我的眼睛并不喜欢你，因为它们在你身上发现了成千上万的毛病；但是我的心对眼睛所轻视的却格外喜欢，尽管心不能看却高兴体味；我的耳朵也不高兴听你嚼舌，迁就低俗格调的柔和的感觉也好，味觉也好，嗅觉也好，都不愿意受到诱惑，单独和你享用肉欲的宴席；可是，我的五种机智和五种感觉却都难劝阻一颗痴心为你效劳，坚定地远离一个男子汉形象，去做你傲慢的心的奴隶和仆人：

我仅有的灾难还远不能算作我仅有的收获，因她让我犯罪却回报我痛苦。

142

爱是我的罪孽，恨是你的德仁，
恨我的罪孽，有罪的爱是恨的根。
哦，把你的状况和我的比较一番，
你会发现许多不可指摘的优点，
就是指摘，那也不能从你的口讲，
因为你的嘴亵渎了唇上的扮装，
且如我的一样多次签订爱的盟约，
把别人床笫的租金收入强行劫掠。
我爱你很正当，正如你恋着那些人，
你的眼渴望他们一如我把你苦恋；
怜悯扎根你的心，一旦生长茂盛，
你的怜悯要别人的可怜来支撑。
　　如果一心追求你所隐藏起来的那些，
　　你会遭到你自己的榜样的无情拒绝。

【散文体】爱是我的罪孽，恨则是你的操行，你憎恨我的罪孽，你的憎恨是以有罪的爱为根底的。啊，把你的操行和我的比较比较，你会发现许多优点是不能指责的；就是指责，那也不能出自你的口，因为你的嘴亵渎了嘴唇上抹的口红，而且像我一样经常签订爱的盟约，把别人床第上的租金的收入强行掠夺。我爱你是正当的，一如你渴望那些你的眼睛盯住不放的人，像我一样缠磨你；你内心有怜悯，等它生长起来时，你的怜悯却要别人来可怜你。

如果一心追求你隐藏不露的东西，那你终会遭到你自己榜样的否定。

143

看，如一个小心呵护的主妇跑去
追逐一只乱跑的羽毛丰满的鸡，
把婴儿扔下全力以赴地追撵
她一心要抓回来关住的家禽，
不顾她扔下的孩子跟在后面，
哭喊着追赶忙作一团的母亲，
眼见她追赶在前面飞奔的东西，
对可怜的小儿的不满不搭不理：
决意要追逐从你面前逃离的，
我就是你的婴儿，在后面追你；
你要是追到你的希望，回到我身边，
还扮演起母亲的角色，吻我，温柔点。
　　那样我会祈祷你拥有你的“愿”，
　　只要你返回，我就在大声哭喊。

【散文体】看吧！好像一个一心不二用的主妇满处奔跑，追赶一只飞跑的羽毛丰满的鸡，把婴儿扔在一旁，决意追逐她只想抓回来关住的家禽，顾不得她扔下的孩子在后面苦苦追赶，对着忙作一团的母亲哭喊，而她紧追前面飞跑的小鸡，对可怜的小家伙的抱怨根本不在意：她决意要追到从眼前逃掉的生灵，而我就是你那在后面紧追的婴儿；如果你追到了你的心愿，那就回到我身边，担起母亲的角色，吻我，温柔地吻我。

那样，我会祈祷你得到你的“愿”，只要你返回来，我就总在大声哭喊。

144

我有两个安慰和绝望的情人，
像两个精灵不停地对我追问：
更好的天使是个英俊的美男；
较坏的精灵是个难看的女悍。
为把我尽快引入地狱，我这泼妇
把我的更好的天使从我身边俘虏，
想把我的圣徒腐蚀成恶魔，
对他的纯洁就用她的邪恶。
我的天使能否堕落成坏蛋，
我怀疑，但是不如直接放言，
既然都出自我，那就彼此应是朋友，
我看好的也只能跟坏的地狱里走。
　　但是我对此永不清楚，只有怀疑，
　　直到我的坏天使把好天使逐驱。

【散文体】我有两个情人，安慰和绝望，像两个精灵一直缠磨我：更好的天使是一个光明磊落的男子，更坏的精灵是一个肤色不雅的女子。为了尽快把我搞定，我那母夜叉把我的好天使从我身边勾引走，要把我的圣徒腐蚀成一个撒旦，用她那恶臭的虚荣引诱他的纯洁。我说不准我的好天使能否成为坏蛋，不过不妨直接说出来：只因两个天使都是从我身上繁衍出来的，两个应该彼此是朋友，我看一个天使会在另一个天使的地狱里。

可是对此我永远不清楚，只是有疑虑，直到坏天使把我的好天使放出来。

145

爱神亲手捏出来的嘴唇，
发出的声息是在说“我恨”，
竟对我这为她焦思的人：
可她看见我苦闷的精神，
慈悲便从她心里往外流，
指责那一向甜蜜的舌头
怎用来诉说温和的毁灭，
教它使用新的话来迎接：
“我恨”，她最后立刻把口变，
随机应变像温和的白天
后紧跟着黑夜，如同撒旦
从天堂被赶向了地狱间。
　　她把“我恨”从憎恨中摈弃，
　　拯救我的生命，说“不是你”。

【散文体】爱神亲手捏造的那两片嘴唇，发出了声息，对为她而心焦的我说：“我恨”；但是当她看见我的苦闷情绪时，心里马上产生慈悲之情，责备那一向甜蜜的舌头，怎么用来诉说温和的厄运，并且叫它用新的话语迎候人：她最后立即把“我恨”改口，转变之快如同温和的白天紧跟着黑夜，好比一个坏蛋被人从天堂赶进了地狱。

她把“我恨”二字从憎恨情绪里抛弃，拯救了我的性命，说“不是你”。

146

可怜的灵魂，我这罪恶泥身的中心，
被围攻你的这些造反力量所欺骗，
为什么你内里消瘦而且忍饥挨饿，
却把你的外表粉饰得尊贵而巍峨？
为什么如此昂贵，租期却如此短暂，
你要在这颓圮的大厦上浪掷大钱？
难道那些蛀虫，这挥霍奢侈的继承者，
不会吃光你的用度？这是肉身的终结？
那么，灵魂，在你仆人的损失上寄生，
让那损失更多从而增大你的储藏；
用神圣的条件卖掉无聊的时光；
让内里滋养，外貌不再富丽堂皇：
　　这样你能吃掉那吃人的死神，
　　死神一死，那就再也不会死人。

【散文体】可怜的灵魂哦，我这有罪的凡骨泥胎的中心，你被围攻你的这些造反力量所欺骗，为什么你内里消瘦还忍饥挨饿，却不惜重金把外表粉刷得华丽？为什么如此花大钱，租期却那么短暂，难道你要在你这倾覆的大厦上挥霍？难道那些蛀虫，那些奢侈的继承者，不会把你的花销吃光？这难道是你肉体的末日？那么，灵魂，你靠你仆人的损失喂养自己，听任那损失一再损失，从而把你的储藏扩大；通过神圣的条件把无聊的时间卖掉；让内里得到滋养吧，别再让外貌看上去阔气鲜光：

于是，你可以依靠死神养活，那吃人的死神啊，她一旦死了，就不会再有人死去了。

147

我的爱如同发烧，一直渴望
能把这病长久治愈的偏方，
依靠那种把疾病稳住的药物，
为那易变的有病的胃口服务。
我的理智，即我的爱情医生，
因为没有遵照药方怒气冲冲，
离我而去，而我现在竭力证明
欲望即死亡，医药丝毫没作用。
我无法治疗，如今理智也失掉，
狂躁的疯劲儿一直持续走高；
我的思想和说话如同疯子，
真实成了无目的徒劳语词：
　　因我曾发誓说你美丽并认为你乐观，
　　其实你像地狱一样漆黑，夜一样幽暗。

【散文体】我的爱像发烧，总是渴望有什么药物能把这病治愈得更长久，依靠那种能把疾病维持住的仙丹，让那易变的有病的胃口得以改善。我的理智，我爱情的医生，因为药方没有认真服用十分生气，离我而去，我现在只好拼命地证明欲望就是死亡，医药一点效果都没有。我病入膏肓，这下理智也不再灵光，整天狂躁不安，一会儿也不消停；我的思想和我的讲话像疯子一样，真话被徒劳地乱说一气，颠三倒四；

因为我曾发誓说你美丽，以为你光明，实际上像地狱一样漆黑一团，像黑夜一样一团漆黑。

148

哎呀，爱把什么眼睛安在我的头上，
与真实的所见根本无法保持一样？
或者，如果管用，我的判断又飞向哪里，
错误地认定眼睛看得无误的东西？
如果我的瞎眼迷恋的地方很美丽，
那么世人都说不美丽又如何解释？
如果不准，那爱情早有准确定义：
爱情的眼睛不如一般人的犀利。
怎么讲？哦，爱情的眼睛怎么能真实，
只因它们目不转睛而且眼泪滴滴？
那就难怪了，尽管我误判我的视力：
太阳也得等到天亮才看得清自己。
　　狡猾的爱情，你用眼泪让我变成了盲目，
　　生怕眼睛雪亮，会发现你可恶的错误。

【散文体】哎呀，爱把什么样的眼睛安在了我的头上，与所见的真实情况根本不一致？或者，如果眼睛看得没错，那么我的判断力又飞到哪里去了，把眼睛看准的东西判断错了？如果我不老实的眼睛迷恋的地方很美丽，那么世人都说一点也不美，这又该如何解释？如果说眼睛有误，那爱情倒是早有说法：爱情的眼睛不如一般人的眼睛看得真切。不，怎么会呢？哦，爱情的眼睛怎么可能看真切，瞧它们总是痴迷地观看，眼含热泪吗？那就难怪了，哪怕我对视力有误解；太阳也得等到天色大亮才能看清自己。

狡猾的爱情，你用眼泪让我成了瞎子，可只有眼睛看得清楚，你可恶的错误才能发现。

149

难道你，狠心的！竟说我不爱你，
可我和你一起把我自己嫌弃？
难道我没想到你，当我忘记
我是谁，我的暴君，全是为了你？
你憎恨的人，我可会认作朋友？
你讨厌的人，我可会奉承追求？
不，如果你对我生气了，难道我
没有马上呻吟对我表示难过？
我凭什么长处把自己看高，
竟会傲慢地不屑为你效劳，
而我不顾一切崇拜你的毛病，
你动一动眼睛我就毕恭毕敬？
　　可是，爱，恨吧，因为现在我了解你的心；
　　你喜爱那些看得见的，而我却没有眼。

【散文体】难道你，狠心的，当我和你一起对我看不起时，还可以说我不爱你吗？我一心为了你，把我自己都忘记了，我的暴君，难道会没有把你放在心上吗？你不喜欢的人，我可会认作朋友？你讨厌的人，我可会去追捧？不，如果你生我的气了，难道我没有痛苦呻吟，对自己报复吗？我有什么本事可以高看自己，能傲慢得不为你效劳，我最优秀的东西对你的毛病都另眼相看，你动一动眼睛我都要俯首帖耳吗？

可是，情人，恨起来吧，因为我现在看透了你的心思，你喜欢那些看得见的，而我却是瞎子一个。

150

哦，你从什么力量获取这种强劲，
不费吹灰之力就能动摇我的心？
让我对真实的所见一概撒谎，
发誓说光明没有让白天亮堂？
凭甚让好日子变得糟糕一团，
你全然对你的行为不顾不管，
明知它们有力量和可靠技巧，
在我看来，你最坏的超过最好？
谁教你使尽法子让我更加爱你，
只是因为恨才听得与见得更频？
哦，虽然我爱的是别人不爱的，
你不应该和别人对我看不起：
　　如果是你的种种毛病让我更爱，
　　那么我就更配得上你倾心相待。

【散文体】哦，你从什么力量里得到了这种强大的能量，不费吹灰之力就能把我的心动摇？让我对我真真切切看见的说谎话，发誓说光明没有让白天的魅力耳目一新？你靠什么让这好光景变得一团糟，一概拒绝你那些既有力量又有技术保证的行为？谁教给你手段，让我更加爱你，只是因为憎恨我看见得更多和听到更多吗？哦，虽然我爱的是别人不喜欢的，可你不应该和别人一起对我的身份看不起：

如果你那些没价值的东西让我的爱陡增，那我就更值得你加倍垂青。

151

爱太年轻很难懂什么是良心；
可谁不知道爱是良心的至亲?
那么，温柔的骗子，可别紧逼我的过错，
要不和蔼的你会看出我过错的罪恶。
因为，你一直在背叛我，而我又把
我高贵的部分卖给肉身的贱价；
我的灵魂跟我的肉体说他可以
占恋爱的上风；肉体便不再搭理，
但是，有感于你的大名，赶紧说你
是他胜利的奖赏；为这骄傲而骄傲，
他非常满意做你的可怜的小跟包，
凡事都跟你站一起，在你身边跌倒。
　　不需要良心给我打气我也愿意叫
　　她“爱”，为她的贵爱我愿站立或跌倒。

【散文体】爱年纪轻轻，根本不知道良心是什么东西；不过，谁会不知道良心是爱所生？所以，温柔的骗子，别抓住我的过错不放，要不和蔼的你自己都会发现我的过错的罪孽。因为，你一直在背叛我，我又把我更高贵的部分出卖给了肉体的背叛；我的灵魂跟我的肉体说，他会在恋爱上获得胜利；肉体便不再多争辩；但是，你的大名让人起敬，赶紧说你是他胜利的奖赏。为这份骄傲而骄傲，他很满足于做你可怜的小跟包，凡事都跟你站一起，要倒也在你身边倒下。

不必要良心给我撑腰鼓气，我也愿意把她叫作“爱”，为她可贵的爱，我愿意站立或者倒地。

152

你清楚我爱你的同时在把谎话说，
可你把谎言翻了两倍，发誓说爱我，
行动上毁掉床誓后新誓也不稳[96]，
得了新爱后就赌咒说有了新恨。
但是为什么我要谴责你破坏两次，
我却破坏了二十次？我最爱发假誓，
因我所发的誓言都是在滥用你，
我对你所有的真实忠诚已丧失。
因为我是对你的大善发了大誓，
比如你的爱，你的真和你的恒定，
而且，为你给光亮，让我两眼失明，
让眼睛发誓说所见东西都不成：
　　我发誓说你漂亮；更多假誓的眼光，
　　对真话还发誓无异于弥天大谎。

【散文体】你知道，我爱你时我在撒谎，但是你双倍地说谎，当面对我发誓爱我，行动上却早破坏了床誓，还把新的忠诚一风吹，获得新爱之后又发誓说有了新恨。可是我为什么还要谴责你破坏了两次誓言，而我破坏过二十次誓言？我发假誓很拿手，因为我所有的发誓都只是滥用你的誓言，我对你的所有真实忠诚都失去了，因为我对你浓厚的善意发了深沉的誓言，对你的爱、你的真和你的坚贞不渝信誓旦旦，为给你光明而让两眼瞎掉，让它们对所看见的唱反调。

我曾发誓说你漂亮；可更多假誓的眼光，针对真话还要发誓，那就是睁着眼睛说瞎话。

153

丘比特[97]放下他的火炬，睡了过去：
狄安娜[98]的女仆利用了这个时机，
他爱情燃烧的火炬很快被淹
在那地方一个冷谷的泉水间；
那是从神圣爱火的焰上借来的，
一团不灭的活火，一直燃烧不息，
成了蒸腾的温泉，人们蜂拥而去，
把疑难杂症医治得干净而彻底。
但是我情妇的眼睛又见新火焰，
丘比特那小子当胸送给我考验；
我急症袭来，渴望温泉的快活，
匆匆忙忙，一个郁闷的不速客；
　　但是救助毫无效果：能救助我的温泉
　　是丘比特烧新火之地——我情妇的两眼。

【散文体】丘比特放下火炬，很快就入睡了：狄安娜的女仆利用了这个好时机，丘比特那爱情燃烧的火炬很快浸泡在那地方的一个冷飕飕的山谷的泉水里；那火炬可是从神圣的爱火的火焰上借得的，无限期的活跃的火苗，燃烧不息，随后变成了热气腾腾的温泉，人们争相去洗浴，把疑难杂症治疗得干净彻底。但是我的情妇又看见新的火炬，丘比特那淘气鬼在我胸中给了考验，我立时来病，一心想去泡温泉，急不可待，像一个难受的不速之客；

然而，求救毫无裨益，因为能给我治疗的温泉，丘比特正在那里点燃新火——我情妇的眼睛。

154

那小爱神躺下就沉沉地睡去，
他身边放着心火烈烈的火炬，
众多发誓过贞洁生活的小仙，
飘然而过；在少女的玉手之间，
那个最美的仙子拿走了火炬，
曾经点燃了众多痴情的心绪，
这位掌管炽热欲望的大统领，
被贞手解除武装后酣睡不醒。
小仙把火炬在凉井中熄灭，
那原是从爱的大火里获得，
变成了一个温泉并且医治疾病
还人们健康；可我，我情妇的贱奴，
　　赶到这里来治病，我用此法亲身证明：
　　爱火烧热了凉水，凉水却浇不灭爱情。

【散文体】这小小爱神躺下后就睡过去了，身边放着点燃心火的火炬，正好一群发誓要过贞洁生活的仙女翩然路过；但那个最美丽的仙子用处女的玉手把那火炬拿走，哪管它曾经点燃了众多颗痴心；这样，这个掌管滚烫欲望的大统领被一只贞洁的手解除了武装，酣睡不醒。仙女把火炬在附近一口凉水井里熄灭了，却说那火炬是从爱火获取的永久的火种，变成了一处温泉，成了人们治病的健康好去处；但是我，我情妇的奴仆，

赶到这里来治病，我通过亲身实践才知道，爱火烧热了凉水，水却不能让爱情冷却。

附录：十四行诗读译散记

十四行诗是欧洲的一种著名诗体，如同汉语诗歌的各种律诗，如五律五绝和七律七绝等。然而，无论如何，它是舶来品，读来毕竟陌生，甚至抵触，需要边读边推敲，渐渐地体味其中的韵味，才可能会有所得，有所感。我花了半年时间系统研读，每天一首新的，再把旧的温习一遍，随手写下了零碎的感觉。本为记忆，但在历时一整年翻译莎士比亚一百五十四首十四行诗的过程中，边译边对照这些零碎的笔记，感受虽有差别，但大体一致，觉得这些记录幼稚却真实，特附在诗后，也许对读者会有一点裨益。

9　至本诗，最畅顺的一首。

12　好，尤以合理的自然四季变化见长，翻译出来却觉得一般，这就是两种语言的区别？

15　英文读来别扭，翻译起来也别扭，是心理作用？梁宗岱先生的译文好像写了个大概意思，和他前边的译文有不同，可见这首诗算不上怎么好。

16　很有诗意，写得也不像一些诗有些乱。

18　好。

20　不流利，很勉强，似有为凑字而成诗句成韵脚之嫌，如十一、十二行。

26　第六句、第十三句和第十四句，各有十一个音节，十一个单词，既见灵活性，也见写作不易。

27　好。

29　莎士比亚在伦敦谋生的境况，写得最透彻的之一。

30　唠叨，不爽，译起来则疙疙瘩瘩的。

31　绕而无味，对英语发展而言，也许还是成绩？

32　第二句十一个音节，中流写作，无甚大意。

33　似有莎丧子之痛的情调，sun 谐音 son；本诗写得很顺，词句清楚，读来舒服，译来顺当。

34　诗句清楚，似乎在倾吐丧子的郁结；念得顺，译得顺。

35　较好。

36　梁实秋译文下加注，反倒令人看不出所以然。

37　莎翁对子奋争的真实写照之一。

38　前四句为一行问句，最能说明西方诗歌的叙事风格的特点。

41　可读，可研，七八句是莎的写照。

42　本诗是目前最佶屈聱牙的一首。至此，这两句尾诗也是读来最不爽的。

43　形式大于内容的典型，导致几种译文都译得有些不知所云。

44　本诗多念可念顺，意味隽永。第六行不愧为好句子，好表达。

46　本诗有文字游戏之嫌，以巧取胜，可能有不错的朗诵效果。

52　写得再现实不过，可见莎翁时代的简朴、简陋。

55　文字比石头更永久。

56　十八个标点，粉碎了句子，却正经是英语诗歌的特点之一。

57　这种括号插入诗句的内容里，感觉把诗意破坏得厉害，却是英语诗歌里的常态。一百五十四首十四行诗中，至少有十多首都有括号插入。

60　用词别扭的一首，诗意却比较辩证。

61　本诗念起来比较顺当，意思似乎也容易懂了。

63　比较充实的一首，单独成诗，取个名字，味道或许更好。

64　可单独成诗，意境感觉得到；四个 when 与一主句搭配，把平衡打破后再来强调内容，体现一种手法。

65　四个追问句，有力量，想要爆发的样子。

66　英语诗歌集子中最常选的一首，自然是本诗直指社会的腐败并鞭挞，能看出莎翁身世低微的一面。诗歌的形式同样瞩目，一共十四行诗句中，有十个 and 开头，可以看见作者多么想让读者看见社会的黑暗和腐败，可以说是形式和内容结合完美的诗歌。这是叙述诗歌的特点，首先要把问题讲清楚，情绪的宣泄就在其中了。这在中国诗歌里是不可能的，尤其十个 and，有重复的嫌疑。

十一、十二句反复字句的好例子，极富表达。

67　一般说法，本诗至七十四首为一段落，但从内容上说，与上一首还有一些联系；“我”不想活了，“他”活得苟且，为什么？本诗有点绕，难说多么好。

68　念来顺口，但含义似乎轻浅了些，用词比较乱，翻译起来很吃力，因此对译文点评的话倒是很好的材料。本诗最有诗意的一句，第七句，写的却是死人的头发！

70　此诗还顺。

71　四行为一句，可谓散文分行诗歌的典型模样。

72　本诗有些絮叨，但第一句写得明了如话。

73　有诗意，韵响亮，易朗诵。

74　比较明白，只是用词绕了点。十三十四行用词琐碎，最小。

75　此诗比喻很多，又很生动。

76　四个问号，解疑却更疑，实际上诗歌本身不难懂。

80　描写得细致到只涉及两个人的情感，就显得碎。

81　纠缠，过细。

82　前四行为一句话，不清爽。

85　绕语多多，意思少少。

86　唠叨诗，in-hearse 这些诗歌里至少出现了四次，莎翁爱用这个词儿，不过这个复合词的后半截，hearse，是灵柩、柩车的意思，译来不容易完全地传达意思。

87　形式顺，内容顺；十个尾韵相同，几乎一韵到底，少见；第十二行有十二个音节，也少见。

88　写得比较轻松，但纠缠的痕迹可见。

90　此诗的韵律不规则：五行到八行一个韵，九行与十一行的尾韵不同。其实，莎翁的十四行诗中尾韵不同的情况很不少，说明莎对形式不是特别认真，至少把内容看得更重。

91　七个 some 排比，比喻贴切，是最好的诗之一。

92　有文字游戏之嫌，意义似乎不大。

93　用词平实，内容表达更清楚一些，也容易腾挪，比喻有同性恋之嫌。

94　单独成一个意思，表达清楚，就容易懂，容易理解。十三十四句更好，好像警句。

95　叹词、疑问词多，反倒没有力量。第十四句像警句。

96　一二句用词的正反义强调，比喻是其特色。五六句比喻独到，像箴言。十三十四句与第三十六首的十三十四句一模一样，但是可以翻译得有所不同。翻译是有弹性的，但是原文的意思必须扣住。

97　本诗词义恰当，内容和形式结合得好。

98　有些就事论事，诗意不多，四个 nor，有强调的色彩，但否定氛围多了些。

99　比喻人之俊美，这诗写得基本到位。第二句有四十八个字母，几乎是所有诗中最多的？二行到五行是一句骂人的话。本诗是莎唯一一首十五行诗，也许是十四行诗中唯一一首？

100　推出 Muse，参入纠缠，格调如前几首，无多新意。十一行七个单词不是最少的，但是二十个字母却可能是最少的，因此诗行看去短，像半行。这也许就是西方诗歌翻译过来被称作长短诗的原因？

101　真与美，很明确，每个词各出现了四次，与神交游更自在，内容就客观。But best is best. 很有力量和味道的表达，是莎首创吗？

102　出现四个 love，是否统统译作“爱”？十三十四句不合韵。此后，不完全合韵的句子多有，似乎莎越写越想突破形式，对形式越来越看轻，对内容越看越重。

103　因为每行都有三十多个字母，这首诗看起来最为整齐，尾韵也很和规矩。有点可惜的是，形式好的时候，内容往往轻。

104　一首诗用了五个 three，冬天对夏天，春天对秋天，四月对六月，和汉语诗歌相同的元素多。人与色彩相映，主题明了，有诗意。

105　重复词最多，为了强调，用在散文里没说的，而用在诗歌上，只能说特色，不能说简练。

106　前四句用一个韵；第六句用了五个 of，不知是有意还是无意？

107　生僻，比喻多，韵不完全合规则，又见莎对诗歌形式的轻看。

109　小词多，纠缠多，诗意少。

110　与 I 相关的，出现了十二处，论述出自 I 的最多。最后一行 most most，不知是否莎在英诗中首用？

111　三个 pity 于一首诗中，够 pity 否？两个 thence，重复使用，在英诗中也许念来上口，但是对汉语读者，难免有咬舌头之嫌。

112　I, my, me，共十五处；You, your，四处，诉说口气占上风。尾韵不齐。

113　Or 六个，of 四个，如许多碎词，是阻断，念来却有力，与汉诗很不同。

114　不畅，三个 its 是唯一特色，用词别扭，句子组织也别扭。三行到八行是一句问话，念来难以喘息，也是一种之最？

115　纠缠于你我之间，无多新意，唯有 love is a babe，形象，真实，新鲜。

116　五个 love，而 love 是什么，还是没有界定清楚；不过，莎一贯与 love 很纠结，有说此诗最佳，我看不出，惭愧，因读来也一般，不易上口。

117　又是 I 与 you 的长长短短，似是莎的擅长，无新意。

118　四个 sick，真的很 sick，不好；不过诗行为了脚韵颠倒次序，这很像汉语的诗歌用词。

119　ill 五个，读起来有共鸣感。尾韵极其完美，叙述亦通顺，意思亦易懂，算好诗一首。

120　尾韵无误，诗歌顺畅。虽仍然写二人之间的纠缠，却写得有些共性。

122　别扭，内容不爽，强弩之末的感觉，韵很好。

123　粗读依然纠缠不清，内容就不清，但多念后感觉比上一首顺畅；细读则表述清彻，个体与 time，是永恒关系，比二人之间的纠缠要大很多。

124　讲了一件事，韵整齐，诗意不够浓，说法新鲜。

125　一陷入“你”与“我”的纠结，诗的叙述就别扭，意义降低。尾韵好。

126　韵脚属于另一种规则，即上下句押韵，属于写得不易，念得不易一类。

127　尾韵没挑，一读即明了，明快诗，中心是 black 一词。

128　尾韵没挑，意思不如上首，但比喻生动，可取。

129　一首好诗，主题明确，词句清晰，句句有层次，堪称写男性性欲的绝唱。形容词好，读来节奏明了，有力，响亮；有诗味，有作者的体会和经历，重复词用得好。不写性爱，写性欲。由个体扩至世人，一种普遍意义，男女之间媾和一起时，应该用中性文笔，如中国明朝的小曲写的一个谜语：

> 两块儿合成一块，亏杀那铁椿儿拴住了中垓。两下里战不休，全没胜败。一个在上头，不住将身摆，一个在下头，对定了不肯开。正是上边的费尽了精神也，下边的忒自在。

古人用石磨的谜语，形象逼真地隐喻性爱，而莎却用了充满怨气的口吻，甚至类似《李尔王》中的诅咒女人的调子，可见莎的真实影子；因此有人说是莎年轻不谙男女之事前，被自己不喜欢的女子勾引而泄欲，导致怀孕，不得不娶来为妻的结果。无论如何，莎能把性欲和情感分解开来写，是高人一筹的。

130　尾韵无挑，比喻有趣，黑女人不仅黑，行为似乎也有点黑，别的强项也不多。

131　纠缠“你我”之间，诗立刻逊色，可能因为“你我”之间距离比较近吧。

132　人与自然一起写，一致，比喻贴切。

133　三种关系在一首诗里写，有点挤，要绕便无味，莎绕不开个人关系，说明他一直纠结这种关系。

134　尾韵完整；内容无甚新意。

135　六个常态will，七个大写will，不容易。是作者遣词造句的能力最好的说明。作者的昵称是will，与女人相对而写，总的含义是“愿”，不同的语境里又可以是“欲”“肉欲”“阳物”“淫穴”等都可以代指，全看读者怎么联想和理解，因此成为十四行诗中的翘楚。

136　四个小写will，三个大写will，与上篇呼应，可见莎的话欲止还说，说而不尽。

137　w打头的词，这诗用了十三个。尾韵好。一写love，诗就顺。

139　一种真假感情的现象，写得不错；男有男的说辞，女有女的说辞，能懂，可懂。

140　男女之间，有些事情说不清楚，莎试图说清楚，不容易。

141　尾韵全，诗易懂；连续五个句子用nor开头，否定口气重。

142　尾韵全，难解的地方不多，仍纠缠男女之间的情感，特点突出，诗意却不够浓。

143　尾韵全，母与子比喻生动、贴切、到位，易读，易懂。

144　四个angel，三个是好的，一个是坏的，之间的关系很奇特，似乎三个好的敌不过一个坏的，可谓一粒老鼠屎坏了一锅汤。

145　全诗的诗句均为八个音节，形式简单许多，意思却不简单。莎十四行诗中唯一不够十个音节的，又见莎对形式的突破。

146　一首诗中四个问句，最后两句用了death, death, dead, dying，全源于一个“死”字，难免阴沉。

147　写自身，用词险，表达深沉，好诗之一；怨气落在对方头上，可见作者真有怨气。

148　五个问句，句句追问。主题是love is blind，可见作者的隐情。

149　六个问句，责问对方，反不如上首有力量。

150　又是责问口气，调子还挺高，等待落下的力道？

151　三个conscience当什么讲？等于汉语的什么？字面意思有

些绕，往深处解，像写交媾。

152　只要纠缠两个人之间，好像诗意就差些，但对作者的宣泄，却似乎很必要。

153　写爱情，一直是莎的擅长。叙述中间事实，落在 my mistress 上，力道不足。

154　爱情在莎的时代很新鲜，很时尚，写法一定很多，而莎的说法因为自身体会，无疑是最有新意，所以流传下来。用水和火比较男女爱情，不相容的东西相容了，就不同凡响。

读莎士比亚的十四行诗，开始时感触不大，随记的东西不多，但是到了一百首之后，几乎每首都有随手记下的感受，不知是莎诗本来如此，还是一个外国人读这种特殊形式的诗歌会有的感受。总之，作为一个读者和译者，这个过程是难得的，特别录下，希望对别的读者有益，有用。

2014 年 6 月 10 日

作为读者和译者的老苏

情人的怨诉

莎士比亚生前作为诗人的名声超过他作为剧作家的身份，在我们仰望这位世界戏剧史上的巨人时，确乎有点难以置信。然而事实的确如此。这不仅因为莎士比亚写出了《维纳斯与阿多尼》《卢克丽丝受辱记》和一百五十四首十四行诗，对英国诗歌做出了不朽的贡献，还因为他写了为数不多却很美的杂诗。

他的杂诗产生的年代，和他的名诗的写作时间差不多，均在十六世纪九十年代初期和中期。不过这只是一种考证和推测，准确的年月是较难确定的。《情人的怨诉》的写作时间也如此；之所以这样，似乎与《情人的怨诉》的内容和质量颇有关系。

《情人的怨诉》是一首叙述体抒情诗，主要内容是写一位女子在委身于一个专门勾引女人的色徒后，发觉自己上当受骗："经验为我建起的许多设防上的鲜血证据，说明这假珠宝只有污迹，分明是他把我强奸了。"她因此心态严重失去平衡，灿烂明媚的生活一下子变得一片灰色。在一位牧牛老人的诱导下，她把一腔后悔的怨情，娓娓道了出来。

作为一首叙述体抒情诗，诗的结构比较完整。全诗一共三百二十九行，前七十行描述这位上当失身的女子心灰意冷悲痛欲绝的神形，主要写了她的泪水、乱发、向河中抛撒珠宝、砸毁戒指以及扯碎誓言等行为。接下来的二百五十多行诗，全部是这位女子控诉那位勾引她上当受骗的登徒子的。在她的控诉中，主要引用了那位情场老手的言语，而且那些花言巧语和一个专猎女色的男人也很相符。从这些方面讲，这首《情人的怨诉》不失为一首好诗。但是诗中有不少地方从立意上看，又是自相矛盾的。比如这位女子在为自己开脱责任时说："唉，情欲，快与理智保持距离吧！人长了一条舌头就是为了品尝美味的，哪怕理智哭泣，高喊'那是致命一击'。"

莎士比亚的著名长诗《卢克丽丝受辱记》是写一个受辱女子的贞洁观的。卢克丽丝为了洗清自己的耻辱，自尽身亡，并因此导致了一个政权的更换。《卢克丽丝受辱记》不仅艺术成就很高，它的思想内容也很深刻。

同样的主题，但《情人的怨诉》较之《卢克丽丝受辱记》，是根本不可同日而语的。有些学者认为《情人的怨诉》很有可能不是莎士比亚所写，而是有人借莎士比亚当时在英国诗坛的名声发表的作品。这种可能性是存在的，但笔者更倾向认为它是莎士比亚写作《卢克丽丝受辱记》准备阶段的习作。一首长诗的创作角度十分重要，莎士比亚为此一定做了各方面的尝试，《情人的怨诉》可能是莎士比亚认为写得有价值的一首，其价值就是为《卢克丽丝受辱记》在表达方面找到了最理想的诗的形式。比如，两首诗的每节行数都是七行，尾韵都是 ac，bde，ff；音节虽然基本上都是十个，但是《卢克丽丝受辱记》更严格，基本上都是十个，九个和十一个都很少见，而《情人的怨诉》则不规则，最少的还有八个的。

1

从山谷里传出一个悲哀的故事，
久久地回荡在一个姊妹山坳。
这空谷的袅袅回音催我忧思，
我便躺下来聆听感伤的歌调；
不久看见一位无常的苍白的姑娘，
撕碎了纸片，把指环拧成碎两条，
用凄风苦雨让她的世界飘摇。

【散文体】在一座小山的山谷深处回荡着一个悲哀的故事，在临近的山坳久久不息，我聚起精神注意这重复的声音，躺下来聆听那伤感的故事；不久便看见一个情绪激动的脸色苍白的姑娘，把一张张纸撕碎，把指环拧成两段，用悲哀的风和雨摧残她的内心世界。

2

她头上戴着宽檐的草帽，
不让阳光把她的脸射中，
这张脸让人以为有时能
看到丽人美色不再的尸容。
好在时光未完全摧折青春，
风韵犹在；尽管苍天动怒，
凋谢的岁月的缝隙难掩残红。

【散文体】她头戴宽檐蜂窝状草帽，挡住了太阳往她的脸上照射的强光，因此人们有时会以为看见了一个佳人韶华已逝的残影。时间还没有完全耗尽青春，因而青春依稀可见；尽管苍天毫不留情，一些美色仍可从凋谢的岁月的格子里窥见。

3

她不时把手绢举到眼前，
手绢上绣着精美的文字，
她满腔的哀愁凝成泪花，
把丝绸刺绣的词句浸湿，
她不时研读其中的含意，
不时为莫名的悲伤哭啼，
一阵阵号啕，一阵阵低泣。

【散文体】她经常把手绢儿拿到眼前，那上面绣着一些奇怪的文字，那些丝绸字形似在咸水里洗涤，那是她心中聚起的哀愁变成的泪水，她经常看那些图样所包含的意义，经常哭喊莫名的悲伤，呜呜咽咽，或高或低。

4

有时她将两眼往高抬起，
朝满天的万象深深凝望；
有时把可怜的眼珠垂向
圆形的大地，有时用目光
对着前方；有时将视点对
着每个地方，却，锁不定地方，
因思绪和视线互相阻挡。

【散文体】有时，她把两眼射向高处，向天空连连开火；有时把可怜的眼珠转向浑圆的大地；有时两眼正常观看；有时视点同时看向每个地方，却视而不见，因为脑子和视线都很茫然，一片混乱。

5

她的发，不乱也未梳成辫子，
说明她慵懒的手无意理妆，
几绺乱发从草帽边沿掉出，
垂在她苍白的憔悴的脸旁；
另有一些仍被发带捆绑着，
因甘愿束缚而不肯脱离捆绑，
尽管发带捆绑得松散失当。

【散文体】她的头发，不松散也没有扎成通常的辫子，这说明她金贵的手懒得梳理，几绺乱发从草帽檐下垂落出来，悬飘在她苍白的憔悴的脸边；还有一些头发被绑着，服服帖帖的不愿挣脱捆绑，虽然发带捆绑得松散而随意。

6

她从匣子里拿出千件珍品，
都是琥珀、水晶、墨玉做的，
把它们一件接一件抛向河里，
然后她在哭泣的河边悲戚，
像赚足泪水，再给河水添水，
又像君主的手不把钱财散给
高喊着急需的，却送给不需的。

【散文体】她从匣子里取出成千的宝贝，都是琥珀、水晶、墨玉做的好东西，自管一件接一件扔向了河里，然后她在呜咽的河边排解心绪，像加倍赚来泪水，再给河水添加泪水，又像君主的两手对臣民散财，不给穷困的人，却给应有尽有的人。

7

她拿着很多折叠的信纸，
看过，叹口气，撕了，扔进河里；
她还拧碎了许多金环和骨戒，
让它们在河泥里自寻墓地；
还有些用血愤写的伤心信，
用那散丝线捆扎得整齐
而用心，密封成好奇的秘密。

【散文体】她拿出一些折叠的信纸看起来，随后又仔细看了，叹口气，撕碎了扔在河里，还把很多金环和骨头戒指弄碎，扔进河泥里让它们寻找墓地；另有一些用鲜血狠心写下的情信，用丝线绑扎得整齐而仔细，封起来成为令人好奇的秘密。

8

她曾一遍遍地用泪眼研读，
一遍遍亲吻，又开始乱撕一气；
哭道：“哦污血，你谎言的主簿，
你拥有什么样的不合适的证据！
墨水在这里似乎更黑更该死！”
说完，她生气地把丝线乱捋，
她心情很糟，狠狠地破坏字迹。

【散文体】这些东西，她经常一边流泪一边看，常常吻过，常常撕毁；哭喊道：“哦，污血，你这谎言的登记者，你留下了多么没有用处的证据啊！在这里墨水似乎更黑更该死啊！”说过这话，她生气至极，又把丝线扯断，心情糟糕至极，于是又破坏信文。

9

附近有一位老者在放牛——
他曾是暴脾气，了解宫廷的
变故，城市的变化，还挥霍了
飞快的时光，目睹它们流逝——
急忙地走近这悲苦的姑娘，
并且，以长者的身份，很想得知
她痛苦的主要原因和动机。

【散文体】不远处有一位老者在放牛——他过去脾气暴躁，了解宫廷和城市的变迁，打发走了转瞬即逝的时光，眼看着它们流逝——赶忙走近这苦恼的姑娘，并且以长者身份，一心想了解她苦恼的主要原因和动机。

10

他扶着木纹拐杖把腰弯下，
坐在她身旁合适的地方，
坐定后再一次急切地问她，
能否替她分担一些悲伤。
倘若他有能力帮她点忙，
把她目前极度的痛苦分享，
那是他这长辈应尽的所长。

【散文体】他拄着木纹拐杖弯下身子，在她身边合适的地方坐下，再次问她到底怎么了，既然坐下，就想听她诉说不快，分担忧伤。如果他可以发挥点作用，把她眼前极度的痛苦分担，那是他这做长辈的义不容辞的仁爱。

11

她道："老爹，你也许能看出
我受过凋谢时光的败坏，
可你别断定我已经老去，
不是年龄，是悲伤，催我老衰；
我应该还是绽开的花朵，
还很年轻，如果我自己珍爱
自己，不曾受到爱的伤害。

【散文体】她说："老爹呀，你或许看得出我被凋谢的时光损毁，可是你别以为我老了，不是年龄，而是悲伤，催我衰老；如果我自己珍爱自己，不受恋爱的煽动，我应该还是正在开放的花儿，还很年轻呢。

12

“唉，我苦啊！那么小就受到
一个青年的追求——因了我的魅力——
他天生俊朗可谓一表人才，
姑娘看见他都眼睛发直：
爱要是无寄托，放在他那里；
谁要得到他的爱恋珍视，
她便有新归宿，当了新仙子。

【散文体】“可是，我好苦啊！我年纪轻轻就被一个年轻人追求——是我的魅力招惹的——他相貌堂堂很帅气，姑娘看见他都目不斜视：爱没处寄托时，让他来当寄托之地；谁要得到他的爱恋，她就有了新归宿，当了新仙子。

13

“他棕色的卷发绺绺垂悬，
随着微风的一阵阵飘逸，
丝般的发绺在唇边甩动。
乐趣所包括的，就看这里：
谁看见他都会心迷神醉。
他的面容所浓缩其中的，
就是那广阔天堂的模子。

【散文体】“他一头鬈发，一绺一绺地往下垂，在微风里飘来飘去，在嘴边飞舞得像丝线一样。芳香所产生的效果，他这里应有尽有：每只眼看见他的样子都会着迷，因为在天堂所能想得出的浩瀚情景被分割出来的，都浓缩地描摹在了他的面容上了。

14

“只是他的下巴还显幼小，
刚开始生出完美的须毛，
在娇嫩肌肤上像未剪的丝绒，
似乎有层毫无愧色丝网笼罩。
这茸毛使他脸庞更显高贵，
连美好的恋情也难以比照，
是否最美就这样，抑或没有最好。

【散文体】“只是他的下巴还显得稚嫩年幼，细细的须毛刚刚长出来，在白净的皮肤上如同没有修剪的丝绒；可以夸口说仿佛一层蛛网。这层茸毛让他的秀脸看上去更加不同寻常，就是美好的恋情也难衡量这是不是最美的东西，抑或最美本不存在。

15

“他的品质如相貌一般秀美，
他开口如少女，又无拘无束；
但，谁若把他惹火，他就是暴风，
只在五月和四月间能看见，
风刮得虽紧，却温情和煦。
他年轻就难免粗野异常，
表明他不会虚伪性情直爽。

【散文体】“他的内在质量如同相貌一样秀气；他开口如处女般害羞，却很自由；但是，人们要是惹他发火，他就如同四五月间经常看见的风暴，刮起来虽然还温和，但是很狂乱。他因为年轻气盛难免粗鲁，这却表明他不会虚伪，神气真实。

16

“他骑马还是好手，人们常夸：
‘那马从他主子身上沾了傲气，
高傲的服从，因驾驭更显高贵，
跳跃、直立、转身、急停，好得意！’
因此一个问题引发争议：
是马因他的骑术而出奇，
还是他因马顺从显示技艺。

【散文体】“他骑马很拿手，人们夸赞说：‘那马因为好主子倍显精神，骄傲的服从，因为驾驭有术更显高贵，跳跃、腾起、旋转、急停，它做得多么干净利落！’因此引发了一个有争议的问题：是马因为他而出众，还是他因为马听话而驾驭有方。

17

“不过人们很快就一致认同：
他自身非凡的风度和气质
使身边的东西平添优雅精彩，
他不同凡响，不需要修饰：
所有的饰品，因装饰他更美丽，
本来为装饰；却因有目的掬饬
未让他美化，自身反因他而美丽。

【散文体】“不过，人们很快取得一致的看法：他自身风度翩翩，气质非凡，让身边的东西显得优雅，有色彩；他自身美轮美奂，不需要装饰：一切饰品，因为占了装饰的位置更显漂亮，尽管是来为他锦上添花的；因为各就其位的装扮没有让他显得优雅，自身却因为他增强了优雅。

18

“在他那轻柔灵巧的舌尖，
各种论点和犀利的问题，
各种敏捷答辩，有力的推断，
都为他清醒或瞌睡地驾驭，
令泣者欢笑，欢笑者啜泣。
凭这般巧舌如簧连珠妙语，
他能随心所欲地令人着迷。

【散文体】“他运用自如的舌头尖也如此，种种论点和深刻的问题，种种灵敏的答辩，有力的推断，他醒也好睡也罢，都运用自如，让哭泣的人发笑，让发笑的人哭泣。他的表达多种多样，出口成章，他能随心所欲地把各种激情发挥得淋漓尽致。

19

“于是大家的心被他掌控，
青年、老人；男女都为他着迷，
思想里都装着他，或者听任
个人去尽责，他去哪里追哪里，
入魔的赞同，他未要求，就都应允。
他们问答中替他表达他的心思，
让自己的意志，服从他的意志。

【散文体】“这样，他把大家的心都掌握住了，年轻的，年老的；男男女女都中了魔，思想里无不把他惦念，或者索性单独行动，他去哪里就跟到哪里；大家的脑子都中了魔，他还没提要求，就都满口答应。他们问答中替他表达所想，让自己的意志，服从他的意志。

20

“很多人都弄到一张他的画像，
饱餍自己的眼，牢记那个帅呆。
就像傻瓜们沉湎于无穷想象，
看到很多美好的东西在野外，
比如田地和家宅，便认定是自己的；
他看着它们心情快活分享起来，
比真正拥有它们的主人还慷慨。

【散文体】“很多人都弄到一张他的画像，自己看得方便，记住那个模样。如同傻瓜们喜欢陷入想象，到处能看到田地和宅邸这些美好的东西，便以为是自己的，对更多的快活很投入，很享受，比真正拥有它们的矮胖的地主还来劲。

21

“很多人从没有碰过他的手，
却一心想着成为他的情人。
可怜的我，那时候无虑无忧，
我自己全是自己，还不是部分，
他所玩的是青春，花哨的青春，
他的魅力迷得我把爱情抛洒，
剩了秃枝却献出了我全部的花。

【散文体】“很多人根本握不到他的手，却一心想成为他的情人。可怜的我，那时候自由自在，自己只管自己，别无他顾，可他所玩的是青春，花哨的青春，他的魅力让我痴迷，抛出了一腔爱情，却落得秃枝一根，搭上了我全部的花朵。

22

“但我不同，不像我的同龄人，
不过分要求他，不想对他强要。
我为守住贞操时刻把握自己，
我为名誉把最佳距离保持好：
经验为我建造了保护城池，
可城池的鲜血证明，这假珠宝
只有污迹，是他已把我强暴。

【散文体】“可是不像我的同龄人，我不强求他，不向他屈从；要我自己把贞节牢牢守着，我为名誉保持了最佳的距离：经验为我建起的许多设防上的鲜血证据，说明这假珠宝只有污迹，分明是他把我强奸了。

23

“但是，谁能汲取前人的教训，
躲离她自己命里难逃的危险？
或学习强迫的榜样，违逆自己的意愿，
逃脱那些她路途上的种种灾难？
规劝只能够阻止潜在的不测，
当我们发火时，忠告的阻拦
往往只能使才智加倍地扩展。

【散文体】“但是，谁能把前人的教训真正对待，躲离开她自己必须经历的苦难？或者学习那些强迫的榜样，违逆自己的意愿，躲开她路途上的种种灾难？规劝只能阻止尚且没有存在的东西，当我们发怒时，劝告往往只会使得我们才智更敏锐。

24

“无人能让我们的血液得到满足，
对别人的见证心甘情愿地正视，
或者因为别人善意的规劝，
就不去品尝那诱人的果实，
唉情欲，远远地躲避判断力！
人长着一根舌头就是为了尝试，
哪怕理智哭泣，呼喊‘孤注一掷’。

【散文体】“无人能让我们的血液得到满足，一定会把别人的例证正视，或者因为别人的苦苦规劝，就不去品尝看上去可口的果子。唉，情欲，快与理智保持距离吧！人长了一条舌头就是为了品尝美味的，哪怕理智哭泣，高喊‘那是致命一击’。

25

“我还能说：‘这个人的不忠’，
很明白他那套骗人的把戏；
又听说他在别人田里耕耘，
看见他笑里隐藏的诡计，
知道海誓山盟全是恶意，
认定他的那些花言巧语，
全为了掩盖丑恶的心地。

【散文体】“我还能列举例子，说‘此人不忠’，很清楚他那套蒙哄人的把戏；早听说他在别人果园里耕耘，看见他微笑里隐藏了诡计，知道他的盟誓都是掮客所为，认定他的花言巧语不过是为了掩盖他丑陋淫荡的心。

26

“因此我久久地固守着城池，
直到他向我进攻：‘温柔的姑娘，
让我的苦涩青春感觉你的温情，
不要怀疑我神圣的海誓山盟，
我只对你说出了这些言辞；
有人多次邀约我品尝爱情，
可我从未对别人发出邀请。

【散文体】“因此，我很长时间里坚守这城池，直到他向我发起攻击：‘温柔的姑娘，快让我熬煎的青春感受你的温情，不要害怕我神圣的誓言，我只对你说过这些誓言；有人多次邀请我品尝爱情，可我现在和以后都永远不会接受她们的邀请。

27

“‘我的种种冒犯都被你看见，
全是一时冲动，没有动真心；
无爱情可言，都是逢场作戏，
双方都没有真心没有真情。
是她们不知羞耻活该报应，
所以她们把我指责得越狠，
我这厢越没有多少羞耻可言。

【散文体】“‘你分明看见我所有的过失，都是心血来潮惹的错，没有一件是有意去做的；不是爱的结果：不过是逢场作戏，双方都没有动真心，动真情。她们不知羞耻是自取其辱，所以她们越是狠狠指责我，我倒越没有犯下什么羞耻。

28

"‘在我看见如许多的人中间，
无人的火焰如此点燃我的心扉，
或者让我产生一点点伤感，
或者使我感到那种痴迷心醉。
我只伤害她们，从不会受到伤害；
让痴心汉痴情，可我的心乱飞，
我稳坐王位，像君主为所欲为。

【散文体】"‘在我见识过的许多人中，没有谁的火焰如此温暖我的心扉，或者让我有一点点动心，或者使我感到那种沉迷状态，我只会伤害她们，从不会受到伤害；我让一颗颗痴心不改初衷，可我的心自由自在，我稳坐王位，像君主一样为所欲为。

29

"‘看这里，伤心人送给我的厚礼，
恰似血红的宝玉和乳白的珍珠，
我猜是她们相似的情意要给我：
好比悲伤和羞颜，很容易看出
没有血色的煞白和染红的心绪，
是惧怕和可爱的矜持的输出，
深埋心底，但对外只胜不负。

【散文体】"‘看这里，痴心人送给我的厚礼，恰似血红的宝石和乳白的珍珠，我猜是她们和珠宝一样的痴情要献给我：好比悲伤和羞颜，容易联想到没有血色的煞白和染红的情绪，是惧怕和可爱的矜持的输出，深埋心底，但表面上却是要斗争的。

30

“‘还有，看她们这一绺绺秀发，
用交叉的内心的爱意编织，
我从许多漂亮姑娘那里接受，
她们哭着求我接受这片心意，
还额外赠送我许多珍贵珠宝，
又会附上一首用情深刻的小诗，
细述宝石的质量、价值和品质。

【散文体】“‘还有，看吧，看看她们这一绺绺头发，用纠结的内心的爱意编织而成，我从许多漂亮姑娘手里都接受过，她们哭着要我接受这样的心意，还另外赠送我许多珍贵的珠宝，附上一首用心用意的十四行诗，交代宝石的本质、价值和质量。

31

“‘这钻石，嗨，外表美丽而坚硬，
把其独特的气质深深藏匿；
这墨绿的祖母绿，鲜亮可见，
视力很弱的人看了能恢复视力；
还有这天蓝宝石和蛋白玉，
都包含着情意；每一种玉石，
智慧在其中，或是悲或是喜。

【散文体】“‘这钻石，哦，美丽而坚硬，但其中深藏着独特的气质；这深绿的祖母绿，其中的鲜亮可以让视力很差的人看了恢复视力；还有这天蓝宝石和蛋白石，都包含着种种含义：每一种玉石，其中都闪耀着智慧，让人微笑或者让人呻吟。

32

“‘看，所有这火辣爱意的战利品，
都有深沉的矜持的种种情意，
造化命令我不准把它们珍藏，
要我送人时按照自己的心意，
那就是，给你，我的源泉和归宿。
这些，都是必须贡献你的厚礼，
因为我只是圣坛，你才是神祇。

【散文体】“‘看啊，所有这些火辣爱意的奖品，都包含深沉的矜持的奢望，造化命令我不准把它们据为己有，要我按自己的心意送给他人，那就是，献给你，我的源泉和归宿。这些，都是必须奉献给你的厚礼，因为我只是圣坛，你才是保护神。

33

“‘来，伸出你那美丽绝伦的手，
它的洁白胜过任何赞扬；
这些信物从此归你拥有，
因热肺呼出的叹息而敬仰；
我是你的账房，唯你命是听，
为你效劳；把零散的珍藏
汇集成总数交给你入账。

【散文体】“‘哦，来吧，伸出你美轮美奂的手，它洁白无瑕胜过语词的赞美；这些信物从此就是你的，它们因为炽热的肺呼出的气息备受尊崇；我是你的账房，唯你的命是听，为你效劳；把零散的珍藏汇集成总数交给你入账。

34

"'看，这纹章是一位修女所赠，
圣洁的姐妹，贞洁的著名女子，
她曾拒绝宫廷贵人的求婚，
极珍贵的所有物让青年眼急；
达官贵胄都把她苦苦追求，
但她保持距离，设法回避，
要在永生的爱里度过一世。

【散文体】"'看吧，这件绣品是一个修女送我的，是位圣洁的姐妹，无比神圣的名人；她不久前拒绝了宫廷贵人的求婚，极其珍贵的拥有物令青年们垂涎；达官贵人都把她苦苦追求，但是她洁身自好，尽量躲避，要在永恒的爱里度过一生。

35

"'可是，亲爱的，放弃我们没有的
是多么难舍？如精通所未钻研的，
如规划一块无任何形状的地方，
又如在自愿的脚镣里耐心嬉戏。
她为保自己的贞名苦心经营，
为避开搏斗的伤疤而把战争躲避，
让她回避勇猛的，不是她的力气。

【散文体】"'可是，哦，我亲爱的，放弃我们所没有的是多么难以割舍？比如掌握没有下苦功的技术，如让一块没有任何形状的地方有模有样，又如在非强迫的脚镣里玩起耐心的游戏。她为了维护自己的名声苦心经营，为了避免战斗的伤疤她逃避战斗，让她的回避格外勇猛，却不是因为她力大过人。

36

"'哦，原谅我，我讲的都是实话，
我出现在她面前纯属偶然，
那一刻她的力量一下子就范，
这时只想逃离幽闭的修道院，
神圣的爱情堪比宗教的眼神。
没有被引诱过，只希望把门关，
如今，勾引人，放肆与人飞眼。

【散文体】"'哦，原谅我，我讲的话都是实话，我出现在她跟前纯属偶然，那一刻她的魂魄都归顺了，这时候她只想逃离孤独的修道院，神圣的爱情胜过宗教的眼神。没有被勾引过，只希望与世隔绝，可如今，主动勾引人，毫无顾忌地与人勾搭成奸。

37

"'你多么了不起，哦，听我说来！
那些属于我的破碎的脑海
把所有的泉水倒进我的井，
我这下统统注入你的大海，
我征服她们，你把我击败，
你的胜利把我们全都聚起来，
如混合物正好治愈你的冷怀。

【散文体】"'你多么了不起，哦，听我说！那些属于我的破碎的心胸把所有的泉水倒进了我的井，我现在如数注入你的海洋，我比她们强势，你又比我强势，你的胜利把我们全部集合起来，如同各种配方喜欢治疗你冰冷的心怀。

38

“‘我的资质有力量赢得神圣修女，
她，苦苦修行，嗯，献身圣灵，
然而她一看见我便动了凡念，
所有誓言和献身全都忘干净。
哦深沉的爱情！誓言，契约，都躲开，
都不能把你刺伤、缠绕或限行，
因为你是一切，一切归你才成。

【散文体】“‘我的才能的力量可让一个神圣的修女倾倒，她，修心养性，哦，神圣女神，可是她一看见我便动了凡念，一切誓言和献身都让位了。哦，征服一切的爱情！誓言、契约，都扯淡，因为你是一切，一切都只能是你的。

39

“‘你若施展魅力，谁还会考虑
陈腐的教训？你若燃烧正旺，
那些妨碍还能怎么冰冷地
阻挡财富、法律、孝心或名望？
爱的武器是和平，反对规矩、理性和羞耻，
而且在承受痛苦时变得甜香，
是所有力量、震惊和恐惧的良方。

【散文体】“‘你要是哗众取宠，谁还会考虑陈腐的教训？你要是热情似火，那些针对财富、法律、孝顺和名声的妨碍还怎么会冷若冰霜？爱的武器是和平，反规矩、反理性、反羞耻，在遭受所承受的折磨时会变得甜美，让一切力量、震惊和恐惧都化干戈为玉帛。

40

“‘她们的心现在都归顺我的心，
我心碎，它们也都流血哀泣，
对你的进逼发出阵阵叹息，
求你不要再对我发射冷意，
耐心倾听我的甜蜜的意图，
这坚守的誓言你要深信不疑，
那就是我的衷心并担保到底。’

【散文体】“‘她们的心现在都和我的心惜惜相依，感觉我的心碎了，它们也都流血呻吟，对你的步步紧逼发出阵阵叹息，恳求你不要再对我发射冷淡，温和地聆听我甜蜜的心意，这强力束缚的誓言你要深信不疑，它力挺我的忠诚，担保我的忠诚。’

41

“说完，他含泪的眼光移开了，
此前他的眼一直把我的脸对，
两边面颊上两道泪水在流动，
像两股清泉扑簌簌往下聚汇。
哦，这两道泪痕别有一种魅力！
像晶莹的水珠缀满鲜亮的玫瑰，
光焰映照水中使花朵更姣美。

【散文体】“说过这话，他两眼含泪转向一边，此前他的眼睛一直平视着我的脸，每边面颊都有一道泪水，好像一条溪水汩汩往下淌。哦，这泪水道道别有一种魅力！像晶莹的水滴落满鲜亮的玫瑰，光焰映照在水里使花朵更加姣美。

42

“哦，老爹，一颗小小的泪滴，
隐藏着怎样的奸诈的心肝！
那两只眼睛泪水不断流出，
什么石头心肠不让水滴洞穿？
再冷酷的心不会在此被暖热？
哦分裂的印象！冷矜持，热情感，
两股火气从此把寒气驱赶。

【散文体】“哦，老爹，一颗小小的泪滴，隐藏起怎么样的奸诈心肝！那两只眼睛泪水滚滚的，任凭什么心肠不会让水滴穿？任凭怎么冷酷的心，在此会不感动得发热？哦，分裂的嘴脸！冷冷的谦逊，火热的激情，两股火气合起来把寒气驱赶。

43

“你瞧，他的热情，只是诡计，
却硬把我的理智化为泪淌！
我解开洁白的童贞的外衣，
抛开清醒警戒和文明的恐慌，
那样面对他，如他那样面对我，
都成泪人；不过我俩的泪不一样，
他的泪毒害我，我的泪令他心狂。

【散文体】“你看，他的情感，不过是一种心计，却硬把我的理智转换成了泪水！我解开了洁白的童贞的外衣，摆脱清醒的警戒和文明的恐慌，面对着他，就像他面对我，都成了泪人；不过我们两个的泪水不一样，他的泪水毒害了我，我的泪水让他窃喜。

44

“他有一整套玩弄人的把戏，
为了行骗，花样无所不用其极，
忽而羞得脸红，忽而低垂泪水，
忽而佯装晕厥；或利用或放弃，
两手易如反掌，最易诱人上当。
听了脏话脸红，听了苦难哭泣，
看到惨状就脸白并晕倒在地。

【散文体】“他有一整套骗人的把戏，为了欺骗得手，各种花样都不断翻新，或者害羞脸红，或者低头垂泪，或者佯装晕厥；他或者利用或者放弃，两手交替使唤，把人骗得晕头转向。听句骂人话他都脸红，听了倾诉苦难就陪上泪水，看见悲惨情景就脸色煞白，晕倒在地。

45

“一颗心只要进入他的视线，
便难逃他设下的阴险的陷阱，
他外表温文尔雅十分自然，
而且，蒙上面纱，得手就取性命：
他专意的事情他会振振有词；
他正沉湎最醉心的糜烂激情，
却鼓吹处女，赞美冷淡的正经。

【散文体】“一颗心只要进入他的视线，就难逃他发射的冷箭，他表面装得温文尔雅，和顺自然，而这层面纱背后只要得手就出狠手：对一心寻求的东西，他有一通说辞；他正沉湎最醉心的糜烂情绪时，却宣讲处女，赞美冷淡的贞洁。

46

“他就是靠这样一件华服，
把内心赤裸的恶魔掩住，
没经验的少女被他迷住，
把他看作天使在头上飞舞。
少女，稚真，谁不想被人爱？
我哪！我受骗；却还在疑惑
再遇上这种事我该怎么做。

【散文体】“他就是靠这样一件华服，把赤裸的隐藏的恶魔裹住，没有经验的少女被他迷了，便会把他视为在头上盘旋的天使。少女，年幼而天真，谁不喜欢被人爱？我哦！我受骗；却还在发问再遇上这样的事情我该怎么办。

47

“呵，他的眼睛里歹毒的泪滴，
呵，他的面颊上做作的红潮，
呵，他心中飞出的不自然的霹雳，
呵，他囊软的肺脏呼出的悲调，
呵，所有似乎欠缺的借来的行为，
却会再次玩弄已经上过当的青少，
让某个顺从的姑娘重新被搞！”

【散文体】“哦，他的眼睛里是有毒的泪水；哦，他的脸面上有那么闪亮的假火；哦，他心间飘出强压的闷雷；哦，他的空洞的肺里呼出的悲叹；哦，所有那似乎亏欠的借来的行动，还会再次引诱某个曾经被玩弄过的少女，而且让言听计从的少女重新堕落！”

激情的朝圣者

《激情的朝圣者》，无论其形式还是内容，都是一首难以捉摸的诗。

从形式上讲，全诗二百零四行，十五个自然段，或者称之为十五节诗；其中一、二、三、四、五、六、八、九、十一节是十四行诗，七、十、十三、十四和十五节为六行诗，与莎士比亚著名长诗《维纳斯与阿多尼》的诗体完全一样。第十二节为十二行，是一首长短句诗，除了隔行押韵，几乎没有什么规律可循。

从内容上讲，《激情的朝圣者》从总体上看似叙述体抒情诗，第一人称为主，有三节诗叙述维纳斯和阿多尼，另有三首写到美、音乐、诗歌以及衰老与青春。第一人称所及内容，主要写"我"和"她"以及"你"在感情方面协调与不协调的心绪，并由此发挥了许多感触。关于维纳斯和阿多尼的内容，维纳斯率直、外露和泼辣的爱与阿多尼内向、羞怯和躲闪的性格，表现得很生动。这部分内容和《维纳斯与阿多尼》的内容是一致的，像其中的一部分，也像莎士比亚舍弃的段落。其余三首可以说是"我"的借物抒情，也可以说是莎士比亚在不同场合写作的诗，可以独立成篇，其中咏颂衰老和青春的那首，是十分精彩的，别具特色的。

由此看来，以下两种说法都可以成立：

一、莎士比亚为写作《维纳斯与阿多尼》从内容到形式所做的探索。莎士比亚也许用十四行诗写下几节后，发现十四行诗对他束缚太大，而且"我"的第一人称也未必十分有利。由此，莎士比亚尝试了长短句诗和六行诗，并最后认准了六行诗。作者整理自己的诗作时，认为其中不乏保留价值的，便凭着诗人的灵感和联想，把它们串接起来，成了目前这种形式和内容。

二、系别人用莎士比亚的名字发表的诗歌。仅从内容上看，这种可能性是存在的。作为一首叙述体抒情诗，它的内容实在算不上统一，甚至可以说连中心都是相当模糊的。一个会写诗但写不了长诗或写不好长诗的人，这种错误和缺陷往往是无法避免的。但是，从诗的形式上看，这种可能性却又难成立。一般说来，一个模仿者往往会在形式上首先和原作者的风格保持一致，也就是形似。因此，不喜欢《激情的朝圣者》的学者认为它是伪作；从形式进行研究的学者又会对它究竟是不是伪作表示怀疑。

但是不管怎么样，它毕竟是莎士比亚时代流传下来的诗作。当时的英语还稚嫩，正当形成和丰富时期，能用英语写出在音节和韵律方面都有特色的诗歌，都是了不起的成就，都具有保留价值。

1

当我爱人发誓她是真诚化身时，
我真信了她，尽管我明知她撒谎，
她还以为我是那种无知青年，
在这虚伪欺诈的世界一无所长。
我自以为她把我看年轻了，
尽管我知道我已过年华花样，
我笑着相信她长了假话舌头，
因爱情夭折把爱情的过错隐藏。
可为什么我说爱人她还年轻？
为什么不说我已经一副老模样？
哦，爱的最好习惯是安慰的舌头，
而老年，在爱中，不喜欢把年龄讲。
　　就这样我骗爱人，爱人也骗我，
　　因我们在爱情中隐瞒了的过错。

【散文体】当我心爱的人发誓她是忠实的化身时，我真的相信了她，尽管我知道她信口开河，她还以为我是那种没受过教育的青年，在这世界的虚伪欺诈场上什么都不知道。于是我自以为是地以为她只是认为我年轻，虽然我知道我大好年华已过，我面带笑容，相信她长了说假话的舌头，因为爱情夭折便害怕爱情的过错。可是，为什么说我的情人她很年轻？为什么不说我已经一副老相？哦，爱的最好习惯是开口说些安慰的话，而老年，在恋爱中，不喜欢把年龄告诉别人。

因此，我向爱人撒谎，爱人也向我撒谎，因为我们在爱情中把过错掩饰了。

2

我有两个爱人，安慰和绝望，
它们像两个精灵给我支招；
我更好的天使是一个俊男，
我更坏的精灵是难看的女妖。
很快把我诱下地狱，那女妖精，
把更好的天使从我身边骗开，
把我的圣徒腐蚀成了恶魔，
用迷人的自负哄走了真爱。
我的天使是否被变成妖孽，
我怀疑，却无法直接说出来：
两个共同对我，彼此却把朋友交结，
我猜一个天使进了另一个的地狱：
　　我不知道真相，而在猜忌中存在，
　　除非坏天使把好天使赶出来。

【散文体】我有两个爱人，一个是安慰，另一个是绝望，它们像两个精灵给我出主意；我那更好的天使是一个漂亮男子，我那更坏的精灵是一个有色的女妖。我那女撒旦，很快把我引诱到了地狱，又把我的更好天使从我身边勾引走，把我的圣徒腐蚀成了恶魔，用迷人的自负哄骗了他的圣洁，我的天使是不是会被变成妖孽，我表示怀疑，却不能直接说出来：因为两个共同对付我，互相还结成了朋友，我猜测一个天使堕入了另一个的地狱：

我不知道真相，只能活在猜疑中，直到我的坏天使把我的好天使赶出来。

3

难道你眼睛的超凡的辞令，
不能使整个世界无言以对，
规劝我的心听信了这种假誓？
为你而毁誓不应该被定罪。
我抛弃一女子；可我会证实，
你是个女神，我抛不下你：
我的誓言俗气，你是天上的爱意；
你的恩惠治愈我的一切羞耻。
誓言是呼气，呼出的是雾气；
你却是太阳，普照在这大地上，
把这雾气的誓言蒸发；它在你那里；
若毁誓，那这错不该算在我身上。
　　如因我毁誓，什么傻瓜那么不明智
　　竟还会毁坏誓言，而不赢得天堂？

【散文体】难道你的两只眼睛的天上的辞令不是可以让整个世界无法抗辩，还规劝我的心听信了这种虚假的誓言吗？为了你而把誓言毁掉，是不应该被定罪的。我抛弃了一个女人；可我会证明，你是一个女神，我不能抛弃你：我的誓言是凡间的，而你的誓言是天堂的爱；你的恩泽治好了我身上的一切耻辱；我的誓言是出气，呼出的是雾气；可你就是太阳，在这大地上照耀，把雾气的誓言蒸发；它就在你那里：如果把誓言毁掉，那可不是我的过错。

如果由于我而毁誓，什么傻瓜会那么不明智，竟会毁掉誓言，而不赢得天堂？

4

甜美的西塞拉[99]，坐在小溪边，
还有青年阿多尼，可爱，鲜亮，年幼，
西塞拉频频向青年抛去媚眼，
如此眼神只能为美的女王所有。
她给他讲故事让他听得高兴，
因她卖弄风情让他看花了眼；
为赢他的心，这里那里把他触碰：
动作那么柔情以至贞节不管。
不知他真的是未开情窦，
还是故意拒绝她的美意，
这被触的人偏不碰那饵钩，
对她柔情的挑逗他一笑了之。
　　后来她仰身躺下，美貌女王，把身探起：
　　他却站起来拔腿就跑，咦，简直是傻子！

【散文体】可爱的西塞拉，坐在小溪边，身边还有青年阿多尼，可爱、俊美、青涩，西塞拉频频向他抛飞眼，这样的神情只能出自美的女王。她给他讲故事，让他的耳朵享受，她卖弄风情让他的眼睛目不暇接；为赢得他的心，她这里碰一下，那里触一下，动作是那么柔情轻佻，早把淑女风范抛在一边。不知他真的是不谙风情，还是有意拒绝她的良苦用心，这被挑逗的人儿就是不碰那鱼钩，只对她温柔的挑逗送上笑脸。

后来这美人仰身躺下，俏丽的女王，把身备好；可他却站起来拔腿就跑，唉，简直就是一个大傻包！

5

如爱人让我背誓，我怎能对她效忠?
哦忠诚永远守不住，如不对丽人立誓；
我对自己背誓，对你永远忠诚；
那些思想，对我如橡木，对你如嫩枝。
细读这些书页，权当你的明眸，
书中隐藏着所有艺术包括的乐子。
若说知识为重，读懂你便满足；
博学的人就是你能赞许的言辞；
灵魂愚钝的人见你才不为所动；
我欣赏你，对你的一切都着迷：
你的眼是朱庇特的闪电，声是惊雷，
不仅让怒气消散，还让烈火悦耳甜蜜。
　　你是神仙，哦别爱那错误的东西，
　　用那凡间的话语唱出天堂的词。

【散文体】如果爱人让我背誓，我怎能对爱情发誓？哦，如果不对美人发誓，忠诚是永远守不住的；我对自己背誓，对你永远不变；那些思想，对我如橡树，对你却是点头的嫩枝。读读这些书页，把书当作你的眼睛，那里有所有艺术包括的乐子。如果知识是标志，了解了你就深感满足；博学的人就是你能理解的言辞；什么都不懂的灵魂见到你才不觉奇怪，我只看见一些妙处，便对你的各个部分着迷：你的眼睛是朱庇特的闪电，声音是他的可怕惊雷，不只让怒气消散，是音乐和悦耳的大火。

你是神仙，哦，别爱那种错误的东西，用那样一种凡间的话语唱一唱天堂的赞美。

6

太阳还未把朝露晒干，
牛羊还未找树荫乘凉，
西塞拉，怀着苦苦的相思，
来到小河边的杨柳树旁，
翘首盼望阿多尼的到来，
因他常在河里洗澡冲凉：
天很热；她的盼望更热烈，
期待他到来，就是这块地方。
他终于来了，脱掉了外衣，
赤条条地站在碧水河畔；
太阳的亮眼朝人间观望，
不如这美人看他那么贪婪。
　　他，发觉了她，赶忙原地跳进水里，
　　“老天，”她说，“我怎么不是小溪？”

【散文体】太阳还没有把早晨的露水晒干，牛羊还没有找到树荫乘凉，西塞拉，怀着苦苦的相思，在小河边的杨柳旁眼巴巴地站了很久很久，翘首等待阿多尼的到来，因为他经常在河里冲凉洗澡；天气很热；她盼望得更热切，期待他的到来，就是这老地方。他终于来了，脱掉了外衣，赤身裸体地站在清亮的小溪旁；太阳灿烂的眼睛俯瞰人间，不如这女王看他那么贪婪。

他，发觉了她，赶紧从站立的地方跃入水里，“老天，”她说，“我为什么不是那条小河！”

7

我的爱人很美，但美不敌轻佻；
温柔得像鸽子，但是缺乏诚信；
比玻璃亮，可是，如玻璃，易碎；
柔软如蜡，可是，像铁，多锈点：
　　像白色百合花，用玫瑰色来增加英姿，
　　她美丽异常，她的虚套却也无人能及。

【散文体】我的爱人很美丽，但是不如轻浮更胜一筹；温柔得如同鸽子，却不真诚也不可靠；比玻璃明亮，可是，像玻璃，很容易碎掉；柔软如蜡，可是，又像铁，锈迹斑斑。

好像白色的百合花，用玫瑰色来装点英姿；她美丽绝伦，她玩起虚套又无人能及。

她的唇多么常与我的唇贴紧，
她吻我一下就山盟海誓一次！
她编出多少故事来讨我欢心，
生怕我的爱，生怕我的爱会丢失！
　　但是在所有她的纯粹的话语里，
　　她的眼泪、誓言、眼泪都是做戏。

【散文体】她的嘴唇频频地和我两唇相吻，每吻我一次就信誓旦旦发一次誓！她编造出很多故事来讨我的喜欢，担心我的爱，生怕失去我的爱！

但是在她所有的纯粹的表白里，她的眼泪、誓言、眼泪，都是在做戏。

她带着爱燃烧，像着火的稻草，
她把爱燃烧完，如稻草着火成灰；
她构建爱情，可她又把构架拆掉，
她最后恳求爱，自己却犯了来回。
　　这是一个情人，还是一个荡妇？
　　坏事最拿手，情人和荡妇都不含糊。

【散文体】她与爱一起燃烧，如同着火的麦秸；她把爱燃烧完，如麦秸一下子烧成了灰烬；她构建爱情，可她又把构架拆掉；她最后向爱求助，自己却在半路上打道回府。

这是一个情人，还是一个荡妇？干坏事最拿手，情人和荡妇这两种身份都担当不起。

8

如果音乐和好诗歌能和谐，
如它们一定需要，是妹与哥。
那时爱在你我之间非同凡响，
因为你爱这个，我爱另一个。
你爱道兰[100]，他那美妙的弹唱
让鲁特琴带给人感官的陶醉；
我看斯宾塞[101]，他深刻的奇想，
超过任何奇想，不需要游说。
你爱听那悦耳的曼妙的声音，
出自音乐女王，福玻斯的琴，
我沉浸于异常低沉的快乐中，
那便是他自己的独唱与独吟。
　　一个神灵是两个神灵的神，如诗人所说，
　　一位骑士爱诗与音乐，两者都在你身上。

【散文体】如果音乐和美妙的诗歌取得一致，像它们一定需要的一样，就是姐妹兄弟的关系。那时，爱在你和我之间很了不起，因为你爱这个，我爱另一个。你爱道兰，他把鲁特琴弹奏得让人的感官陶醉；在我看来，斯宾塞他的构思是那么不同一般，超过任何奇思妙想，根本不需要辩护。你爱听那悦耳的曼妙的音乐，因它来自音乐女王福玻斯的鲁特琴，我沉醉在以低沉为主调的享乐之中，那便是他自己的独唱独吟。

一个神灵是两个神灵的神，如诗人们说的，一位骑士兼爱诗与音乐，可两者都在你身上体现。

9

朝霞灿烂，美丽的女王情多，
……………………………
她悲哀得面色如灰白的飞鸽，
只为骄傲的粗野的阿多尼，
她站在陡峭的山坡之巅；
阿多尼带着号角和猎犬来临；
她，多情女王，怀着无限爱心，
告诉小伙别靠猎场太近；
她说：“我见到个英俊青年，
在那里被一头野猪咬成重伤，
大腿被重创，看上去惨状异常！
看，看我的腿，就伤在这地方。”
　　她露出腿，他看见伤痕道道[102]，
　　他羞红了脸，撇下她转身跑掉。

【散文体】清晨一片朝气，爱的女王倩影出现，她脸上因为伤感而越发苍白，如同鸽子的白色羽毛，为了傲慢的狂野的小伙子阿多尼，她站在陡峭的山坡上。阿多尼不久手持号角、领着猎犬来到；她，痴情的女王，带着深情的爱意，告诉阿多尼别靠近那些猎场；她说：“我看见一个漂亮的青年，在那里被一头野猪咬成了重伤，伤在大腿上，看上去惨不忍睹！看，看我的腿，就伤在这地方。”

她裸露出玉腿，他看见了不止一道伤痕，脸一下子红了，扔下她一个人孤零零待着。

10

娇玫瑰，漂亮花，早摘立即凋亡，
被摘的花苞，春天里就枯萎！
亮珍珠，啊，早早就黯淡无光！
俏丽佳人，死神毒刺过早发威！
　　如同悬挂枝头的一只青桃，
　　被风吹掉，秋天其实未到。

【散文体】娇美的玫瑰，漂亮的花朵，摘早了便会很快死亡，被摘的花苞，春天里就枯萎了！明亮的珍珠啊，早早地就黯淡无光了！俏丽的美人，死神的毒刺迫不及待地把你刺死了！

如同悬挂在树梢上的一只青李子，被风吹掉，秋天其实还远未到来。

我为你痛哭，却不知为何；
你的遗嘱没有留给我财宝，
但你给我的已超出我的求索；
我原本就对你没有需要。
　　哦，亲爱的朋友，我请你原谅；
　　你留给我的是你的不尽忧伤。

【散文体】我为了你痛哭，却不知道为什么；因为你的遗嘱里没有留给我什么东西，但是，你给我的已经超出我的渴求；因为我原本就对你没有什么要求。

哦，亲爱的朋友，我请你原谅；你遗赠给我的是你的一腔不满。

11

维纳斯，与青年阿多尼坐在一起，
在爱神木荫下，向阿多尼求爱：
她向青年述说战神怎样勾引她，
并像战神求她那样她向小伙紧挨；
她说："战神就这样把我抱住，"
随后她边说边和阿多尼相拥。
她说："战神这样解开我的衣服，"
仿佛小伙应该像爱的魅力利用；
她说："战神这样吻住我久久不放，"
她说着便凑上去寻求他的嘴唇：
他却趁她换气的工夫匆匆逃走，
不管她的心思以及性爱未遂。
　　哦，但愿我情人也这样急不可待，
　　亲吻我搂抱我直到我赶紧逃开。

【散文体】维纳斯，与青年阿多尼坐在了爱神木的树荫下，开始向阿多尼求爱：她向青年讲述战神如何把她勾引，还像战神那样向青年步步紧逼；她说："战神就这样把我紧紧抱住，"随后她一边说一边也把阿多尼搂抱；她说："战神这样解开我的衣服，"仿佛这小伙子应当像爱的魔力来使用；她说："战神就这样亲吻我久久不松口，"她说着便凑上去要亲吻阿多尼的嘴，可是阿多尼却趁她换气之际匆匆逃离，不管她的用心和快活——落空。

哦，但愿我情人也这样胆大不怕羞，亲吻我搂抱我直到我赶紧逃走！

12

老年和青年不能一起生活；
青年充满快活，老年满心忧虑；
青年像夏天的早晨，老年如冬天；
青年像夏天美丽，老年如裸露的冬季。
青年活蹦乱跳，老年气喘吁吁，
青年步履矫健，老年步履蹒跚；
青年热情洋溢，老年冷淡无力；
青年洒脱不羁，老年忍气吞声。
老年，我冷淡你；青年，我热捧你；
哦，我的爱，我的爱还年轻！
　　老年，我轻蔑你；哦，可爱的牧人，你快走，
　　因为我看你已经滞留得太久。

【散文体】老年和青年不容易生活在一起；青年充满快活，老年满心忧虑；青年像夏天的早晨，老年如冬天的气候；青年好像美丽的夏天，老年却如赤裸的冬季。青年活蹦乱跳，老年上气不接下气；青年身手敏捷，老年步履蹒跚；青年热情洋溢，老年冷淡无力；青年洒脱不羁，老年软弱服帖。老年哦，我小看你；青年哦，我崇拜你；哦，我的爱，我的爱还年轻!

老年，我看不起你；哦，可爱的牧人，你快走吧，因为我看你已经停留得很久了。

13

美只是个空虚的疑惑的美好，
如灿烂的光辉转眼就会暗淡；
如一朵花儿苞蕾初放就凋零；
如脆玻璃瞬间就变成碎片：
　　疑惑的美好、光泽、玻璃、花朵，
　　消失，暗淡，破碎，死掉不过一刻。

【散文体】美只是一种空虚的令人生疑的美好，灿烂的光辉转眼就会暗淡；好像一朵花儿含苞待放之际就凋零了；又好像易碎的玻璃一下子打成了碎片：

一种疑窦丛生的美好哦，不过是一束光泽，一块玻璃，一朵花儿，消失、暗淡、破碎、死掉，也就是眨眼之间的事儿。

如卖掉或再也找不到的好东西，
如褪色的光泽再也擦不亮，
如烂在泥土里死去的花瓣，
如破碎的玻璃再难粘贴上，
　　美一旦玷污美丽便永远消失，
　　尽管医治，化妆，都无济于事。

【散文体】好像卖掉或者永远找不到的好物件，好像褪色的光泽再也擦不亮，好像在泥土里腐烂的已死的花儿，好像不能再粘连起来的破碎玻璃，

美一旦被玷污，美丽就会永远消失，尽管治疗，化妆，都只是痛苦和损失。

14

晚安，好好睡！唉，我却失眠：
她道过晚安反而使我不安；
我愁肠百结坐在小房间，
为心中的疑虑长吁短叹。
　　“晚安，”她说，“望你明天再来。”
　　我怎么也不安，心里盛满悲哀。

【散文体】晚安，好好歇息吧。哎，我却享受不到休息：她道过晚安反使我不安；我悬心吊胆地坐在小屋里，我满腹疑虑唉声叹气；

“晚安，”她说，“望你明天再来。”我却怎么也安宁不下来，心里装满了悲哀。

但告别时她却粲然一笑，
是嘲讽是友爱，我都猜不来；
也许，她高兴看见我走掉，
也许，她愿意我再去徘徊：
　　“徘徊”这词正适合我形影相吊，
　　费尽苦心，却连小东西也得不到。

【散文体】但是告别时她却露出了笑脸，是讥讽还是友好，我都猜不出来；也许，她高兴看见我走了；也许，她愿意我再去流浪：

“流浪”这个词儿很适合我的影子，用了一腔苦心，却没有拔到一根细毛。

15

上帝，我的眼凝视着东方！
心也在盼望；黎明快快东升
把世间的万物唤出梦乡。
但我不敢相信我的眼睛，
　　当夜莺栖枝歌唱，我在静听，
　　希望夜莺唱出云雀的歌声。

【散文体】主啊，我的眼睛眺望着东方！心也在祈望；晨光升起，把每一种活动的感觉从宁静中唤醒，我都不敢相信我的眼睛，

当夜莺落在枝头唱歌时，我坐起来聆听，希望夜莺能唱出云雀的歌声。

云雀用小曲儿迎接晨曦，
把噩梦重重的暗夜驱赶：
黑夜散尽，我去看望佳人；
心中有希望，眼前有梦幻；
　　悲哀变安慰，安慰与悲哀交换，
　　因为，唉，她轻叹一声说明天再见。

【散文体】云雀唱着小曲迎接早晨的霞光，把噩梦的夜晚赶走：黑夜散尽，我去看望佳人；心中有希望，眼睛便有希望的景象；

忧愁转变成安慰，安慰与悲哀又转换，只因为，哦，她叹一口气，要我明天再见。

在她身边，黑夜很快就过去；
现在却分分秒秒都在煎熬；

现在刁难我，每分钟都似月亮；
不是为我，太阳照射着花苞！
　　黑夜归，白日来，好日子，借得夜晚及时；
　　短暂，黑夜，窥视白天，把自己延长到明日。

【散文体】和她在一起时，黑夜转眼就过去了；现在每分钟都在加长到一个个小时；现在怀恨我，每分钟都好像月亮；太阳照射着花朵却不是为了我！

去吧黑夜，来吧白日，好白天，现在要借用黑夜；短暂，黑夜，今日之夜，把自己延长到明天。

情歌荟萃

《情歌荟萃》是莎士比亚的小诗，或称杂诗。这些诗全部是写爱情的，每首诗都有一种新的立意，每一首诗都写出了一种新的取向。有的写少女，有的写气候，有的写走兽，有的写飞禽，有的写男女之欢，有的写情谊；诗的形式各种各样，长短句，六行诗，四行诗以及三行诗。诗的音节不论，但用韵讲究，读起来更像某种打油诗。与莎士比亚的长诗和十四行诗相比，它们显得短小精练，易记易读，容易上口。

由于它们的这些优点，一般学者都倾向认为，莎士比亚在当时的英国诗坛是颇受欢迎的人物，诗歌的地位越高，他的名气也就越大。在各种聚会、宴会和公众场合，莎士比亚往往会应邀写些短诗应景，这些短诗就是他的应酬之作了。这样的说法是很有道理的，其根据不仅是当时的风俗时尚，更主要的是这些小诗中表达的内容和趣味。例如第三首诗是这样开头的：

羊群不吃草，
母羊不产羔，
公羊不欢跳，
　　一切乱了套。

诗从一种动物写起，朴实无华而生动活泼，能立即吸引听众的注意力，招人欢笑，制造一种聚会应有的气氛。紧接着：

爱情在枯凋，
信念在动摇，

真心在隐逃，

　　这就是原因。

从写动物转向写人，弯子虽急但很自然，全因为诗中写的是爱情。在诗人看来，爱情之所以伟大和永恒，是因为它是生命的一部分，不仅是人类的专有，也为动物所固有。这样，诗文看似轻松，但内容实在。有了这样漂亮的开头，下面的诗文就会更精彩，内容也会更实在。而这些特点是长篇叙述体抒情诗很难具备的，也是一般诗人难以吟出的。莎士比亚的诗歌，如同他的戏剧一样，民间文学的成分很浓，具有通俗化和生活化的显著特色，而这样的特点，在他的这些小诗里尤为明显。

1

她是贵族之女，三姐妹数她最美，
她爱着她的夫君，要多爱有多爱，
直到一个英国人出现，英俊魁伟，
　　她一下子动了心。

【散文体】她是豪门的千金，三姐妹中就数她最漂亮，她对夫君很喜欢，要多爱有多爱，后来出现了一个英国人，在谁看来都算得上仪表堂堂，

她一下子乱了心。

两种爱情在搏斗，久久不肯停止，
是撇开丈夫，还是弄死风流骑士？
两种做起来，唉，都是一件烦恼事，
　　难死这个傻姑娘！

【散文体】爱情和爱情在打架，没完没了，令人怀疑，是撇下丈夫不再爱，还是把那个风流的骑士整死？两件事情付诸行动，哎呀，都是一件恶毒的事情，

这下可难坏了傻姑娘！

其中一个必须拒绝；痛苦很难挨，
要让他们都得到，一点办法也没有，
这两人中正派骑士曾被蔑视伤害。
　　唉，她左右都为难！

【散文体】其中一个必须拒绝；这事让人很痛苦，要让两个人都分享是一点办法都没有的，因为这两个人中那可信的骑士曾被蔑视，受到过伤害。

哎呀，她真是束手无策！

武器竞争的技艺是这天的大赢者，
依靠学问的天赋骑士赢得美人归；
睡吧，睡吧，有学问的人把姑娘得；
　　我的歌到此结束。

【散文体】拔剑相向，技艺高强者是赢家，利用学问的天赋的骑士把美人赢得；睡吧，睡吧，有学问的人独占花魁；

我的歌现在唱完了。

2

有一天，唉，那一天，
爱情，那是五月天，
见一朵花儿娇艳，
随旋风起舞翩翩：
风穿过树叶重重，
悄悄儿，钻进花中；
憔悴的恋人苦恼，
恨不能像天风轻飘。
“风，”他说，“吹你的面庞；
风，我要胜过你多爽！
可，唉！我已发过誓，
再不采摘你的花刺；
誓言，呜呼！青年不该发：
青年，最爱采摘鲜花，
宙斯为花朵也会说
朱诺像常人就不错，

自己宁愿不做宙斯，
愿到人间只为爱你。”

【散文体】有一天，唉，那天啊！爱情，它的月份是五月，发现一朵花开得娇艳：风儿穿过柔软的树叶，一切都看不见，只找到一条小径；却说那恋人，相思得要死要活，多希望自己是老天的气息。“空气，”他说，“可以吹拂你的脸颊；空气，我要是可以像你一样触碰那脸颊多好！可是，天哪！我的手发过誓，永远不会从你的刺中伸手摘花；誓言，天哪！青年人轻易别乱发誓：青年，最容易去把香花采摘。朱庇特都会为你发誓，朱诺不过是一个黑皮肤的人；他甘愿把自己否定，为你的爱情返回人间。”

3

羊群不吃草，
母羊不产羔，
公羊不欢跳，
　　一切乱了套。

【散文体】我的羊群不吃草，我的母羊不生产羊羔，我的公羊不撒欢，

一切都乱了套。

爱情在枯凋，
信念在动摇，
真心在隐逃，
　　这就是原因。

【散文体】爱情在遭否决，信念在受挑战，心灵在逃避，

这便是原因。

所有的欢舞都被忘怀，
我失去姑娘对我的爱：
过去海誓山盟情意深，
如今翻脸无情真心狠。
惨痛的愚蠢失恋，
让我把一切丧尽；
　　唉，可恨的命运，无常少女。
我终于看清，
变心和移情，
　　女人比男人还要狡猾。

【散文体】所有我的欢乐舞都快忘掉，所有我的女友的爱都失去。神灵知道：她的忠诚曾经坚定地植根爱情里，毫不动摇地说一个不字。一个愚蠢的过错导致我满盘皆输；哦，阴沉的命运，诅咒吧，轻佻的少女！因为现在我看见了移情别恋，

女人比男人还要厉害。

我穿着黑衣，
我怀着恐惧，
爱情把我抛弃，
　　我度日如年：
心儿在滴血，
希望全破灭，
遭到残酷抛却，
　　我备受熬煎。
我的牧笛已经喑哑，
我的羊铃催人泪下；
我的卷尾狗，曾性情欢快，

如今不爱动，好像非常害怕；
我深深叹息，
假装在哭泣，
汪汪惊叫，同情我的苦难。
冷酷大地上，
叹息在回荡，
像一千个败兵在浴血奋战！

【散文体】我身穿丧服，我冷嘲所有的恐惧，爱情已经让我心灰意懒，生活在奴役中：心在淌血，需要所有的帮助，哦，残酷的速度，带出来的都是苦难。我的牧人的笛子吹不出亮音；我的羊铃发出悲哀的调子；我的卷尾狗，过去特别欢快，如今却蔫头耷脑，还好像什么都害怕；我的叹息很深，深得狗儿要哭泣，汪汪叫得通人性，看见了我可怜的苦境。叹息声在没有心肝的大地上引起怎样的回声，好像成千上万战死的士兵在浴血奋战。

清泉不流淌，
鸟儿不歌唱，
树木不生长；
它们色衰了：
牧人在垂泪，
羊群在酣睡，
仙女在心碎——
回眸偷看。
所有恋人熟知的乐趣，
所有牧场幽会的欣喜，
所有黄昏漫步都不复存在，
所有爱已死，我们不再相爱。
再见，好姑娘，
你让我难忘，

这么可爱，却给我带来伤感，
可怜的命运之神，
一辈子多么孤苦，
形影相吊，无人给他带去安稳。

【散文体】清澈的泉水不流动了，可爱的鸟儿不唱歌了，绿色的庄稼没有带来它们的色彩；牧人站立着流泪，羊群都在打瞌睡，仙女们害怕得往后退，只敢偷窥。所有我们可怜的情郎们熟知的快活、所有我们在平原上相遇的快乐、所有我们晚间的娱乐，都无踪无影了，所有我们的爱情失去了，只因爱已经死了。再见了，可爱的姑娘，你的样子从来没有一种甜美的满足，是我所有痛苦的根源，

可怜的命运之神一定活得很孤独；别的帮助对他，我看毫无用处。

4

你的眼选中了那个闺女，
是把猎捕的小鹿套上了绳，
让理智掌控引以为耻的东西，
还要掌握那些虚妄的憧憬：
找一个聪明头脑的人说话，
不要太年轻也不要未成家。

【散文体】当你的眼睛看中了那个姑娘时，好比把你要猎捕的小鹿套住了，让理智掌控值得受到责怪的东西，还要顾及爱情也许审美偏颇的问题：

找个头脑聪明的人商议，那人不要太年轻也不能没有结婚。

在你要向她表明心扉时，
不要油腔滑调说些套调，

免得她闻出你在玩花活，
瘸子一眼就看得见跛脚，
明明白白说你爱她，
也好好说说你的身价。

【散文体】在你到了把你的情况说出来的时候，别油腔滑调说些套话，别让她听出你玩的花活，瘸子一下子就看出跛子的破绽；——

爽快地说你很爱她，也把你的个人情况交代清楚。

尽管她在把眉头沉下，
天黑前还是会驱散怒气，
而且随后她还会懊悔
就这样把欣喜外露无遗；
天亮前她求欢两次，
尽管以前不屑于此。

【散文体】尽管她会把脸色沉下来，但是天黑前便会把笑容露出来，而且随后还会懊恼，那么快就把高兴心态暴露出来；

天亮之前做了两次爱，虽然她过去对此冷嘲热讽。

尽管她会奋力抗拒，
又骂又嚷，死活不干，
最终她会乖乖同意，
娇滴滴地把你埋怨：
“如果女人强如男人，
说真的，你别想得逞。”

【散文体】尽管她会使劲抗拒，又嚷又叫的，跟你说不干，最终她会无力地从了你，心计还会教她说：

“如果女人比男人强有力，说真的，那你一定没戏。”

你要按她心愿顺风使舵，
别舍不得花钱，要紧的是
你的是非曲直早有人
搬弄到你的姑娘耳际：
　　再坚固的城堡、城楼和城墙，
　　金子弹攻打它们也易如反掌。

【散文体】你要按照她的心愿调整你的路数，别吝啬钱财，要紧的是你的美德也许得到赞扬，早传到了你心上人的耳朵旁。

最坚固的城堡、城楼和城池，黄金子弹打起来也会很容易。

始终表现出明确的信任，
有节制地把诉求表达，
不要急着另去找新人，
除非你姑娘水性杨花。
　　寻找时机讨她的欢喜，
　　别担心她对你会退避。

【散文体】总是送上明确的信任，有分寸地把你的请求说出来，除非你的姑娘表现得不地道，你不要着急去把新人找。

时机成熟了，你定要赶紧表示欣赏，哪怕她把你往回推搡。

女人会玩很多鬼名堂，
表面上却假装很正经，
肚子里净是花花肚肠，
连她们的老公也难弄清。
　　女人说“不”可别当真的。
　　你有没有听人经常说起？

【散文体】女人会玩出很多骗术和伎俩，外表装得完全两样，她们暗中的把戏和游戏，连踩蛋的公鸡都猜不透。

难道你没有经常听人说起，女人说“不”都不是真心的。

想一想女人和男人争斗，
从不为贞节而是为堕落：
等她们都变得老朽，
便知天堂只是胡说。
　　床第之欢如若都是接吻，
　　一个女人会娶另一个女人。

【散文体】想一想女人和男人明争暗斗，是为了堕落而从来不是为了贞节。凭神圣说，世上没有天堂，在她们都老迈年高时就都明白了。

如果床上的鱼水之欢都是接吻，一个女人就与另一个女人结婚好了。

小声点；不说了，我怕
这歌声被情人听见，
她会在耳边把我骂，
说我不该乱语胡言：
　　她的这么多秘密被揭穿，
　　可以说，她会脸红羞惭。

【散文体】可是，轻声些！够了够了，说得太多，我担心；别让我的情人听见我的歌，那她会在我耳边喋喋不休的：

可是她会脸红的，可以说，因为听到了她那些被揭穿的秘密，都是真的。

5

做我爱人，与我同往，
让我们快活地欣赏
山丘、峡谷、溪涧、天地
奇峰峻岭尽收眼底。

【散文体】和我过日子吧，做我的爱人，我们来见证所有的乐趣，比如山丘、山谷、溪涧、天地，延绵的山脉尽收眼底。

让我们坐在岩石上，
观看牧人放牧牛羊，
让我们在浅水河畔，
倾听小鸟歌喉婉转。

【散文体】我们一起坐在岩石上，看看牧人怎么放牛放羊，让我们到浅水河畔，看河水流淌，听小鸟儿歌唱。

让我用玫瑰花做床，
千束鲜花散发芬芳，
花做的帽子和衣衫，
用郁金香绣成图案。

【散文体】我要用玫瑰编织一张床，让一千束鲜花散发芳香，一顶花帽子，一件用郁金香绣成图案的衣裳。

腰带是翠绿的青草，
搭扣是珊瑚和玛瑙；
若这些能让你动心，
请你过来，做我爱人。

【散文体】腰带是草和常青藤嫩枝做的，还有搭扣是珊瑚和玛瑙；如果这些好东西让你动心，和我一起生活，做我的爱人。

情人的回答

若世界、爱情还年轻，
若牧人说的是真情，
我便会看上这好物件，
和你过日子，做你爱人。

【散文体】如果世界和爱情还年轻，如果牧人说的都是真话，我会为这些快活所动，和你过日子，做你的爱人。

6

我还记得那一天，
五月春光正明艳，
坐在一丛山桃旁，
树荫下面很凉爽，
牛羊欢跳，鸟儿歌唱，
树木生长，花草芳香；
万物再也不悲哀，
有一只夜莺除外：
可怜的鸟，很悲凄，
胸对着带刺的花枝，
它发出了声声哀鸣，
凄惨得令人不忍多听，

“唉，唉，”它这样唱道，
“忒柔，忒柔，”它呼叫，
这歌声如此悲伤，
我不禁眼泪汪汪；
它表达内心的伤痛，
勾起了我的苦衷。
唉，我看你是白哀叹，
无人同情你的苦难：
树木无情听不懂，
野兽冷漠难感动。
潘狄翁王[103]已断气，
别的鸟友在嬉戏，
它们不顾你的凄惨，
扬起喉咙歌唱得欢。
这点我也与你相同，
无人怜悯我的悲痛。
当命运展露笑脸，
你和我都被欺骗。

有人殷勤讨你好，
总归不是患难之交。
说话容易，如同吹风；
莫逆之交很难相逢。
只要慷慨来把钱烧，
身边朋友倒也不少；
可当你兜里没钱时，
没人会送你一个子。
如果你大把挥霍，
他们便夸你洒脱；
恭维话说得很夸张：
“你应该去当国王。”

如果你想做坏事，
他们纷纷出主意；
如果你想寻找新欢，
他们争着把你称赞，
但你一旦倒了霉，
顿时无人再来理会：
昨天还围着你转，
今天交情便全完。
真朋友赤胆忠诚，
患难中互相照应：
你悲哀，他也落泪，
你失眠，他也不睡：
只要你心中有愁烦，
他总愿为你来分担。
真心朋友和虚假奉承，
依靠这几点就能分清。

【散文体】记得那一天，就在快活的五月间，坐在一片爱神木树林的舒服的阴凉下，野兽在蹦跳，鸟儿在歌唱，树木在生长，花草在抽芽；万象都在拒绝哀伤，只有夜莺不一样，这鸟儿，可怜的鸟儿，一直很凄苦，把胸膛对准一根尖刺，把歌儿唱得悲悲戚戚，细听起来令人心碎："唉，唉，唉，"这时它叫道，"忒柔，忒柔！"如此这般；听见它满腹哀怨，我听得泪珠儿不断；因为它的悲伤，让人看得那么难过，让我不由得想起自己的愁绪。唉，我心想，你只是枉然徒悲伤！没有人会对你的痛苦感到难过：草木无情，它们听不懂你；残忍的野兽，它们不会让你快乐。潘迪翁王他早死了；所有你的朋友带头高兴；你的同伴鸟儿唱起来，对你的忧愁一点也不关心。即使这样，可怜的鸟儿，像你一样，活着的没有一个同情我。如同飘忽的命运微笑起来，你和我都受了蒙骗。

奉承你的每个朋友没有人真心痛苦。说话很容易，好像风刮起；

忠诚的朋友很难找：当你大把花钱时，每个人都是你的朋友；但是，如果你的家空空如也，那就没有人给你补亏空。如果你慷慨挥霍钱，他们会称赞你是慷慨的主儿，把话说得很夸张："可惜他只是一个国王；"如果你沉湎犬马声色，他们会立即纵容；如果你要找女人，他们马上起哄架秧子。但是如果命运再次皱眉头，他们立马和你说再见；昨天还围着你团团转，如今却不再做陪伴。如果他是你的患难朋友，你遇到难处他一定伸出援手：如果你痛苦，他会陪你哭；如果你醒来，他就难入眠；内心的每种忧伤，他都会和你分担。这些都是应该知道的表现，最能看清是真诚的朋友还是奉承的敌人。

凤凰和斑鸠

《凤凰和斑鸠》是莎士比亚诗歌中最短的一组，也是最令人迷惑的写作。这组诗于一六〇一年和罗伯特·切斯特的《爱的殉道者》一起发表，这是一组系列诗，一起参加发表诗作的还有本·琼生、乔治·查普曼和约翰·马斯顿，莎士比亚的诗位居第二。切斯特把他的《爱的殉道者》献给庇护人约翰·索尔兹伯里爵士，也许是为索尔兹伯里爵士一五八六年和厄休拉·斯坦利的婚礼而作。莎士比亚的诗不是专为这一场合而作，据考证应该写于一五八六至一五九一年之间，即文字记录的“迷失的岁月”。

在切斯特的《爱的殉道者》中，凤凰和斑鸠交配，确保凤凰的美的延续。从“凤凰双亲的芳香的灰烬里，一只新生的凤凰诞生了”，莎士比亚挽歌体诗叙述凤凰和斑鸠同归灰烬，与切斯特的写作唱了反调。全诗一共六十七行，主调是爱情和忠诚：

这里歌声开始飘荡：
爱和忠诚双双死亡，
凤凰和斑鸠在飞翔，
一起化成一道火光。

这是浪漫主义的调子，莎士比亚转而写理性：

理智，本身也弄糊涂，
看见分离又成一体，
自身看来两者都不是。
简单竟如此复杂起来。

作者的推论说：“爱有理智，理智却无爱”。最后用“哀歌”结论道：

真似有，而实际无，
美自夸，却也作古；
真和美都已被掩埋。

调子基本上是悲观的，理性的，因此一度为批评家和读者忽略；直到现代主义占据主流后才为人们重视，因其表达含糊和乐感强烈的语言，获得诗歌杰作的地位。

1

那只鸟儿唱得最响亮，
站在唯一的阿拉伯树上，
唱出悲伤如喇叭鸣响，
纯洁的鸟儿们听得欢畅。

【散文体】那只叫得最欢快的鸟儿，栖落在那棵唯一的阿拉伯树上，把悲伤唱得如喇叭一样响亮，心灵洁净的飞鸟们洗耳聆听。

2

可你这尖叫的先行卒，
是那个魔鬼的可恶使臣，
预告热病死亡的死神，
你可别接近这支队伍！

【散文体】不过，你这尖叫的先行官，是那个魔鬼的肮脏的使臣，预报热病的死期，你不要接近这支队伍！

3

严禁接近我们的会厅，
每一只专横的飞鸟，
千万别把这葬礼打搅，
除了众鸟之王——鹰。

【散文体】严禁来到我们的会议厅，每一只长了霸道的翅膀的鸟儿，除了苍鹰，鸟中王，千万别来打搅这葬礼。

4

让牧师穿上白袈裟，
让已死的音乐来做
预报死神来临的天鹅，
他适合主持安灵弥撒。

【散文体】让牧师穿上白色的袈裟，让毫无神圣可言的音乐来做预报死神来临的天鹅，他有资格做主持安魂弥撒。

5

你这长寿的乌鸦，
生来穿一袭丧服，
也加入送葬队伍，
拉长调子哇啦哇啦。

【散文体】你这三倍寿数的乌鸦，生来穿了一身黑色的衣服，拉长调子哇哇乱叫，赶来加入这送葬的队伍。

6

这里歌声开始飘荡：
爱和忠诚双双死亡，
凤凰和斑鸠在飞翔，
一起化成一道火光。

【散文体】这里开始唱起了赞美诗，爱和忠诚都死了，凤凰和斑鸠飞起来，一起化成了一道火光。

7

它们相爱，爱得难分，
从骨子里上相爱如一；
两者分明，却再难分离，
爱的数字被击得碎粉。

【散文体】它们是那么相爱，爱得如同双胞胎，两个本质上爱得像一个；可两者却又很分明，只是再难分离，爱的数字都遭到了毁灭。

8

心与心很远，却不会分离，
距离，没有空间阻挡于
斑鸠和它的皇后之间，
这在它们身上是奇迹。

【散文体】心与心相隔很远，但是却没有分开，距离和空间在斑鸠和王后之间再难看见，但是在它们那里是一个奇迹。

9

因此爱在它们之间闪烁，
在凤凰的眼睛里，
斑鸠看清了自己：
双方都认对方是自己。

【散文体】因此，爱闪耀于它们中间，斑鸠看见它的身影在凤凰的目光里：两个都是对方的影子。

10

属性因此被吓一跳，
自己不再是自己，
一样本质两个名字，
不知是二还是一。

【散文体】属性因此被吓糊涂了，自己不再是自己，一样的本质用了两个名字，不叫这个也不叫那个。

11

理智，本身也弄糊涂，
看见分离又成一体，
自身看来两者都不是。
简单竟如此复杂起来。

【散文体】理智，本身都给搞糊涂了，眼瞅着分离长成了一体，在它们自己看来两者都不是自己，本来简单的事情，竟然如此复杂起来。

12

理智高喊，真正的一双
怎么好像变出一体来！
爱有理智，理智却无爱，
如果这样的情形保持原样。

【散文体】理智叫道：多么真实的一对，看起来只是浑然一体的一个！爱有理智，理智却无爱，如果这样的爱一直保持的话。

13

它便唱出这支哀曲，
献给斑鸠和凤凰——
爱的统帅和星光，
哀悼它们的悲剧。

【散文体】理智于是唱出这支哀曲，献给斑鸠和凤凰——爱的终极和星辰，对它们的悲惨景致算是终曲。

哀曲

14

美、真以及珍稀，
纯朴中体现雅致，
现如今却化为烟灰。

【散文体】美、真以及稀有之物，一切简朴中可见优美，只是如今都化成了烟灰。

15

凤巢已成为遗骸，
斑鸠贞洁的胸怀
长眠后便不再醒来。

【散文体】凤凰的窝儿如今已经成了遗骸，斑鸠真诚的胸脯，永远地休息下来。

16

它们没留下儿女：
这不怪它们体虚，
只因婚后守身如玉。

【散文体】它们身后没有留下子孙后代：这不是因为它们身体虚弱，只是因为婚后对配偶一心不二。

17

真似有，而实际无，
美自夸，却也作古；
真和美都已被掩埋。

【散文体】真实的东西好像还有，实际上不复存在，因为真和美都已经被埋葬了。

18

缺真缺美也别烦恼，
用这骨灰瓶来治疗；
来为两只死鸟默祷。

【散文体】让这骨灰瓮来修补失去真和美的缺憾吧；来为这两只亡故的鸟儿送上祈祷吧。

注 释

莎士比亚诗歌翻译谈——代前言

[1] 张谷若译的名字是“维纳斯与阿都尼”；也有译“维纳斯与阿多尼斯”的，还有译作“维纳斯与阿懂尼”的，而按人名地名手册的标准，“阿懂尼”是极不可取的，甚至是毫无道理的。

[2]杨德豫的译名为“鲁克丽丝受辱记”。

维纳斯与阿多尼

[3] 一节六行，韵脚基本遵从一三五不论，二四六分明。这样比尾韵全部押韵，已经有了一半自由，然而翻译过程中还是需要为韵而牺牲一些东西。因此，可以肯定，押韵越多，译文牺牲的东西越多，这似乎是翻译诗歌的 To be, or not to be, that’s a question。这里应该翻译成：是是，还是不是，这是一个问题。

[4] 与诗中和诗尾的“银鸽”相呼应，营造浪漫气氛。

[5] 那喀索斯，希腊神话中一美少年，因爱恋自己在水中的影子而憔悴致死。

[6] 泰坦，希腊神话中的一巨人，日神；这里指太阳。

[7] 比喻维纳斯是地上的太阳，因她的缠绕令他很热。

[8] 这是一节著名的诗，引用很多；写男女情欲，转而逼真地写了一尊赤裸而鲜活的女性美体。

[9] 一幅裸女图写得更细，更逼真。这无疑是莎翁年轻时在乡下生活的收获。古往今来，性在乡村更开放，更日常，是嬉戏打闹挂在嘴边的开心话。男女青年被逗弄起来，把持不住了，便有了交媾的好事。莎翁的妻子未婚先孕，许多莎学学者都有研究，认为莎翁家乡在性生活上是开放的，不只是莎翁独有。在农业生活中，这应该是屡见不鲜的，只是明和暗的程度不一而足。我在乡村生活时，就听说过许多类似画面，如：两座小山，一马平川，松林在望，红土池塘。又如：远看松树林，近看小红门。当然，这样的顺口溜与莎翁笔下的维纳斯的裸体的诗情画意无法相比，但谁敢说不是莎翁再创作的来源？

[10] 又一次提及银鸽，提醒读者别忘了这个浪漫点。

[11] 这个词指眼睛之外的身体部分，可当“代理人”讲；显然，这里主要指嘴唇和生殖器，很超前的突破禁区的文学描写。

[12] 原文为 mermaid, 美人鱼之意；西方传说中的美人鱼有勾引人性爱的习性，用在这里似乎有点奇怪，而在 130 节里却引用得很恰当。

[13] 当指视觉、听觉、触觉和嗅觉；莎翁的写作细致深入，是渐渐展开的。

[14] 北方诸多地方过去对太阳的称呼：老爷儿，连读；因原文是 comforter，慰问者；宗教用语是：生灵。总之，是对太阳的褒赞。

[15] 坦塔罗斯，希腊神话中宙斯之子，因泄露天机被罚，立于上有果树的水中，但他口渴时水落低，饥饿时果升高，两头不就，处境难受。引用希腊神话的故事入诗，如此得当，足见莎士比亚对古希腊文化的谙熟。这是一个正常的性交姿势，却写得如此自然，大胆，突出了维纳斯女性的成熟和热烈，揭示了阿多尼男性的晚熟，不谙风流，堪称这首长诗的诗眼之一，长诗发展的高峰，从此叙述转向另一领域。

[16] 月神，原文 Dian，译作“狄安娜”，古罗马神话中的月亮，又称 Cynthia（辛西娅）。下节即用这个名字。

[17] 银鸽结尾，洁白而轻盈，烂漫得令人想象无限。

卢克丽丝受辱记

[18] 塞克斯特斯·塔昆涅斯，即诗文中的塔昆；为求诗中人名简练，易于遣词造句，在一定程度上适合诗的形式，一般来说，诗歌中的人名和地名，能简化则简化。

[19] 科拉提纳斯，即诗文中的科拉廷，如上述，出于简化人名的缘故。

[20] 本诗是著名的“君王体”，七行一节，韵为ababbbcc，译文仍基本遵循汉语律诗“一三五不论，二四六分明”押韵，力求第七句跟上前韵；原则是内容第一，形式第二。

[21] 星星，当指卢克丽丝的眼睛。

[22] 贞妇，原文dame，指贵妇人，本诗中专指卢克丽丝，多处出现，根据上下文，有时译为“丽人”等。

[23] 即“梗概”里的科拉蒂厄姆，为诗行字数的方便，诗中少用了一个汉字，也通行。

[24] 原文heraldry，纹章图案、纹章之意；纹章是英格兰自古流行的一种有特指意义的装饰，最常见的是盾形，也有鸽尾形、T形等，由专职人员制作，称作“司宗普纹章的官”，顾名思义，与家族荣耀有关系，也称家徽。莎士比亚的父亲曾经为纹章奋斗过，似乎是莎士比亚完成的。当今最常见的英格兰足球俱乐部的徽章，就是这种纹章的延续或说传统。从第八节到第十节，莎士比亚都在描绘卢克丽丝那张贤淑的美丽的脸，利用红色、银白、百合、玫瑰等色素，把卢克丽丝见到塔昆的羞涩而不失礼节的面容，写得形象而细致。莎翁用纹章描写一张端庄俏丽的脸，或许别有情怀吧。

[25] 这里指塔昆色眯眯的眼神。

[26] 指红色和白色。

[27] 科拉廷是塔昆的表兄弟，与塔昆的父亲是甥舅关系。据记载，大塔昆是罗马王政时期最后一个国王，强弩之末，多事之秋，谋杀岳父，登

上王位，暴政无道，民怨载道；小塔昆强奸卢克丽丝后（从大塔昆那里看，是外甥媳妇被儿子强奸了），各路贵族联手反对，把塔昆家族逐出了罗马，演变成了政治闹剧。这层关系，为卢克丽丝深夜盛情接待小塔昆铺垫了合理性，因此产生的不良后果进而导致的伦理道德问题，更具深意。从此不难看出，莎翁的写作角度总是高人一筹。

[28] 本节诗至二十二节诗，作者用议论人性和人生的词句写诗，难免佶屈聱牙；写得纠结，翻译就难，出力不讨好，但在莎翁时代，遣词造句甚是花哨，许是时髦，至少是作者的一种尝试。

[29] 那喀索斯，希腊神话中的一美少年，因看不够他在水中的影子，跳入水中身亡。一说憔悴而死（见注释 5）。

[30] 这里写得出乎常人预料：风吹灭了蜡焰，欲火之风又点亮了蜡焰，颇有浪漫气息。

[31] 原文 the eye of heaven，指太阳，莎士比亚常用这个词替代太阳，多数情况下是为了诗句的音步，尽管这个词本身很有诗意。

[32] 指卢克丽丝的脸。

[33] 写得赤裸而细致，但毫无污秽之感。

[34] 这节和下节，均写卢克丽丝的胸脯一带，过细，过腻，性感，是长处，但不一定适合中国读者，翻译更是困难。

[35] 这里指心脏，后文指心脏恐惧地跳动。

[36] 原文 cockatrice，西方传说中的一种怪物，鸡身，蛇尾，目光可以致人死命。

[37] 希腊神话中的竖琴名家，诗人，歌手，其妻欧律狄丝死后，他进入冥府寻找，冥王普鲁托被他的演奏迷住，把妻子还给了他。

[38] 即朱庇特，罗马神话的主神；莎翁在写作中两个名字都使用，可能为了五音步格律的遣词造句。

[39] 指大海。

[40] 这里当指男女媾合，因女方是被迫的，不得已而为之。

[41] 从九九节至一〇三节，写塔昆不可遏制的淫欲得到满足后，身体和精神面临崩溃的状态，很逼真，很辩证。莎翁又转笔写肉欲和道德的关系，意义更深。毫无疑问，这里有作者的亲身体会。

[42] 这里指卢克丽丝。

[43] 这里当指时间老人，金子指金闪闪的时间。此节诗起，一直到一百四十三节，共计二十一节，都写时间，写得之深，之细，之奇，之妙，都是别的诗人望尘莫及的。

[44] 希腊神话中宙斯之子，因泄露天机，被罚站立于齐下巴深的水中，头上有果树，口渴欲饮时，水却往下降落，够不着喝；肚子饥饿时，果子又会被风吹掉，无法吃到。

[45] 一连三节，每节开始都用“你”，首先用形式吸引读者，是作者写诗的独创性尝试，也是扩展英诗内容的可取之法。“你”是时间（或机会）的拟人写法，诗人写来顺手，读者读来亲切。

[46] 本节诗又是一连四个“有罪”，是对你——时间（或机会）——的倾诉，也是女主人公的哀怨的宣泄。

[47] 此节诗（除第一行）和以后两节，都用了“令”（原文 to，译作“只为”可能更准确，但翻译诗歌的原则是能简练就简练）开头，一共用了二十个，显然从形式上有突破一般表达的作用，顺带把后面的内容凸显于读者眼前，是创新，也是作者的才气所在。

[48] 本节则用了六个“让”（原文 let，译作“使得”也可以），突出强调作用。

[49] 用二十一节诗来写时间，毕竟长了点，所以作者在最后把“时间”二字请出来，并加感叹词“哦”，是对读者提醒，也是作者的高明之处。

[50] 原文 wait on, 有“服侍”“觐谒”与“跟随”之意，其实都是从“等待”这个词义上衍生出来的，这里按照本意译出也通；作者在写作中多用这个词组，说明作者想表达更多的含意。

[51] 此节一连用四个“徒然”（原文 in vain），说明作者在写作中希望不断扩展写作的新形式和新表达，表明作者一贯不喜欢陈腐的规矩和束缚。作者的十四行诗第六十六首，因连用“又见”（原文 and，一般解作“和”“与”“以及”“还有”等意）为世界各路莎学学者大说特说，其实是各路学者自以为是，少见多怪了。

[52] 位于意大利西西里岛东北部，是欧洲最高的火山。

[53] 当指卢克丽丝；在西方，夜莺代表坚贞的爱情，莎士比亚多次运用

这一比喻。

[54] 据奥维德《变形记》，夜莺名叫菲洛米拉，被其姐夫特鲁斯奸污。其姐大怒，杀亲子让丈夫吃。此诗中多次提及“夜莺”，均与此故事有关，更指向卢克丽丝的爱情和命运。

[55] 一连用了五个“我的”开头，读来前呼后应，很有力量。

[56] 这样的比喻十分罕见，似乎只有莎翁独有。

[57] 一句不大好懂的诗，是说责任像鸟翅一样飞快地卸掉，还是说责任像羽毛一样轻飘？

[58] 原文是 books，一般做“书籍”解，也有“笔记、笔记本”之意，大体意思是突出、明显，虽然比喻大胆，生动，似不易为一般读者理解。

[59] 普利安，特洛伊国王；特洛伊战争是希腊神话中最著名的一个，多为莎士比亚在剧本写作中使用。此节诗至二〇八节，多达十三节，九十一行，都在描写这幅名画。很可能莎士比亚不只见过这幅画儿，还十分欣赏它。这里虽然是叙述，却大有惟妙惟肖的描写功力。这里我们还可以看到莎士比亚孜孜以求的吸纳态度，对美的追求，对艺术的热爱。

[60] 特洛伊围攻战中的希腊英雄，膂力和骁勇仅次于阿基里斯，在阿基里斯把盔甲给了奥德修斯时，他自杀身亡。这场围攻战中还有一个小阿贾克斯（Ajaxthe lesser），奔跑速度仅次于阿基里斯。

[61] 特洛伊围城战中的希腊英雄，希腊文名字是奥德修斯（Odysseus），古希腊诗人荷马所作史诗《奥德赛》中的主人公，伊塞卡国王，整场战争中的领袖之一，著名的木马计的奉献者，最终使得希腊军队取得这场旷日持久的战争的胜利；在罗马神话中，名字成了尤利西斯，现代派小说代表人物詹姆斯·乔伊斯的代表作《尤利西斯》就取了这个名字，且小说的结构仿照了荷马的史诗《奥德赛》的构建，但内容与这部史诗毫无关联，只有象征意义，那就是小说主人公布鲁姆在都柏林城游荡一夜，好比尤利西斯在海上漂泊十几年。挺取巧的一部意识流小说，可惜难为一般读者所领会、体会并喜爱。

[62] 特洛伊战争中的希腊贤明的长者；这样的细节，只有莎士比亚这样英明的作者能从画中观察到，可谓惺惺相惜。

[63] 希腊神话中人物，一译阿喀琉斯，出生后被他的母亲拿住他的脚后跟，倒提着在冥河水中浸泡，因此而浑身刀枪不入，只有被母亲握住的脚后跟怕伤害。他是特洛伊战争中的希腊头号英雄，勇猛无比，脾气暴烈。西方“阿基里斯的脚后跟”之说，指致命弱点，唯一的弱点。

[64] 特洛伊最后一位国王普利阿摩斯（Priam）的长子，特洛伊战争中特洛伊人的英雄，最后被阿基里斯所杀。

[65] 小亚细亚北部的古城，即特洛伊城（Trojan），衍生出许多著名的典故，如“特洛伊战争”，关于古希腊人和特洛伊人进行的十年之久的战争，起因却是特洛伊的王子帕里斯（Paris）访问希腊期间，拐走了王后海伦（Helen），希腊人因此远征特洛伊，荷马史诗《伊利亚特》写的就是这档事儿；又如“特洛伊木马”，讲的是古希腊人围攻特洛伊城，久攻不下，设计了一个空心木马，里面暗藏了一批精兵，将木马置于城外，佯作退兵。特洛伊人以为敌兵已退，把木马拖入城中。深夜，伏兵跳出马肚，打开城门，希腊士兵涌入城内，一举攻克特洛伊城。莎士比亚通过画卷，描述这场古战争，是他敏感地捕捉到了人类弱点和战争起因、细节、计谋、时间、拐点等诸多因素，让他的诗作内容更加厚实、丰富，从而告诫观众，娱乐观众，古为今用的写法值得玩味。

[66] 赫卡柏，特洛伊国王普利阿摩斯的妻子。

[67] 即特洛伊国王普利阿摩斯，出于译文的简练，译为普利安。

[68] 皮赫斯，阿基里斯的儿子，在夺取特洛伊城时杀死了特洛伊王普利安，把赫克托的遗孀安德洛玛刻（Andromache）收为妻子，但安德洛玛刻忠于丈夫，博得忠贞名分。

[69] 这里指海伦。

[70] 特洛伊王子，因诱骗斯巴达国王梅内莱厄斯（Menelaus）的妻子海伦，引发特洛伊战争。梅内莱厄斯是阿伽门农的弟弟，他请求兄长出兵特洛伊城，从帕里斯手里夺回妻子海伦。

[71] 特洛伊国王普利安之子，在特洛伊战争中被阿基里斯所杀。莎士比亚的著名罗马剧《特洛伊罗斯与克瑞西达》中写过这个神话人物。

[72] 系一古国。

[73] 特洛伊围城战中一希腊士兵，正是他编出故事，让特洛伊人相信那

个巨大的木马是无害之物，特洛伊人才放心地把木马拖进城里，最终导致特洛伊城被希腊人攻破。

[74] 即特洛伊城，伊利昂是特洛伊的希腊名，位于小亚细亚北部。在叙述中，作者使用不同的名字指称一个地方，可能出于诗句的音节要求，也可能为了不让诗句显得呆板，也可能为了考考读者的知识水准；当然，也难免作者显摆学问的小小不言的虚荣心。

[75] 不大好理解的表达。

[76] 这又是不大好理解的莎士比亚式的表达。

[77] 此节一共七句诗，用了六个“凭”（by）字，让一首长诗的结尾顿生力量。

[78] 即古罗马主神朱庇特的神庙的名字。

十四行诗

[79] 指人生活过四十个年头，额头留下岁月的痕迹，后面许多首诗都有类似的表达。

[80] 即太阳，为莎翁喜欢使用的诗意的表达。

[81] 指星星。

[82] 指在脑子里严肃地审视自己，因此这首诗出现了许多叠词，如“忧伤而忧伤”“悲苦到悲苦”“哭泣过的哭泣”等，强调一种纠结心理。

[83] 这两句诗读来译来都意思含糊，即使用散文译出也不怎么清明。

[84] 希腊神话中人物，一译阿多尼斯，爱神维纳斯钟情的美男子。莎有长诗《维纳斯与阿多尼》，专门描述他们之间的一段情爱悲惨结局。

[85] 希腊神话中人物，为斯巴达王梅内莱厄斯的妻子，被帕里斯拐去，引发著名的特洛伊战争。莎在长诗《卢克丽丝受辱记》里有相当篇幅描述特洛伊战争场面。

[86] 不好理解的表达，而 absence 这个词儿，莎还特别喜欢用。

[87] 不清晰的表达，只能按字面意思翻译了。

[88] 古罗马神话的农神，相当于古希腊神话中的克洛纳斯。

[89] 一种深色兰花，一译墨角兰，均为谐音而译，如康乃馨等。

[90] 本首诗十五行，超出一行，莎十四行诗中唯一一首，别的十四行诗中从未见过，可见莎对十四行诗的写作态度，是形式服从于表达的。

[91] 四行一句，内容怎么翻译都有些模糊不清，即便翻译成散文，意思也只能看出七八分。

[92] 按十四行诗结构，这首诗缺失最后两行。一些版本把前十行算一个单元，后两句缩两格排列，组成十二行诗。

[93] 罕见的表达，倒也逼真，更深一步。

[94] 这首如同玩文字游戏的诗，用了十三个 will（愿，心愿等意），六个小写，七个大写；接下来的一首用了七个 will，四个小写，三个大写，因其发音与莎士比亚的昵称 Will 一样，便有了许多双关语的含意，在诗中包含了“肉欲”“阳物”和“阴户”等多种与性有关的东西。这是莎的时代流行的文字游戏，而莎写在他描写情妇的诗里，成就了诸多西方学者考证的好材料。其实，只要是乡村土生土长的，这样关于性的说法数不胜数，倒显得城镇里长大的人是在大惊小怪了。不过，要把这两首十四行诗中的 will 划分清楚，哪些是莎的昵称，哪些是几层意思的 will，还是需要一些耐心的。

[95] 说不清是表达新鲜还是概念模糊。

[96] 床誓（bed-vow），表达新鲜而暧昧，两行诗句也因此别有新意。

[97] 丘比特，古罗马神话中的爱神，背生双翼，手持弓箭的美童，却看不见真相，象征爱情是盲目的。莎使用最多的神话形象，尤其在他的众多剧本中。

[98] 狄安娜，古罗马神话中的月亮神和女猎神，多为莎在写作中使用。

激情的朝圣者

[99] 西塞拉，希腊神话中爱与美的女神，阿芙洛狄特（Aphrodite）的别

称，相当于罗马神话中的维纳斯（Venus）。

[100] 道兰（John Dowland，1563—1626？），英国红极一时的作曲家和鲁特琴演奏家。

[101] 斯宾塞（Edmund Spenser，1552—1599），英国著名诗人，长篇寓言诗是其代表作，另有《牧人月历》和《结婚曲》等，在语言和诗歌艺术上对英国后来的诗人产生了很大影响。

[102] 这里表达不清楚，所指不明白，爱神没有搏斗过哪儿来的伤？莫非指爱神来了月经却浑然不觉吗？

情歌荟萃

[103] 潘迪翁，据奥维德的《变形记》，色雷斯国王特鲁斯娶了雅典王潘迪翁之女普罗格为妻，生子伊迪斯。特鲁斯王强奸妻妹菲洛米拉，事毕割掉她的舌头，囚禁起来。普罗格放出菲洛米拉，杀子伊迪斯并烹煮后给他的父亲特鲁斯吃。潘迪翁因此被变成了燕子，而菲洛米拉被变为戴胜鸟。

创美工厂®

出 品 人：许　永
责任编辑：许宗华
封面设计：海　云
内文制作：许宗华
印制总监：蒋　波
发行总监：田峰峥

投稿信箱：cmsdbj@163.com
发　　行：北京创美汇品图书有限公司
发行热线：010-53017389　59799930

创美工厂
微信公众平台

创美工厂
官方微博